U0719811

郭齐勇国学三书 Ⅱ

郭齐勇 著

国士与国风

海南出版社

·海口·

图书在版编目（CIP）数据

国士与国风 / 郭齐勇著 .-- 海口：海南出版社，
2023.2
（博约文丛 / 郭齐勇，阮忠主编）
"十四五"国家重点出版物出版规划项目
ISBN 978-7-5730-0833-6

Ⅰ.①国… Ⅱ.①郭… Ⅲ.①随笔－作品集－中国－当代 Ⅳ.① I267.1

中国版本图书馆 CIP 数据核字 (2022) 第 207211 号

国士与国风

GUOSHI YU GUOFENG

作　　者：郭齐勇
责任编辑：熊　果　李佳妮
装帧设计：黎花莉
责任印制：杨　程
出版发行：海南出版社
地　　址：海口市金盘开发区建设三横路 2 号
邮　　编：570216
电　　话：0898-66819831
印刷装订：三河市兴达印务有限公司
版　　次：2023年2月第1版
印　　次：2023年2月第1次印刷
开　　本：880 mm × 1 230 mm　1/32
印　　张：11
彩　　插：10P
字　　数：264千字
书　　号：ISBN 978-7-5730-0833-6
定　　价：68.00元

郭齐勇（摄于 2015 年）

1985 年，访梁漱溟先生时的合影

1986 年 10 月，在北京首届“贺麟先生思想讨论会”上，与贺麟先生的合影

1988 年 5 月，傅伟勋先生（后排左三）首访武汉大学时，与萧萐父（后排左四）、陈修斋（后排左二）、李德永（后排左五）、唐明邦（后排左一）先生等师友的合影

1986 年，与张岱年先生的合影

恩师萧莲父先生晚年照

2007 年，与萧莲父先生的合影

1987 年，与章开沅（右一）、萧萐父（右二）先生在华中师范大学开会时的合影

1986 年，与任继愈先生的合影

1987 年重阳节，出席首届“梁漱溟思想国际学术讨论会”时，与石峻（居中）、虞愚（右三）、杨宪邦（左三）、萧萐父（右二）、张立文（左二）、金春峰（右一）先生合影于北京香山饭店

1986 年，与周辅成先生的合影

2002 年 12 月，在香港出席“二十一世纪中华文化世界论坛”时，与汤一介（右一）、乐黛云（左二）、梁燕城（右二）先生的合影

2003 年，与庞朴先生的合影

1986 年夏，与牟钟鉴先生（左三）等访问韩国成均馆时的合影

1988 年 12 月，在香港法住学会，与霍韬晦（左二）、方克立（左一）、李宗桂（右一）先生的合影

序

郭齐勇教授的《国士与国风》一书，收入了作者近30年所写的悼念先贤、追忆故旧的文章，也有少量同侪间的论学文字及书序等。读这些文章，改革开放后，特别是近30年的哲学风云如缕缕轻烟袅袅飘过，勾人思绪；读这些文章又如展读画卷，浓墨重彩下一个个鲜活的哲人昂首挺立，呼之欲出。

国士者，国之大人也，国之脊梁也。孔子曰："虽有国士之力，不能自举其身，非无力也，势不可也。"（《荀子·子道》）墨子曰："国士战且扶人，犹不可及也。今子非国士也，岂能成学又成射哉？"（《墨子·公孟》）一个国家、一个民族总有它标志性的历史人物、志士先贤，一个时代、一种风尚总有它执掌大纛的引领者、呐喊者。作为劳心费神的思想家、哲人，不一定能创下惊天动地的伟业，但他们是历史轨辙、时代履痕的重要见证者和不可或缺的描画人。书中所记述的这些人物，大多为平民学者或一介书生，既无烜赫事功也无隆贵地位，可能是极其平凡的，甚至是不为大多数人所知晓的；但他们在那个特定的时代，为我们留下了可歌可泣的哲学证词和丰厚宝贵的思想遗产。所以，作者以"国士"来称之，实至名归，丝毫没有违和感。

书中所追怀的学者，大多为作者所深交亲炙者，或是至近的师长，或是诚挚的老友，即便是相见次数不多的前辈，也有当面请益、亲闻咳唾的经历，所以文中娓娓道来，让人如临其境，极感亲切，极有现场感和画面感。

读第一篇纪念梁漱溟先生的文字，我不由得想起了30多年前的情景。那时，我和齐勇兄都在做熊十力哲学研究的硕士论文。1984年春，他由汉来京，我们相约一起到木樨地拜访梁先生，后来又一道乘火车去上海寻访熊先生的遗踪，意外发现了包括《存斋随笔》在内的一批手稿，欣喜若狂，此情此景，历历在目。后来，在他的多方联络和悉心调度下，我也访谈了不少老先生和熊、梁的弟子们，为研究熊十力、梁漱溟以及后来编纂他们的全集积累了丰富的资料。在整个二十世纪八九十年代，因为有着类似的经历，特别是相近的研究领域和共同的话题，所以齐勇兄笔下的这些文字所描绘的那些场景、那些老先生，于我而言大多是熟悉的，故一幕幕时代的画面和一个个可亲可敬的人物，便在记忆中缓缓划过，读来特别亲切。

我的老师汤一介先生与武大诸师，特别是萧萐父、杨祖陶二位先生有通家之好，情谊极不一般，缘于这层关系，我们团队之间相互往来也就十分密切。从最早的中国文化书院、中国文化讲习班，到整理编纂《梁漱溟全集》《熊十力全集》，开启与推动现代新儒学的研究，再到后来的一系列学术活动，齐勇兄都是积极的参与者和见证人，穿针引线，承上启下，做了许多具体的工作，并与北大的诸位先生结下了深厚的友谊。除了深情回忆萧先生、杨先生这些武大师长之外，书中也记述了他与北大诸位先生的交往，从一个侧面加深了我们对这些老师的认识和理解。

作为改革开放之后成长起来的新一代中国哲学领域的专家，

郭齐勇教授不仅与国内的诸多学界前辈有着密切的交往，而且在频繁的学术交流活动中，广结善缘，与海外的同行们也结下了深厚的友谊。书中涉及的国际中国哲学会、国际儒学联合会、香港法住学会等机构，它们的创办人或者主事者，均是齐勇兄的学术至交，在共同推动当代中国哲学研究，特别是新儒学发展的事业中，他们携手合作、直面时艰，以极大的努力推动了一系列高端儒学研究计划的开展，为当代儒学的发展做出了重要贡献。从这些回忆文字当中，我们能感受到中国哲学在当代走向世界的艰难与不易，他们所付出的艰辛努力，于此可窥一斑。

在这本书中，缅怀先贤、追忆故人的文字占了绝大部分，也是其最为吸引人、最能激发无穷遐思的华彩重章。齐勇兄饱含着深情，对这些前辈学者和老师们的感念与追思，如心泉汩汩流淌于笔端，沁人肺腑，让人很受感动。在他的笔下，梁漱溟先生“六次接谈”给他留下的深刻印象，先生刚直不阿的嶙峋风骨和廷争面折的道义担当，跃然纸上。书中，冯友兰先生的“睿识精思”、张岱年先生的“循循善诱”和任继愈先生的“平实亲切”，也都一一浮现。特别是对萧萐父、李德永、唐明邦这三位业师的追念，倾注了作者的极大感情，通过许多细节的描述，春风化雨般的如山师恩和两代学人之间薪火相传的人生轨迹，被非常鲜明地记刻下来。作为以儒学研究为志业的学者，郭齐勇教授崇奉知行合一、做人与做学问相一致，从他的文字记述和情感表达中，我们能够充分感受到他尊师重道、敬老希贤的品格与心志，他是这么想的，也是这么做的。这种深植于传统文化的精神与情怀，我们在读这些怀人文字的时候，能时时感觉到它的冲击力，让人印象深刻，给人以很大启迪，这也为我们树立了鲜活的榜样。

遵齐勇兄之嘱，将我读这本书的片段心得，聊缀数语，以为附骥，还望诸君多指教！

景海峰

2022 年 4 月 18 日于深圳湾畔

目　录

怀念梁漱溟先生

梁漱溟先生6月23日在北京逝世，惊悉噩耗，不禁潸然堕泪。近几年数次拜晤，多承教诲，其情其景，历历如在目前。

1984年3月，为研究熊十力先生哲学思想，搜寻有关资料时，我曾冒昧地给梁老写信，表示了拜访的意向。没想到，几天之后就收到梁先生的亲笔回函。信中说："我曾写有《读熊著各书书后》一文，又编有《熊著选粹》一册，如承足下来京面谈，自当奉以请教也。"信用毛笔写在两张白笺上，字迹工整，笔力苍劲，很难相信它是出自一位历经坎坷的91岁老人之手。4月1日，我与李明华同志在木樨地一幢大楼的九层首次探访了梁先生。居住在这里的大都是落实政策的对象，梁老的芳邻就是丁玲夫妇。先生记忆力很好，蔡元培治下的北京大学的风貌，陈独秀、胡适之、熊十力的逸事，先生娓娓道来，如数家珍。梁老个子不高，清瘦，但很有精神。先生祖籍桂林，却生长在北京，一口京腔，说话一板一眼，铿锵有力。颇有意思的是，他不喜欢人家打断他的话，一谈两小时，毫无倦容。

此后我每次去京，必去梁府拜望。他给我详细讲了早年参加同盟会，与陈独秀、胡适之辩论东西文化，为李大钊治丧，在河南、山东做乡村建设，赴香港办《光明报》，两度赴延安，筹建民盟，调查李公朴、闻一多血案等经历。解放初期，毛泽东很念旧，常常把他和章士钊先生等请到中南海聊天，且往往要谈及杨怀中先生。梁先生还与我谈到 1953 年他与毛泽东的一场很不愉快的争论的始末……

梁先生给人以一种巨大的人格上的感召力。1974 年“批林批孔”期间，他竟发表题为《今天我们应当如何评价孔子》的报告。遭受批判时，他脱口而出的是“三军可夺帅也，匹夫不可夺志也”。他把这种刚直的风骨、独寻真知的正气、不附和平庸的多数的意志力，留给了中国人民。梁先生遇事豁达，宠辱不惊，什么时候都没有失去心理的平衡，且事事认真。迄至晚年，写一篇纪念与他交游近半个世纪的老友熊十力的短文《纪念熊十力先生》，也不肯应景，一定要批评熊先生理论上的不周密之处，否则他便认为对不起学术事业！

我是一个外地青年学子，与梁老素昧平生，却得到他六次接谈，亲赐旧著原版《中国文化要义》和新著《人心与人生》，并亲笔为拙著《熊十力及其哲学》题签，由是可见其为人。去岁重阳，北京初雪，香山红装素裹，我随萧萐父教授出席中国文化书院主办的庆祝梁先生“九五”初度和从教七十周年的“梁漱溟思想国际讨论会”，得以与海内外学者谠论梁学，纵横中西。不想那次在香山饭店与梁老相会，竟成诀别。今音容永隔，不禁怃然。

（原载《长江日报》1988 年 7 月 10 日副刊）

特立独行　一代直声

——梁漱溟的人格和著作漫谈

梁漱溟先生 1988 年 6 月仙逝之后，华人知识界颇有一些震荡和回应，国内和东南亚诸国刊发了不少纪念文字，其要旨，从哀悼梁先生的若干挽联中可以略见一斑：

钩玄决疑百年尽瘁以发扬儒学为己任
廷争面折一代直声为同情农夫而执言

——冯友兰敬挽

善养浩然之气有学有守
弘扬中华文化立德立言

——张岱年敬挽

柏松永劲明月胸襟示范
金石弥坚高风亮节长存

——袁晓园敬挽

廷议天下兴亡旷世难逢此诤友
学究华梵同异薄海痛失一代师

——任继愈敬挽

绍先德不朽芳徽　初无意　作之君作之师　甘心自附独行传

愍众生多般苦谛　任有时　呼为牛呼为马　辣手唯留兼爱篇

——启功敬挽

华夏风骨　中国之魂

哲人虽去　精神永存

——梁先生著作的一名年轻读者　范忠信敬挽

一代宗师　诲人不倦

一生磊落　宁折不弯

——石家庄军械工程学院云敏

从上述挽联中我们不难领悟，梁先生 95 岁的一生留给后人的最深印象，首先是他的为人，其次才是他的为学。梁先生算是著作等身了，但老实说，梁先生不是学问家。他的成名和传世之作《东西文化及其哲学》《中国文化要义》等，在世界文明或东西文化比较研究方面，虽然开风气之先，而且至今仍有启迪新思的作用，但毕竟粗疏、笼统、缺乏严密的逻辑。

梁先生说，他首先是一个行动的人。他是实践型的哲学家、思想家。从这一方面来说，他是一个典型的中国哲学家，一位在实践中追求智慧，而非在书斋中苦思冥想的人。金岳霖先生在区分中西哲学家时曾经说过，在现代西方，苏格拉底式的人物再也不会有了，分工、技术性训练使得哲学家超脱了自己的哲学——“他推理、论证，但是并不传道”，他成了职业的逻辑家、认识论者、形而上学家，这可能对哲学有些好处，“但是对哲学家似乎也有所损伤”。“他懂哲学，却不用哲学”，因为哲学成了符合逻辑的理论系统、知识体系，而非内化为人的精神生命，以及指导他行为的智慧。相反，“中国哲学家都是不同程度的苏格拉底式人物。其所以如此，是因为伦理、政治、反思和认识集于哲学家一身，在他那里知识和美德是不可分的一体。他的哲学要求他身体力行，他本人是实行他的哲学的工具。按照自己的哲学信念生活，是他的哲学的一部分。他的事业就是继续不断地把自己修养到近于无我的纯净境界，从而与宇宙合而为一。这个修养过程显然是不能中断的，因为一中断就意味着自我抬头，失掉宇宙。因此，在认识上，他永远在探索；在意愿上，则永远在行动或者试图行动……他同苏格拉底一样，跟他的哲学不讲办公时间。他也不是一个深居简出、端坐在生活以外的哲学家。在他那里，哲学从来不单是一个提供人们理解的观念模式，它同时是哲学家内心中的一个信条体系，在极端情况下，甚至可以说就是他的自传”①。

我想，没有理会金先生这些话的人，不论知道多少哲学知识，建构了多么辉煌的哲学体系，写了多少关于中国哲学的书，都很难说他真地懂得什么叫中国哲学，自然也就无法理解梁先生的思想、著作和人生。就“人格与学问不二”这一点来说，被称为第一代当代新儒家代表人物的梁先生与熊十力、马一浮先生一样，都具有巨大的人格上的感召力，都是人格的典范。但不同的是，熊、马二先生从中年起埋首学术，不再直接从事政治活动，梁先生却颇有一点孔子遗风，席不暇暖，四处奔忙。他不习惯过书斋

① 金岳霖:《中国哲学》,《哲学研究》1985 年第 9 期。

式的生活，1924 年辞去北京大学教职（此前曾在北大执教 7 年），自己创办师生生活在一起的书院式的学校，此后在广州、河南，特别是山东邹平从事 8 年之久的“乡村建设运动”。他的著作很大一部分与乡村建设有关，如《中国民族自救运动之最后觉悟》《乡村建设论文集》等。正是在乡村建设运动中，梁先生以著名的社会活动家和教育家身份名世。在 1950 年代初期的“批梁”运动中，“乡建”是一个十分重要的靶子。其实，梁先生的“乡建”，作为改造中国旧乡村的一项综合性的改革运动，无论是从社会学的角度，还是从政治学、教育学的角度，都需要重新评价。梁漱溟先生以及其他从事“乡建”的前辈，如晏阳初先生等，绝不是侯外庐先生在《韧的追求》中所鄙薄的那样。梁先生的“乡建”工作，不仅是他个人思想的一次实践，而且是在文化的风雨飘摇中重塑中国人的心灵、再铸国魂的一次尝试。

梁先生是作为“乡建派”的代表走向当时的最高政治舞台的。抗战期间，他任最高国防参议会参议员、国民参政会参政员，巡视豫、皖、苏、鲁、冀、晋等游击区，访问延安，创办民盟及其机关报《光明报》，调停国共关系，等等。抗战末期和抗战后的一段时期，他颇有以第三党界介入，以期建设民主政治的理想。有这种理想的人当然不止他一人。我想，如果当时民主派的知识分子和民族资本家更多一些，力量更强一些，即使不足以与国共两党抗衡，形成鼎足而三的局面，至少也有较强的制衡作用。诚如是，当又是一种格局。

梁漱溟在许多人心目中似乎是封建复古派、“顽固党”，其实，只要对梁先生的生平和著作略有了解，就可以得出完全相反的结论。他一生的举动有许多出人意料的地方，也难免犯一些这样那样的错误，但是，他一生最大的成就，也是最正确的地方，就是他毕生的追求过程和整体人生目标指向同一个方向，并且他在一定意义上是一位民主斗士！在政治上，梁先生显然算不得什么高手，而是一位书生气十足、理想主义色彩甚浓、基本上不懂政治的“政治家”和社会活动家。他在中国政坛上几乎一败涂地，留给我们的只有这样几件逸事，从中我们却可以看到社会的良心：

——1946 年调查李公朴、闻一多血案，痛斥国民党，高呼：“我要连喊一百声‘取消特务’，我们要看特务能不能把要求民主的人都杀完！我在这里等着他！”

——新中国成立以后，与章士钊一样，多次成为毛泽东的座上宾，却拒绝了毛让他在政府中任职的建议，又多次对内政外交提出不同意见，终于酿成 1953 年“廷争面折”的局面，公然以农民的代言人自居，要试一试毛泽东的雅量。

——1974 年在全国政协学习会上发表《我们今天应当如何评价孔子》，反对以非历史的观点评价孔子，反对将林彪与孔子相提并论，并为刘少奇、彭德怀鸣冤叫屈。当他遭到人们围攻时，竟然脱口一句：“三军可夺帅也，匹夫不可夺志也。”

这些举动不是偶然的。早在 1917 年，他目睹南北战祸时写过一篇题为《吾曹不出如苍生何》的文章，以表示知识分子所负有的社会责任。1941 年，香港沦陷，他辗转脱险，“若无其事”，心地坦然——“我相信我的安危自有天命”。“我不能死。我若死，天地为之变色，历史将为之改辙，那是不可想象的，乃不会有的事！”“孔孟之学，现在晦塞不明。或许有人能明白其旨趣，却无人能深见其系基于人类生命的认识而来，并为之先建立他的心理学而后乃阐明其伦理思想。此事唯我能做。又必于人类生命有认识，乃有眼光可以判明中国文化在人类文化史上的位置，而指证其得失。此除我外，当世亦无人能做。前人云‘为往圣继绝学，为万世开太平’，此正是我一生的使命。《人心与人生》等三本书要写成，我乃可以死得；现在则不能死。又今后的中国大局以至建国工作，亦正需要我；我不能死。”①

他就是这样“狂”！他的思想渊源之一就是狂得不得了的王阳明学。这是一种“为天地立心，为生民立命”的境界。在这个境界中，个体生命的根本在于他所担负的社会责任和使命，个体生命的得失在于群体生命的安危。所以，儒家心学的“唯我”，实际上是“无我”——那个个体“小我”已经成为“大我”的有机组成部分，如果从“大我”分离，“小我”将失去存在的意义和价值。梁先生有两句赠友和自箴的话语：“无我为大，有本不穷。”这是他的人格和道德的写照。

梁先生的著作，主要围绕着三大问题：文化问题、人生问题、社会问题。他的哲学，主要是一种文化哲学、生命哲学、人生哲学。在这个方面，他不仅与那些把哲学和人生打成两截、认为人格和学问没有关系的职业哲学家、技术型哲学家不同，就是在新儒家中，也与熊十力、马一浮先生有很大差异。熊先生出入于佛教唯识学，在形而上学本体论上重建儒家哲学，梁先生则试图对儒学的价值、人生和文化生命的关系作出判断（这些论断大多不是在书斋里苦思冥想出来的理论系统，而是在复杂真切的现实生活中凭体验和直觉顿悟出来的生命智慧）。有了他自认为正确的论断之后，梁先生不是忙着去论证，叫别人更加信服，而是建立起一种带有宗教情怀的信念，然后付诸自己的人生和社会实践，他自己说这是“亲证宇宙本体”。梁先生也没有像马先生那样宣布“六经该摄一切学术”，而是在承认中国传统和西方文化有根

① 梁漱溟:《我的努力与反省》，漓江出版社，1987，第 290 页。

本不同的基础上，主张向西方开放。

如果从学理上来检视，梁氏的文化哲学并非无懈可击，而是有一些弊病和自相矛盾之处。比如，一方面，他认为科学、民主、自由这些观念具有普遍价值和世界意义，主张无条件地“全盘承受”，并以近代西方文化为参照来批判中国传统文化的弊端和国民性格的阴暗面（在这方面他并不亚于所谓的“西化派”）；另一方面，他又认为中西文化原本就是各走各的路，永远也不可能走到一起去，中国文化如果单凭自身的发展，无论走多远和多久，都不可能会走上西方人所走的路。由此，他一方面对传统文化非常悲观，对中国那种“家族生活偏胜”“伦理本位”的文化无法发展出资本主义文明而暗自伤心；另一方面，面对工业文明的一些病痛，他又盲目乐观，认为体现于中国文化的生命、精神、道德理想等价值，对整个人类也是有普遍意义的，因而对复兴中国文化并使之成为世界文化信心十足。梁先生思想中的这些矛盾，涉及文化变迁过程中的共相与殊相、普遍与特殊、时代性与民族性等关系的协调问题，但是在他所提出的文化理想和具体方案中，并没有辩证地解决这些问题中所隐含的内在矛盾。

梁先生在文化比较中存在的漏洞和矛盾，一方面是中西两种不同文化体系的冲突、融合，以及中国文化新旧嬗替之际中国知识分子理智与感情的矛盾心态的反映；另一方面又是走向科学、民主、工业文明的激情与惧怕工业文明带来的人性异化、人的整体性被肢解，人际的疏离、困惑、失落感之间的矛盾心态的反映。往深一层看，这也是中国文化自身存在的内在矛盾在 20 世纪的具体表现。一般人认为梁先生的思想落后了一个时代，其实他恰恰是超前了一个时代，在中国尚未进入工业化、现代化时，他已依稀看到了未来可能出现的危机，乃至不合时宜地提出了后工业化、后现代化的问题。从这两个方面说，他的思想虽陷入双重的困惑之中，却为现代新儒家整体的奋斗指出了大致的方向。正因为如此，有人说他是“最后一个儒家”，也有人认为他是真正意义上的 20 世纪的哲学家。

撇开西方发达国家近代之所以得到长足发展的诸多理由，我们看到，在其具有所谓普世价值观念的背后，也潜藏着深刻的危机。对于这些危机的反省，其实早在 20 世纪初期就已经开始了。特别是欧洲大陆，20 世纪最流行的文化哲学、生命哲学、现象学、解释学、弗洛伊德主义、存在主义和新马克思主义等人文型的哲学，均从不同角度反省这个问题。梁氏本人所受到的施本格勒、柏格森等人的影响，实际上就是西方的自我反省在他的头脑中的某种折射。只有无知者或具有严重偏见的人才会认为发生在 20 世纪中国某些思想家个人头脑中的事件是个孤立的事件，或者仅是对两千年传统的迷恋。所以，对于当代新儒家，我们不能只看到他们精神处境上的第一个矛盾（理智上趋新、情感上念旧），还应该看到其灵魂深处的第二个矛盾（对现代化的憧憬与担忧）。人与自然关系全面深刻展开之后果，并不仅是科技和商业的发达、生活的富足，而且包含着道德价值可能失落、人生意义荒芜、生命整体被肢解、人格丧失，乃至资源枯竭和环境污染恶化，即人们日益成为片面的、被物质世界和制度异化的、单向度的、被自己制造的环境与文化囚禁的人。正是出于心灵深处的这些担忧，梁、熊等新儒家试图返本开新，在“老根上发新芽”。其潜台词当然是：不仅中国古人的心灵和精神生活有其普世的价值，而且似乎可以救当今工商业文明之弊端。

作为典型的中国学人，梁先生的生活和思想、人格和学术著作都是有机的、不可分割的。他的思想就是他的行为，他的行为是表现出来的思想。这一点，是否说明他只是想在20世纪重新复制儒家代表人物孔子和孟子那样的人格呢？我们认为，不能简单地这样看。因为，孔、孟无疑属于早期儒家人物，而梁先生属于当今的一位儒者。由于时代不同，经历迥异，梁先生的行为显然不能被看成只是在本能地模仿孔、孟，而是面对外来文化强烈痛苦的刺激，在思考的基础上，在若干选项存在的情况下，所作出的自觉选择（孔、孟于梁氏而言，更无可选择）。否则，就无法理解梁与熊、马诸位的不同。由于在思想基础上选择行动、注重实践，梁先生在一个动荡不安的时代，经常自觉不自觉地被推到政治的旋涡之中，这就使身心完全投入的梁先生既不能做到像某些政客那样无良知，也不能做到像许多学者那样客观和超然。他常常无法逃避现实的风浪。不过，因为梁先生的真诚，也因为他学习中国传统的智慧，特别是儒、佛两家的智慧，他总能够在复杂的现实中挺立其人格，表现出真实的力量，击碎那些迎面而来的惊涛骇浪。

余英时先生在《士与中国文化》里谈到，中国知识分子有“超越”与“参与”两种倾向。纵观梁氏一生，他的确是二者兼具。他虽然注重行动，但是，行动要有正确的思想，而非乱动。每当他自认为有了正确的想法之后就去实践，而在实践中遇到困惑则又抽身回去读书、思考。比较典型的有1946年底，他从政界抽身，闭门著述，直到1949年出版《中国文化要义》；1925年，他从山东办学事件中抽身，回到北京组织同学们自学，办朝会；等等。比较而言，其“行动”胜过“静观”。或许那个时代在他看来，仍然是大有可为的。如果没有对社会的责任担当，做不到“仁以为己任”，就无法理解他的行动了。

鲁迅先生生前曾热情讴歌过我们民族的脊梁——埋头苦干的

人、拼命硬干的人、为民请命的人、舍身求法的人等。我认为，梁先生就是那种为民请命的人。他不惜“廷争面折”，其行为如汉代的清流、明朝的东林、清末的公车上书，为民众久为传颂、景仰。

所谓“国魂”“民族的脊梁”，主要是指那些丝毫没有奴颜媚骨的硬骨头，没有依傍的独立人格，不为任何势力所压倒的大无畏精神。这样的人不仅有民族气节和个人的道德操守，而且不断地反思自己、探索真理和坚持正义，为国家、民族和人民大众的利益敢讲真话、坚守原则。“文革”之后，提出建立“文革”博物馆的晚年巴金，具有独立人格、反思精神；而在新中国成立不久的特殊氛围中敢于当众讲出自己的见解的梁漱溟也是这样的人。按照社会分工原理，知识分子原本就是社会的大脑、政治的灵魂。如果社会没有知识分子的独立思考和批判精神，就等于一个人没有正确的自我意识，没有清醒的头脑。旧中国的知识分子，由于政治背景特殊，他们大都不能跳出政治的包围圈而为了学术而学术，结果，政治的残酷使他们不是自觉地隐居起来远离现实，就是被现实政治所同化，成为统治者的“应声虫”“帮腔人”，鲜有能够做到不离现实而追求理想者，更少有“出而不出”的入世精神。因此，中国传统社会也常常因此陷入良知缺失的迷乱和疯狂之中。历史事实证明，在大一统专制政治条件下，如果缺少具有独立人格和批判精神的知识分子和儒者品格，那么这样的时代一定是一个黑暗的时代，这样的时代的政治一定是腐朽没落的政治，黑暗时代的政府一定是行将灭亡的政府。

今天，在我们的民主政治建设和经济体制改革齐头并进的时代，已经出现了多元价值取向的同时并存，我们应当走向更加开放的世界，提倡独立人格、思想自由。同时，在当今社会，也需要高扬传统的道德价值和人道精神，更需要树立和提倡刚直不阿的正气、具有担当大义的民族精神。有些人对中国古代官吏和知识分子的“为民做主”“为民请命”“廷争面折”一类的举动不屑一顾，很可能是对中国的文化和政治格局，对中西文化和政治的根本差异所知甚少，试图以片面的西式眼光来看待中国社会和政治的结果。对于古人的举动，我们当然要用历史的眼光看，对于今天的需求，则需要在深入研究理论的基础上，借鉴世界文明的成果才能选择出正确的方案。经济发展的大趋势和文明的相互激荡、影响，使我们更清醒地看到，市场经济的发展不仅不可怕，而且是社会进一步健康发展的重要组成部分；那种处处都是道德的泛道德主义固然不可取，但是人类在任何时候都有行为的规矩和底线。如何在中西文化的深刻交锋中吸取各自之所长而去所短，过去是，现在仍然是我们所面临的艰巨任务。

（原载中国台湾《中国文化月刊》1989 年 2 月总第 112 期）

冯友兰先生走了

冯先生走了！正当我们准备赴京出席 12 月 4 日（他的生日）开幕的“冯友兰哲学思想国际学术讨论会”并庆祝他九十五华诞之际，却传来了他于 11 月 26 日撒手人寰的噩耗。会议如期举行，只是“庆祝”变成“悼念”，气氛和心境当然会大不一样。

7 年前，我曾到北大燕南园三松堂拜会了冯先生，请教关于宋明道学和现代哲学的若干问题。当时冯先生耳聪目明，文思敏捷。他那平缓的河南乡音里，时时透露出哲学家的睿识精思，令人回味无穷。给我印象最深的，是他亲口对我说的这番话：《诗经 · 大雅 · 文王》中有“周虽旧邦，其命维新”，就现在来说，中国就是“旧邦”而有“新命”，“新命”就是现代化。他还说：“我们生活在不同文化矛盾冲突的时代。我所要回答的问题是如何理解这种矛盾冲突的性质，如何适当地处理这种冲突，解决这种矛盾，又如何在这种矛盾冲突中使自己与之相适应。”可以说，冯先生一生的努力，一生的矛盾冲突，乃至引起学界各种各样的议论，盖在于他在寻求这种“适应”时所产生的和谐与错乱。

冯先生有一自题堂联：“阐旧邦以辅新命，极高明而道中庸。”这下联的意思是说，在平凡的生活中，人们的精神仍然可以上升到崇高的境界。我以为，先生晚年的确是达到了这一境界的。最使我感动的是，他在《三松堂自序》里真诚地解剖了自己一度在“批林批孔”时附和江青的行为。作为一位蜚声中外的著名哲学家和哲学史家，作为一位长者，他能以“诚”“伪”之别来严析自己，实属难能可贵。中国知识分子以行道为安，达道为得，以挺立道德人格为安身立命的根据，这在冯先生的一生中得到了印证。

冯先生有童子功，中国经、子之学的底子好，重要经典都会背，又留学西洋，西学的功夫也不错。他的《中国哲学史》的英译本，仍然是西方人学习中国哲学的重要教科书，影响力至今不衰。

（原载《长江日报》1990 年 12 月 16 日副刊）

“死而上学”的沉思

——段德智教授《死亡哲学》读后

所谓精神的生活，不是害怕死亡而幸免于蹂躏的生活，而是敢于承担死亡并在死亡中得以自存的生活。

——黑格尔《精神现象学》

死是什么？死是一个与人类同在而又不能不猜的谜，一个斯芬克司之谜。自从有了人类，关于死的恐惧、悲哀、困惑、反思和各种方式的处理，便成为人类心灵、民俗和文化的重大而经久不衰的课题。巫术、禁忌、图腾、神话、诗歌、艺术、宗教、哲学，说他们莫不发轫于人之死亡，恐怕不算过分。至若生物学、医学、心理学、政治、军事、法律、伦理，乃至今天的国际外交活动、生态环境科学、社会心理、现代物理，则在在都与死亡结下了不解之缘。据说现今有一门综合性的新兴学科——“死亡学”，因此应运而生且相当走红。

1. 关于死亡的形上睿智

“死亡哲学”不讨论诸如临床死亡、器官移植捐赠、植物人、安乐死之类涉及医学、法律与伦理的问题，它凭借哲学概念、范畴和方法，对人的死亡及与之密切联系的自然和社会现象作总体的、全方位的、形而上学的省察。换言之，它是以理论思维形式或生命体验、濒死经验的形式表现出来的关于死亡的形而上学。关于死亡的哲学思考，近来，《死亡哲学》（湖北人民出版社，1991 年）的作者段德智教授造了一个名词，叫作“死而上学”。评者以为这个名词造得妙不可言。也就是说，一般“死亡学”中包含的大量具体文化门类，以及具体科学所研讨的诸如丧葬祭祀方式、死刑、死亡税、核污染及死亡过程理论等有关死亡的形而下的问题，不构成死亡哲学的对象。“在死亡哲学里，我们讨论的是死亡的必然性与偶然性（亦即死亡的不可避免性与可避免性）、死亡的终极性与非终极性（亦即灵魂的可毁灭性与不可毁灭性）、人生的有限性与无限性（亦即死而不亡或死而不朽）、死亡和永生的个体性与群体性、死亡的必然性与人生的自由（如‘向死而在’与‘向死的自由’）、生死的排拒与融会，诸如此类有关死亡的形而上学的问题。”（《死亡哲学》第 4 页）可以说，死亡哲学是死亡学之内核或最高层面。

段著关于死亡哲学的界定，关涉的主要是实存主体、生死解脱、终极存在的问题，而这些问题恰恰是各种宗教或准宗教（儒、释、道及各种民间信仰等）探讨的主要问题。当然各种宗教文化包罗的内容致广大、尽精微，其中关于死亡的形而上学层面，既是宗教学的最高问题，也是死亡哲学的研究对象。

叔本华曾经说过：“对死亡的认识所带来的反省，致使人类获得形而上学的见解，并由此得到一种慰藉。所有的宗教和哲学体系，主要即为针对这种目的而发，以帮助人们培养反省的理性，作为对死亡观念的解毒剂。各种宗教和哲学达到这种目的的程度，虽然千差万别互有不同，然而，它们的确远较其他方面更能给予人平静地面对死亡的力量。”这就把宗教和哲学由对死的反思上升到本体意识，把给人以安心立命的终极目的和功能表达了出来。

《死亡哲学》的作者指出，作为哲学的一个分支，死亡哲学有着我们不能穷尽的丰富内涵，概略地说，至少有两个基本层面，第一是人生观或价值观的层面，第二是世界观或本体论的层面。

从前一层内涵来说，死亡哲学是人生哲学或生命哲学的深化或拓展。之所以如此，按作者的观法，首先，因为只有具有死亡意识的人才有可能获得人生的整体观念和有限观念，从而克服世人难免的怠惰、消沉，萌生出生活的紧迫感，有一种鲁迅式的万事“要赶快做”的“想头”，从而“双倍地享受”和利用自己的有限人生，把自己的人生安排得“紧张热烈”（蒙田语）；其次，“所谓死亡的意义或价值问题，说透了就是一个赋予有限人生以永恒（或无限）的意义或价值的问题，因而归根到底是一个人生的意义或价值问题”（上书第 5 页）。这一层内涵当然不难理解。塞涅卡讲：“一个人没有死的意志就没有生的意志。”这也就是说，生只有通过死才能获得它的意义和价值，换言之，“未知死，焉知生”。这与孔夫子的“未知生，焉知死”恰恰构成对立互补的两极。

作者强调，人生观或价值观的意义尚只是死亡哲学的表层内涵，与它相互区别而又相互贯通的更为深邃又更为基本的意义层面是世界观和本体论的内涵。因为只有通过对死亡问题的哲学思考，只有倚重死亡意识或者消解死亡意识，才能达到本体的洞观、天人的契合。正视死亡，看重并借助死亡，树立正确的死亡意识，是我们达到哲学意识，达到哲学本体境界的必要工具和阶梯。正是在这样的意义上，柏拉图讲“哲学是死亡的练习”，叔本华讲“死亡是哲学灵感的守护神”，雅斯贝尔斯讲“从事哲学即是学习死亡，从事哲学即是飞向上帝，从事哲学即是认识作为实有的存在（大全）”。作者认为，死亡意识的哲学功能，正在于它是我们超越对事物的个体认识，达到对事物的普遍认识，达到万物生灭流转、“一切皆一”（赫拉克利特语）认识的一条捷径，是把握世界和人生之全体和真相的充分条件。《易传》“原始反终，故知死生之说”是一个极高明的见解。不过，评者愿特别指出，中国死亡哲学与西方略有不同，它是在“重生”“尊生”“天地之大德曰生”的背景下正视死亡，因而强调唯有超越，消解死亡，才能达到人与天地万物同体的境界。《庄子·大宗师》言：“外天下……外物……而后能外生；已外生矣，而后能朝彻；朝彻，而后能见独；见独，而后能无古今；无古今，而后能入于不死不生。”王阳明《传习录》言：若于“生死念头”“见得破，透得过，此心全体方是流行无碍，方是尽性至命之学”。按庄生之论，只有遗世独立、飘然远行、超然物（利害、毁誉、荣辱、是非）外，才能进而“外生”（无虑于生死）、“见独”（体悟绝对的道），进入不知“悦生”“恶死”“不死不生”，无古今、成毁、将迎的“撄宁”状态，即万物齐一的本体境界。按阳明之论，一个人的声色利欲已难脱落殆尽，而“从生身命根上带来”的生死念头，则更不易“见得破”“透得过”，然不超越死亡意识，则见不得贯通着的宇宙生命、人类生命和个体生命之统一的本体（“仁”体）。

似乎西哲西圣是从正面建构死亡意识的阶梯、桥梁，以达形上本体；而东哲东圣则从反面拆毁死亡意识的阶梯、桥梁，从当下体悟本体。这是从死的角度说的。如果从生的角度来说，则西方是从生命意识的自我否定出发，通过建构死亡意识的曲折周章来接近形上世界；而东方是从生生不息的“一体之仁”之自我肯定出发，在生命与生活的当下，直接进入本体境界。这恐怕与西方哲学主流派的主谓结构、二分模式、理性主义与知识论的进路和中国哲学主流派的“整体—动态”结构、机体模型、生命体验与道德学的进路之区别有关。然而正所谓道并行而不相悖，并育而不相害，殊途同归，一致百虑。

2. 死亡意识及其向生命意识的升华

作者翔实地爬梳了西方哲学的原始资料（书中引证的资料有三分之一是作者亲自翻译的），对西方死亡哲学做了全面、完整的梳理和批注，并以黑格尔、马克思的逻辑与历史统一的哲学史方法学加以建构和重释。

作者把西方死亡哲学史看作是一个动态的、“在发展中的系统”，认为其间相应地呈现出“死亡的诧异”（原始社会、古希腊、古罗马）、“死亡的渴望”（中世纪）、“死亡的漠视”（近代）、“死亡的直面”（现当代）四个具有质的差异的阶段。作者认为，死亡哲学史是发展的阶段性与连续性辩证统一的历史，是一个从肯定到否定再到否定之否定的过程，是一种基于历史上诸死亡哲学形态对立统一关系的矛盾演进，一种螺旋式的前进上升运动。例如，古希腊、古罗马的死亡观虽遭后两阶段哲学家们的否定，但它内蕴的相对平衡和相对稳定的“生—死”“有—无”的张力结构，却是否定和推翻不了的，因而终于在当代死亡哲学中以更为明确、更为充分的形式再现出来。再如，中世纪死亡哲学“重死”思想，虽遭近代哲学家否定，但后来它又以一种更为积极、更为昂扬的形式出现在当代死亡哲学中。

这部近 40 万字的著作，清晰地呈现了人类对自身死亡做出深沉的哲学反思的曲折历程。首先是如何用自然的眼光审视死亡和死亡本性，在关于灵肉、生死的有限与无限的怀疑和震惊中进入“死而上学”的思考；其次是如何用宗教或神的眼光看待死亡，将其视作实现永生、回归天国的必要途径，因而“厌生恋死”；再次是如何以人的眼光漠视死亡，视“恋生厌死”为人之天性，追求现世的幸福；最后是如何斥责漠视和回避死亡为“自我”的失落和沉沦，要求直接面对死亡，重新体认死亡的意义，更加积极地思考和筹划人生。

评者非常佩服这一架构。作者对三千年西方死亡哲学史的建构，的确颇费匠心。但评者特别看重、特别欣赏的尚不是这一架构，而是作者对西方有活力的、有原创性的哲学家的死亡哲学思想的敏锐捕捉和深刻洞悉，对人类面对死亡所生发的许许多多哲理的酣畅淋漓的评介、诠解。其中透显的作者本人的生命体验、人文睿识，自然流于笔端的激情，字里行间跳动着的思想火花和一些只可意会不可言传的形上意蕴，每每引起评者的共鸣，而不觉手之舞之、足之蹈之。

评者最深的感受是：没有死亡意识，就没有生命意识。人类全新的死亡观，诞生于文艺复兴时期。蒙田针对基督教为了神而牺牲人的主张，痛心地指出“我们最无人性的弊病就是鄙视人的存在”，从而把“研究我自己”规定为哲学的根本课题。人不再是自己命运的奴隶，而是自己命运的主人、筹划者，人生也不再意味着忍耐、受苦、消极无为，而是可以依照自己的设计过得生气勃勃、轰轰烈烈、奋发有为。正是面对死亡，省视了生命的个体性和有限性，才赋予生命以内在的价值！由“借死反观生”到“以生界说死”，人类的生死观发生了质变。殉道者布鲁诺虽遭八年囚禁，面对罗马鲜花广场的熊熊烈火，仍然从容镇定，厉声高喊：“你们宣读判决可能比我听到这判决时更加胆战心惊！”

此后，在近代哲学家那里，人及其理性则成了死亡问题思考的唯一尺度和准绳。斯宾诺莎断言：“自由人的智慧不是默思死，而是默思生。”而所谓自由的人，乃是“纯依理性的指导而生活的人”。由于他的自由和智慧，由于他依理性认识到必然性，他才能摆脱死亡恐惧情绪的支配而直接地要求善。当然，一般来说，近代思想家是以割裂、二分的思维模式看待生死关系的。拉美特利十分机智、颇为俏皮的话，再典型不过地表达了近代西方人追求现世的、凡人的、幸福的生死观："我的生死计划如下：毕生直到最后一息都是一个耽于声色口腹之乐的伊壁鸠鲁主义者；但是到了濒临死亡的瞬间，则成为一个坚定的禁欲主义者。"启蒙主义健将、百科全书派首领狄德罗的话，字字掷地作金石之响："如不能向恶毒的敌人正当复仇，我死不瞑目；如不竖立一座丰碑，我死不瞑目……如不在世上留下时间无法消灭的若干痕迹，我死不瞑目！"

这种生死态度，当然是壮怀激越，令人神往的！但是，真正深邃的所谓死亡意识，不仅仅是理性的，还是辩证的。唯有如此，才能升华为生命意识。黑格尔的精神辩证法，生与死矛盾运动的观念，尤其是对事物内在的自我否定的颂扬，克服了近代生死二元对峙的局限性，是真正打开死亡之谜的钥匙。既然死亡是一种内在的矛盾运动的结果，是事物通过自我否定获得新生的契机，那有什么理由害怕呢？又怎么可能躲避呢？作者引用黑格尔《精神现象学》的有关言论并解释说："如果精神害怕死亡，它就没有勇气直面自己的应当被否定的方面。""所谓承担死亡，就是不要害怕死亡，也不要躲避死亡，敢于去否定自己应当被否定的方面，不管自己经受怎样的风险和精神痛苦也在所不辞。而所谓'在死亡中得以自存'，就是要在不停顿的自我否定中求得自己的生存和发展，不断地超越自身又不断地回归自身，不断地实现自我和认识自我。"（上书第 203 页）可见，死亡在黑格尔那里是一种扬弃，是精神的肯定与否定的统一，取消与保存的统一，分裂与和解的统一。而这一点，正为马克思主义经典作家所看重。以这样的死亡观去观照天、地、人、我，还有什么牵挂黏滞而不能达观自如呢？行文至此，眼前所浮现的是青年郭沫若描绘的凤凰在火中涅槃的图景，耳际所回荡的是青年周恩来的铿锵的诗句："生死参透了，努力为生，还要努力为死，便永别了，又算什么？”还是马克思和恩格斯说得好：“辩证法是死。”“生就意味着死！”死与生在辩证的否定中相互转化。在自我否定的驱动下，死亡意识向生命意识升华。没有死的自觉，就没有生的自觉；没有对死的意义的透悟，就没有对生的真谛的把握。

3. 自由原则和个体性原则的定位

在西方死亡哲学中，自由原则和个体性原则是死亡意识向生命意识、道德意识和文化意识转化的枢纽。那么，这两项原则是如何产生的呢？在理论上应如何定位呢？静心沉思，死亡的另一个更为本质的内涵，是在个体、群体与类的关联和自由意志与普遍必然性的关联中展示出来的。原始死亡观的一个重要内容是对超个体灵魂不死的信念。这实质上是一种从原始社会公有制中生发出来的集体不死的信念。超个体的灵魂主要通过氏族或部落首领体现出来，并随着首领的代谢承传下来，成为集体的“守护神”。原始公社的解体、私有制的出现，使得不死的超个体灵魂原子化或个体化了，从此由集体的灵魂不死信仰过渡到个体灵魂不死信仰。作者认为，原始死亡观的崩解与人的死亡的发现的先决条件就是“人的个体化”。在《荷马史诗》里，个体灵魂的两重性——死的灵魂（即认识能力）与不死的灵魂（即生命原则）得以确立。人的死亡的发现内蕴着两个层面，一是死亡的必然性或不可避免性，一是死亡的终极性。这就启发了对肉灵（身心）关系（或精神与自然界的关系）和死亡与人生的关系等问题的思考，也就呼唤了哲学的产生。直到亚里士多德出现，西方哲学史上才第一次明确提出了“如何使我们的有死亡的生命具有不朽意义”这个死亡哲学的极其重大的问题，奠定了理性主义的死亡哲学的基础。

作者认为："亚里士多德注重从人的社会性和政治性入手，从个人同群体和类的关联来考察待死态度问题，提出借道德和勇气战胜死亡的问题，这同苏格拉底着重从个人的人格和形象出发来考察待死态度相比，显然要高出一筹。"（上书第 81 页）

这是什么意思呢？人的个体化是人的死亡被发现的前提，然而人毕竟是社会的人，人是普遍的自我与个体的自我的统一。任何正常的人都知道，界定"自由"离不开普遍必然性，界定"个体"离不开群体和类。所以康德提出了自由人自己选择去死这样一个死亡哲学的重大命题，强调了"意志自律"，同时又要求人们把死亡方式的选择自觉地建立在超乎个体的普遍利益和普遍道德准则的基础上。黑格尔进一步指出："死亡的根据是个体性转化为普遍性的必然性。"这是因为，自然（或肉体）生命作为类的一个个体，原本就潜在地具有普遍性（类的特征）。精神（或理念）突破自然生命的局限，使自身从片面的直接性和个体性中解放出来，达到自身的普遍性，达到现实的个体性与普遍性的辩证统一。然而，自然生命达到这一步的最有效的手段便是死亡。死亡是对肉体生命"个别的纯粹的个别性"的克服，因而也就是对事物世界和功利世界的否定。唯有死亡，我们才能超越"意识"而达到"自我意识"，超越功利世界而进入道德世界。"在黑格尔看来，一个人要达到独立的自我意识，非有死亡意识不可，非有点拼命精神不可。因为所谓独立的自我意识，其本质必然是一种自为的存在，是一种自由的意识，一种不束缚于任何特定的存在的意识，然而它又必须是通过另一个意识而存在的意识。这样作为这种精神现象的对立的双方，必然处于一种互相拼命的状态，即它们自己和彼此间都通过生死的斗争来证明它们的存在。"（上书第 207 页）正是从独立和自由的自我意识的立场出发，黑格尔对人格做了颇具特色的界说：“一个不曾把生命拿去拼了一场的人，诚然也可以被承认为一个人，但是他没有达到他之所以被承认的真理性作为一个独立的自我意识。”正是在这个意义上，黑格尔以待死态度区别了主人意识和奴隶意识。主奴意识之间的辩证张力正是构成历史运动的基础的东西。总之，在黑格尔哲学体系中，死亡不仅是精神超越意识达到自我意识的重要契机，不仅是精神从主观精神达到客观精神、达到道德世界、成为伦理实体的重要契机，而且也是精神超越有限制的伦理实体达到更为普遍的“世界精神”乃至“绝对精神”（狭义的）的重要契机。通过死亡，达到人与上帝的同一，即人的个体性与人的普遍性的同一。

评者饶有兴味地注意到本书关于尼采和叔本华、海德格尔和萨特死亡哲学的比较。作者认为，尼采和叔本华的一个重大分歧表现在人及其生死的个体性问题上。叔本华死亡哲学的根本目标是消灭人的个体性，把个体提升到族类（本质）的高度；尼采则强调人及其生死的个体性，把“成为你自己”看作一条基本的哲学原理，呼吁人们不断超越自己的同类。尼采不能容忍那种教人安于现状、苟且偷生的学说，那种贬抑人、抹杀人、使人永远沦为“末人”的学说。在他看来，我们生存的意义和价值，就在于不断排除我们自己身上趋向死亡的东西，创造永恒不变的东西，也就是赋予个体生命一种永恒性，或者说是以一种负重精神、自由精神和创造精神，以生存的勇气，敢于把自己的生命承担起来，进而全身心地投入永恒无限的自由创造中去。这种生命意识、道德意识和文化意识显然有合理的地方，对柏格森哲学，对陈独秀、鲁迅一辈的中国现代思想家起了震撼的作用。

海德格尔强调了死亡的个体性、原我性和不可替代性，认为“死亡是此在最本己的可能性”。这就是说，“唯有死亡才可以把

‘此在’的‘此’开展出来，使单个人从芸芸众生中分离出来，从日常共在的沉沦状态中超拔出来”。“在海德格尔这里，人并不是一个抽象的类概念（man），而是涵指单一的、具体的和不可以替代的个人（person）。如果此在在日常共在中丧失了自己的个体性和具体性，也就因此而丧失了自身，变成了‘人们’（das-man），这也就是他所谓‘此在的沉沦’。这时的此在就不再是‘本真的存在’，而成为‘非本真的存在’。死亡对于‘此在’之所以‘性命攸关’，就在于只‘有先行到死’才能使此在震惊不已，才能使人由‘我自己的死’充分鲜明地意识到‘我自己的在’，才能使人保持自己的个体性和具体性，或者推动人从日常共在的沉沦状态中超拔出来，‘本真地为他自己而存在’。”（上书第 263 页）海德格尔的“本真的向死而在”与“向死的自由”是一码事。所谓“直面死亡”，感受到死的迫切性和本真状态，可以使我们从日常的繁忙中超脱出来，领悟死不是遥远的事，死就在当下，“此在实际上死着”。此在把死亡这一最本己的可能性自己担当起来，面对着自己的死亡凭自己的良心自己选择自己，自己筹划自己，自己把自己的可能性开展出去！这就是“向死的自由”。在海德格尔看来，哲学的基本目标是“存在意义的证明”，而只有死亡才可以把此在之存在的本真性与整体性从生存论上带到明处。但正如本书作者所分析的：“海德格尔的死亡哲学也内蕴着一个巨大的悖论，这就是：死亡是此在的终结，然而它却是使此在成为此在的终结。如果套用歌德的话说，就是：死亡是黑暗，然而它却是给此在之存在以光明，给此在之存在以意义的黑暗。这或许正是海德格尔死亡哲学的奥秘所在。”（上书第 269 页）

在死亡哲学方面，萨特同海德格尔大相径庭。他反对海氏把死亡生命化的一切企图，断言死亡不是自为存在固有的可能性，而只是一个偶然的事实，它也不能从外面把意义赋予生命，断言"我们的自由原则上是独立于死亡的"。作者以为，这种对立或分歧是由二者哲学的总体结构和趣向的差异所决定的：海氏主要是通过"时间性"概念来阐明存在的意义的，因而，关于作为此在"终结"的死亡的理论自然就成了他阐明其存在意义的主要工具。萨特的重心在"虚无"，在人及其意识的能动作用，在人的自由，因而他是从人的主观性和自由的角度来看待死亡的。在萨特看来，死亡非但不能给人的存在以意义，反倒需要经由人的主观性和自由加以说明，且死亡是一种双面的"雅努斯"，具有两重性。一方面，我们可以把它看作是对它的紧附着限制着的人类生存过程的一个否定；另一方面，我们又可以"逆向而上"，强调它和它完成的人的生存过程和生命系列的"粘连"，强调它对人的生存过程和生命系列的决定性意义，强调它本身就属于这一生存过程和生命系列。对死亡的第一种理解强调的是死亡的非人性，是它对生命的外在化；而对死亡的第二种理解强调的则是死亡的人化，是它对生命的内在化。显然萨特是主张前者而反对后者（海氏的死亡观）的。

萨特驳斥了海德格尔全部论证的基础性论据（即死的不可替代性），并由此而否定了死给生命以意义，认为死取消了自为存在本身，取消了"赋予意义者"，因为自为存在是自己赋予自己意义的。死亡从根本上毁灭了人的全部筹划，从而也就彻底取消了生命的全部意义。海德格尔试图通过死，即通过生的中断，突出死的本己性、不可替代性，并通过这种迂回曲折，领悟生的本己性、个体性。萨特则断然否定了这个理路，从主观性出发，直接论证生的本己性、个体性。他说："我不是'为着去死而是自由的'，而是一个要死的自由人。"作者认为："萨特的死亡哲学从否定海德格尔关于死是‘此在最本己的可能性’的死亡定义开始，以肯定人的自由的绝对性告终。他的死亡哲学的重要功绩在于驱散了笼罩在海德格尔死亡哲学上面的悲观主义迷雾，抨击了海德格尔把死亡乃至整个物质世界人化和生命化的唯心主义意图，在一定程度上恢复了18世纪法国唯物主义死亡哲学的现实主义和乐观主义气氛，因而在当今西方世界产生了深广的影响。但是，他也因此而重蹈了18世纪法国唯物主义者割裂死生辩证关系的覆辙，并且由于他把人的自由绝对化，把他的死亡哲学的结论放在他所谓的‘主观性原理’上面，因而最终也和海德格尔一样，陷入了唯心主义的泥淖。”（上书第279—280页）

自由原则和个体性原则是死亡意识内蕴的生命意识、道德意识和文化意识敞开或升华的极其重要的关键点。在这些方面，西方哲学史上的有关争论给予我们许多理论思维的经验教训，值得认真地记取。本书作者的许多细致的、具体的、马克思主义的分析，相信能对青年人正确地建树积极进取、健康向上的生死观、价值观和世界观以有益的帮助。特别值得注意的是，本书列专章系统地、历史地论述了马克思列宁主义的死亡哲学，并结合国际共运史上的许多英勇战士的生死伟绩，理论与实践相结合地指明，只有马克思主义的生死观才是过去时代死亡哲学发展的必然结果和历史总结，是当今时代精神的精华，是我们时代不可超越的伟大成就。正如哲学史家陈修斋和萧萐父为本书写的序言所肯定的：作者把马克思主义经典作家和大师们对死亡问题的精辟论述集合、整理，加以系统化，并以此为指导写出这部史论结合、古今贯通的死亡哲学专著。这是作者对我国理论界的一大贡献。作者指出：“人的有死性与不朽性、死亡的必然性与人生的自由的辩证联结，个体生命（小我）的有限性与群体生命（大我）的无限性的辩证联结，个体死亡价值与人类社会发展走向和人类解放大业的辩证联结，无疑是马克思主义的死亡哲学的基本内容。”（第 18 页）其中关于如何对评者前面所提及的“自由原则”和“个体性原则”予以正确的定位，相信读者通过本书会得到一个清朗的理解。

“存顺殁宁”“生寄死归”，中国传统哲学自有一套特殊的生死智慧。本书尽管在不少地方论及中国的死亡哲学，但毕竟未及深究。我们期待着作者在本书的姊妹篇《死亡与文化》《中国死亡哲学》中再行展开。此外，由于本书架构的限制，死亡哲学中的许多研究专题，例如死亡与爱情、自杀理论等，虽在评述各代表人物死亡哲学思想时均有涉及，但没有集中深入地分类探讨。从屈原到三毛，自杀的该有多少？那维护尊严、抗议无道的，如老舍、翦伯赞、傅雷先生等，以死来成就完满人格，实现人生价值，悲愤苍凉，然都能理解；而那种由于文化价值系统失序、转换引起心理失衡而自杀的，如梁漱溟的父亲巨川先生和学界巨擘王静安先生等，则颇不易揣度；还有诸多作家、诗人，包括不少诺贝尔文学奖得主，则另属一类；还有 1970 年代末美国的邪教组织“人民圣殿”的九百多人集体大自杀。如此等等，都是死亡哲学不能不研究的问题。本书甚至没有为加缪列专节，评者颇觉怅怅。

文德尔班说：“为真理而死难，为真理而生更难。”与自杀对应的另一面，如太史公含垢忍辱，身残处秽，就腐刑而无愠色，终于完成“史家之绝唱，无韵之《离骚》”；文天祥、谭嗣同、李大钊、张志新等，临难毋苟免，铁肩担道义，未敢昧大义而轻生，未敢昧大义而惧死，更是我们民族的精神脊梁！

（本文一部分原载《读书》1991 年第 12 期，一部分原载《鹅湖》1993 年第 4 期）

论唐君毅的文化哲学

一、道德自我的挺立与撑开

唐君毅（1909—1978）乃现代新儒家之代表。他特重文化哲学的重建。他的文化哲学的中心观念是“道德自我”，即“道德理性”。他在抗战末期出版《道德自我之建立》时即已确立这一中心观念，在1950年代末出版的文化哲学著作《文化意识与道德理性》中更进一步阐发了这一观念。他将人类一切文化活动统属于道德自我（或精神自我、超越自我），视文化活动及其成果为道德自我分殊的表现。

他指出，一切文化活动之所以能存在，皆依于道德自我为之支持。一切文化活动，皆不自觉地，或超自觉地，表现道德价值。道德自我是一，是本，是涵摄一切文化理想的。文化活动是多，是末，是成就文明之现实的。道德之实践，内在于个人人格。文化之表现，则在超越个人之客观社会。

这显然继承、发挥了我国传统的（包括熊十力思想在内的）体用、本末、主辅、一多之论。一方面，道德自我的外在化、客观化，即人文世界分殊地撑开，即是一显为多、本贯于末、理想现实化，由此成就了客观的社会文化之各层面。另一方面，人必须自觉涵摄各种文化活动和客观社会文化的诸层面、诸领域，即整个人文世界，无不内在于个人之道德或精神自我，无不在道德或精神自我的统摄、主宰之下。

唐氏认为，中国文化的缺点在于“由本以成末”，即人文世界没有分殊地撑开，“用”或“外王”的多维展示甚不充分；西方文化的缺点在于“由末以返本”，即人文世界过于膨胀，或沦于分裂，“体”或“内圣”反而黯而不彰。因此，唐氏之文化哲学试图救治这两种缺失，强调精神自我、道德价值与各种文化活动的贯通。

唐氏思想是中西道德理想主义的综合和再创。他继承了孟子的性善论和宋儒“本心性以论文化”的传统，明体达用，立本持末，依性与天道立人极，即先立乎其大者，突出德性之本源，以统摄文化之大用。其论列方式或运思方式，则取西方传统——先肯定社会文化为一客观存在的对象，而后反溯其所以形成之形上根据，由末返本，由用识体。他发挥了孔孟至宋明儒学的文化哲学思想，尤其援西学于儒，借助并发挥了德国观念论——康德、费希特、谢林、叔本华、黑格尔的思想，扩充康德的道德为文化之中心论、道德生活自决论和黑格尔的精神展现为人类文化的慧识。但唐氏不取黑格尔层层次第上升、先在原则上决定各种文化领域之高下的直线式历史文化观，而是肯定各种文化活动、文化领域的横面发展和相对价值。唐氏对康德亦有所修正：“着重于指明人在自觉求实现文化理想，而有各种现实之文化活动时，人即已在超越其现实的自然心理性向、自然本能，而实际地表现吾人之道德理性。”在这里，道德理性所包含的主宰义和超越义，特别是实践义，都突显了出来。

唐氏之文化观亦可称为“心化”的文化观，与我们所主张的以社会人的物质生活资料的生产和再生产活动为基础的文化观不同，他把文化活动的本质视为精神活动，视为道德主体的客体化（现实化）与现实存在的主体化（理想化）的统一，外化与内化的统一。他论证了家庭、政治、经济、文学、艺术、道德、哲学、宗教、科学、体育、军事、法律、教育等文化活动，各有独立的领域，殊异的形式和内容，但认为这仅仅是人的各种精神要求与表现，其超越和改造现实，超越主客和时空，超越已成自我，超越物质世界和人的自然本能欲望。唐氏文化哲学强调的是，文化活动在根本上是针对现实和个体人的缺点而引发的，自觉或不自觉地依理性而形成，涵盖了文化理想，表现了一种道德的、人格自身的价值。没有超越意识，没有价值理想，即没有人类各文化活动和文化成果的产生。唐氏对人文世界的方方面面都有广泛涉猎和深宏而肆的发挥，但出发点则是“道德自我”，即道德主体。

唐氏在建构这一文化哲学时，把文化主体的超越性、主宰性和文化理想的普遍性作为基础。然而，我们有理由对这一文化观的基础提出质疑：文化主体的超越性、自主性和价值理想是如何产生的呢？人类创造文化的活动，特别是初始的解决吃喝穿住的活动，是如何产生的呢？一定时空的人类群体的文化活动的发生发展，难道不受一定的外在自然地理生态环境及社会文化环境的制约吗？这种制约难道不是非常现实的根据吗？诚然，道德理性贯注运行于各种社会文化活动之中，但能够因此而说道德理性是一切社会文化的基础吗？在我看来，任何人总是生活在既存的、不容选择的隶属于一定时代、一定人类群体的具体社会环境中，即首先是生活在前代人所提供的生产力的基础及其相应的文化氛围之中。从一定意义上说，广义的“文化”，人类学家、民俗学家所说的“大文化”塑造了人，塑造或者规定了人们特定的生产方式、生活方式、行为方式、思维方式、情感方式、价值方式，乃至个体的心智、性格。文化重要的产物即是人本身。文化对于人来说乃是一种外在客体，具有独立存在的意义和不可抗拒的力量。人们的任何活动都是由文化环境（特别是累积、承传下来的物质基础、生产方式、风俗习惯等）、大小传统和大传统中的价值系统所决定的。也可以说，都是在一定的文化框架、文化范式内进行的。任何人都不能脱离他所处的客观的文化背景、条件或环境，就像不能脱离他的皮肤一样。面对无所不在的特定时空的文化系统与文化现象，人们往往有一种“无所逃于天地之间”的感觉。我们承认一种文化的内在精神使人们的生存模式化，并使这些文化中个人的思想和情感固定化，但是作为造成一定的文化模式的民族的潜意识，并非只是精英文化的积淀，它主要是由与客观面文化紧密相连的小传统所规定的。

然而，任何时代的人类群体或个体，在既定的文化面前果真完全是被决定的、无所作为的吗？难道人们不正是依凭前代或同时代人为他们提供的社会文化舞台，创造出光华灿烂的、威武雄壮的活剧的吗？平心而论，唐氏文化哲学的意义正在这后一方面。当然，唐氏仍然承认客观现实存在是文化创生、发展的必要条件，承认理想价值的现实化有一个客观过程，承认人类创造文化的活动受到外在诸条件的影响，尽管我认为他对这一客观层面强调得还不够。然而，唐氏文化哲学的中心和重心，并不在此。他对文化主体的超越、主宰和文化理想的普遍、指导诸义的肯定，虽不免说过了头，但的确具有一定的意义和价值。

在唐氏看来，各种文化活动，包括人之生产、交换、分配、消费等经济活动，如无人的精神活动或道德意识为之支撑，即自始不能存在，人们在社会文化活动中的各种冲突，各文化领域的冲突，个体人的不同参与与引起的内心冲突，如无超越意识、道德理想为之调适，只可能导致人性的分裂或异化。他指出，如果离开了道德意识、人格平等而言科学、民主政治、宗教等，则可能导致反人文或视人如非人。也就是说，唐氏文化哲学的重心不是一般地肯定文化的主体性、创造性，而是特别肯定在文化活动中人的道德的主体性和道德的创造性。唐氏认定，各独立的文化领域、各个体人的文化活动之殊相中都隐含有一共相，即普遍性的理想，也即是“公性”、“仁性”、道德性。在他看来，这不仅是各文化活动赖以发生、存在、发展的根源和动力，而且还是调节者、主宰者。

因此，他指出，人类社会中，个人之人格所肯定之当然理想、客观价值意识与历史精神，若同向某一方向变，则此人类社会文化历史之世界之存在状态，即皆向某一方向变。而此种当然理想、客观价值意识、历史精神，应加以开辟，使之更广大高远；加以凝聚，使之更为真切笃实；以之直接主宰内心之意志，以改进日常生活，再及于社会之外表行为者。此则为人之自己建立理想人格之为如何如何之一真实存在之道德精神。此即为人类社会、人文历史世界之核心中的核心，枢纽中的枢纽。

唐氏以道德理性和理想人格作为文化活动、人文世界的基础之基础、根源之根源、核心之核心、枢纽之枢纽，显然是缺乏人类文化史的根据的，也是不符合文化的发生、承传、发展的客观现实的。不过，换位理解唐氏的用意，不难发现这针对着现代社会和现代人的通病。意义的危机、形上的迷失、存在的惶惑和精神自我的失落，使得唐氏重建人文价值的努力旨在解决人的终极关怀和安身立命之道的悬置问题。

二、生命存在的“三向九境”

通过对世界各大文化系统、哲学精义的广博吸取和系统梳理，在他关于人文精神的多部著作和六大卷《中国哲学原论》之后，唐君毅晚年在巨著《生命存在与心灵境界》中，不再以“道德理性”（道德自我）来建构文化哲学体系，而是将“道德自我”推扩为人的整个生命存在与心灵活动，以“三向九境”的庞大系统，不仅对中、西、印各文化精神作了判教式的总结，而且对人生活动的各价值层面、各精神境界作了“宏大而辟”的发挥。唐氏似乎看到“道德自我”并不是独立存在，而是与人的生命存在的各方面相联系的；道德活动亦不是孤零零的，而是与人生其他活动相伴随的。

所谓“三向”，即是指生命存在先向客观境界，次向主观境界，最后向超主客观境界敞开。而心对于境之反观有横观、顺观、纵观三种形式，如此三观与所观三境之体、相、用相应，则构成交相辉映的九境。九境即在客观境中所见或所表现的个体界（万物散殊境）、类界（依类成化境）、因果界（功能序运境），主观境界中所见或所表现的身心关系与时空界（感觉互摄境）、意义界（观照凌虚境）、德行界（道德实践境），超主客境界中所见或所表现的神界（归向一神境）、真法界（我法二空境）、性命界（天德流行、尽性立命境）。这是在以生命为主的心灵世界中力求真实存在的过程中所表现出来的认识秩序或价值秩序，也即是对宇宙秩序的契合与体验。

唐氏“三向九境”绝非文字游戏或形式架构，他所崇尚的仍然是生命理性或实践理性的创造性与超越性，所抉发的仍然是有限身心的无限性与积极性。在人生超越物欲、超越自身的曲折历程中，感觉经验、理性知识、逻辑思维、道德理想、宗教信仰等等，都是必经的中间环节；人的生活于横向发展的各种境界中表现了它的意义与价值，同时亦有其局限和不足。例如“个体主义或个人主义的哲学”“思想与生活之依类成化及知类通达”“功利主义之人生态度”“感觉互摄之行为与生活”“观照的人生态度”等所成就的生活，总是要归趋于“道德实践境”以成就道德生活与道德人格，显示人生的最高与最后的价值。他又以“天德流行、尽性立命境”涵盖“归向一神境”与“我法二空境”，阐释了儒家道德心性学说给人以安身立命之所在的终极意义。

这样，他在把“道德自我”推扩为“生命存在”，展示了人生各层面、各意义、各价值之后，最终仍归趋于超越的、理想的道德价值，又回到了、守住了他的中心观念。他高扬了道德心灵的超越性、无限性。这种超越观，当然与西方哲学的超越论（或超绝论）不可同日而语。这种超越是一种内在的超越，是归于现世人生的。同时，它又涵盖了西学，包容了人类自身及其与周围世界关系的主客对立状态及认知层面的理解，从而弥补了中学之不足。在揭示了生命存在与心灵境界的不同层面，对如此丰富的诸层面作了理智的、客观的理解之后，唐氏文化哲学的目的仍是“立人极”，成就“成德之教”，开拓精神空间。他说：

何谓吾人之生命之真实存在？答曰：存在之无不存在之可能者，方得为真实之存在；而无不存在之可能之生命，即所谓永恒悠久而普遍无所不在之无限生命……吾人之生命，原为一无限之生命；亦不能以吾人现有之一生，为吾人之生命之限极。然此无限之生命，又必表现为此有限极之一生……由吾人之论之目标，在成就吾人生命之真实存在，使唯一之吾，由通于一永恒、悠久、普遍而无不在，而无限。生命亦成为无限生命，而立人极。故吾人论诸心灵活动，与其所感通之境之关系，皆所以逐步导向于此目标之证成。

在尽性立命之道德实践中，人们有一精神的空间。

此空间之量，人可生而即有或大或小之分，然亦可由修养

> 而开拓小以成大。此修养之道，恒非在一般道德实践之情境中，方加以从事者……乃在平时之不关联于道德实践之心灵之活动。此即如在吾人前所谓观照凌虚境中之观照活动、感觉互摄境中之感觉活动及万物散殊境中之观万事万物之个体之散殊，而分别论谓之于活动中，吾人皆可有开拓此心量，以由小至大之道。此诸活动，或关于真理，或关于美，皆不直接关于道德上之善。然真美之自身，亦是一种善。人对真美之境之体验，则为直接开拓上述之精神之空间，以成就尽性立命之道德实践者。

唐氏开拓精神空间，成就成德之教，其以“立人极”为目的的文化哲学系统，是在融摄、消化了中西哲学之后所建构的理想主义的真善美统一的文化哲学系统。该系统的特点是把理想主义和理性主义统一了起来。他主张，人类今后之哲学，仍当本理性以建立理想，而重接上西方近代理性主义、理想主义的传统。同时，他又从中国哲学中发掘了本之于人的性情的生命理性、生活理性、实践理性和不脱离现实世界的崇高理想，从而在当代中国哲学中创发了力图把实然与当然、情感与理性、现实与理想、知与行、仁与智统一起来的哲学系统。正是在这一基础上，唐君毅把传统哲学大大推进了一步，同时找到了一条沟通、发展中西哲学的道路——理性主义的理想主义之路。这是他的文化哲学不同于甚至高于西方生命哲学和存在主义的地方。尽管我们可以从文化的发生学、发展观、本质论、生态学等各层面对唐君毅的文化哲学提出种种不同的意见和批评，但我们仍能理解他的用心。他的文化哲学从形上学、宇宙观上论证了道德理性的地位。

（原载黑龙江大学学报《求是学刊》1993 年第 4 期）

熊十力的思想世界

——《天地间一个读书人：熊十力传》自序

熊十力先生（1884—1968）是20世纪中国最具有原创性的哲学思想家。同时，他也是一位特立独行、无所依傍的怪杰。他一生涵濡着平民性格，从未接受过旧式或新式的系统的正规化教育。他在贫瘠的鄂东乡间，自学成才，凭借着“上天以斯文属余”的狂者情愫及某种缘会，终而定格于北京大学，成为“后五四时期”现代新儒学思潮的哲学奠基人。

熊十力的学术地位是由他对传统社会和现代社会的人的异化的双向批判、双重扬弃所确定的。他力图理解时代，把握时代脉搏，而又与热闹喧嚣的俗情世界，与新潮和时髦，与政界、商界甚至学界，保持一定的距离，绝不随波逐流。在他一生的独行孤往、苦闷求索中，以传统批导现代，以现代批导传统，其深刻性远远超过了某些有着赫赫名声的讲堂教授。他以全副生命抗拒着传统文化的腐化和僵化，批判专制主义及其吃人礼教造成的政治—伦理的异化；又警惕、防范着人文的沦丧、价值的旁落、生命的钝化、灵性的消亡；还抗议工业社会带来的负面影响——人与天、地、人、我的疏离与紧张，人性的贫弱化、单面化、物化，以及人失去了安心立命之所、精神的归乡与故园。熊十力力图复兴与鸢飞鱼跃、生生不息、生意盎然的宇宙大生命相匹配的人文世界，恢复具有创造精神的、活活泼泼的、刚健自强的民族文化生命。他以人文的睿智，重建了道德自我，重建了儒学，重建了中国文化的主体性，重新考察了现代性与根源性、普遍性与特殊性、人文价值与科技理性的关系问题。

熊十力一生反对抛却自我、失所依归的“海上逐臭之夫”。面对菲薄固有、“一意袭外人肤表”、“追随外人时下浅薄风会”的全盘外化倾向和浮浅芜杂、转手稗贩、自贱自戕、奴颜媚骨的所谓“思想界”，他作狮子之吼，为挺立和重塑中华民族精神，创造了融合西方思想、继承东方精髓的“新唯识论”哲学体系。他以理想滋润生命，以生命护持理想，其苦心孤诣乃在于重新发现、开掘中华文化的灵根和神髓。一个人，一个族类，都有自身内在的大宝藏，如果不善于“自力开辟”“自力创造”，反而“抛却自家无尽藏，沿门持钵效贫儿”，放弃己性、特殊性、民族性、个体性，那就很容易沦为浮游无根的精神弃儿。熊先生一生最可贵的就是保持了己性，护持了“真我”。在他看来，作为社会良知代表的知识分子的特质，只能是思想独立、学术独立、精神独立。倘若知识分子思想失自主，精神失独立，学术失个性，就不可能有健康的思想界。熊先生说：“有依人者，始有宰制此依者；有奴于人者，始有鞭笞此奴者。至治恶可得乎？吾国人今日所急需要者，思想独立，学术独立，精神独立，一切依自不依他，高视阔步，而游乎广天博地之间，空诸倚傍，自诚自明。以此自树，将为世界文化开发新生命，岂惟自救而已哉？”他提倡“自本自根，自信自足，自发自辟”，反对尽弃固有宝藏，凭浮词浅衷，作无本之学。

1946 年 6 月 7 日，熊十力致函徐复观说：“知识之败，慕浮名而不务潜修也；品节之败，慕虚荣而不甘枯淡也。举世趋此，而其族有不奴者乎？”熊十力一生求真，忌俗，甘贫贱，忍淡薄，去浮华，务潜修，批评那些耐不住寂寞，往来中外都邑，扬誉公卿名流，自荒所业，而以广声气为宏学，一意博取浮名的所谓“学人”，“徘徊周旋于人心风会迎合之中”，“虽得名，亦无自得之意矣”。这对于当今“学界”的“风派”“名士”，不啻当头棒喝！熊先生说，凡有志于学术者，“当有孤往精神”，“不孤冷到极度，不堪与世谐和”。他这种堂堂巍巍做人，独立不苟为学的精神，应是中国知识分子应当具备的最起码的素质。

没有独立的学人，就不可能有独立的学术；没有独立纷呈的学术，就没有我们民族的自主性。知识分子个体性、自主性的沉沦，知识分子素养的贫弱化或奴性化，并不单单是一个知识分子的问题，而是关乎民族精神衰亡的问题。我们的民族精神，难道不正是以千千万万“士人”个体或其共同体（例如自由讲学之民间书院等）为载体和薪火相传的媒介吗？知识分子的个性彰显和学术的自立之道，恰恰与民族精神的活化和挺立有着有机的联系。换言之，知识分子被他力或自力所阉割，即是民族精神被阉割。正如顾亭林所说：“士大夫之无耻，是谓国耻。”这不独在中国文化史上，亦在世界文化史上，都是最普通、最常见的事实。

承复旦陈思和先生不弃，命某作熊十力先生传，一方面盛情难却，另一方面熊先生之为人为学对于今日的社会和今日的青年确有价值和意义，再则熊先生于“文革”中被诬被斗，辞世多年之后，于今又无端招致詈诟毁辱，职是之故，此书则不能不作也。

癸酉（1993 年）芒种于武昌广埠屯

（原载《天地间一个读书人：熊十力传》，上海文艺出版社，1994 年）

缅怀陈修斋先生

陈师离开我们已经三个月了，然音容宛在，手泽犹温。回想起先生平易、谦和的神情，禁不住潸然泪下。我虽然不算先生的门下弟子，但听过先生的西方哲学史与哲学史方法论的课，听过他的有关符号学与莱布尼兹的讲座，又多次登门求教，先生亦“视若己出”，关爱有加，故也算是他的学生。我常常回想起近五年以来在先生府上和几家医院与先生的长谈，我们师生在心灵上更加相通。今天，我默默地看着先生给我的书札及与先生的合影，细细地品味着先生的教诲，回忆着贺麟先生怎么向我谈起他，而他又是如何向我谈贺先生的，一切的一切，历历如在目前……

段德智兄和我共同献给先生的挽联是：“天将以夫子为木铎，怀抱中土理想，为人良知莫昧，语重心长，性真情切，悲心常运存道统；时适逢大易之剥复，弘阐欧陆理性，治学谨严不虚，文朴思永，言嘉行懿，教泽薪传慰孤衷。”我代人拟的另两副挽联是：“奋斗忆当年，一身正气，与贺师拍案而起，力排众议，开放西哲，先生可无忧矣；悲伤同此日，终世不苟，带众徒抚几而坐，远离荣利，持守古道，夫子犹有憾焉。”“救世倡人文，穷研西籍，扶掖后进，铁肩道义，人格典型忽逝；立门闻教泽，勉耕玄圃，企盼来学，妙手文章，一代顽懦犹兴。”

先生是人师，以他不苟且、不怠惰的一生，以他的行为操守、不言之教，彰显人格，启迪后学。他一生专攻西方哲学，尤其是欧陆理性主义与英国经验论，攻法国哲学，译莱布尼兹等人的著作，一生呼唤西学价值，然从立身行世、立德做人的角度而言，他却是一位典型的传统的中国士人，不杂俗染，不被西风。先生为人仁厚，默默无闻地潜心学术，不求闻达，远离荣利；不遗余力地扶掖后进，倾尽心血；推己及人，和善待人，讲求恕道，温润如玉，有长者之风。他一生坎坷，却始终坚持正道直行。他的刚正不阿，尤其表现在每到生命关头，以社会良知自任，挺身而出，拍案而起，力排众议，担当道义！他的生命，不仅富有知性，更是深具品性！关键时刻的狮子之吼所显豁的铮铮风骨与日用伦常之际的宽厚和蔼、仁慈悲悯之心，恰构成他的人格中互补的双元。他继承他的老师贺麟先生的精神，主张中西主流、大统哲学的互通与融合，并身体力行。

陈先生是一位真诚的人。百日来，一闭上眼睛，就像过电影一样，许多情景重现出来：读研究生时，约 1982 年暑假，我到北三区陈府交哲学史方法论课的作业时，他在两栋房之间的空地打太极拳，见我来了，赶快收功，接待我；又有一次去陈府时，是一个星期天的下午，陈师、师母与师妹宣红都挤在里屋看电视，当时中央电视台“正大影院”在播翻译的外国电影；1986 年，我随陈先生、杨祖陶先生到北京出席贺麟先生寿庆与学术讨论会，火车上与北京会期的交谈；四年多前，陈师是博士生导师，晚生是负责研究生工作的系副主任，一道受邀到枫园与研究生们对话及引起的麻烦……当时有一种说法，中南看湖北，湖北看武汉，武汉看武大，武大看哲学系，哲学系看两史（中国哲学史和外国哲学史）教研室。陈师、萧师及其家人与有的学生经受着考验与煎熬。先生那样瘦弱，咳得厉害，还要一次次出来开会，做检讨，过不了关……我真是心痛啊！以后先生肺部疾病复发并恶化，得不到有效医治，很多大医院以此病有传染而不收治，最后在条件很差的地质疗养院的医院过世。那病房连纱窗都没有，先生手臂上都是蚊虫叮咬留下的红点。有一次我带着迟儿去看先生，先生急切地说："我这病是会传染的，你怎么带小孩来，你们赶快走……"

我有幸受到先生的熏炙，耳濡目染，感触良多。承先生不弃，晚生亲聆謦欬，至今回想，真可谓"咳唾成珠玉，挥袂出风云"。在先生与我的多次畅谈中，印象最深而又做过笔录的，是7年前陈师回忆关于现代哲学史上的一桩公案，即1957年1月22日至26日在北京大学哲学系举行的"中国哲学史座谈会"，以及会后我国中外哲学史专家（冯友兰、贺麟与陈师等人）所遭逢的坎坷。以前，我就此问题专门拜访过贺先生。贺麟、陈修斋诸先生在这场与教条主义和"棍子们"的斗争中所彰显的理论勇气、智慧、人格和风骨，正是一切从事哲学研究的学者们所必需的素质。他们真正做到了"学问与人格不二"，是我们后辈的楷模。

陈师百日祭辰，1993年11月26日

（原载段德智编《陈修斋先生纪念文集》，武汉大学出版社，1997年）

读傅伟勋教授生死体验的新著

——《死亡的尊严与生命的尊严》[①]

傅伟勋教授是大陆几代学人的好朋友。十多年来，他为沟通海峡两岸乃至大陆与海外的学术交流，做出了卓越的贡献。他的颇为海内外学林推崇的力作《西洋哲学史》《从西方哲学到禅佛教》《批判的继承与创造的发展》《“文化中国”与中国文化》《从创造的诠释学到大乘佛学》等中英文专著，在国内各图书馆都很容易找到，且拥有众多的读者。他所倡导的治思想史的新方法论——“创造的诠释学”，已为国内老中青学人所认同。他的一些术语、概念、提法，例如“文化中国”“生命的十大层面与价值取向”“超克精神”“多元开放”“一体多元”等，更是为青年学子所津津乐道，由此可见他的影响力。

尤其令每一位接触过他的人难以忘怀的，是他那爽朗开怀的笑声和洪亮的连珠炮式的谈话。他是一位性情中人，率真、坦荡、豁达、没有架子、毫不做作、充满活力与童心、快人快语、心胸开阔。他虽然生长于中国台湾，执教于美国，但与我们大陆师生几代人却没有什么交流障碍或心理距离。他曾四访大陆，三度来汉，除有一次匆匆而过外，两次到我校武汉大学作短期学术演讲，

① 此书书名为《死亡的尊严与生命的尊严：从临终精神医学到现代生死学》，此处为略写。

在珞珈山麓小住。他爱讲、能讲。在我印象中，他的嘴巴总没有停过。

1988 年 5 月中旬，他自北京来，在北京讲过数场，来后又与我系教师、研究生及我省部分青年学者分别座谈，还在我校做过一次大型演讲，听众有四百多人。演讲中途扩音器坏了，他说他嗓门儿大没关系，就那么讲下来了。离汉时嗓音都沙哑了，但还要去上海讲。他爱玩、能玩。我陪他游览黄鹤楼和东湖，几乎跟不上他的脚步。记得登上磨山之巅，饱览湖光山色，他乐得与顽童一般，手舞足蹈，对东湖美景赞不绝口，连连说下次一定要带他的未婚妻华珊嘉教授来体验体验。

1992 年中，偶然获悉傅先生患有癌症，惊讶之余，连忙通报给业师萧萐父、李德永、唐明邦、刘纲纪诸教授，大家嗟叹不已，但总希望传言有误。俟消息得到证实后，我们分别给他写慰问信，不想收到的仍是他的亲笔回信，仍是那刚健有力、龙飞凤舞的字迹，仍是那开朗乐天、不悲不戚的语言。

这种参透生死的达观态度，或许正是他战胜病魔的法宝。有一次，他还给纲纪教授寄来了李泽厚教授发表在香港《明报月刊》上的短文《怀伟勋》。李泽厚先生的这篇文章洒脱自如，文情并茂，脍炙人口，精美至极，不仅活脱脱凸显了傅先生的性情，也表达了现代士人的感受。

1993 年夏，当我再次去信问候他时，他回信即告以他的新著《死亡的尊严与生命的尊严：从临终精神医学到现代生死学》6 月在台出版之后，一时洛阳纸贵，当时正印第三版，出版之后当另托书局寄赠一册给我。不久，我就收到正中书局寄来的这部感人肺腑的书。它是傅伟勋先生患淋巴瘤，经两次手术、五十多次电疗，在身体尚未恢复的情况下，用三个月时间写成的书，是生命的颂歌，亦是濒死的体验。正如杨国枢教授在序言中所说：这是一位不平凡的人写的一本不平凡的书，作者不只靠自己的学识，也是用自己的生命来写这本书的；作者从探讨生死问题的“智慧之道”所达到的“解悟”之境，进展到超克生死对立之困惑的“证悟”甚或“彻悟”之境。作者十多年来在宾州天普大学宗教学研究所为博士班讲授生死学，用自己与癌症顽强斗争、身历生死关头的生命体悟，对生死问题的看法，将纯智上升到知识与体认合一的境界。因此杨国枢先生建议读者不但要用“脑”去读，更应用“心”去读这本书。这本书寄来之后，在我校教员中“不胫而走”，辗转相传，最近我费了九牛二虎之力才追回来。有的人读了一遍还不过瘾，又写信向作者或书局索要，或珍藏，或转荐给患重病的友人。

1. 现代社会“死亡问题”的凸显

死亡是一个永恒的话题，是自古以来世界上各种宗教、哲学探讨不休的问题。但为什么说它在现代社会更加凸显出来了呢？这是因为科技与医疗的进步，高龄化社会的出现，迫使今人比古人更加感受到孤独无依。人寿的延长，也可以说是迫近死亡之负面心理纠葛的延长；退休之后的健康老人、衰弱老人或绝症患者的日常生活尤其是精神的安顿成了问题。而现代工业社会处理死亡的机械化及非人性化的方式，使得人们在生命的最后关头恐惧不安。但每一个人面临自己的死亡，毕竟只有自我承担。人们如何才能平心静气、从容不迫又具有人性尊严地离开世间？换句话说，面临死亡的挑战，每一个人何以维持生命的尊严到底？这不仅涉及社会的、法律的、道德的、伦理的方方面面，尤其关涉人的高级的精神信念与修养。

傅先生的这本书，意在把高龄化过程转化成人类精神的深化过程，把死亡哲学的问题转化为生命哲学的问题。我们每一个人生下来即是“向死存在”，“则高龄化乃至死亡过程不是根本问题，生死（乃是一体两面的）问题才是根本问题”。“现代人天天讲求所谓‘生活品质’却常忘记‘生活品质’必须包含‘死亡（的尊严）品质’在内。或不如说‘生活品质’与‘死亡品质’是一体两面，不可分离。于此，高龄化到死亡的过程，深一层地说，即不外是训练每一个人培养‘生命的尊严’与‘死亡的尊严’双重实存的态度的最后阶段。”（《死亡的尊严与生命的尊严：从临终精神医学到现代生死学》第 9—10 页）这就不能不探讨人生的终极问题：生命为何？死亡为何？

傅先生倡议设置一门新的学科——“临终精神医学与精神治疗”学。在他多年教学经验的基础上，他主张把死亡学、精神医学、心理治疗、医药伦理学、宗教学、哲学等综合起来，形成这一新学科。本书即是这一新学科的雏形。这是广义的死亡学的一部分，所考察的对象是面临死亡的患者的正负面精神状态，尤其是负面精神状态，并结合心理学、宗教、文学、音乐、艺术等，提供我们能奏实效的临终精神治疗法，使人能够自然安宁地接受死亡，保持死亡的尊严。鉴于有见于生而无见于死、有见于死而无见于生都属一偏之见，因此作者倡导的“临终精神医学与精神治疗”的内核，即是关于生命的意义与死亡的意义的探索。

在这里，安乐死或自杀被予以同情和理解，因为每一个实存主体面对死亡的态度，有其俨然不可由他人替代的独特性、尊严性。死亡问题的精神超克，终究要看每一实存主体的独特态度、价值观、生死观等，完全属于存在主义所云“实存的抉择”。

2. 现代生死学与宗教资源

从多学科交叉整合的角度，作者综合西方死亡学与儒、释、道、耶之生死智慧，演化为一种“现代生死学”，把死的尊严与生的尊严联系起来，探讨现代人死亡问题的精神超克，以及生死的终极意义。“我为什么一定要生活下去？生活下去究竟有何意义？如无任何意义，则何不自杀，免得拖累我的生命？如说生活有其意义，为何生命又是如此短暂，终究难免一死？死亡本身又有什么意义？有了死亡，是否就灭杀如此短暂的人生的意义？还是反能发人深省，体会到生命的可贵？生命的意义与死亡的意义为什么构成一体两面互补相成？是否由于一体两面，生死有其终极意义？如有所谓终极真实，究竟又是什么？”（上书第 179 页）诸如此类的问题，中西印古代宗教与哲学曾提供了种种不同的解答。探索超越个体生死的终极真实，发现生死的终极意义，订立人生的终极目标，开出适当可行的解脱道路，从而使每一单独实存有其信念、信仰上的终极承担，恰恰是基督教、印度教、佛教及我国儒道两家的为学根本。

东圣西圣，心同理同。傅著以相当篇幅提炼了传统哲学与宗教资源中的安身立命之道和超克死亡的慧解。世界各大宗教或哲学的开创者，耶稣、穆罕默德、释迦牟尼、孔子与老子等，都具备一种伟大的开创人格，都有高度的精神性或宗教性的情怀。其终极关怀的方式各有千秋。佛教的终极关怀是如何转迷开悟，以一种破除世俗迷执的生死智慧，消解无明。基督教的终极关怀是如何洗刷原罪，获致永生。儒家宗师所忧之道（天命之道或仁义之道）亦关涉生死问题与生死态度，儒家的终极关怀具有天命根据与冥悟体认的宗教性格，而不仅仅只具有世间世俗的人化道德的实践意义。（庄子所代表的）道家与禅宗，更是彻破生死。这些传统资源的契接点，即是对生死问题的凝视与关注。面对死亡的挑战，凭借宗教的、道德的高度精神力量予以超克，而获安身立命、永生或解脱，使有限的生命达至无限的意义之境。基督教的上帝、天国，印度教的梵我、神我，大乘佛教的“一切法空”“诸法实相”，儒家的天与天命以及源于天命而有的道德心性与生生不已的天道，道家的常道、无名之道等，都是一种本体实在或本源真谛或终极真实。对于它的主体性体认，乃是保证每一单独实存能在精神上超克死亡或彻底解决生死问题的真正理据。通过宗教（或哲学）探索，一旦发现了终极真实，随之就有终极目标的订立，在基督教是永生天国，在印度教是轮回的结束而与梵我或神我合一，在佛教则是涅槃解脱，在道家是与道玄同，在儒家是仁道、天命之道的实现与个人的安身立命。终极目标的订立方式虽各不同，但订立终极目标的基本理由或意愿颇有类似之处，大体上都关涉着死亡的精神超克或生死问题的彻底解决。一旦有了终极目标的订立，就会随之产生单独实存承担此一目标并献身此宗教的愿望，由是彻底改变生死态度和生活方式，实现人生的转折。也就是说，终极承担或终极献身有其转化人格的一股强大的精神力量。譬如在大乘佛教，一介凡夫誓愿“上求菩提，下化众生”而变成菩萨；在儒家，一介小人转成君子；在基督教则跟着耶稣基督，背上十字架，爱人行善。

傅著还认为，宗教探索的终极目标，在他力宗教如基督教，常以“拯救”或“救济”等词表达，在哲学性的自力宗教，如印度教、禅宗，则以“解脱”一词表达。而宽泛意义上的“解脱”义涵，兼摄“他力救济”与“自力解脱”。终极目标一旦订立，随之就有了解脱进路的必要。这就是为了获致终极目标的种种宗教实践方式、功夫或手段，如天主教的七大圣礼以及祈祷，佛教四圣谛中的道谛所述之“戒定慧”三学与八正道，印度教的四大解脱进路（智慧之路、正行之路、瑜伽之路、敬神之路），等等。在中日禅宗，自慧能至道元（日本曹洞宗始祖）等强调“顿悟顿修”的禅师们，则常有化除终极目标（成佛）与解脱进路（坐禅）之分的倾向。受禅宗影响的王阳明学派，亦有“本体即是工夫，工夫即是本体”的倾向。其实践方式，颇类禅宗。

如果撇开制度化、组织化宗教的许多负面问题不谈，单就每一实存主体的宗教需求去看宗教，作者认为，“生死问题的探索与解决，乃是宗教所以必须存在的最大理由”。从这一意义来看，作者论定：“只有人类是‘宗教动物’，因为只有作为万物之灵的人类，才会永远探讨死亡问题，寻觅生命的‘终极意义’（ultimate meaning），本质上完全异乎无有（精神）永恒性、绝对性可言的种种世俗意义（包括经济生存、政治权益乃至文化创造）。”（上书第 111 页）因为假定我们的身心永恒不朽，没有死亡，则根本就没有宗教探索的必要。如果亚当与夏娃未被上帝赶出伊甸园而人类自此有了死亡的挑战，则不会产生犹太教，更不可能有基督教的形成。佛教也是如此。佛教存在的意义，可以憨山大师所说的“生死大事”四个字加以概括。所谓“非于生死外别有佛法，非于佛法外别有生死”。无论基督教、佛教，“道成肉身”，敢于承担，其生命意义和救世热忱，绝非“消极”“宿命”之外在批判所能批倒。俗见以为，宗教必然与科学相冲突或矛盾，宗教必然是宿命论、命定论或所谓“精神的鸦片”。这都是十分武断的皮相之见。科学史早已暗示了基督教、道教的生与自然科学的内在的必然联系，人类史亦早已表明了宗教人生观之于人类社会进步的积极意义。至若心灵安顿、人性净化、精神治疗、境界提升，儒、佛、道、耶的智慧亦无其他精神资源可以取代。

云门文偃说："日日是好日。"南泉普愿说："平常心是道。"人生之旅如"古潭寒水"，只有领悟了"死"的意义的人，才能珍惜人生，懂得爱人、做人、求知和责任，懂得何谓人性和生命，才有智慧和勇气去承担一切的挑战和痛苦，使自己活得有尊严。正如郑石岩教授在本书导读中所说："死亡应该成为庄严人生的一部分。因此，人必须认清生与死的完整意义，要在两者之间看出精神生活和希望。""人对于死亡的惧怕，是由于对死亡的无知。在禅者的眼里，生与死是可以超越，而且必须超越的。那个扮演生同时又要扮演死的无相真我，若能从人生这个色相世界解脱出来，对于生与死的对立和矛盾意识即刻消失，同时也对生命的真实有了完全的开悟。"（上书第 11 页）禅家视真我是主人，而生老病死之躯体就好比是外衣。主人总是要换衣裳的，生与死就是更衣换装之事。然而一般人的倒见，则视衣裳是主，真我为客。禅家把人生比喻为桥，把水比喻为时间，把真我比喻为过桥之人，曰："人从桥上过，桥流水不流。"郑石岩说："当一个人对于生与死有了深度的开悟，他就会把注意力放在'常'的角度，去摄受那'无常'的现象，而乐于为无常付出承担。他自己的真我也会从过去、现在、未来的三际中解脱出来，超越被时间系缚的锁链。他从色蕴的世界看入无相的法界，得到自在的体验，他对于生与死有着一体两面的统整领悟。因此在临终时，他们死得心平气和，有安身立命之感，死与生是一般的庄严。"（上书第 12 页）

3. 甜蜜即死亡

托尔斯泰就是在严肃地面对单独实存的生死问题，进行过一番彻底的自我反思之后，才改变了整个人生态度，追寻涉及宗教、道德等高度精神性的生命意义。其《伊凡·伊里奇之死》正是他独特的生死体验的心灵写照及升华。他与他之后的陀思妥耶夫斯基，开启了存在主义文学运动的先河。而依后起的海德格尔的分析，“人的存在本质上即不外是单独（孤单独特）的实存”。因此“不得不在各别的人生旅途上，做他（她）种种生命的（尤其是道德的或宗教的）抉择。这种万物之灵特有的单独实存性格，在我们自己面临死亡而不得不取一种（本然的或非本然的）生命态度之时，格外明显”（上书第 65 页）。应付或解决生死问题，本是自己的分内事。生命的每一个时刻即是走向死亡的时刻。但人们总是无谓地惧怕死亡，逃避死亡，在日常世俗的时间流逝过程当中，埋没自己本然（本来如此，本应如是）的“向死存在”，暂时忘却死亡的威胁。这就表现了一种实存的非本然或非真实性。照此看来，人们最心满意足的生活，其实是最恐怖可怕的。托尔斯泰笔下的伊凡，只是在罹患绝症之后，才体悟到这一点。假如我们在平常之日即已了悟“向死存在”的真实本然性意义，而在最单纯平凡的日常生活里，自动依据单独实存的终极关怀，找到一种高度精神性或宗教性的归宿或本根，借以重新建立自己的人生信念与生死态度，则“最单纯平凡”与“最恐怖可怕”的价值分辨，也就顿然消解了。这岂不就是禅师所云：“日日是好日。”

日本名导演黑泽明 1952 年制作的影片《生之欲》中，主人公渡边与托尔斯泰笔下的伊凡有类似的体验。渡边在自知患有绝症直至死去的几个月间，探索着仍要活下去的人生意义，并通过积极的善行，完成了一件自我承担的任务，肯定了自我，肯定了人生，欣然地接受了死亡。足见，“生命的存在与肯定就是充分的意义，我们的生命存在的一天，就是我们必须充分生活下去的一天，直到我们告别人间为止；我们只有通过积极正面的人生态度与行为表现，才能体认我们对于生命真实的自我肯定，才能真正完成我们人生的自我责任”（上书第75页）。

海伦·聂尔宁1992年88岁高龄时出版的自传性著作《美好人生的挚爱与告别》，叙述了她与比她年长21岁的丈夫所度过的半个多世纪的恩爱生活，尤其是1983年她丈夫斯科特百岁时，她帮助丈夫自行了断的生死姻缘。这位独立而有信念与才赋的女作家说：“参与爱（的生活）并深爱他人，就是最大的人生报酬。爱心的表现似无止境，挚爱与告别都是生活的成素。”书中深刻揭示了老龄化生活与安宁平静而有控制地面对死亡的意义究竟是什么。其实，平时的精神状态与临终的精神状态有着不可分离的关系。平时培养理性健康的生死态度，比患上绝症后“临时抱佛脚”的最后努力更为重要，更有真实的人生意义。

傅伟勋教授1992年元月做癌症切除手术时，即是以平素积累的哲学与宗教的陶养，以生命的学问与学问的生命的慧识，面对死亡的。他是反思着儒道心性体认的生死智慧和奥地利精神医学专家傅朗克所说的“人生就是一种课题任务，甚至使命”而从容走向手术台的。此后数日的濒死体验，无忧无虑，无相无念，无牵无挂，有如涅槃解脱一般。傅先生体验到一种无以名状的“甜蜜”的滋味，假若这种甜蜜就是死亡的滋味，那么死也并不值得我们恐惧了，当然并不是任何人都能体验到“甜蜜即死亡”的。疾病和医治手段给危重病人带来的非常之痛苦亦非我们健康人所能体会。去年我送走了好几位亲人和师长，目睹他们临去的苦难，实在无法把长寿和福报、死亡和甜蜜打上等号，亦感受到死的尊严与生的尊严一样，并不都是可以由个体当下承担与护持的。外缘、条件的限制，内在心理准备和平日修炼的不足，加上人到彼时的无法自制，都使得人们濒死的体验无法达至上乘。由是更使人感到死亡教育（或生死教育）的重要性和社会为临终者创造一个使之能够保持死之尊严的外缘环境的重要性。

如果把死亡的含义扩大，人们经历的不只是肉体的代谢，也包含着精神自我的死亡与新生（昨日之我与今日之我），情感自我的死亡与新生（例如有人把离婚、失恋的心理转变与临终的心理转变作比较研究，认为都经历了否认与孤离、愤怒不平、讨价还价、消沉忧郁、接受现实这五个阶段，认为一个人每离一次婚或失一次恋就等于小规模地死了一次，即当事人的情感、部分心理内涵与生活经验的死亡）。体认（广义的）生命的意义，应付（广义的）死亡的挑战，实存本然地承担一切生命苦难与人生任务或使命，需要我们培养、积累丰富的生活经验，同时品味、开悟死亡的内涵。

直面死亡，体验死亡，把自己整个生命投入生死问题的实存主体性探索，借以发现一条不依傍任何外力外物的大彻大悟、精神解脱之路，是庄子对生死学的伟大贡献。他的齐死生、外死生、超死生、破除生死对立的精神超克智慧，在禅宗和阳明心学那里得到进一步发展，当然这是在受到大乘佛学的影响之后。祁克果说过："生命不朽的问题，实质上并不是一个学问的问题，它毋宁是个内向性的问题。它是主体借着成为主观者，必须把它放进自己身内的问题……生命的不朽，正是所发展的主体性的潜势与最高的发展。"死亡不是一个人存在生命的终结。只有当人认识到人的主体存在或个人存在的终极根源时，或者当他进入某种宗教性体验的精神生活时，才能把握生命、凝视死亡。当代大儒马一浮先生面对"文革"暴力和死亡的迫近，写下了不朽的绝笔诗《拟告别诸亲友》："乘化吾安适？虚空任所之。形神随聚散，视听总希夷。沤灭全归海，花开正满枝。临崖挥手罢，落日下崦嵫。"如此从容、洒脱，把儒、释、道、耶的生死智慧熔于一炉。人总是要回家的。恬淡、怡悦，回归生活的本身，展现人性的美好，正是悲智双运、觉而有情的傅伟勋教授其人其书的本色。我们深情地祝愿他早日康复！我相信他创立的现代生死学在未来社会能发挥更大的作用！

1994 年 2 月于武昌珞珈山

跋：本文作为附录之一，原载傅伟勋《死亡的尊严与生命的尊严：从临终精神医学到现代生死学》，台北正中书局 1994 年 8 月第五版。傅先生 1996 年 9 月在美国做最后一次手术之后，因真菌感染，于 10 月 15 日凌晨去世，海内外同仁闻之震悼莫名。今重刊此文，聊作永久的纪念。

怀念傅伟勋先生

——兼论傅先生的学术贡献及傅先生与武汉大学

傅先生是具有特殊性格与特殊神韵情采的人。他离开人世已整整六年了。直至今日，我时常想念这位充满活力的长者，他的音容笑貌仿佛仍在我的眼前浮现，耳边回荡。

1. 傅先生的学术贡献

傅先生是一位具有原创性的哲学家，他会通中西日哲学与佛学，以批评的精神和创造性智慧，转化、发展儒释道思想资源，在与西方、日本学者直接对话的过程中，促进了中国哲学与世界哲学的交流互动。与此同时，他以极大的热情，有力推动了海峡两岸学术文化的交流互动，在一定时期起到了两岸民间文化交流桥梁的作用。

傅先生在西方哲学与哲学史的研究，东方思想的回归与发掘，海德格尔与老庄、禅学的会通，佛教心理分析与实存体验，大乘佛学的深层探讨，儒家思想的深入反省，东亚地区的文化模式与经济发展的关系，辩证开放的学科间的整合等方面，都有极为宏阔而又深刻的洞见。在我看来，他的原创性智慧尤其表现在以下方面：

第一，他在海峡两岸大力宣讲“文化中国”，使之成为影响深远的概念、思想与实践。这不仅有助于中国文化的创造转化，尤其有助于海峡两岸基于文化纽带与文化血脉的统一。“文化中国”的内涵目前仍在发展之中。

第二，他首次提出了“中国本位的中西互为体用”学说，反省中学，以开放的心态吸纳西学，经由严格的自我批评谋求传统与现代之间的一种创造性综合。这里所谓“中国本位的”，即是与时俱进、创造转化了的中国思想文化。“中西互为体用”的旨趣，是建立合乎我国国情及实际需要且具有独特风格（亦即他国所缺）的现代式本土文化。他提倡以“多元开放”的文化胸襟克服“单元简易”的心态，理解西方思想文化与政治制度的真谛。他批评具有华夏优越感的“中体西用说”和西方中心论的“全盘西化”及“西体中用说”，纠正五四运动以来西化派与传统派的化约主义偏失，努力从中国传统思想文化中获取现代化的正面资粮。他努力地批判继承传统思想文化，尽量吸取欧美及日本种种优长（不论体用），借以创造性发展未来的中国思想文化。他认为，不论中西何种传统，只要有价值取向的正面意义，都可熔为一炉，于是传统以来长久习用的“体用”及其严格分辨已无时代意义可言。他开创的“中西互为体用”之路，仍可以作不同层面的分析与深化，颇有借鉴意义。

第三，他构建了“生命的十大层面及其价值取向”模型。依照他所了解的生命存在的诸般意义高低层序与自下而上的价值取向，他认为作为万物之灵的人的生命应该具有下列十大层面：（1）身体活动层面，（2）心理活动层面，（3）政治社会层面，（4）历史文化层面，（5）知性探求层面，（6）美感经验层面，（7）人伦道德层面，（8）实存主体层面，（9）生死解脱层面，（10）终极存在层面。他在真、善、美三大价值之上特别标出“实存主体”层面，乃是由于人伦道德的终极目标不外是肯认与维护每一生命的人格尊严与实存（现实存在、真实存在）的本然性。人格尊严当然指谓每个人的基本人权与生命独特性；至于实存的本然性，不独西方存在主义所标榜，其实在中国人本主义（儒家）的传统中也已蕴含，即指个别生命在价值意义的抉择与信守方面必有其自由自主的独立精神与全面性的自我责任感。这可在孟子“善养吾浩然之气”和王阳明“致吾良知”中发现，是值得继承与发展的。“实存主体”层面之上之所以设定“生命解脱”层面，乃是由于一大半人对于生死问题确实具有终极关怀，依其单独实存的抉择寻得（儒家）安身立命，（佛教）涅槃解脱，或是（基督教）灵魂救济所不得不凭借的生死智慧或宗教信仰。我们一旦有了关于“终极存在”的自我了解，随之就会推出有关生命终极意义或终极目标的特定结论，也就会想出体认终极意义或达至终极目标的种种具体办法。

第四，他建构了“创造的诠释学”这一中国哲学方法论，为中国经典的现代解读提供了新的范式。傅先生批评了盲目照抄照搬西方社会科学与人文学方法论而不作慎重考察的“食洋不化”的弊病。在英美语言分析训练的基础上，他借鉴且超越了海德格尔存在论的诠释学、伽达默尔的哲学诠释学与德理达的解构理论，且植根于他对东方文本，特别是道家、中日佛学与儒学的深度理解，提出了这一新的方法论原则。他用层面分析与辩证解读的方式，分辨又辩证统合“实谓”“意谓”“蕴谓”“当谓”和“创谓”的文本解读之环节，具有甚大的价值。（关于“创造的诠释学”，我另有专文探讨）

第五，他对大乘佛学、中日禅学的研究独树一帜。他把禅学与人类生命的心理问题、精神问题、实存问题联系起来，对自由、自我、生命、生死、精神治疗、宗教解脱等做出现代诠释，对佛教四圣谛做出新解，又构建了“大乘二十门模型”，且跳出大乘各宗，提出了新时代的“判教十义”，对佛禅与现代生活世界的关系提出了诸多新见。

第六，他借助东西方思想文化，创建了临终精神医学，特别是现代生死学的理论。（关于他的生死学，我已发表过长篇书评）

以上六个方面，都是真正能成为“一家之言”的新论，是傅先生留给我们的重要精神遗产，值得我们深入探讨。

2. 傅先生与武汉大学

傅先生两度来武汉大学讲学，他与萧萐父教授、刘纲纪教授建立了深厚的友谊。他对敝校敝系甚为推许，多次在海内外的不同场合褒奖赞誉。萧师于 1985 年 7 月到美国纽约大学石溪分校出席第四届国际中国哲学会研讨会时，初次与傅先生见面，二人一见如故，性情相投，见解亦多有契合。与萧师同时赴美的，还有汤一介先生、陈俊民先生等。

傅伟勋教授第一次访问武大是 1987 年 5 月 20 日前后，当时他应中国社会科学院世界宗教研究所的邀请二访大陆，又应萧萐父先生的邀请，非常高兴地来到武汉大学讲学。陈修斋教授和萧萐父、李德永、唐明邦、刘纲纪教授，以及段启咸、萧汉明、段德智与我等听了他的演讲并参加座谈。他在座谈时讲“文化中国”及“创造的诠释学”。武大哲学系诸师友的研究情况也承傅教授的看重而播扬海外。这些详情见傅先生的《“文化中国”与中国文化》一书。

在《大陆学者的文化再探讨评析》一文中，傅先生指出：

> 据我个人的亲身经验，在中国大陆各大学哲学系之中具有开放精神的为数不多，武汉大学哲学系算是其中一个。譬如该系资深教授萧萐父在《中国哲学启蒙的坎坷道路》（《中国

> 社会科学》1983年第1期）与《关于改革的历史反思》[《武汉大学学报》（社会科学版）1985年第2期]这两篇文章里，提出一种“哲学启蒙说”，有别于李泽厚的“西体中用说”与具有“中体西用”倾向的“儒学复兴说”，认为应当继承十七世纪兴起的批评宋明理学的早期启蒙思潮，自觉地更深广地有选择地吸取消化外来文化，完成近代哲学启蒙的补课任务……萧氏的“哲学启蒙说”在思想改革与教育改革这一点，似较中西文化体用问题的论辩更有启迪作用，值得进一步探讨。[①]

在同一文中，多承傅先生谬奖，肯定了我当时发表在《武汉大学学报》（人文科学版）1986年第5期的一篇题为《现代化与中国传统文化刍议》的论文，引述了该文近200字的结论与要点。他又说：

> 该系年轻讲师郭齐勇（《熊十力及其哲学》作者）……较具多元开放的论点……有“跳出简单化的中西两极对立和体用割裂的思想方式”，而对中西文化尝试一种“新的综合”的创意，即“不分主从地，更加广泛、深入地相互渗透、补充和融合”，算是大陆年轻一代学者的代表性看法之一。[②]

记得傅先生首次访问武汉大学结束后，萧先生与我去南湖机

---

① 傅伟勋：《“文化中国”与中国文化》，东大图书公司，1988，第350—351页。

② 同上书，第351页。

场送行。萧先生拿出一把大折扇送给他，折扇上写有诗一首。傅先生特别喜欢这一礼物。由于武汉大学学者送了不少著作给他，行李竟超重，临时补交了一百几十元。

上面我提到的萧师赠送傅先生的折扇上的诗，恰是对傅先生“文化中国”的应和。萧师在《中国传统文化的“分”“合”“一”“多”与文化包容意识》一文中说：

> “文化中国”这一概念的提出，在海内外引起了强烈反响。1987年春，美国天普大学傅伟勋教授来信，热情洋溢地谈到他在海内外宣扬“文化中国”观念曾得到广泛共鸣，我在回应他时，曾有小诗一首纪怀：
>
> 文化中华不可分，
> 血浓于水古今情。
> 百年风雨嗟回首，
> 同赋《无衣》盼好春。
>
> 因触感于伟勋教授的热情来信，我的小诗虽从文化说起，而更多地牵情于政局，想到了鸦片战争以来，我们民族经受的苦难和风雨，想到了《诗经·秦风·无衣》作者的深情呼唤：“岂曰无衣？与子同袍。”“修我戈矛，与子同仇！”更想到今天海峡两岸的炎黄子孙对祖国统一和中华腾飞的共同向往。诗可以情绪化地表达“不可分”的愿望，而从客观史实和理论分析的角度，则只能说中华文化曾经“有分有合”“合中有分”“分久必合”。由此，促使我一再思索中华学术历史发展中的分合问题……[①]

① 萧萐父：《吹沙二集》，巴蜀书社，1999，第4页。

关于初访武汉大学，傅教授在《两岸处境与中国前途》一文中写道：

> 我在武汉大学哲学系与萧萐父等二十多位教授座谈时（由我先讲自己的“创造的诠释学”），在座的刘纲纪当场赠我去年同时出版的自著《艺术哲学》与《美学与哲学》。他与李泽厚合编《中国美学史》第一卷，我曾在《文星》杂志论介过，为文短小精悍，说理亦极精锐。[①]

1987 年 7 月，美国圣地亚哥市的加州大学举行第五届国际中国哲学会研讨会时，李德永教授、冯天瑜教授等赴会发表论文，亦受到傅先生、华珊嘉等的热情接待，并相互交流学术。

傅伟勋教授的“创造的诠释学”及他的代表性论文《创造的诠释学及其应用——中国哲学方法论建构试论之一》与武汉大学有关。他在 1989 年 2 月至 3 月撰写的这篇长达三万五千字的文章之首即指出：

> 一九八七年五月我渡过长江三峡之后，初访武汉大学，与该校哲学系资深教授萧萐父等二十多位座谈，除“文化中国”问题之外也稍谈及我多年来一直构想着的一种哲学方法论，即“创造的诠释学”（creative hermeneutics）。一九八八年五月，该系趁我三访大陆讲学旅游之便，特别邀请我再访武汉大学三天。我就在该校以“创造的诠释学”为题，正式

① 傅伟勋：《“文化中国”与中国文化》，东大图书公司，1998，第 330 页。

> 演讲了一次。十一月获萧教授来函，盼我能为该校学报撰写有关此一方法论的论文。由于身边琐事繁多，迟至上月（一九八九年二月）才忙里偷闲，开始动笔。①

萧师促使他写成了此文。这篇文章后又编入武汉大学哲学系的研究生教材《哲学史方法论新论》之中。这一油印教材是萧师关怀、指导、设计并亲自出面征集佳作而成的。

上引傅先生文，谈及他二访武汉大学的事。傅教授第二次来武汉大学访问时，适逢萧先生出差，由刘纲纪先生与我负责接待。刘纲纪先生与傅先生是很好的朋友。刘先生与我一道去南湖机场接他，然后刘先生、刘师母设家宴款待傅先生。他此行在武汉演讲座谈数场，听众最多的一场是在武汉大学南一楼第三层最大的教室举行的，来聆听他的"创造的诠释学"演讲的师生有四百多人，挤得满满的，讲演中扩音机坏了，我急得不得了，傅先生说他的嗓门儿大，没有关系，就这么讲下来了。此行我陪他访问了湖北省社会科学院等单位，与湖北省中青年社会科学学会的学者座谈，游览了武汉风景名胜，他对武汉大学校园、黄鹤楼与东湖磨山赞不绝口。我仍珍藏着傅先生当时赠我的《从西方哲学到禅佛教》《批判的继承与创造的发展》，两书扉页上都题了字："齐勇同志存正　傅伟勋　1988 年 5 月 12 日于武汉大学外招。"

傅先生与刘纲纪先生特别心契。在相互不认识时，傅先生就于 1986 年 9 月在费城撰写了一篇一万三千余字的长文，发表于

---

① 傅伟勋：《从创造的诠释学到大乘佛学》，东大图书公司，1990，第 1 页。类似言论又见傅伟勋：《学问的生命与生命的学问》，正中书局，1994，第 224 页。

《文星》杂志同年10月复刊第2号。这篇文章的题目是《审美意识的再生——评介李泽厚与刘纲纪主编〈中国美学史〉第一卷》。此文后收入《"文化中国"与中国文化》一书。傅先生认为，美学是中国大陆学术中最有创造潜力的一门学问。他对刘先生撰写的《中国美学史》第一卷中对儒道两家美学的探讨，给予了高度的肯定和深度的评论。1986年7月他到台湾参加一政界讨论会，在会上建议有限度地开放大陆纯学术性的书刊，首先举出了几种著作，其中就有朱光潜的《西方美学史》、李泽厚的《美的历程》与《中国美学史》第一卷。傅先生对刘先生独立撰写的《中国美学史》第二卷也极为称道，他在1988年10月写的《大陆文化与学术的新近发展述评》一文中，用了一千五百字评介这一书。他指出此书"实为一部宏作"，"作者批评不但公允，亦有创造性的诠释功力"。他又说："刘氏近著还有两部系统性的美学专著，即《美学与哲学》与《艺术哲学》，都在前年出版，可见他的美学理论根基的扎实深厚，据我的看法，已有凌驾李泽厚之势，前途未可限量。"①

应傅先生的邀请，刘纲纪先生写《刘勰》一书，加盟由傅先生和韦政通先生主编的"世界哲学家丛书"。傅先生第二次访问武汉大学时，与刘先生商谈了这本书的写作出版事宜。《刘勰》一书于1989年由东大图书公司（即三民书局）在台北出版。这是大陆学者为东大图书公司撰写，而在台湾地区正式出版的第一部学术专著。傅先生为刘先生写的代序的标题是《大陆哲学界的'苦行僧'刘纲纪教授》。从这一代序中可以看出傅、刘二教授的

---

① 傅伟勋：《从创造的诠释学到大乘佛学》，东大图书公司，1990，第364—366页。

性情、品德、风范与友谊，兹全文[①]录下：

> 中国大陆武汉大学哲学系美学教授刘纲纪，专为我们的“世界哲学家丛书”撰写《刘勰》一书，跳过《文心雕龙》的美学与文学批评理论范围，而就刘勰的整个哲学思想进行统盘性的分析与批评……自有他的独特见地，细心的读者不难看出。由于此书是第一位大陆学者专家为台北东大图书公司（版权亦属该公司）撰写，而在海峡此岸正式出版的头一部学术论著，对于海峡两岸之间超政治的进一步文化学术交流具有历史性的象征意义，我不得不为他代写简单的序言。
>
> 前年（一九八七年）春天，我应邀再访中国大陆各大学术机构讲学一个月，五月下旬渡过长江三峡抵达武汉，逗留一天，往访武汉大学哲学系。我在拙文《两岸处境与中国前途》（收在拙著《“文化中国”与中国文化》，一九八八年东大图书公司出版）提及此事，说道：“我在武汉大学哲学系与萧萐父教授等二十多位教授座谈时（由我先讲自己的‘创造的诠释学’），在座的刘纲纪当场赠我去年同时出版的自著《艺术哲学》与《美学与哲学》。他与李泽厚合编《中国美学史》第一卷，我曾在《文星》杂志论介过，为文短小精悍，说理亦极精锐。”（该书第 330 页）但因交谈不多，那时除此之外无甚印象。
>
> 去年（一九八八年）四月底我又应邀三访大陆讲学，五月特由武汉大学哲学系主动邀请，访问该校三天，并做两次

① 刘纲纪：《刘勰》，东大图书公司，1989，第 1—2 页。

正式的学术演讲。我自北京抵达武汉机场时，该系讲师郭齐勇（专攻熊十力哲学，并有专著）之外还有刘纲纪教授亲自赶到机场迎接，令我深深感动。当天中午就在他家当座上客，畅饮畅谈，彼此的印象加深不少。郭讲师说，他在武汉大学有“苦行僧”的绰号，因他苦学勤修之故；譬如他（刘纲纪）那时赠我的《中国美学史》第二卷，共有六十五万字，完全是他在一两年内独自撰成的，治学之勤，功力之深，令人叹赏。我当时就邀请了他撰写《刘勰》一书，他欣然同意，只费半年即成书稿，由我带回台北，交与三民书局的王韵芬小姐，请她设法早日印行。

刘纲纪是今日大陆美学界的佼佼者，设有美学研究室，担任博士研究指导教授，又兼大陆美学研究会副主席，以及各种学术期刊编辑顾问。他又擅长书法，他在我面前当场挥毫，书下柳宗元的一首《江雪》（“千山鸟飞绝，万径人踪灭。孤舟蓑笠翁，独钓寒江雪。”）并赠我留念，至今挂在我的客厅门上。他的书法有独特的个性，有“天马行空”之势，颇富奇才之气。据我的观察，他处事简单，不谈政治，全部精神贯注在美学及其他哲学方面的学术研究；具有哲学家的风骨，且为人诚挚可亲，在今日大陆实不多见。我衷心盼望，他在不久的将来能有适当的机缘访问宝岛台湾，与海峡此岸的学术界人士对谈交流，当有助于两岸学者在文艺批评、美学以及哲学思想方面的进一步探讨与发展。

一九八九年元月三十一日

于美国费城北郊

傅先生给刘先生的近三十封信，刘先生都保留下来，并整理出来了。

1989 年 4 月中旬，傅先生作为佛光山弘法探亲团领导人星云法师的学术顾问，与星云法师一行，受到李先念主席的高规格接待，离京后又到西北、西南，然后由重庆乘轮船顺江而下，来武汉归元寺探访。他们当天下午才到，晚上就离汉继续前往南京。记得萧先生、刘先生、李德永先生与我专程到归元寺看望他。傅先生特别高兴我们去看他，并把我们介绍给星云法师。那一天是个特殊的日子，晚上回家听《新闻联播》，惊闻胡耀邦同志去世的噩耗。

1994 年 12 月在香港，我最后一次见到傅先生，那时我们一同出席“佛教的现代挑战”国际会议。他已接受了癌症治疗，瘦了许多，但精神矍铄，宴会间仍在闹酒，与唐亦男等教授开着玩笑。他永远是乐天派，记得他开玩笑说，某人给他算过，他下世将在南非当一个下级军官，下下世将变成什么动物。具体是什么动物，我忘了。

1999 年我两度到台湾，都有机缘去南华大学。在我则有凭吊傅先生之意。我深情地凝视着图书馆内傅先生生前留下的由家属捐赠的大量私人图书（有若干专架，标明为傅先生捐书专柜），耳际仿佛回荡着他那朗朗的笑声和略带沙哑的嗓音。南华前校长、友人龚鹏程教授给我绘声绘色地描绘傅先生 1996 年 10 月 15 日在大洋彼岸的美国离开人世的那一刹那，漆黑的夜晚，南华大学傅先生办公室的灯光突然亮了起来……我想，傅先生念兹在兹的仍是他的祖国及祖国的历史文化、精神资源。

傅先生豪爽的性格，他对人的关爱，他的平易、真诚，他渊博的学识和创造性见解，永远激励着我。他是收到书信必复的人，给我回过很多信。他多次给我寄赠他的专著。他给我的十数封信，目前只找到了这样一些，兹整理出来，以见证其人的美德。我深深地怀念这位哲学家，真情地感谢他对后辈如我等的提携。

2002年8月25日于武昌珞珈山

（原载吴根友等主编《中国哲学的创造性转化》，云南人民出版社，2004年）

论徐复观的思想史观

徐复观（1903—1982），湖北浠水县人，出身贫寒，早年就读于武昌第一师范和湖北省立武昌国学馆。曾留学日本，“九·一八”事变后回国，在军政界任职。抗战时在重庆北碚拜访熊十力先生，受熊先生启发，热心于中国文化的弘扬。抗战胜利后曾在南京创办学术刊物《学原》。1949 年去台，后埋首书斋，潜心教学、著述。于知命之年才正式转入学界的徐氏，致力于中国思想史的研究，成就斐然，与唐君毅、牟宗三同列为现代新儒大家。就个性而论，唐是仁者型，牟是智者型，徐则是勇者型的人物。徐氏集学者和社会批评家于一身，出版过十多部专著，发表过近百篇学术论文和数百篇时论、杂文。他特别表现了儒家的抗议精神。他留下的大量“学术与政治之间”的时评，与思想史著作相得益彰，颇能表现他的风骨。

徐氏学术代表作是三大卷的《两汉思想史》，以及《中国经学史的基础》《中国人性论史（先秦篇）》《中国艺术精神》《中国思想史论集》及其续编等。我这里只能简略提揭他的学术思想史观。

一、忧患意识

今天在海峡两岸不绝于耳的“忧患意识说”，即来自徐氏。徐氏把从原始宗教挣脱出来的中国人文精神之跃动、出现，定在殷周之际。“忧患”是“要以己力突破困难而尚未突破时的心理状态”，“乃人类精神开始直接对事物发生责任感的表现，也即是精神上开始有了人的自觉的表现”。“只有自己担当起问题的责任时，才有忧患意识。这种忧患意识，实际是蕴蓄着一种坚强的意志和奋发的精神。……在忧患意识跃动之下，人的信心的根据，渐由神而转移向自己本身行为的谨慎与努力。这种谨慎与努力，在周初是表现在‘敬’‘敬德’‘明德’等观念里面。尤其是一个‘敬’字，实贯穿于周初人的一切生活之中，这是直承忧患意识的警惕性而来的精神敛抑、集中及对事的谨慎、认真的心理状态。”徐氏指出，这里的“敬”与宗教的虔敬、恐惧不同，是人的精神，由散漫而集中，并消解自己的官能欲望于自己所负的责任之前，凸显出自己主体的积极性与理性作用，是主动的、自觉的、反省的心理状态。以此照察、指导自己的行为，对自己的行为负责。这种人文精神自始即带有道德的性格。徐氏指出，中国人文主义与西方不同，它是立足于道德之上而不是才智之上的。因之所谓忧患意识，作为中国知识分子的一种文化潜意识，给中国思想史打上了深深的烙印。

从中国思想史之主体的这种文化心理、深层意识出发，徐氏思想史研究特别重视发掘中国历代知识分子对治道和民生的关切、介入，以天下为己任和以德抗位、道尊于势的传统，特别重视光大中国人文精神、道德价值及其承续性，以此来界定“中国性”，来回应西方文化的冲击和纠正“全盘西化”式的“现代化”的偏失。其中所包含的“花果飘零”“披麻戴孝”的情意结，亦不能不归于对中国文化和世界文化命运与前途的忧患。这种忧患当然不完全是消极的。以周公、孔子和太史公以降，中国精英文化主体的忧患心理、忧患人生及其对文化制品的积淀、贯注为视角，整理中国思想史，我看这是徐氏的一大发明、一大贡献。

二、心性史观

忧患意识即是一种道德意识，但不是道德意识之全部和根本。徐氏思想史和艺术史的研究，指导性的乃是道德史观或心性史观。徐氏对道德形上学也是非常关注的，只是他没有从哲学家的角度，而是从思想史家的角度来体察而已。他对孔子“性与天道”的阐释，关于道德的超验性、普遍性、永恒性及个体内在人格世界中无限的道德要求及其在现世的完成，关于生命主体的无限超越性及天的要求如何转成主体之性的要求，关于孔子仁学何以奠定了中国正统文化的基本性格，似都不能只看成徐氏的“客观”评述。他对《中庸》“从命到性”和《孟子》“从性到心”的考察更能证明这一点。他显然把“仁”作为“诚”的真实内容，“诚”作为“仁”的全体呈露；把天人、物我、内外、群己的合一和内在人格世界的完成，作为中国文化最大的特性。

徐氏指出，孟子所说的性善，实际便是心善。经过此一点醒后，每一个人皆可在自己的心上当下认取善的根苗，而无须向外凭空悬拟。中国文化发展的性格，是从上向下落、从外向内收的性格。由下落以后再向上升起以言天命，此天命实乃道德所达到之境界，实即道德自身之无限性。由内收以后而再向外扩充以言天下国家，此天下国家乃道德实践之对象，实即道德自身之客观性、构造性。从人格神的天命到法则性的天命，由法则性的天命向人身上凝集而为人之性，由人之性而落实于人之心，由人心之善以言性善，这是中国古代文化经过长期曲折发展所得出的总结论。

他认为，孟子性善之说，是人对于自身惊天动地的伟大发现。

有了此一伟大发现后，每一个人的自身，即是一个宇宙，即是一个普遍，即是一个永恒。可以透过一个人的性、一个人的心看出人类的命运，掌握人类的命运，解决人类的命运。每一个人即在他的性、心的自觉中，得到无待于外的、圆满自足的安顿，更用不上像夸父逐日一般，在物质生活中、在精神陶醉中求安顿。这两者终究是不能安顿人的生命的。

这是就“内圣”而言的。

就“外王”而言，因为孟子实证了人性之善，实证了人格的尊严，所以建立了人与人的互相信赖的根据，亦提供了人类向前向上的发展以无穷希望的根据。所以表现在政治思想方面，他继承了周初重视人民的传统而加以贯彻，并进一步确定人民是政治的主体，确定人民的好恶是指导政治的最高准绳。他所说的“王政”，即是以人民为主的政治。他所主张的政治，实际是以人民为主的政治，而并非如一般人所说的只是以人民为本的政治。他代表了在中国政治思想史中最高的民主政治的精神，只是缺乏民主制度的构想。

这里很清楚，徐氏梳理中国人性论史和政治史、思想史的基本视点是心性学的。我们再看他对艺术史的梳理。在《中国艺术精神》的自序中，他指出：

> 在人的具体生命的心、性中，发掘出道德的根源、人生价值的根源；不假藉神话、迷信的力量，使每一个人，能在自己一念自觉之间，即可于现实世界中生稳根、站稳脚；并凭人类自觉之力，可以解决人类自身的矛盾，及由此矛盾所产生的危机；中国文化在这方面的成就，不仅有历史地意义，同时也有现代地、将来地意义……在人的具体生命的心、性

> 中，发掘出艺术的根源，把握到精神自由解放的关键，并由此而在绘画方面，产生了许多伟大地画家和作品，中国文化在这一方面的成就，也不仅有历史地意义，并且也有现代地、将来地意义。

徐氏认为，儒道两家，都是为人生而艺术。孔子是一开始便有意识地以音乐艺术为人生修养之资，并作为人格完成的境界，并抱着一定的目的加以追求。老庄之“道”呢?

若不顺着他们思辨的形上学的路数去看，而只从他们由“修养的工夫”所到达的人生境界去看，则他们所用的，乃是一个伟大艺术家的“修养工夫”;他们由此达到的人生境界，本无心于艺术，却不期然而然地会归于今日之所谓艺术精神之上。也可以这样说，当庄子从观念上去描述他之所谓道，而我们也只从观念上去加以把握时，这道便是思辨的形而上的性格。但当庄子把它当作人生的体验而加以陈述，我们于这种人生体验而得到了悟时，这便是彻头彻尾的艺术精神。

庄子思想即是在自己的精神中求得自由解放，他所谓至人、真人、神人，可以说都是能游的人，即呈现了艺术精神的人，艺术化了的人。他们的人生，是艺术的人生。庄子所把握到的人的主体，即作为人之本质的德、性、心，乃是艺术的德、性、心。所谓“心斋”“坐忘”，正是美的观照得以成立的精神主体，也是艺术得以成立的精神主体，也是艺术得以成立的最后根据。而要达到“心斋”“坐忘”，只能有两条路:一是消解由生理而来的欲望，使欲望及由欲望而来的利害不给心以奴役，于是心便从欲望的要挟和利害的痴迷中解放出来，这是达到无用之用的釜底抽薪的办法。实用的观念无处安放，精神便当下得到自由。二是消解由知识而来的是非，即与物相接时，不让心对物做知识的活动，不让由知识活动而来的是非判断给心以烦扰，于是心便从知识无穷地追逐中得到解放。庄子的超越，是从“不谴是非”中超越上去，面对世俗的是非而“忘己”“丧我”，于是在世俗是非之中，即呈现出“天地精神”而与之往来。这种“即自的超越”，将自己融化于任何事物环境中而无滞碍，恰是不折不扣的艺术精神。

徐氏指出，儒家发展到孟子，指出四端之心，而人的道德精神的主体，乃昭澈于人类尽有生之际，无可得而磨灭；道家发展到庄子，指出虚静之心，而人的艺术精神的主体，亦昭澈于人类尽有生之际，无可得而磨灭。与西方美学家最大的不同之点，不仅在庄子所得是全，而且在庄子体认出的艺术精神，是由人生的“修养工夫”而得，从人格根源之地涌现、转化出来的。

儒道两家的人性论的特点是：其“修养工夫”的进路，都是由生理作用的消解，而主体始得以呈现；此即所谓“克己”“无我”“丧我”。而在主体呈现时，是个人人格的完成，同时即是主体与万有客体的融合。所以中国文化与西方文化最不同的基调之一，乃在中国文化根源之地，无主客的对立，无个性与群性的对立。“成己”与“成物”，在中国文化中认为是一而非二。但儒道两家的基本动机，虽然同是出于忧患意识，不过儒家是面对忧患而要求加以救济，道家则是面对忧患而要求得到解脱。

庄子的艺术精神，与西方之所谓“为艺术而艺术”的趋向并不相符合。尤其是庄子的本意只着眼到人生，而根本无心于艺术。他对艺术精神主体的把握及其在这方面的了解、成就，乃直接从人格中流出。吸此一精神之流的大文学家、大绘画家，其作品也是直接从其人格中流出，并以之陶冶其人生。所以，庄子与孔子一样，依然是为人生而艺术。因为开辟出的是两种人生，故在为人生而艺术上，也表现为两种形态。因此，可以说，为人生而艺术才是中国艺术的正统。不过儒家所开出的艺术精神，常须要在仁义道德根源之地，有某种意味的转换。没有此种转换，便可以忽视艺术，不成就艺术。由道家所开出的艺术精神，则是直上直下的。因此，对儒家而言，或可称庄子所成就为纯艺术精神。

总之，我们看徐复观对中国艺术精神的阐述，可充分看到人生、人格、人性修养与艺术创作的关系，道德精神与艺术精神的关系，肯定艺术精神是从人格根源之地涌现出来的。当然，徐氏并没有把艺术精神完全地从属于道德精神，艺术主体完全地从属于道德主体，这是因为他充分重视了道家与儒家的不同。由此使我们想到，以心性史观来筑构思想史、政治史、艺术史是不能自圆的，它可能造成诸多的盲点。同时又使我们想到，艺术主体、认知主体、科技主体、政治或经济活动之主体，并不是由道德主体（良知、本心）坎陷、转出的。徐氏虽批评了儒家文化对于道德主体和道德实践的偏重，限制了思想自由和对客观性之重视，主张仁知双彰、道德与科学并进，但仍然认为中国文化是“心的文化”，人心是一切价值之源。

三、批评精神与庶民情结

徐氏在对中国封建专制主义的批判和庶民地位的肯认方面，可谓善承乃师熊十力先生。徐氏说他作思想史研究的一个目的即是从传统文化中找到可以与民主政治相衔接的地方。“顺着孔孟的真正精神追下来，在政治上一定要求民主，只是在专制政治成立以后，这种精神受到了抑压。在西汉的专制下，大思想家如贾谊、董仲舒，都反对专制，反对家天下。《吕氏春秋》和《淮南子》的政治思想，也都是要求民主的。”“我要把中国文化中原有的民主精神重新显豁疏导出来，这是‘为往圣继绝学’；使这部分精神来支持民主政治，这是‘为万世开太平’。”他在《研究中国思想史的方法与态度问题》中指出，长期封建专制政治压歪阻遏了儒家思想的正常发展，而儒家思想在长期的适应、歪曲中，仍修正缓和专制的毒害，不断给予社会人生以正常的方向与信心，使中华民族度过了许多黑暗时代。这背后的伟大力量乃是先秦儒家基于道德理性的人性所建立起来的道德精神。徐氏曾指出：“我所发掘的却是以各种方式反抗专制，缓和专制，在专制中注入若干开明因素，在专制下如何多保持一线民族生机的圣贤之心，隐逸之节，伟大史学家、文学家面对人民的呜咽呻吟，及志士仁人忠臣义士，在专制中所流的血与泪。”

他自己的实际生活经历，使他在选取、诠释史料上独具慧眼，分析批判传统治道的弊病上深中肯綮。他尤其分析了中国之“士”在民意与君心、道与势的紧张之中的人格伸张或人格扭曲，鞭挞了利禄诱惑所造就的卑贱、无廉耻、寄生、“盗贼”气氛与“奴才”性格，视其为中国文化的限制与悲剧，并展望士人人格与知识不由外力所左右的前景。他之所以推重士人的殉道精神、担当意识、道德勇气和人格尊严，是因为士人代表了社会良知，尤其是庶民的利益和心声。他出身于乡间，他希望人们能听到身心都充满了乡土气的一个中国人（指他自己）在忧患中所发出的沉重的呼声。他的《两汉思想史》正是在这种情怀下，正视社会客观面的发展，平民姓氏、宗族关系，以及汉代专制制度下庶民的呜咽呻吟。也是基于此点，徐氏特别看重熊十力彰显庶民在穷苦中的志气与品德以及熊氏的历史批评，并认为熊氏对历史的解释是一种独特的“庶民史观”。

徐复观的思想史观和方法论，是具有批判性的，他正是在认同中国文化特别是儒家道德理性的同时，擎起它来鞭笞历史上的非理性、非人道的黑暗的，但在道、理（这里指道德、良知）与势、事的关系上，他所主张的道、理尊于势、事的原则，仍然是道德史观的。以理想主义的道义原则来评判历史，恐怕并不能理会历史的辩证法的狡狯。人们所应当分析的，难道不正是历史中“理有固然，势无必至”的矛盾与张力吗？难道历史不正是在这种张力和曲折中前进的吗？徐复观以道德心性史观去评价思想史，具有浓厚的理想主义色彩，从根本上来说，并没有脱离我国古代思想史家的老套路，在愤激之中表现出书斋学者的苍白无力。但换一个角度来看，历代知识分子不都是以理想去批评现实、疏导历史吗？没有理想，没有理性，没有心中的郁结以述往事、思来者，只知道媚俗，奔竞或俯仰于利禄，周旋或屈从于权势，那还叫知识分子吗？

四、唐君毅、牟宗三、徐复观合论

唐、牟、徐三先生当然不仅仅在维护、发掘、发挥、发展中国文化的精神价值和融合中西、重建新儒学上具有一致性；尤其是在肯定“心性之学乃中国文化之精髓所在”上具有一致性。他们学术思想的共识，反映在他们与张君劢联署的、1958 年发表的《为中国文化敬告世界人士宣言》中。该宣言论定中国的心性之学不同于西方心理学、灵魂说或形而上学认识论等理论，其以人生道德实践为基础，又随着道德实践的深化而深化。“此心性之学中，自包含一形上学。然此形上学，乃近乎康德所谓的形上学，是为道德实践之基础，亦由道德实践而证实的形上学，而非一般先假定一究竟实在存于客观宇宙，而据一般的经验理性去推证之形上学。……此心性之学，乃通于人之生活之内与外及人与天之枢纽所在，亦即通贯社会之伦理礼法，内心修养，宗教精神，及形上学而一之者。”心性之学的认同与再创，应是他们最重要的共同点。此外还有关于中国文化的“一本性”即儒家“道统说”，“返本开新说”，中国文化中的宗教精神说等。昔者我曾在《试论文化保守主义思潮》一文中作过评论。

唐、牟、徐的区别也是十分明显的。从学术渊源上看，除都重视先秦、宋明儒学，特别是孟子、陆王心学外，唐偏好黑格尔和华严宗，牟偏好康德和天台宗，徐偏好司马迁和道家；从学术风格上看，唐宽容、圆润，牟严峻、明晰，徐激情、刚强。

作为哲学家和哲学史家的唐君毅，哲学方面的创作主要在文化哲学的重建方面，着重诠释、高扬人文精神，对人文世界的方方面面都有广泛涉猎和深宏而肆的发挥。他的文化哲学的出发点是“道德自我”，并由此推扩为生命存在与心灵境界，精神主旨是道德的理想主义。唐氏缺乏批判性，对所有的思想资源都缺乏批评，论证的逻辑性不如牟氏清晰。

作为哲学家和哲学史家的牟宗三，哲学方面的创作主要在道德形上学方面。通过“智的直觉”建构“两层存有论”的道德形上学系统是他的主要贡献。在几代现代新儒家学者中，他是学思精严，概念、逻辑明确，最有系统性和深刻见解的一位学者。他把当代新儒家哲学提到目前的最高水平。但他比较偏执，不如唐氏开放宽容，也没有如徐氏那样严厉地批判传统的负面。

作为思想史家的徐复观，主要创获是在梳理先秦人性论史、两汉思想史和中国艺术精神方面。实际上，他在中国现代思想史上的影响，政论杂文可能还要大于思想史研究。他在如下两方面不同于唐、牟：一是他是史学家而不是哲学家；二是他是文化保守主义阵营中最具有现实批判精神、最易于与自由主义思潮相颉颃又相呼应、相融会的代表人物。与他的性格相应，他的学术论断亦不乏武断之处。

由于特殊的文化环境，熊十力的这三位弟子得以相互支撑，成为现代新儒家第二代的中坚和第三代的师长。这三位在学术史上的关系，大体来说，牟氏处于中心，唐、徐处于两翼。或者说，一翼是唐的（也包括牟、徐的）文化比较研究和文化哲学，一翼是徐的（也包括唐、牟的）时评与思想史、哲学史研究，主体则是牟的（也包括部分唐、徐的）道德形上学。或者说，时评、论战摧陷廓清，哲学思想史研究和中西文化比较打下坚实基础，建构、化约成道德形上学，展开、泛化为文化论与文化哲学。三位丰硕的学术成果和积极的学术活动，相互配合，相得益彰，形成流派，影响后学。我曾经说过："熊十力与他的高足唐君毅、牟宗三、徐复观诸先生的关系及他们师弟对中国现代人文精神的重建，是本世纪中国哲学史上的一段有趣的佳话和颇有深意的文化现象。"本文无意比较熊与三位的异同，仅就三位的学术要旨作一述评，以认识他们主要的学术贡献与局限。

关于三位先生之心性论的重建及缺失，笔者尚有若干看法需另文论及，但有一点是要肯定的，宋明心性论的现代诠释和现代转化是当代思想史上一项重要的工作，不管三位先生的重建有多少弊病，然较之弃之若敝屣的态度，则仍是有益的。

（原载《学人》1994 年 2 月第五辑）

简评中国九大哲学家

孔子

世界最著名的文化伟人之一。轴心时代文明突进的开拓者，中华人文价值理念的奠基人，世世代代华族华裔的至圣先师。他继往开来，凸显了人的主体性和人文创造的积极意义，并保留了对“天”的敬畏之心。他的“仁”的学说仍光芒四射。“己欲立而立人，己欲达而达人”“己所不欲，勿施于人”是当代全球伦理的黄金规则，中国文化可大而可久的根源！

老子

世界最著名的文化伟人之一，东方智慧的象征。一个“道”字，好生了得！它是神虚与形实的整合，有限与无限的统一，恬然澄明！其“无为而无不为”的原则和自然之道，旨在启悟我们以开放的心灵，破除执着，超越现实，透悟无穷，创造生命。

孟子

中国人人格的彰显！民贵君轻，以德抗位。浩然之气，至大至刚。仁义内在，性由心显。富贵不能淫，贫贱不能移，威武不能屈。穷则独善其身，达则兼善天下。尽心知性知天，存心养性事天。

庄子

人生意境和艺术精神的源头活水。他是一个“太空人”。超越俗世，洒脱任诞，作逍遥无待之游；人与世界，同体融合，倡天籁齐物之论。既尽己之性，又与物同化。其论深宏而肆，诙诡谲奇，暗示性无边无涯，涵盖面无穷无尽。

韩非

不善言谈的结巴子，却下笔滔滔，文章雄辩。法家思想的集大成者。以法、术、势相结合，为二千年君主专制的集权政治之张本，自己亦因法、术、势而亡。“以法为教，以吏为师”，诚然有据，但把人视为赤裸裸的功利主义的动物，以赏刑二柄驱动百姓，虽可以行于一时，而其害则见于久远矣。

慧能

大字不识的獦獠，却对佛法有深度的开悟，创一代宗风。不立文字，教外别传，直指人心，见性成佛。一旦悟到自己的真性（本有心灵），我们就了解了终极的实在和得到了菩提（智慧）。担水运柴，无非妙道。实际人生，即有涅槃（自由）。平常心是道！他是化平淡为神奇，寓神奇于平淡的第一人，中国化的佛教宗师！

朱熹

百科全书式的学者，集孔子以下学术思想之大成。为小民生计斡旋、抗争，不遗余力。一生坎坷，近代以来又屡遭骂名，被误为维护封建礼教的罪人。其实他是东亚精神文明的奠基人与创造者！因为有他，四书得以大行于天下。有宋以来，四书是人之所以为人，中国人之所以为中国人的根据。“半亩方塘一鉴开，天光云影共徘徊。问渠那得清如许？为有源头活水来。”（按，渠乃方言，代词，表第三人称，即“他”。有的记者、编辑不解此字，误以为指沟渠、水道也）

王阳明

内圣外王的典型！事不师古，言不称师。心外无理，心外无事。扩充自我，打破陈规。创造实践，直觉体验。致良知教，知行合一。近世东亚各地区改革政治家和思想家的心中偶像与思想动力。

梁启超

但开风气不为师。思想浅芜，呐喊自由，介绍西学，新民启蒙，倡史界革命和小说革命。笔力雄健，通俗易懂，开发民智，影响广远。“世界无穷愿无尽，海天寥廓立多时。”

（约 2001 年随手所写）

游神淡泊　冲和闲静

——读钱穆《湖上闲思录》

本书乃国学大师钱宾四先生的随笔集。1948 年，作者回到家乡太湖之滨，静观时变，日与闲云野鸥、风帆浪涛做伴，在湖山胜景中闲思遐想，以四个月时间，将平素心得凝结成此三十篇文字，集为一卷。作者有深厚的学养，偶得忙里偷闲的机缘，遂应哲学家谢幼伟先生之约，旷观中西，纵论古今，以平实的语言和畅达的笔触，表达丰富的哲思与深邃的睿智。本书每篇文章不过两三千言，娓娓道来，却字字珠玑。每篇文章看似互不连贯，却浑然一体，自有内在的理路和一以贯之之道。

请不要小看这薄薄的九万字的小册子。倘若我们要有所得，则请“把自己的心情放闲些”，从容不迫，一天读一二篇或二三篇，慢慢咀嚼，细细品味，个中三昧，庶几能体会一二。现代人太忙碌了，在商场官场中、课堂工地上、文山会海间，或奔竞，或计算，或斗法，或酬酢，各种俗务琐事占满了我们的时间，各种信息知识塞死了我们的头脑。

宋儒程颢有诗云：“闲来无事不从容，睡觉东窗日已红。万物静观皆自得，四时佳兴与人同……”今人已没有这种闲情逸致了。我们的身体累了，需要放松，心情累了，也需要放松。中国儒释道三教都讲“虚静”“无为”“空灵”，其实不是叫你不干事，不是叫你不想问题，恰恰是让你在繁忙之中稍事休息，暂时地“空”放掉对外在事物的执着与攀缘，调整心态，给予“思想”以时间与空间。现代社会犹如飞速运转的大机器，我们都被绑在上面，没有了自性，也没有了闲暇，尤其是思想的闲暇。所谓“静观”“空”“无”之类，是让我们从忙碌的事务中超拔出来，沉潜安静地想一想问题，以超然的心态，退而省思，摆脱利禄计较和俗世牵累，松弛身心，净化灵魂，陶养性情。

老子说：“致虚极，守静笃。”“有之以为利，无之以为用。”庄子说：“嗜欲深者，其天机浅。”本书作者发挥道：“古代人似乎还了解空屋的用处，他们老不喜欢让外面东西随便塞进去。他常要打叠得屋宇清洁，好自由起坐。他常要使自己心上空荡荡不放一物，至少像你有时的一个礼拜六的下午一般。憧憬太古，回向自然，这是人类初脱草昧，文化曙光初启时，在他们心灵深处最易发出的一段光辉。”（《艺术与科学》）他又说：“物质的人生，职业的人生，是各别的。一面把相互间的人生关系拉紧，一面又把相互间的人生关系隔绝。若使你能把千斤担子一齐放下，把心头一切刺激积累打扫得一干二净，骤然间感到空荡荡的，那时你的心开始从外面解放了，但同时也开始和外面融洽了。内外彼此凝成一片，更没有分别了。你那时的心境，虽是最刹那的，但又是最永恒的。”（同上书）在佛教看来，刹那即是永恒。

科学技术发展了，世界的网线拉紧了，物质生活、职业生活愈趋分化，社会愈复杂，个人生活愈多受外面的刺激和捆缚，人与人、心与心之间愈显隔膜，层层心防，身心交病。权力、金钱、财货、美色，一旦某人陷溺于彼，功利心太急迫，注意力太集中，情绪太紧张，表现欲太旺，排他性太强，必然窒塞、遮蔽了智慧天机，无论多聪明的人，都会变成低智商的愚笨者。作者告诉我们，解脱的路径和不二法门是：不妨去读几篇《庄子》、禅宗公案、宋明理学家的语录，放松些，散淡些，把心灵的窗户敞开，通风透气，使心态安和，精神平静，一切放下，学会悠闲、恬淡与宁静，到达一种大自在的境界。

人生有种种的意义与价值，有种种的境界。作者把人生分为物质的与精神的。在精神人生中，又分为艺术的、科学的、文学的、宗教的与道德的。“食、色，性也。”物质生活，衣食住行，“饮食男女，人之大欲存焉”。此即人之最基础的需要。但人之所以为人，在于他有超乎肉体之外的生活，有不同于禽兽的层层生命之境。“若使其人终身囿于物质生活中，没有启示诱发其爱美的求知的内心深处，一种无底止的向前追求，则实是人生一最大缺陷而无可补偿。人生只有在心灵中进展，绝不仅在物质上涂饰。”（《人生与知觉》）作者认为，艺术与科学是由人之爱美与求知的心灵所发掘所创造的。艺术的人生与艺术的境界，可以鼓舞你的精神，诱导你的心灵，提升你的审美水平，健全你的个性与人格。科学的人生，在真理探求的无穷的过程中达到忘我的境界。科学家有丰富的个性与人格，但科学家在真理发现上又要超越这些个性与人格。文学的人生，即通过欣赏作品直接领悟真切的情感的生命与生活。情与爱，苦与乐，生与死，悲欢离合，成功失败，作品直接呈露了也代作者与读者宣泄了某种生命感悟，而上乘的文学作品，则透显了作者的个性、人格、智慧、幽默、美感，寄寓了理想追求。故中国人总是崇拜陶潜与杜甫。在西方，宗教与科学貌异神近，科学追求与宗教信仰有不解之缘。宗教之境又是文学人生的升华。人也是宗教的动物，人的生活总需要某种信念、信仰的支撑，总有某种超乎世俗关怀之上的终极关怀。作者指出：“性善论也只是一种宗教，也只是一种信仰。性善的进展，也还是其深无底。性善论到底仍还是天地间一篇大好文章，

还是一首诗，极感动，极深刻，人生一切可歌可泣，悲欢离合，尽在性善一观念中消融平静。”（同上书）

作者认为，人生总是文学的，也可是宗教的，但又该是道德的。“其实道德也依然是宗教的，文学的，而且也可说是一种极真挚的宗教，极浪漫的文学。道德人生，以及宗教人生、文学人生，在此真挚浪漫的感情喷薄外放处，同样如艺术人生、科学人生般，你将无往而不见其成功，无往而不得其欢乐。”（同上书）人生的这几种境界和价值是相互穿透的，但在作者看来，道德的境界是最高的境界，道德的人格是最高的人格。孔子、释迦牟尼、耶稣，这些世界上最伟大的人格，无不继续复活、新生、扩大、发展。“一切宗教人格之扩大，莫非由其道德人格之扩大。中国人崇拜道德人格，尤胜于崇拜宗教人格。崇拜圣人，尤胜于崇拜教主，其理由即在此。”（《象外与环中》）人文历史上的一切艺术、文学、宗教、道德之最高成就，都是一种内心自由的表现，是一种融通人我之情，然后向外伸展之无上自由。

作者指出：“东方人以道德人生为首座，而西方人则以宗教人生为首座。西方人的长处，在能忘却自我而投入外面的事象中，作一种纯客观的追求……中国人的主要精神，则在能亲切把捉自我，而即以自我直接与外界事物相融凝……若说中国人是超乎象外，得其环中，则西方人可说是超其环中，得乎象外了。西方人最高的希望应说能活在上帝心中，而中国人可说是只望活在别人心中。”（同上书）作者说这是中西人生论上一向内一向外的区别或偏倚。

我对作者关于“神”与“圣”的比较颇感兴趣。我认为，“神”与“圣”的旁落或消解，是当今人类文化面临的最大问题，此与生态环保、社群伦理、人心安顿不无关联。其救治之道，是要借助人类各文明、各宗教的精神资源，并予以重释重建。西方基督教肯定的是一元外在超越绝对的上帝。此不仅如作者所说，由创世说使尚神论者关注人类以外的世界与万物，逼出了自然科学的发展，也不仅如韦伯所说，由加尔文教徒非理性的求得救赎的心态，反逼出了理性化的资本主义精神。我认为更加值得珍视的，是这种外在超越与内在道德理性的关系。按康德的理解，人属于经验（感觉）的与超验（理智）的两个世界。当人的意欲摆脱经验的因果关系而接受超验的原因的影响时，他就从经验世界皈依了理智世界，他的道德情感感受到神圣的力量，上帝被想象为神圣规律的立法者。但康德反对消极地等待上帝的救赎与恩宠，在肯定神圣的宗教情感和信仰对道德实践的推动作用时，更加肯定人的道德努力。在康德的自由意志、绝对命令、道德设准等一系列解说中，仍然是道德理性第一，宗教信仰第二。

按钱穆的理解，中国人是“崇圣”的而不是“尚神”的。虽然中国思想中有一种“泛神论”，物物之中，木石瓦砾之中皆有神性，且中国民俗中确有不少民间信仰的不同的“神”，但与西方大传统的一元超绝至上神相比，中国大传统则是圣人崇拜。神国在天上，圣世在地下。神国在外，圣世在己。中国思想没有天国人间、经验超验的二分法。中国的儒释道三教皆认为人人都有成圣人、成真人、成至人、成佛陀的可能。圣世就在世间，就在现世。“东方的神秘主义特别在其观心法，使己心沉潜而直达于绝对之域，把小我的心象泯失去了，好让宇宙万有平等入己心中来。西方神秘主义则不同，他们要把全能无限的神作为对象，舍弃自身人格，而求神惠降临，摄己归神，进入于无限，此乃双方之不同。因此东方神秘主义不过扩大了一己的心灵，泯弃小我，而仍在此人世界之内。西方神秘主义则转入到整个世界以外之另

一界。换言之，东方神秘主义乃是依于自力而完成其为一圣者，西方神秘主义，则是依于外力而获得了神性。”（《神与圣》）

本书中颇多二元对比的论说，有若干中西比较的方法与结论。这些在今天需要修改了。但贯穿本书始终的精神，特别是对于人文学科与人文精神的提扬，对于中国典籍与思想的理解，则不仅没有过时，而且很有针对性。作者推崇古人的敏感，我很推崇作者的敏感，此即为嗜欲浅者的天机毕露。作者早在50年前就自觉地反思“现代性”的问题，自觉地讨论传统与现代的关系和现代性的多维性问题，检讨单线“进步”“进化”的观念，今天读起来，仍觉得启发良多。

（原载《中国图书商报》2001年1月11日第6版）

对历史的温情与敬意

——读钱穆的《国史大纲》

《国史大纲》是一部简要的中国通史，用大学教科书的体例写成，内容包括自上古三代以迄20世纪中叶之中国历史的演变发展，尤其是经济与社会、政治制度、学术思想的状况及其相互影响。全书（修订二版）8编46章，共53万字。全书力求通贯，便于读者明了治乱盛衰的原因和国家民族生命精神之所寄。

本书成于艰苦的抗战年代，作者的忧患之情跃然纸上。是书于1940年6月由商务印书馆出版，一时洛阳纸贵，成为各大学的历史教科书，风行全国，对学生积极抗战、增强民族凝聚力起了积极作用。1974年由台湾商务印书馆出版修订再版本，到1992年已印行18版，1994年出版第二次修订本。1994年6月北京商务印书馆印制修订二版本，后又多次重印。本书亦收入台北联经出版公司出版之《钱宾四先生全集》。

著者钱穆（1895—1990）是著名的国学大师，江苏无锡人，原名思鑅，字宾四，1912年改名穆。先生家世贫苦，幼时丧父，中学毕业即无力求学，以自学名家。原任中小学教师，1930年后执教于高等学府，历任燕京大学、北京大学、清华大学、北平师范大学、西南联大、武汉大学、华西大学、江南大学等校教授，创办香港新亚书院。其代表作有《刘向歆父子年谱》《先秦诸子系年》《中国近三百年学术史》《国史大纲》《中国历代政治得失》

《政学私言》《朱子新学案》《中国学术通义》《中国学术思想史论丛》等。著者毕生著书 70 余种，约 1400 万字。著者在中国文化与中国历史的通论方面多有创获，尤其在先秦学术史、秦汉史、两汉经学、宋明理学、近世思想史等领域，造诣甚深。

《国史大纲》的引论甚为重要，表达了著者的文化观、历史观与方法论。他指出，研究历史，撰写中国通史的目的在于：（1）能将我国民族以往文化演进的真相明白示人，为一般有志认识中国已往政治社会文化思想种种演变的人们提供所必要的知识。（2）应能在旧史统贯中映照出现今中国种种复杂难解的问题，为一般有志革新现实的人所必备参考。前者在于积极地求出国家民族永久生命的源泉，为全部历史所由推动之精神所寄；后者在于消极地指出民族最近病痛的征候，为改进当前方案所本。这是钱穆撰写此书的主旨。

钱穆指出，研究中国历史的第一个任务，在于能在国家民族内部自身求得其独特精神之所在。中国历史的演进，其基本精神表现在学术思想文化演进上是和平与大同，协调与融合。这与其他民族是不同的。钱穆痛切警告：国人懒于探寻国史真谛，而勇于依据他人之说，因而肆意破坏，轻言改革，则自食其恶果。他反复强调中西文化演进不同，不能简单地用西方历史来套用中国历史，必须肯定不同国家民族之间文化的特殊性、差异性，以及文化价值的相对性。

著者以独特的眼光注意把握时代的变迁，如战国学术思想的变动，秦汉政治制度的变动，三国魏晋社会经济的变动等。有的章，如第六章春秋战国“民间自由学术之兴起”，第八章西汉“统一政府文治之演进”，第十章东汉“士族之新地位”，第十八章“魏晋南北朝之门第”（变相的封建势力），第二十至二十一章关于田制、兵制、宗教思想，第二十三至二十四章关于唐代政治机构与社会情态，第三十二章关于北宋士大夫的自觉与政治革新运动，第三十八至四十章关于唐至明代南北经济文化之转移等，都非常深入，很有见识。本书著者能由一个问题延伸一两千年，由一点扩大到全面，系统梳理。如田制，著者能将两晋占田、北魏均田到唐代的租庸调，租庸调到两税法，合成一个整体。

著者扬弃了近代史学研究中的传统记诵派、革新宣传派和科学考订派，分析了其利弊得失。著者认为，史学不等于技术，不等于历史知识与历史材料，不能纯为一书本文字之学；史学是"人"的史学，不能做号称"客观"的无"人"的历史研究；史学一定要与当身现实相关，但又不能急于联系现实，不是宣传口号与改革现实之工具。他强调对于本民族历史文化认同的重要性：如果一民族对其以往历史无所了解，缺乏起码的尊重，此必成为无文化的民族，无历史意识与智慧的民族。他主张努力开掘国家民族内部自身独特的历史文化资源和内在的生机、动力，如果不深切理解国家民族背后的文化精神，则国家可以消失，民族可以离散。

近代史学诸流派在政治、文化和社会经济三方面研究的结论大体上是：在政治上，秦以来的历史是专制黑暗的历史；在文化上，秦汉以后两千年，文化思想停滞不前，没有进步，或把当前的病态归罪于孔子、老子；在社会经济上，中国秦汉以后的社会经济是落后的。

钱穆的通史研究在立论的标准上反对以一知半解的西方史知识为依据，主张深入理解本民族文化历史发展的个性与特性。他又以整体与动态的方法，把国史看作是一不断变动的历程。他认为，几千年来的中国社会经济、政治制度、学术思想是发展变化着的，而不是一成不变的。

就政治制度而言，综观国史，政治演进经历了三个阶段，由封建（分封）统一到郡县的统一（这在秦汉完成），由宗室外戚等人组成的政府演变为士人政府（这自西汉中叶开始到东汉完成），由士族门第再度变为科举竞选（这在隋唐两代完成），考试和选举成为维持中国历代政府纲纪的两大骨干。钱穆十分注意中国行政官吏选拔制度、士在文治政府中的地位、政治权力与四民社会的关系。就学术思想而言，秦以后的学术，不仅从宗教势力下脱离，也于政治势力下独立，渊源于晚周先秦，递衍至秦汉隋唐，一脉相承，历久不衰。北宋学术的兴起，实际上是先秦以后第二次平民社会学术思想自由发展的新气象。就经济而言，秦汉以后的进步表现在经济地域的逐渐扩大，而经济发展与文化传播、政治建设逐渐平等相伴而行，尽管在历史上快慢不同，但大趋势是在和平中向前发展。

钱穆认为，中国古代社会的政治、经济运作的背后有一个思想观念存在。在学术思想指导下，秦以后的政治社会朝着一个合理的方向进行。如铨选与考试是《礼记》所谓“天下为公，选贤与能”宗旨所致。在全国民众中施以一种合理的教育，在这个教育下选拔人才以服务于国家，有成绩者可以升迁。这正是晚周诸子士人政治思想的体现。秦汉以后的政治大体按照这一方向演进。汉武帝按董仲舒的提议，罢黜百家，专门设立五经博士，博士弟子成为入仕唯一正途。此后，学术地位超然于政治势力之外，也常尽其指导政治的责任。三国两晋时期统一的政府灭亡，然而东晋南北朝政府规模以及立国的理论仍然延续两汉。隋唐统一政府的建立，其精神渊源则是孔子、董仲舒一脉相承的文治思想。隋唐统一无疑证明，中国历史虽然经历了几百年的长期战乱，其背后尚有一种精神力量依然使中国再度走向光明之路。钱穆所讲的这种精神力量是以儒家为主的优秀文化传统，它才是民族文化推进的原动力，即“生力”。

钱穆也分析了阻碍中国历史发展的“病态”。如中唐以后的社会是一个平铺散漫的社会，政治仍为一种和平大一统的政治，王室高高在上，社会与政府之间相隔太远，容易招致王室与政府的骄纵与专擅。又如社会无豪强巨富，虽日趋于平等，然而贫无赈，弱无保，其事不能全部依赖于政府，而民间又苦于不能自振。再如政府与民间沟通在于科举，科举为官后出现腐败等。这都是中唐以后的“病态”。宋儒讲学主要是针对这种种“病态”而发。然而宋以后不能自救，中国政治进一步遭到损害。明代废除宰相，尊君权，以及清朝统治，皆背离了传统士人政治、文治政府的精神。这些都是中国历史中的“病态”。

挽救这些“病态”则需要一种“更生”。这种更生是国家民族内部的一种新生命力的发舒与成长。钱穆认为，我民族数百世血液浇灌、精肉培壅的民族文化精神具有顽强的生命力，充满了生机，不仅能挽救自身病态，而且能回应西方文化挑战，争取光辉的前途。

最后我们不能不指出，由于特殊的抗战背景，本书在布局上详于汉唐而略于辽金元清，详于中原而略于周边兄弟民族，在取材上详于制度而略于人事，详于文化而略于战争，在词句上不用太平天国而用“洪杨之乱”。体察著者的初衷，大约他内在的情结是：如果治乱不分，内外不辨，日本侵略中国岂不是可以根据辽金元清的故事，名正言顺地拥有与统治我广土众民吗？[①] 尽管

---

① 何佑森：《钱宾四先生的学术》，载《中国哲学思想论集》，牧童出版社，1978，第69页。

我们能理解著者的苦心，然而今天读这部书，我们不能不跳出汉族中心主义、华夏中心主义和正统史观的立场，肯定周边兄弟民族入主中原，与汉民族一道治理国家，给中国历史文化注入了活力，在中华民族发展的历史上起了积极的作用。中华民族的历史，是由中华各民族共同创造的。

钱穆的这部著作代表了他的通史研究，这与他有关部门史（如政治史、学术史、文化史）及历史人物、历史地理的研究相得益彰，与他有关史学研究的方法论、中国历史研究方法的探讨亦相互影响。通过本书，我们可以了解钱穆先生所提倡的史心与史识、智慧与功力之互动。阅读本书，请配读著者的另一部著作《中国文化史导论》。其修订本有北京商务印书馆 1994 年印本。

（原载马宝珠主编《20 世纪中国史学名著提要》，北京师范大学出版社，2007 年）

钱穆的历史文化哲学

钱穆（1895—1990）是我国现代著名的史学家、思想家、教育家。钱先生原名思鑅，字宾四，民国元年（1912 年）改名穆。钱家世居江苏无锡南延祥乡啸傲泾七房桥村。先生家世贫苦，幼时丧父，中学毕业即无力求学，以自学名家。原任中小学教员，1930 年他经顾颉刚先生推介，入北平燕京大学执教，从此跻身学术界，历任燕京大学、北京大学、清华大学、北平师范大学、西南联大、武汉大学、华西大学、江南大学等校教授。1949 年，钱先生移居香港，并与唐君毅、张丕介等创建新亚书院，任院长。1967 年，他离开香港，定居台北，曾被选为台湾“中研院”院士。1990 年 8 月 30 日，他卒于台北。

钱先生博通经史文学，擅长考据，一生勤勉，毕生著书七十余种。他在中国文化和中国历史的通论方面，多有创获，尤其在先秦学术史、秦汉史、两汉经学、宋明理学、清代与近世思想史等领域，造诣甚深，在现代中国学术史上占有重要的一席。他的煌煌大著《先秦诸子系年》《中国近三百年学术史》《国史大纲》《朱子新学案》等，为中国传统文化的创新做出了不可磨灭的贡献，而且自身已成为宝贵的历史遗产，对后世学者已经且必将继续产生重大的影响。钱氏著述经其夫人与弟子整理，编订成《钱宾四先生全集》，1995 年始在台北由联经出版事业公司陆续出版。

第一节 民族与历史

钱先生所有研究都环绕着一个中心而展开，这个中心就是中国文化问题。他从历史出发揭示中国民族文化的风貌、特殊性格和人文精神。在他看来，历史、民族、文化，实质为一。民族并不是自然存在，自然只是生育人类，而不能生育民族。他指出："民族精神，乃是自然人与文化意识融合而始有的一种精神，这始是文化精神，也即是历史精神。只有中国历史文化的精神，才能孕育出世界上最悠久、最伟大的中国民族来。若这一个民族的文化消灭了，这个民族便不可能再存在。"[①] 这足见一国的基础建立在其民族与其传统文化上。文化是人类群体生活之总称，文化的主体即民族。民族的生命不是自然物质生命，而是文化的生命、历史的生命、精神的生命。

民族精神是族类生活的灵魂和核心。没有这一灵魂，就没有族类的存在，而民族的精神乃是通过历史、文化展开出来。中国历史文化的精神就是使中华民族五千年一以贯之、长久不衰的精神，是民族生活和民族意识的中心，并贯穿、渗透、表现在不同的文化领域中。就是说，中华民族精神是建立在民族文化的各领域之上，是在民族文化长期熏陶、教化、培育中形成的，具有深刻内在特点的心理素质、思维方式、价值取向，是民族的性格与风貌，是民族文化的本质体现，是民族意识的精华，是整个民族的向心力、凝聚力，是民族共同体的共同信仰与灵魂，是我们民族自强不息的动力与源头活水。钱先生把中国民族精神的内涵归结

---

① 钱穆：《中国历史精神》，载《钱宾四先生全集》第二十九卷，联经出版事业公司，1998，第12页。

为:（一）人文精神，包括人文化成、天下一家，人为本位、道德中心，天人合一、性道一体，心与理一、用由体来;（二）融和精神，包括民族融和，文化融和，国民性格——和合性;（三）历史精神，包括历史是各别自我的，以人为中心的历史意识、温情与敬意的心态等。[①] 总之，民族精神、历史精神、文化精神是一致的。

"五四"以来，我国学者围绕着中国文化的新旧递嬗展开了论战，涉及文化学领域。钱先生建构了自己独特的文化学系统。他指出:"文化学是研究人生总体意义的一种学问。自然界有事物，而可以无意义。进入人文界，则一切事物，必有某种意义之存在。每一事物之意义，即在其与另一事物之内在的交互相联处，即在其互相关系处。……因此我们也可说，文化学是研究人生价值的一种学问。价值便决定在其意义上。愈富于可大可久的意义者，则其价值愈高，反之则愈低。于是我们暂可得一结论:文化学是就人类生活之具有传统性、综合性的整一全体，而研究其内在的意义与价值的一种学问。"[②] 这是从文化与大群人生的密切联系出发界定文化学的。由此可知，钱先生的文化学是人文主义的文化学，这种文化学强调研究的重心是文化系统的价值与意义，尤其是大群人生与历史文化传统的多方面开拓与长期发展的价值与意义。本此，他对文化定义、结构进行界定，指出:"文化只是人生，只是人类的生活。"[③] 他根据三类人生，即物质的人生、社

---

① 郭齐勇、汪学群:《钱穆评传》，百花州文艺出版社，1995。

② 钱穆:《文化学大义》，载《钱宾四先生全集》第三十七卷，台北联经出版事业公司，1998，第8—9页。

③ 钱穆:《文化学大义》，载《钱宾四先生全集》第三十七卷，联经出版事业公司，1998，第6页。

会的人生、精神的人生，把文化划分为物质文化、社会文化和精神文化，这三种文化也反映了人文演进的三个时期。他指出，经济、政治、科学、宗教、道德、文学、艺术是组成文化结构的七要素。钱氏特别突出道德与艺术在中国传统文化中的重要地位。可以说，他的文化学始终贯穿着以人为中心的意图，是人文化成的文化学。他还提出了一套研究文化问题应具有的健康心态、观点与方法，包括：从历史与哲学相结合的角度研究文化；研究文化必须善于辨别异同；讨论文化必须从大处着眼，不可单看其细节；讨论文化要自其相通处看，不应专就其分别处看；讨论文化也应懂得从远处看，不可专自近处看；讨论文化也应自其优点与长处看，不当只从其劣点与短处看；等等。这是钱先生针对数十年来文化研究的偏颇而提出的。

中西文化比较是钱先生文化思想的重要组成部分。他从地理环境、生活方式的不同出发，把世界文化分为游牧文化、商业文化和农耕文化，又指出实质上只有游牧与商业文化和农耕文化两种类型。在他看来，西方文化属于商业文化，中国文化属于农耕文化。商业文化与农耕文化的不同，实质上就是西方文化与中国文化之间的不同。这具体表现为：（一）安足静定与富强动进的不同。中国农耕文化是自给自足，而西方商业文化需要向外推拓，要吸收外来营养维持自己。农耕文化是安稳的、保守的，商业文化是变动的、进取的。前者是趋向于安足性的文化，是足而不富，安而不强。后者是趋向于富强性的文化，是富而不足，强而不安。（二）内倾型和外倾型的不同。农业文化起于内在的自足，故常内倾，商业文化起于内不足，故常外倾。“内倾型文化常看世界是内外协一，因其内自足而误认为外亦自足”；外倾型文化“常看世界成为内外两敌对。因其向外依存，故必向外征服。"[①]（三）和合性与分别性的不同。中国文化重视"和合性"，和内外，和物我；西方人则强调"分别"，分内外，别物我。

在文化比较中，钱先生只强调两种文化的不同，并没有简单判定优劣高下。他指出："我们讲文化没有一个纯理论的是非。东方人的性格与生活，和西方人的有不同。……没有一个纯理论的是非，来判定他们谁对谁不对。只能说我们东方人比较喜欢这样，西方人比较喜欢那样。""我们今天以后的世界是要走上民族解放，各从所好的路。你从你所好，我从我所好，并不主张文化一元论，并不主张在西方、东方、印度、阿拉伯各种文化内任择其一，奉为全世界人类作为唯一标准的共同文化。我想今天不是这个世界了，而是要各从所好。""在理论上，我很难讲中国文化高过了西方文化。也可以说，西方文化未必高过了中国文化。因为两种文化在本质上不同……将来的世界要成一个大的世界，有中国人，有印度人，有阿拉伯人，有欧洲人，有非洲人……各从所好。各个文化发展，而能不相冲突，又能调和凝结。我想我们最先应该做到这一步。我不反对西方，但亦不主张一切追随西方。我对文化的观点是如此。"[②]上引钱先生反对西方文化一元论和中国文化一元论的观点，并不意味着钱先生主张文化相对主义。他针对"西方中心论"提出相容互尊、多元共处，反对绝对主义的价值评价。钱先生不是为比较而比较，他的文化比较，是着眼于世界文化和人类文明的前景的。

---

① 钱穆：《文化学大义》，载《钱宾四先生全集》第三十七卷，联经出版事业公司，1998，第 35 页。

② 钱穆：《从中国历史来看中国民族性及中国文化》，载《钱宾四先生全集》第四十卷，联经出版事业公司，1998，第 30—31 页。

钱先生通过中西文化比较，展望未来世界文化的格局是多元共处、各从所好、不相冲突、调和凝结。他特别提出了“集异建同”的观点。他说：“世界文化之创兴，首在现有各地各体系之各别文化，能相互承认各自之地位。先把此人类历史上多彩多姿各别创造的文化传统，平等地各自尊重其存在。然后能异中求同，同中见异，又能集异建同，采纳现世界各民族相异文化优点，来会通混合建造出一理想的世界文化。此该是一条正路。若定要标举某一文化体系，奉为共同圭臬，硬说惟此是最优秀者，而强人必从。窃恐此路难通。文化自大，固是一种病。文化自卑，亦非正常心理。我们能发扬自己的文化传统，正可对将来世界文化贡献。我能堂堂地做一个中国人，才有资格参加做世界人。毁灭了各民族，何来有世界人？毁灭了各民族文化，又何来有世界文化？”[①] 钱先生在这里提出的“集异建同”的思想，较一般所谓“察异观同”更为深刻。世界文化的前景，绝不抹杀、消融各民族文化之异（个性）；相反，世界文化的发展，只可能建立在保留各民族文化的优长，发扬其差异的基础上。

总之，钱先生提出的“农耕文明”与“商业文明”、“安足静定”与“富强动进”、“内倾型”与“外倾型”、“和合性”与“分别性”的区分模型，以认识各自的特殊性，然后再以世界性的视域，集其异，建其同，多元共处，相互尊重，相互吸收，相互融和。这些看法都是值得我们深思的。今天，我们体味钱先生的文化学与文化比较观，获益良多。

---

① 钱穆：《中国历史研究法》，载《钱宾四先生全集》第三十一卷，联经出版事业公司，1998，第 152 页。

第二节 经学与理学

钱先生治学的独到之处是以史学作为贯通之道，其经学研究亦不例外。他从史学立场出发，贯通经学，破除门户之见。

关于经学的渊源与发展，钱先生指出："中国经学应自儒家兴起后才开始。"[①] 但经学的渊源则在儒家产生以前，大概要追溯到春秋以前的几部儒家经书上。这几部经书不仅是中国文化的源头，也是经学思想产生的理论渊源。他不同意今文家所说的孔子作"六经"的观点，认为孔子以前未尝有六经，孔子也未尝造六经。[②] 钱氏用大量史实证明孔子与"六经"无涉，明称"六经"见于《庄子》，后成于王莽。总之，"六经"称谓均系汉代经学家所为。这里把后世称为经的儒家典籍与经的称呼区分开来，还孔子与"六经"的真实面貌。钱先生还考察了经学的发展历程，认为两汉经学，其精神偏重在政治。魏晋南北朝和隋唐时期的经学为义疏之学，十三经注疏完成在这一时期。宋元明时期的经学，主要是四书代替五经，开启经学新时代。清代经学为考据之学，是经学的终结。

钱先生揭示了经学的精神方法，他把经学的基本精神归结为：（一）以人文主义精神为中心，肯定人的价值及意义；（二）注重历史精神，以"六经皆史"说明经书本身都是史书，经学与史学一致；（三）天人合一精神，此人文精神不反对自然和宗教，相反

---

① 钱穆：《中国学术通义》，载《钱宾四先生全集》第二十五卷，联经出版事业公司，1998，第 7 页。

② 钱穆：《国学概论》，载《钱宾四先生全集》第一卷，联经出版事业公司，1998，第 22 页。

总是融摄宗教，并使人文措施与自然规律相融和；（四）融合精神，经学本身把文学、史学、宗教、哲学融合在一起；（五）通经致用及重视教育的精神。他把经学精神与中国文化精神结合起来。他还提出一套考据、义理、辞章三者相结合的治经方法，强调治经应把这三者结合起来。

钱穆先生治经学最大的贡献在于打破今文经学和古文经学的门户之见。清末康有为在《新学伪经考》中主张一切古经为西汉刘歆伪造，只有今文经学才算是经书，今文经均是孔子托古改制的。康氏的目的是想托古改制，使清代经学转移到经世致用上来，其思想在政治上有积极意义。但不得不说，康氏的治学方式助长了疑古之风。到了民国初年，由康有为所开启的怀疑古文经之风，沿袭至新文化运动，终究酿成一股疑古辨伪学术思潮。这种潮流喜欢说中国古史为后人层累假造，致使造成门户之争，而且对经书乃至先秦古籍产生了普遍的怀疑心理，进而怀疑一切固有的学术文化。这种“怀疑一切”的风气已经严重地戕害了民族精神，极大地损害了中国文化的正常发展。钱穆先生正是这种条件下力辟古文经和今文经的门户之见。要想扭转风气，匡正学风，就必须追根溯源，匡正新学伪经的谬论，为古文经平反冤屈。于是，钱先生在 1929 年写成《刘向歆父子年谱》一书。在书中，钱先生大体根据《汉书 · 儒林传》的史实，考察西汉宣帝石渠阁奏议至东汉章帝白虎观议五经异同 120 年间的诸博士意见分歧，考证当时经师论学的焦点所在，驳斥了康有为所谓刘歆伪造经书的诸多不通之处，认定绝对不存在刘歆以五个月时间编造诸经以欺骗其父，并能一手掩尽天下耳目之理，也没有如康氏所言——造经是为王莽篡权服务之说。

钱先生以客观史实来解决今古文之争，摧陷廓清道咸以来常州学派今文学家散布的某些学术迷雾。《刘向歆父子年谱》不但结束了清代经学上的今古文之争，平息了经学家的门户之见，同时也洗清了刘歆伪造《左传》《毛诗》《古文尚书》《逸礼》诸经的不白之冤。自从此书问世以后，几十年来，凡是讲经学的都能兼通今古，古文经学家如章太炎和今文经学家如康有为之间的鸿沟已不复存在。学术界已不再固执今文古文谁是谁非的观念。

据以上可知，钱穆先生之所以在经学研究上有建树，“则端在撤藩篱而破壁垒，凡诸门户，通为一家。经学上之问题，同时即为史学上之问题。自春秋以下，历战国，经秦迄汉，全据历史记载，就于史学立场，而为经学显真是”[①]。现代一般治经学的，通常不讲史学；治史学的，通常不讲经学。钱穆认为，经学上的问题，也即是史学上的问题。钱氏以史学打通经学，把人们从已经僵化的经学中解放出来，开启了经学研究的新风气。

钱先生不仅在经学上开创新风，其理学研究也有独到之处。清代汉学家们尊汉反宋，主要理由是汉代与宋代相比，更接近古代，更能体现孔孟儒家大传统。对此，钱先生并不认同，与此相反，他非常推崇宋明理学，认为与汉儒相比，宋明儒更接近于先秦儒。因为董仲舒“独尊儒术”，使先秦平民儒变为王官儒，把儒学经学化、神秘化，失去了儒家真精神，而宋明儒是平民儒，无论在师道、学术，还是在政事方面大有返回先秦儒的风格。他指出宋明儒的最大贡献“乃由佛转回儒，此乃宋明儒真血脉”[②]。也就是说，正如先秦儒最后融合诸子百家，扩大儒学一样，宋明

---

① 钱穆：《两汉经学今古文平议·自序》，载《钱宾四先生全集》第八卷，联经出版事业公司，1998，第6页。

② 钱穆：《中国学术思想史论丛（七）》，东大图书公司，1979，第280页。

儒的最大贡献在于以儒家为主干融合佛老，形成一代新儒学。

钱先生在贯通理学中揭示了理学发展的轨迹。谈及宋学，便会使人想起理学，但在钱先生看来，理学则属宋儒中的后起。在理学之前，已经有一批宋儒，如胡瑗、孙复、徐积、石介、范仲淹、王安石、司马光、欧阳修、刘恕、苏轼，等等。这批宋儒的学术被称为宋初儒学，而后来的理学都是从宋初儒学中发展出来的。因此，"不了解宋学的初期，也将不了解他们"[①]，即不了解理学。因为韩愈开启的辟佛卫道运动之所以对理学产生影响，成为理学的思想源头，主要是通过初期宋学完成的。就是说，他们重师道、办书院，在教育与修养、政事治平、经史博古之学、文章子集之学等多方面的活动和研究，发展了韩愈复兴儒学的努力，成为理学产生的直接原因。如果说初期宋学的涵盖面很广泛，那么北宋理学就不同了，它的精力只集中于宇宙论和人生论。也就是说，宋初儒学复兴了先秦儒学博大的精神，北宋理学则往内收、往内转了，但钱穆先生并没有否定理学出现的意义。他认为，要真正达到辟佛卫道的目的，必须建立儒家的宇宙论和人生论，以与佛学的宇宙论和人生论相抗衡。北宋五子周、邵、张、程等及其弟子的贡献，正在于弥补初期宋学内核方面的不足。南渡宋学是理学发展的第二期，主要人物是朱熹和陆象山。朱熹把初期宋学的多方面活动与北宋理学宇宙论、人生论方面的贡献结合起来，达到宋学发展的顶峰。陆象山则另辟蹊径，建立心学系统。至于明代学术，钱先生认为没有超出宋学范围，只沿袭朱、陆异同。值得一提的是王阳明，他可以说是集理学之大成。至于王门末流，

① 钱穆：《宋明理学概述》，载《钱宾四先生全集》第九卷，联经出版事业公司，1998，第30页。

流弊愈深，路向愈窄，则导致理学一蹶不振。

钱先生治理学尤其重视朱熹，建立了庞大的朱子学。他指出："孔子集前古学术思想之大成，开创儒学，成为中国文化传统中一主要骨干。……朱子崛起南宋，不仅能集北宋以来理学之大成，并亦可谓其乃集孔子以下学术思想之大成。"[①] 这表明，钱先生的研究把朱子放在整个思想史中考察，突出了朱熹在中国思想史后半期的历史地位，同时连带解决了朱子卒后七百多年来学术思想史上争论不休、疑而不决的一些重要问题。如在思想上，理气论与心性论是一个大问题，钱先生用理气一体浑成的道理解决了学者对理气二元或一元的争论，也用心性一体两分的道理，打破了思想界关于程朱与陆王的门户之见。在学术上，他对朱子的经学、四书学、史学、文学、杂学等全方位的研究，再现了朱子作为百科全书式人物的形象。在治学方法上，义理与考据孰重孰轻，也是学者争论的一个焦点，他用"考据正所以发现义理，而义理亦必证之考据"的方法解决了学者治学方法上出现的偏颇。

钱先生对理学研究的另一个重点是王阳明。他把王阳明置于理学发展史中加以考察。他认为，阳明思想的价值在于他以一种全新的方式解决了宋儒留下的"万物一体"和"变化气质"的问题。具体地说，朱熹主张"万物一体"之理是外在本体固有的，不是我心的意会，因此主张"变化气质"在格物、博览。相反，陆象山认为"万物一体"之理不是外物本身固有的，只有吾心认为如此才是真，因此要先发明本心而后再格物、博览。二者实质是道问学与尊德性之争。王阳明的贡献，"只为要在朱子格物和

---

① 钱穆：《朱子新学案》，载《钱宾四先生全集》第十一卷，联经出版事业公司，1998，第1—2页。

象山立心的两边，为他们开一通渠”[①]。王阳明所开的“通渠”就是“良知”。因为良知既是人心又是天理，能把心与物、知与行统一起来，泯合朱子偏于外、陆子偏于内的片面性，解决宋儒遗留下来的问题。

钱先生对清代学术思想的研究集中在清代学术与宋明学术之间的关系，以及清代学术的发展与流变上。

关于清代学术与宋明学术的关系，近世学者有两种截然不同的观点。第一种观点认为，清代学术是对宋明学术的全面反动。代表人物是梁启超和胡适。他们主张 17 世纪，最迟 18 世纪以后，中国学术思想史走上了一条与宋明以来相反的道路。这条道路，从积极方面说发展为经学考据学，从消极方面看表现为一种“反玄学”的运动或革命。[②]第二种观点比较温和，它并不否定清代学术的创新一面，但强调宋明学术在清代，至少前期仍有自己的生命。持这种观点的有冯友兰和钱穆等。尤其是钱穆先生，他详细论述了宋明学术与清代学术的关系。他指出：“治近代学术者当何自始？曰，必始于宋。何以当始于宋？曰，近世揭橥汉学之名，以与宋学敌，不知宋学，则无以平汉宋之是非。且言汉学渊源者，必溯诸晚明诸遗老。然其时如夏峰、梨洲、二曲、船山、桴亭、亭林、蒿庵、习斋，一世魁儒耆硕，靡不寝馈于宋学。继此而降，如恕谷、望溪、穆堂、谢山乃至慎修诸人，皆于宋学有甚深契诣，而于时已及乾隆。汉学之名，始稍稍起。而汉学诸家之高下浅深，亦往往视其所得于宋学之高下浅深以为判。道咸以下，则汉学兼

① 钱穆：《阳明学述要》，载《钱宾四先生全集》第十卷，联经出版事业公司，1998，第 79 页。

② 梁启超：《中国近三百年学术史》，中国书店，1985，第 10 页。

采之说渐盛，抑且多尊宋贬汉，对乾嘉为平反者。故不识宋学，即无以识近代也。”[①] 这种观点揭示了清代学术与宋明学术之间的渊源关系。不仅生活在清初的明末遗老，就是乾嘉时期的汉学也多少与宋明学术相关。从思想发展演变的一般规律看，钱先生主张宋明学术在清代仍有延续性的观点是合理的。因为不但前一时期的思想不可能在后一时期突然消失无踪，而且后一时期的新思想也必然在前一时期中孕育，并能从中找到它的萌芽。经钱先生考证，即使是清儒的博雅考订之学，也能在宋明学术中找到其思想和方法论之渊源。

钱先生考察了清代学术思想发展的过程，以及在不同阶段所呈现的不同特点。清初，明末遗老虽然身处乱世之秋，上承宋明遗绪，在经史子集、政事治平等方面都做出一定贡献，开辟清初学术思想上的一片新天地。但是由于清代统治者的高压，尤其是康熙、雍正、乾隆时期的“文字狱”愈演愈烈，使得一辈学人不愿涉足政治领域，转头躲向故纸堆中，去从事一些经学上的考据、训诂、校勘。他们虽然自称汉学，在钱先生看来，其实他们并不了解汉学，汉学家们虽然在整理和编纂古籍方面有所贡献，但没有体现汉代经学的通经致用精神，同时造成经学内部的门户之争。这种门户之争到了晚清越来越激烈，先是今文经与古文经之争，后是今文经内部之争，使经学走上末路。正在这个时期，一直作为经学附庸的诸子学兴起，才开始了清末民初学术思想上的新气象。

---

① 钱穆：《中国近三百年学术史》，载《钱宾四先生全集》第十六卷，联经出版事业公司，1998，第1—2页。

第三节 儒学观

钱先生博通经史子集，学问宗主在儒，著作等身，堪称当代大儒，其毕生对儒家传统的精神价值抱着深厚的感情，将之作为他自己终身尊奉的人生信仰和行为准则。[1]钱氏儒学观的要点是：（一）肯定儒学在中国文化中的主干地位，发挥周公孔子以来的人文主义精神；（二）肯定儒学的最高信仰和终极理想，阐释儒家中心思想——“天人合一”“性道合一”的精义；（三）以开放的心态，破除门户，打破今古文经学、汉学宋学、程朱理学与陆王心学的界限，对儒学史作出了别开生面的建构，提出了儒学史与社会文化史相辅相成、相交相融的儒学发展阶段论，以及由子学而经学而史学而文学的转进论；（四）回应本世纪诸思潮对儒学的批评，指出儒学是一个不断与时俱进的活传统，是中国现代化的重要精神资源和现代人安身立命的根据。

一、地位：领导精神与思想主干

中国文化精神与民族性格主要是由儒家奠定和陶养的。这一点在钱先生的著作中是毫不含糊的。就整部中国历史来说，钱先生强调，中国社会是四民（士农工商）社会，士为四民之首。士的变动可以影响到整个社会的变动。钱穆把中国社会的发展史划分为游士、郎吏、门第、科举等若干阶段。士是人群中能够志道、明道、行道、善道的人。士代表、弘扬、实践、坚守了中国人的

---

① 余英时：《犹记风吹水上鳞——钱穆与中国现代学术》，三民书局，1991。

人文理想，担当着中国社会教育与政治之双重责任。“此士之一流品，惟中国社会独有之，其它民族，其它社会，皆不见有所谓士。士流品之兴起，当始于孔子儒家，而大盛于战国，诸子百家皆士也。汉以后，遂有士人政府之建立，以直迄于近代。”①钱穆指出，中国古代社会有一个很特殊的地方，不需要教堂牧师和法堂律师，没有发达的法律和宗教，而形成一种绵延长久、扩展广大的社会。这靠什么呢？主要靠中国人的“人与人之道”，靠“人”“人心”“人道”等观念，靠士在四民社会中的作用及士之一流品的精神影响。“孔子之伟大，就因他是中国此下四民社会中坚的一流品之创始人。”②中国古代社会，从乡村到城市乃至政府都有士。士的形成，总有一套精神，这套精神维持下来，即是“历史的领导精神”。“中国的历史指导精神寄在士的一流品。而中国的士则由周公、孔、孟而形成。我们即由他们对于历史的影响，可知中国历史文化的传统精神之所在。”③指导中国不断向前的精神被钱氏称为“历史的领导精神”。他通过详考历史、对比中外，肯定地指出，士是中国社会的领导中心，中国历史的指导精神寄托在士的一流品，中国历史主要是由儒家精神——由周公、孔子、孟子培育的传统维系下来的。在钱穆看来，中国“历史的领导精神”即是人文精神、重视历史的精神、重视教育的精神和

---

① 钱穆:《民族与文化》，载《钱宾四先生全集》第三十七卷，联经出版事业公司，1998，第12页。

② 钱穆:《民族与文化》，载《钱宾四先生全集》第三十七卷，联经出版事业公司，1998，第101页。

③ 钱穆:《民族与文化》，载《钱宾四先生全集》第三十七卷，联经出版事业公司，1998，第121页。

融和合一的精神。

钱氏认为，中国传统人文精神源于五经。周公把远古宗教转移到人生实务上来，主要在政治运用上；孔子进而完成了一种重人文的学术思想体系，并把周公的那一套政治和教育思想颠倒过来，根据理想的教育来建立理想的政治。经周、孔的改造，五经成为中国政（政治）教（教育）之本。经学精神偏重人文实务，同时保留了古代相传的宗教信仰之最高一层，即关于天和上帝的信仰。中国人文精神是人与人、族与族、文与文相接相处的精神，是“天下一家”的崇高文化理想。中国文化是“一本相生”的，其全部体系中有一个主要的中心，即以人为本位、以人文为中心。传统礼乐教化代替了宗教的功能，但不与宗教相敌对，因此不妨称之为“人文教”。中国文化精神，要言之，只是一种人文主义的道德精神。

中国传统注重历史的精神源于五经。周、孔重视人文社会的实际措施，重视历史经验的指导作用。尤其孔子具有一种开放史观，并在新历史中寄寓褒贬，这就是他的历史哲学与人生批评。孔子促使了史学从宗庙特设的史官专司转为平民学者的一门自由学问，倡导了经学与史学的沟通。钱氏指出，中国历史意识的中心是人。中国人历史意识的自觉与中国先民，特别是周公、孔子以来的人文自觉密切联系在一起。在中国，特别在儒家，历史、民族与文化是统一的。民族是文化的民族，文化是民族的文化，而历史也是民族和文化的历史。民族与文化只有从历史的角度才能获得全面的认识。中国人对历史的重视，对史学的兴趣及史学之发达，特别是“经世明道”，“鉴古知今”，“究往穷来”，求其“变”又求其“常”与“久”的精神，来源于儒学。

中国传统注重教育的精神源于五经。钱氏认为，中国古人看重由学来造成人，更看重由人来造成学。中国人研究经学，最高的向往在于学习周公与孔子的为人，成就人格，达到最高的修养境界。中国古代文化及其精神是靠教育薪火相传、继往开来的。中华民族尊师重道的传统由来已久，而儒家则把教育推广到民间，扎根于民间，开创了私家自由讲学的事业，奠定了人文教育的规模和以教立国的基础。中国人教育意识的自觉不能不归功于儒家。

中国传统注重融和合一的精神源于五经。中国古人的文化观，以人文为体，以化成天下为用。五经中的“天下观”，是民族与文化不断融凝、扩大、更新的观念。中国文化的包容性、同化力，表明中国人的文化观念终究是极为宏阔而具世界性的。这源于儒家的一种取向，即文化观念深于民族观念，文化界限深于民族界限。中国文化与中国人的性格中的“和合性”大于“分别性”，主张宽容、平和、兼收并蓄、吸纳众流，主张会通、综合、整体、融摄，这些基本上都是儒者所提倡和坚持的价值。[①]

钱氏得出“中国历史文化的指导精神即为儒家精神”的结论，是有其可靠的根据的。他极其深入地考察了中国历史思想史，十分肯定地说：“中国思想以儒学为主流。”“儒学为中国文化主要骨干。”[②] 在先秦思想史上，开诸子之先河的是孔子。孔子的历史贡献，不仅在于具体思想方面的建树，更重要的在于他总体上的建树。他既是王官之学的继承者，又是诸子平民之学的创立者，是

---

① 钱穆：《中国学术通义》，载《钱宾四先生全集》第二十五卷，联经出版事业公司，1998，第2—6页。

② 钱穆：《中国思想史》，载《钱宾四先生全集》第二十四卷，联经出版事业公司，1998，第163页。

承前启后开一代风气的人物。正是这一特殊历史地位，决定了他在先秦诸子学说中的重要作用。整个说来，诸子学标志春秋以来平民阶级意识的觉醒，是学术下移民间的产物。钱氏认为，中国古代，是将宗教政治化，又要将政治伦理化。换言之，就是要将王权代替神权，又要以师权来规范君权。平民学者只是顺应这一古代文化大潮流而演进，他们尤其是以儒家思想为主。因为他们最看重学校与教育，并将其置于政治与宗教之上。他们已不再讲君主与上帝的合一，而只讲师道与君道的合一。他们只讲一种天下太平、世界大同的人生人道，这就是人道或平民道。在孔孟仁学体系的浸润下，儒家完成了政治与宗教的人道化，使宗教性与神道性的礼变成了教育性与人道性的礼。

钱先生比较了儒墨道三家的异同，指出，墨道两家的目光与理论，皆能超出人的本位之外而从更广大的立场上寻找根据。墨家根据天，即上帝鬼神，而道家则根据物，即自然。墨道两家都有很多思想精品和伟大贡献。但无论从思想渊源还是从思想自身的特点来看，儒家都在墨道两家之上。这是因为，儒家思想直接产生于中国社会历史，最能反映和体现中国社会历史的实际和中国人的生活方式、行为方式与思维方式。先秦以后，历代思想家大体上都是以儒家为轴心来建立自己的思想体系并融会其他诸家的。如果说儒家是正，那么，墨道两家是反，他们两家是以批评、补充儒家的面貌出现的。如果说儒家思想多为建设性的进取，那么墨道两家则主要是社会批判性的。

关于先秦学术思想的总结，钱氏认为，这一总结是在秦始皇到汉武帝这一段历史时期完成的。学术思想的统一伴随着政治上的统一。在政治上，以李斯为代表的以法家为轴心的统一，历史已证明是失败的，其标志是秦王朝的灭亡；而以董仲舒为代表的以儒家为轴心的统一，则是适应并促进当时社会发展的，是成功的，其标志是汉唐大业。当时在学术上的调和统一有三条路，一是超越儒墨道法诸家，二是以道家为宗主，三是以儒家为宗主。第一条路的代表是吕不韦及其宾客，但他们没有超越诸家的更高明的理论，没有吸收融和诸家的力量，因此《吕氏春秋》只是在诸家左右采获，彼此折中，不能算是成功的。第二条路的代表是刘安及其宾客。由于道家思想本身的限制，不可能促进当时历史大流向积极方向前进，因此《淮南子》也不是成功的。第三条路的代表是儒家，即这一时期出现的《易传》及收入《礼记》中的《大学》《中庸》《礼运》《王制》《乐记》《儒行》诸篇的作者们。他们以儒家思想为主，吸收墨、道、名、法、阴阳诸家的重要思想，并把这些思想融化在儒家思想里，成为一个新的系统。例如《易传》《中庸》，弥补了儒家对宇宙自然重视不够的不足，吸纳了道家，建构了天道与人道、宇宙界与人生界、自然与文化相合一的思想体系。《易传》《中庸》吸取老庄的自然观来阐发孔孟的人文观，其宇宙观是一种德性的宇宙观。《大学》《礼运》仍是以德性为本论，把孔孟传统以简明而系统的方式表达了出来，提高了道的地位，融合了道家观念及墨家重视物质经济生活的思想。这不仅表明了儒家的涵摄性，而且表明了儒家在中国思想史上的主干地位。这并不是自封的，并不是靠政治力量支撑得来的，而是中国历史与中国社会选择的结果，是自然形成的。其原因在于儒学的性质与中国社会历史实际相适应。①

钱先生指出："儒家可分先秦儒、汉唐儒、宋元明儒、清儒四

---

① 钱穆:《中国思想史》，载《钱宾四先生全集》第二十四卷，联经出版事业公司，1998 年，第 81—112 页。

期。汉唐儒、清儒都重经典，汉唐儒功在传经，清儒功在释经。宋元明儒则重圣贤更胜于重经典，重义理更胜于重考据训诂。先秦以来，思想上是儒道对抗。宋以下则成为儒佛对抗。道家所重在天地自然，因此儒道对抗的一切问题，是天地界与人生界的问题。佛学所重在心性意识，因此儒佛对抗的一切问题，是心性界与事物界的问题。禅宗冲淡了佛学的宗教精神，回到日常人生方面来，但到底是佛学，到底在求清静，求涅槃。宋明儒沿接禅宗，向人生界更进一步，回复到先秦儒身家国天下的实际大群人生上来，但仍须吸纳融化佛学上对心性研析的一切意见与成就。宋明儒会通佛学来扩大儒家，正如《易传》《中庸》会通老庄来扩大儒家一般。宋明儒对中国思想史上的贡献，正在这一点，在其能把佛学全部融化了。因此，有了宋明儒，佛学才真走了衰运，而儒家则另有一番新生命与新气象。”①

钱氏指出：初期宋学十分博大，在教育修养、政治治平、经史之学和文章子集之学上全面发展，颇有回复先秦儒之气象。中期宋学如北宋五子及其门人，博大不足而精深有余。他们面对佛教的挑战，必须致力于建构宇宙论与心性论，此客观情势使然。他们把儒学的基本精神凸显出来，在北宋初期儒家画的龙上点上睛，使北宋学术有了重心。唐以前“周孔”并称，宋以后“孔孟”并称；唐以前是“五经”的传统，宋以后是“四书”的传统。以“四书”义理代替“五经”注疏，以“孔孟”代替“周孔”，这是中国儒学传统及整个学术思想史上的一大转变。这一社会文化现象的内涵是十分丰富的。它表明，儒家文化一方面下移，沟通实际

---

① 钱穆：《中国思想史》，载《钱宾四先生全集》第二十四卷，联经出版事业公司，1998，第163页。

社会大群人生，接近民众，且以自由讲学的民间书院为依托，不失为一再生之道；另一方面又是理论的升华，是从根本上消化释道，进一步把道之宇宙观和释之心性论融摄进来，壮大自己、发展自己。整个宋明学术的趋向和目标“即为重振中国旧传统，再建人文社会政治教育之理论中心，把私人生活与群众生活再扭合上一条线。换言之，即是重兴儒学来代替佛教，作为人生之指导。这可说是远从南北朝隋唐以来学术思想史上一大变动”[①]。

钱氏指出，朱子不仅集理学之大成、集宋学之大成，而且集汉唐儒之大成。他把经史与理学有机结合起来，又在理气论（宇宙论及形上学）与心性论（由宇宙论形上学落实到人生哲学）方面建构了精深的体系。“在中国历史上，前古有孔子，近古有朱子。此两人，皆在中国学术思想史及中国文化史上发出莫大声光，留下莫大影响。旷观全史，恐无第三人堪与伦比。孔子集前古学术思想之大成，开创儒学，成为中国文化传统中一主要骨干。北宋理学兴起，乃儒学之重光。朱子崛起南宋，不仅能集北宋以来理学之大成，并亦可谓其乃集孔子以下学术思想之大成。此两人先后矗立，皆能汇纳群流，归之一趋。自有朱子，而后孔子以下之儒学，乃重获新生机，发挥新精神，直迄于今。”[②]以后陆王之学，乃至清儒之学都与朱子有关，承朱子而获新发展。

钱先生以他独特的视角和厚博的史学功夫，平实地又言之凿凿、持之有故地肯定了儒学在中国古代社会生活与思想文化史中

---

① 钱穆：《宋明理学概述》，载《钱宾四先生全集》第九卷，联经出版事业公司，1998，第30页。

② 钱穆：《朱子新学案》，载《钱宾四先生全集》第十一卷，联经出版事业公司，1998，第1—2页。

的“主流”“主干”和核心地位，肯定了儒家精神是中国古代社会的“指导精神”或“领导精神”。由上可见，他的看法并不是只凭主观情感而没有客观依据的。

二、精核：最高信仰与终极理想

钱氏指出：“中国传统文化，彻头彻尾，乃是一种人道精神、道德精神。”① “中国传统人文精神所以能代替宗教功用者，以其特别重视道德观念故。中国人之道德观念，内本于心性，而外归极之于天。”② 他认为，孟子“尽其心者，知其性也。知其性，则知天矣”之教，实得孔学真传，而荀子戡天之说，则终不为后世学者所遵守。他强调说：“孟子主张人性善，此乃中国传统文化人文精神中惟一至要之信仰。只有信仰人性有善，人性可向善，人性必向善，始有人道可言。中国人所讲人相处之道，其惟一基础，即建筑在人性善之信仰上。”③

钱氏指出，整个人生社会唯一理想之境界，只是一个“善”字。如果远离了善，接近了恶，一切人生社会中将没有理想可言。因此，自尽己性以止于至善，是中国人的最高道德信仰；与人为善，为善最乐，众善奉行，是中国人的普遍宗教。由于人生至善，

---

① 钱穆：《民族与文化》，载《钱宾四先生全集》第三十七卷，联经出版事业公司，1998，第 50 页。

② 钱穆：《民族与文化》，载《钱宾四先生全集》第三十七卷，联经出版事业公司，1998，第 40 页。

③ 钱穆：《民族与文化》，载《钱宾四先生全集》第三十七卷，联经出版事业公司，1998，第 40 页。

而达至于宇宙至善，而天人合一，亦只合一在这个“善”字上。中国人把一切人道中心建立在一“善”字上，又把天道建立在人道上。“修身齐家治国平天下，全只是在人圈子里尽人道。人道则只是一‘善’字，最高道德也便是至善。因此说，中国的文化精神，要言之，则只是一种人文主义的道德精神。”[①] 道德在每个人身上，在每个人心中。儒家文化希望由道德精神来创造环境，而不是由环境来排布生命，决定人格。道德是每个人的生命，每个人的人格，是真生命、真性情的流露。“这一种道德精神，永远会在人生界发扬光彩。而中国人则明白提倡此一道德精神而确然成为中国的历史精神了，这是中国历史精神之最可宝贵处。”[②] 总之，钱氏认为，道德精神是中国人内心所追求的一种做人的理想标准，是中国人向前积极争取到达的一种理想人格。

正是在这一前提下，钱先生肯认“中国文化是个人中心的文化，是道德中心的文化，这并不是说中国人不看重物质表现，但一切物质表现都得推本归趋于道德。此所谓人本位，以个人为中心，以天下即世界人群为极量”[③]。所谓“人本位，以个人为中心”则是以个体修身为基元，达到齐家治国平天下的一贯理想。钱穆强调中国传统文化中之人文修养，是中国文化一最要支撑点，所谓人文中心与道德精神，都得由此做起。钱先生引用《大学》所

① 钱穆：《民族与文化》，载《钱宾四先生全集》第三十七卷，联经出版事业公司，1998，第 41 页。

② 钱穆：《中国历史精神》，载《钱宾四先生全集》第二十九卷，联经出版事业公司，1998，第 154 页。

③ 钱穆：《中国历史精神》，载《钱宾四先生全集》第二十九卷，联经出版事业公司，1998，第 200 页。

说的“为人君，止于仁；为人臣，止于敬；为人子，止于孝；为人父，止于慈；与国人交，止于信”，作为人文修养的主要纲目。他指出：“所谓人文，则须兼知有家庭、社会、国家与天下。要做人，得在人群中做，得在家庭、社会、国家乃至天下人中做。要做人，必得单独个人各自去做，但此与个人主义不同。此每一单独的个人，要做人，均得在人群集体中做，但此亦与集体主义不同。要做人，又必须做一有德人，又须一身具诸德。……人处家庭中，便可教慈教孝，处国家及人群任何一机构中，便可教仁教敬。人与人相交接，便可以教信。故中国传统文化精神，乃一切寄托在人生实务上，一切寄托在人生实务之道德修养上，一切寄托在教育意义上。”①

在这里，我们可知儒家人文精神本质上是人的道德精神，而道德精神落脚在每一个体的人，并推广至家、国、天下。也就是说，通过教化和修养，不同个体在家、国、天下等群体中尽自己的义务，彼此相处以德，终而能达到“天下一家”的道德理想境界。钱氏认为，中国文化之终极理想是使全人生、全社会，乃至全天下、全宇宙都变为一孝慈仁敬信的人生、社会、天下、宇宙，这即是人文中心道德精神的贯彻。钱穆认为，知识和权力都是生命所使用的工具，不是生命本身，只有人的道德精神才是人的真生命，也才是历史文化的真生命。因此我们要了解历史文化，也必须透过道德精神去了解。他把道德精神作为推动历史文化的动力和安顿人生的根据。

钱先生用两大命题来概括儒家哲学精义，其一为“天人合

---

① 钱穆：《民族与文化》，载《钱宾四先生全集》第三十七卷，联经出版事业公司，1998，第 50—51 页。

一”，其二为“性道合一。”

关于“天人合一”。他说：“人心与生俱来，其大原出自天，故人文修养之终极造诣，则达于天人之合一。”“中国传统文化，虽是以人文精神为中心，但其终极理想，则尚有一天人合一之境界。此一境界，乃可于个人之道德修养中达成之，乃可解脱于家国天下之种种牵制束缚而达成之。个人能达此境界，则此个人已超脱于人群之固有境界，而上升到宇宙境界，或神的境界，或天的境界中。但此个人则仍为不脱离人的境界而超越于人的境界者，亦惟不脱离人的境界，乃始能超越于人的境界者。”①

钱先生在综合中国经学的主要精神时指出：“一是天人合一的观念，对于宇宙真理与人生真理两方面一种最高合一的崇高信仰，在五经中最显著、最重视，而经学成为此一信仰之主要渊源。二是以历史为基础的人文精神，使学者深切认识人类历史演进有其内在一贯的真理，就于历史过程之繁变中，举出可资代表此项真理之人物与事业及其教训，使人有一种尊信与向往之心情，此亦在经学中得其渊源。”②

也就是说，人们可以不脱离现实界而达到超越界，现实的人可以变为超越的人，可以摆脱世俗牵累，达到精神的超脱解放。中国传统认为圣人可以达到这一境界，但圣人也是人，所谓“人人可以为圣人”，是人人都可以通过道德修养而上达于天人合一之境界。要做一个理想的人，一个圣人，就应在人生社会实际中

---

① 钱穆：《民族与文化》，载《钱宾四先生全集》第三十七卷，联经出版事业公司，1998，第48—49页。

② 钱穆：《中国学术通义》，载《钱宾四先生全集》第三十七卷，联经出版事业公司，1998，第14页。

去做。要接受这种人文精神，就必须通晓历史，又应兼有一种近似宗教的精神，即所谓“天人合一”的信仰。中国传统文化的终极理想，是使人人通过修养之道，具备诸德，成就理想人格，那么人类社会也达到大同太平，现实社会亦可以变为超越的理想社会，即所谓天国、神世、理想宇宙。在钱先生那里，“天人合一”不仅指自然与人文的统一，而且指现世与超世的统一，实然与应然的统一，现实与理想的统一，尤其是超越与内在的统一，对天道天命的虔敬信仰与对现世伦常的积极负责的统一，终极关怀与现实关怀的统一。

关于“性道合一”。“性道合一”其实也是“天人合一”，因为性由天生，道由人成。中国人讲道德，都要从“性”上求根源。换句话说，道德价值的源泉，不仅在人心之中，尤其在天心之中。《中庸》讲：“天命之谓性，率性之谓道。”“道”指人道、人生或文化，是对人生、人类文化一切殊相的一种更高的综合。那么“修道之谓教”的教育，也是一种道。中国人讲的“道”不仅仅指外在的文化现象，而且指人生本体，指人生内在的意义与价值。中国文化最宝贵的，在其知重道。道由何来呢？道是人本位的，人文的，但“道之大原”出于天。“性”的含义，似有动力、向往、必然要如此的意向。“中国传统文化，则从人性来指示出人道。西方科学家只说自然，中国人则认为物有物性，才始有物理可求。西方宗教家只说上帝，中国人则说天生万物而各赋以性。性是天赋，又可以说是从大自然产生，故曰‘天命之谓性’。”[①] 中国人最看重人性。中国古人讲“性”，超乎物理、生理

① 钱穆：《中华文化十二讲》，载《钱宾四先生全集》第三十八卷，联经出版事业公司，1998，第12页。

之上，与西方观念不同。人生一切活动都根于人性，而人性源于天。由天性发展而来的、人心深处的性，是性善之性、至诚之性、尽己之性的“性”。这既有人先起的性，又有人后起的性，是人性及其继续发现和发展。一切由性发出的行为叫作道，既然人性相同，则人道也可相同。“中国人说率性之谓道，要把人类天性发展到人人圆满无缺才是道。这样便叫做尽性。尽己之性要可以尽人之性，尽人之性要可以尽物之性，这是中国人的一番理论。”①

钱先生强调人性不是专偏在理智的，中国人看性情在理智之上。有性情才发生出行为，那行为又再回到自己心上，那就叫作“德”。人的一切行为本都是向外的，如孝敬父母，向父母尽孝道。但他的孝行也影响到自己心上，这就是“德”。“一切行为发源于己之性，归宿到自己心上，便完成为己之德。故中国人又常称德性。……中国人认为行为不但向外表现，还存在自己心里，这就成为此人之品德或称德性。性是先天的，德是后天的，德性合一，也正如性道合一，所以中国人又常称道德。”②

综合以上“天人合一”“性道合一”之论，可知儒家人文的道德精神是有其深厚的根源与根据的。其特点有三。第一，这种人文主义是内在的人文主义，由此可以说“中国文化是人本位的，以人文为中心的，主要在求完成一个一个的人。此理想的一个一个的人，配合起来，就成一个理想的社会。所谓人文是外在

---

① 钱穆:《中华文化十二讲》，载《钱宾四先生全集》第三十八卷，联经出版事业公司，1998，第 16 页。

② 钱穆:《中华文化十二讲》，载《钱宾四先生全集》第三十八卷，联经出版事业公司，1998，第 17 页。

的，但却是内发的”[①]。中国文化是性情的，是道德的，道德发于性情，这还是性道合一。第二，中国的人文主义又不是一种寡头的人文主义，“人文求能与自然合一。……中国人看法，性即是一自然，一切道从性而生，那就自然人文合一。换句话说，即是天人合一”[②]。中国人文主义要求尽己之性、尽人之性、尽物之性，使天、地、人、物各安其位，因此能容纳天地万物，使之雍容洽化、各遂其性。第三，这种人文主义深深地植根于中国原始宗教对于天与上帝的信仰，对于天命、天道、天性的虔敬至诚之中，说人不离天，说道不离性；因而这种人文主义的道德精神又是具有宗教性的。综上所述，内在与外在的和合、自然与人文的和合、道德与宗教的和合，是中国人精神不同于西方人文主义的特点。不了解这些特点，亦无从界定中国民族精神。

钱先生说，中国人的最高信仰，乃是天、地、人三者之合一。借用西方基督教的话来说，就是天、地、人三位一体。天地有一项工作，就是化育万物，人类便是万物之一。但中国人认为，人不只是被化育，也能帮助天地来化育。这一信念也是其他各大宗教所没有的。世界上任何一个民族或宗教的信仰，总是认为有两个世界存在，一个是人的、地上的（或物质）、肉体的世界，一个是神的、天上的（或灵魂）的世界。中国人则只信仰一个世界。他们认为，天地是一自然，有物性，同时也有神性。天地是一神，但同时也具物性。天地生万物，此世界中之万物，虽各具物性，但也有神性，而人类尤然。此世界是物而神、神而物的。人与万

① 钱穆：《中华文化十二讲》，载《钱宾四先生全集》第三十八卷，联经出版事业公司，1998，第 17 页。

② 钱穆：《中华文化十二讲》，载《钱宾四先生全集》第三十八卷，联经出版事业公司，1998，第 18 页。

物都有性，此性禀赋自天，则天即在人与万物中。人与物率性而行便是道。中国人的观念中，人神合一，人即是神，也可以说人即是天。人之善是天赋之性，人能尽此性之善，即是圣是神。这就是性道合一、天人合一、人的文化与宇宙大自然的合一、神的世界与人的世界的合一。人的一切代表着天，整个人生代表着天道。因此，天人合一是中国文化的最高信仰，文化与自然合一则是中国文化的终极理想。[①]

按钱先生的理解，中国思想史里所缺乏的是宗教，但中国却有一种入世的人文的宗教。儒家思想的最高发展必然常有此种宗教精神作源泉。人人皆可以为尧舜就是这种人文教的最高信仰，最高教义。这种人文教的天堂就是理想的社会，这种人文教的教堂就是现实的家庭与社会。要造成这一理想的社会，必先造成人们理想的内心世界、人人共有的心灵生活。这种内在的心地，孔子曰“仁”，孟子曰“善”，阳明曰“良知”。只要到达这种心地，就已先生活在理想的社会中。这是这种理想社会的起点。必须等到人人都到达这种心地与生活，才是这种社会的圆满实现。这是人类文化理想的最高可能。达到这种心地与生活的人生就是不朽的人生。儒家的这种人生实践又必然带着中国传统的宗教精神，即入世的人文教精神。

儒家思想的重心与价值，只是为人类提出一个解决自身问题的共同原则。这些原则本之于人类之心性，本之于社会，本之于历史经验，最为近人而务实。另一方面，儒家的终极关怀又具有天命根据与冥悟体认的宗教性格。“天”“天命”“天道”是宇宙

---

① 钱穆《中华文化十二讲》，载《钱宾四先生全集》第三十八卷，联经出版事业公司，1998，第108—111页。

万物、人类生命的本原，是生命意义的价值源头，亦是一切价值之源。儒者彻悟生死和在精神上超越俗世、超越死亡的根据是天、天道、天命及其对人之所以为人的规定。儒者确实有极其浓厚的世间关怀，然而在其世间肯定之中仍有其超越的形而上的要求，即终极的最后的关怀。儒者为捍卫人格尊严而不惜“杀身成仁”“舍生取义”，儒者“以天下为己任”“救民于水火”的信念目标和救世献身的热诚，尤其是至诚至信、虔敬无欺的神圣感，尽心知性、存心养性、“夭寿不贰，修身以俟之”的安身立命之道，都表明了他们具有宗教的品格。儒者的使命感、责任感、担当精神、忧患意识和力行实践的行为方式，特别是信念信仰上的终极承担，都有其超越的理据。总之，我们需要重新发掘、体认和诠解儒家“天命论”与“心性论”的精神价值。

像钱先生这样的知识分子，终其一生不忘“吃紧做人”。“数十年孤陋穷饿，于古今学术略有所窥，其得力最深者莫如宋明儒。虽居乡僻，未尝敢一日废学，虽经乱离困厄，未尝敢一日颓其志，虽或名利当前，未尝敢动其心，虽或毁誉横生，未尝敢馁其气。虽学不足以自成立，未尝或忘先儒之矩矱，时切其向慕。虽垂老无以自靖献，未尝不于国家民族世道人心，自任以匹夫之有其责。”[①] 他终生坚持儒家的最高信仰和终极理想，直到九十六高龄，在临终前三个月还对“天人合一”这一儒家哲学最高命题“专一玩味”，因自己最终“澈悟”而感到“快慰”。从钱先生的人生，我们亦可看出儒家人文教的宗教情意结对中国士人知识分子的精神安立的作用。

---

① 钱穆：《宋明理学概述·自序》，载《钱宾四先生全集》第九卷，联经出版事业公司，1998，第 8 页。

三、发展：活的传统与新的走向

钱先生重视儒学在中国古代社会、文化、生活方式中的客观基础，特别是其对水汭地域、农耕文明、统一天下、“四民”社会、文治政府、郎吏或科举制度背景下的儒家文化绝对不是可有可无的，儒学的产生、发展及其成为中国几千年文明维系的轴心，都是有其客观基础的。

另一方面，与此相应，儒家价值系统是潜存、浸润于广大中国人的日常生活之中的，不过由圣人整理成系统而已。正如余英时先生所强调的，钱先生把章学诚“圣人学于众人”的观念具体化、历史化了，因此着力研究两千年来随着社会生活客观现实的变化发展而不断更新的儒家文化及其价值系统。

钱氏认为中国儒学经过了六期发展：第一，先秦是创始期。第二，两汉是奠定期，以经学为主，落实在一切政治制度、社会风尚、教育宗旨以及私人修养之中。第三，魏晋南北朝是扩大期，不但有义疏之学的创立，而且扩大到史学，从此经、史并称。第四，隋唐是转进期，儒学在经、史之外又向文学转进。第五，宋元明是儒家之综汇期与别出期。所谓“综汇”，指上承经、史、诗文的传统而加以融汇；所谓“别出”，则是理学。第六，清代儒学仍沿综汇与别出两路发展，但内容已大不相同，清儒的别出在考据而不在理学。晚清公羊学的兴起则更是别出之别出。[1]

第一个时期是儒学的创始期，指先秦儒学。从孔子以后到孟

① 钱穆：《中国儒学与中国文化传统》，载《中国学术通义》，台湾学生书局，1975。

子、荀子，以及其他同时的儒家，都属于儒学创始时期的代表人物。这一时期“百家争鸣”，儒家不仅最先兴起，而且也最盛行。它是中国文化的正宗。孔子以前学在官府。儒学是春秋时代学术下移的产物，是由贵族学向平民学转化的产物。儒家最看重学校与教育，讲师道与君道的合一，即道与治的合一。君师合一则为道行而在上，即是治世；君师分离则为道隐而在下，即为乱世。儒家所讲的道，不是神道，也不是君道，而是人道。他们不讲宗教出世，因此不重神道，也不讲国家无上与君权至尊，因此也不重君道。他们只讲一种天下太平、世界大同的人生之道，即平民道。钱穆一方面肯定儒家是古代文化思想的继承者，另一方面也肯定儒家是新价值系统的创造者。

第二个时期是儒学的奠定期，指两汉儒学。儒学从先秦创立起，到两汉确立，奠定了以后发展的基础。钱穆不同意所谓先秦学术到了汉代就中断了的说法。他认为，儒家在晚周及汉初一段时间内，已将先秦各家学说吸收融合，冶于一炉。在《易传》《中庸》《大学》《礼运》中，儒家吸收融会了道、墨诸家的思想，把宇宙观与人生观、文化与自然、人道与天道、个体与群体、内在道德自我与外在事功活动等统一起来，形成了新的价值系统。

两汉儒学为经学。这是因为，就先秦儒家而言，如孔孟所师承的是古代经书传统，所讲的也是经书。两汉以下承孔孟传统而来，自然经学即成儒学。两汉儒学的贡献在于，当时的一切政治制度、经济制度、社会风尚、教育宗旨以及人生修养种种大纲细节，均根据经学而来，同时也对以后的中国文化传统产生了重要的影响。

第三个时期是儒学的扩大期，指魏晋南北朝时期的儒学。学术界一般认为，魏晋南北朝时期是儒学的衰败时期。因为这一时期崇尚清谈，老庄玄学盛行，同时又有印度佛教传入。钱先生的观点与众不同，他认为儒学发展到这一时期非但不歧出、不衰败，反而呈扩大趋势。当然，他也承认这一时期儒学的地位不如两汉，但其研究视野、范围比两汉要大。“扩大”的意义主要表现在经学本身的注疏。对中国古代经学贡献最大的是十三经的注疏与整理。而十三经的注疏与诠释多出于这一时代人之手。南北朝时期的经学有南北之区别。北朝人主要侧重《周官》的研究，南朝人重视礼的研究。唐代的义疏之学承接魏晋而来。如果真如一般人所说，魏晋南北朝只谈老庄玄学，只谈佛学出世，试问如何能继续中国文化遗绪以开启隋唐之盛世呢？另一方面，儒学扩及到史学方面。史学原本是经学的一部分，如郑玄、王肃、杜预偏重史学。《宋书》《南齐书》《魏书》等均出于此时。受其影响，隋代史学尤盛，无论在数量上还是在质量上，对后世均有很大影响。

第四个时期是儒学的转进期，指唐代儒学。唐代的经史之学，均盛在唐代初期，系承接魏晋南北朝人的遗产而来。也就是说，隋唐出现的儒学盛运，早在南北朝晚期已培育好了，只不过此时是结下的果实。唐代经学最著名的有陆德明的《经典释文》，孔颖达等的《五经正义》。尤其是《五经正义》，它是经学上的一大结集，后来在此基础上陆续增为《十三经注疏》。至于史学方面的著述，如《晋书》《梁书》《陈书》《北齐书》《周书》《南史》《北史》《隋书》等均为唐初所撰，但主要也多是承袭南北朝人的遗绪。

钱氏强调，在唐代，儒学除经史之学以外，另有一番转进。他所理解的转进，与前时期所谓的扩大稍有不同。就是说，唐代儒学的新贡献，在于把儒学与文学汇合，从此在经史之学以外、儒学范围内又包进了文学一门。儒学发展到唐代，先后包容了经、史、子、集之学，为宋代以后儒学进入综汇期打下了基础。

第五个时期是儒学的综汇期与别出期，指宋、元、明儒学。所谓“综汇”，是指这个时期儒学综通两汉、魏晋南北朝下迄隋唐经史文学，或以儒统摄经、史、子、集之学，经、史、子、集之学包容在儒学范围内。北宋诸儒，如胡瑗、孙复、石介、徐积、范仲淹等具有综汇的特点。他们都能在教育师道、经史文学诸方面兼通汇合，创造出儒学发展史上的一番新气象。他们学问的路向虽有差别，但不超过经史文学范围，只是侧重点不同而已。如王安石偏重经学、司马光偏重史学、欧阳修偏重文学等。其中不少人在政治上颇有作为。

所谓“别出”，指另有一种新儒出现，即别出儒，以区别于上述所说的综汇儒。如周敦颐、张载、程颢和程颐兄弟诸儒。他们与综汇儒不同，他们都不大喜欢作诗文，似乎对文学颇为轻视，也不太注意史学。在经学方面，对两汉以后诸儒治经的功绩，他们都不重视，只看重心性、“修养工夫”。他们所学所创，后人又称理学。就两汉以后的儒学大传统而言，宋代理学诸儒可以说是儒学中的别出派。自南宋朱子起，儒学发生了又一次转变。朱熹是中国学术史上杰出的通儒，在这方面可以说是承续北宋欧阳修一派综汇之儒一脉而来。朱子之学，可以说是欲以综汇之功而完成其别出之大业者，即想使理学的别出回归于北宋综汇诸儒。朱熹有两个反对者，一是吕东莱的史学，另一是陆象山的心学。在钱穆看来，陆象山的心学可以说是别出中的别出者。如果说周敦颐、张载及二程兄弟是别出之儒，那么陆象山则是别出儒之别出儒了。但以后儒学朱子一派得势，他们兼通经史文学，继承北宋综汇诸儒的思想。

近代学人讲儒学史时，往往忽略了两个时代，一为魏晋南北朝，另一为元代。钱先生则不同，不仅强调了魏晋南北朝时期的儒学特色（如上所述），而且也突出了元代儒学的贡献之处。元代讲经史之学主要继承朱熹的思想，成就可观。朱子的《四书章句集注》自元代起成为科举必读之书。明代开国的政治、经济、文化等都渊源于元代，与隋唐的盛运渊源于南北朝一样。中国儒学在衰乱之世仍然能够守先待后，开启新的一代，显现出它的重要作用，这是中国文化与中国儒学的特殊伟大精神的作用。

钱氏把明代初期与唐代初期进行比较，认为两者有相似之处。明儒有五经四书大全，正如唐初有《五经正义》。这是根据元代朱子学说传衍而来，此后也成为明代科举的教科书。明初以后，儒学不能急速进行新创造，经学不见蓬勃发展，史学方面对于新史的撰述也很少见。明代与唐代的兴趣多着眼于事功上。明代文学所倡导的是秦汉的文学，在诗的方面拟古主义盛行，他们没有把握到唐代杜甫、韩愈以后的儒学纳入了诗文这一趋势。论及理学，自然以王阳明为主。陆象山之学是理学之别出，而王阳明则可以说是别出儒中最登峰造极的人物。在钱穆看来，从宋代理学，尤其是二程、陆象山到王阳明，使儒学别出又别出，别出得不能再别出了。“工夫论”上则易简再易简，易简得不能再易简了。最后发展到王学末流，明代的儒学与明代的政治一样终结了。

第六个时期是清代儒学的综汇期与别出期。钱穆尽管也把这一时期的儒学发展称为“综汇与别出”，从名称上与第五期儒学相同，但其内容不同。最先如晚明三大儒顾亭林、黄梨洲、王船山，都又走上经史文学兼通并重即北宋综汇诸儒之路，成为一代博通大儒。这三个人中，顾亭林大体本程朱，主要是朱熹路向；王船山在理学方面虽然有不同于程朱而尊张载之处，但为学路向还是朱子遗统；黄宗羲宗王阳明，但他的学术与王船山、顾亭林一样，主张多读书，博通经史，注重文学。他们三人大同小异，与北宋综汇儒属一路。当时儒学贡献是多方面的。如史学方面：其一，学术史与人物，清儒的碑传集是一种创造新文体；其二，章学诚所提倡的方志学，这是历史中的地方史或社会史。在经学上，从顾亭林到乾嘉盛世的戴东原，此时经学如日中天。但最先是由儒学治经学，其后则渐渐离开儒学而经学成为别出，又其后则渐渐离开经学而考据成为别出，这是清儒经学三大转变。宋代别出儒只尊孟子，此下即直接伊洛。清代别出儒只尊六经，从许慎、郑玄以下直接清儒。到了晚清今文学公羊派，可谓登峰造极，在五经中只尊《春秋》，在三传中只尊《公羊传》，可以说是别出中的别出了。

钱氏关于儒学的分期及其所持的标准颇具特色。他显然认为儒学一直在不断发展和扩大之中，并不仅仅限于心性之学或者考据之学，而是在社会政事、经史博古、文章子集的各方面沿着先秦儒的博大范围扩张。他把贯通与综汇作为正潮，而所谓“别出”，是在某一方面突破性地发展。别出也很重要，无论是向“心性”还是向“考据”方面别出，实际上都丰富了儒学的内容，最终也融入扩大与综汇的大潮。因此，钱氏所谓儒学史上的别出与综汇是相互联系的，别出的是综汇基础上的别出，又以一定的综汇为归宿。他没有把儒学狭隘化、简单化。儒学之所以成为中国文化的主潮，是由儒学的基本精神、广博范围、历史发展客观地确立的，而不是什么人的一厢情愿。因此，某些儒家文化的攻之者与辨之者，其实都把儒学简单化了，都把儒学的范围缩小了，都把中国社会与中国历史的发展抽象化了。儒学是几千年中国人的生活方式、行为方式、思维方式、情感方式和价值取向的结晶，不是某人、某派的主观意向或情感所确定的。钱穆坚持的儒学的大传统或中国历史文化的大传统，不是孤立狭窄、单线、片面的，因此他没有门户之见。

钱氏既肯定了儒学的博大范围，又肯定了其心性内核。他认为，儒学是开放的，它吸取、融会了诸子百家（尤其是道家）和外来的佛学，宋明学术即是显例。钱穆关于宋明学术及宋学与汉学关系的多层面、多维度探讨，取得了令人瞩目的多种成果。他关于“不知宋学，则无以平汉宋之是非”“汉学诸家之高下浅深，亦往往视其所得于宋学之高下浅深以为判”[①]等结论，都是精彩绝伦的不易之论。

钱氏肯定心性学说是中国学术的“大宗纲”，治平事业是中国学术的“大厚本”。他说，中国历史的传统理想是由政治领导社会，由学术领导政治，而学术起于社会下层，不受政府控制。如前所述，这种以人为主，重视人在社会中的地位的人本主义精神，蕴含有宗教精神并代替了宗教的功能。中国学术可分为两大纲。“一是心性之学，一是治平之学。心性之学亦可说是德性之学，即正心、诚意之学，此属人生修养性情、陶冶人格方面”；“治平之学，亦可称为史学，这与心性之学同样是一种实践之学。但我们也可说心性学是属于修养的，史学与治平之学则是属于实践的。具备了某项心理修养，便得投入人群中求实践。亦贵能投入人群中去实践，来作心性修养工夫。此两大纲，交相为用，可分而不可分”。[②]

钱氏认为，儒学的真生命，真精神，是推动我们民族及其历

---

① 钱穆：《中国近三百年学术史》，载《钱宾四先生全集》第十六卷，联经出版事业公司，1998，第1—2页。

② 钱穆：《中国历史研究法》，载《钱宾四先生全集》第三十八卷，联经出版事业公司，1998，第87页。

史文化发展壮大，克服黑暗，走上光明的原动力，即“生力”。五四以来，很多人把“生力”视为“阻力”，视为“包袱”。他批评毁谤传统儒学精神的思潮是“过激主义”或“过激思想”，认为此一思潮“失其正趋”，“愈易传播流行，愈易趋向极端”。① 他屡屡驳斥这一思潮对本国历史的无知和歪曲。例如，笼统地以所谓“封建”概括中国传统社会，以“专制”概括古代政治体制，说“中国比西方落后一个历史阶段”云云，基本上是“袭取他人之格套，强我以必就其范围”，“蔑视文化之个性”。他又说：“汉武帝表彰六经，罢黜百家，从此学术定于一尊。此说若经细论，殊属非是。”“常有人以为，中国历代帝王利用儒家思想，作为其对人民专制统治的工具。此说更属荒谬。”② 钱氏以历史事实驳斥了诸如此类似是而非之论。

儒家学说，不仅是天、地、人、物、我协调发展的理论，不仅有助于保护人类生存的生态环境，而且有助于解决人的精神安顿与终极关怀的问题。现代人的心灵缺乏滋养，人们的生命缺乏寄托。而现代化的科技文明并不能代替现代人思考生命与死亡等的意义和价值的问题。儒学，特别是仁与诚的形上本体论与宇宙论、心性论、人伦关系论、理想人格论、身心修养论、人生价值论等，可以扩大我们的精神空间，避免价值的单元化和平面化，避免西方“现代性”所预设的价值目标的片面性，批判工具理性的恶性膨胀。儒学的安身立命之道可以丰富我们的人生，提升我

---

① 罗义俊：《钱穆对新文化运动的省察疏要》，载《现代新儒学研究论集（二）》，中国社会科学出版社，1991。

② 钱穆：《中国历史研究法》，载《钱宾四先生全集》第三十八卷，联经出版事业公司，1998，第 92 页。

们的人格，活化性灵，解脱烦恼，缓冲内心的紧张，超越物欲的执着，复活人文理想的追求，使人真正过着人的生活。儒家精神对 21 世纪社会和人生，肯定会起着愈来愈大的作用。

儒学的生命力仍在民间。儒学本来就具有平民性格，是民间学术。几千年来，它代表着社会的良知，担当着社会的道义，以道统（即其“领导精神”）制约、指导着政统与治统。其依托或挂搭处则是民间自由讲学。随着我国工商现代化的发展，民间书院、民间研究所、民间同仁刊物的兴盛已是必然的趋势。儒学一定能适应现代生活的发展，返回于民间，扎根于民间。今天，我们亦需要作类似于由五经传统向四书传统转移那样的努力。儒学精神的现代转化一定会取得成功。

结语：钱穆历史文化哲学的价值

众所周知，通儒是一种理想的境界，不是人人都能达到的，但一个时代总有少数人被推尊为通儒。凡是称得上通儒的都是能破门户之见的学人。钱先生本人就是 20 世纪国学界的一位通儒，经、史、子、集无不涉猎，而且各有深入。他最初从文学入手，然后治集部，后转入理学，再从理学反溯至经学、子学，然后顺理成章进入清代考据学。清代经学专尚考据，所谓从训诂明义理，以孔孟还之孔孟，其实是经学的史学化。所以钱先生的最后归属在史学。在解决经学上的今古文之争，先秦诸子师友渊源与流变统一，宋明理学与清代学术关系等一些学术问题时，他都依于史学立场，而为经学、子学、理学、清学显真是。就是说，他无论研究经学、子学、理学，还是清学，均站在史学立场。史学立场为他提供了一个超越观点，使他在贯通诸学、博采众长、以平等心观照中国学术史方面作出许多创造性的贡献。

钱穆不仅在先秦、汉唐、宋明、近世儒学的各领域中，造诣甚深，创见迭出，是 20 世纪对儒学思想发展史研究作出重大贡献的大师，而且也是在 20 世纪坚持、捍卫儒学基本价值、基本精神，推动儒学创造性发展不可多得的健将。就广义的新儒学阵营而言，钱穆无疑是其中的巨擘。他一再以自己的思想和实践，呼唤一种新的儒学来为现代中国社会重塑人生理想和人格境界。在他晚年出版的《新亚遗铎》中，尤其是在他的晚年定论和临终遗言中，对“天人合一”最终彻悟。[①] 这种信念和诉求，可以说充盈于内外，化成了他的身心性命。

儒学是我们民族精神的主干。儒学在现代社会的创造性转化有助于促进自然、社会、人生协调和谐地发展，克服民族及人类素质的贫弱化和族类本己性的消解。一个人，一个族类，必然有自己的精神根源与根据，必然有自己终极的信念信仰。儒学资源是 21 世纪中国与世界重要的精神食粮。

---

① 钱穆：《中国文化对人类未来可有的贡献》，《中国文化》1991 年第 1 期。

钱穆先生学术年表

1895 年六月初九（公历 7 月 30 日）生于江苏无锡。

1901 年入私塾读书，拜孔子像。

1904 年入无锡荡口镇私立果育小学。

1907 年考入常州府中学堂。

1911 年转入南京钟英中学读书。

1912 年任教秦家水渠三兼小学。改名为穆。

1913 年任教鸿模小学（其前身为果育小学），教高小国文、史地课程。

1917 年讲授《论语》，写成《论语文解》一书。

1918 年《论语文解》由上海商务印书馆出版。

1919 年任后宅镇泰伯市立第一初级小学校长。

1922 年应施之勉教务长之聘，到厦门集美学校任高中部与师范部毕业班国文教师。

1923 年经江苏省立第三师范资深教席钱基博先生荐，至该校任教。

1925 年《论语要略》由上海商务印书馆出版。

1926 年《孟子要略》由上海大华书店出版。

1927 年执教苏州省立中学，任最高班国文教师兼班主任，为全校国文课主任教席。

1928 年为商务印书馆“万有文库”作《墨子》和《王守仁》。

1929年课外撰写《先秦诸子系年》。顾颉刚、胡适相继来苏中演讲，钱穆得以与顾、胡相交。顾颉刚读到《先秦诸子系年》初稿，建议钱穆到大学教历史。与蒙文通过从。

1930年由于顾颉刚的推荐，得以任北平燕京大学讲师，讲授国文。《刘向歆父子年谱》在《燕京学报》第七期发表，是文批驳康有为《新学伪经考》，考据确凿，翔实可信。

1931年始受聘为北京大学副教授，清华亦请兼课。在北大教必修课“中国上古史”和“秦汉史”，另开一门选修课“中国近三百年学术史”。《周公》《国学概论》《惠施公孙龙》三书由上海商务印书馆出版。

1932年开选修课“中国政治制度史”。《老子辨》由上海大华书店出版。

1935年代表作《先秦诸子系年》由上海商务印书馆出版。新交学人有汤用彤、熊十力、梁漱溟等三十余人。

1937年代表作《中国近三百年学术史》由上海商务印书馆出版。

1938年辗转至蒙自、昆明，任教西南联大，撰著《国史大纲》。

1940年代表作《国史大纲》由上海商务印书馆出版，中华民国教育部定为大学用书，风行全国。任教成都齐鲁大学国学所。

1941年在乐山武汉大学讲授“中国政治制度史导论”“秦汉史”，严耕望得列门墙；又在马一浮主办之复性书院讲课。

1943年任教华西大学，兼四川大学教席。

1945年《政学私言》由重庆商务印书馆出版。

1946年前往昆明五华书院任教，又兼云南大学课务。

1947年《中国文化史导论》由南京正中书局出版。

1948年东返，执教江南大学，任文学院院长。与唐君毅先生论交。撰《湖上闲思录》《庄子纂笺》。

1949 年与唐君毅应广州私立华侨大学聘，由上海同赴广州。秋，到香港亚洲文商学院任教。余英时得列门墙。

1950 年与唐君毅、张丕介在香港创建新亚书院。书院的宗旨是:“上溯宋明书院讲学精神，并旁采西欧导师制度，以人文主义教育为宗旨，沟通世界东西文化。”新亚以各门课程来完成人物中心，以人物为中心来传授各门课程。该院始设文史、哲教、经济、商学四系，后扩充为文理商三学院十二个系。创办时条件十分艰苦，师生多为内地去港人员。诸先生以人文理想精神自励并感染同仁与学生，呕心沥血，创办新亚，亦得到许多同道的支持。冬，到台北演讲。

1952 年多次到台湾演讲。出版、印行四部著作:《文化学大义》《中国历史精神》《中国思想史》《中国历代政治得失》。

1953 年《宋明理学概述》《四书释义》在台北出版。耶鲁大学卢定（Harry Rudin）教授代表雅礼协会资助新亚书院，双方签约。钱先生坦率相告，即使获得资助，也不能改变新亚的办学宗旨，不能把新亚变成教会学校，雅礼表示绝不干预校政。

1955 年新亚书院获哈佛燕京学社资助，购置图书，建图书馆，出版《新亚学报》。新亚书院以儒家教育理想为宗旨，校内悬挂孔子画像。港府在香港大学当年毕业生典礼上，授予钱穆名誉博士学位，以示尊重。出版、印行《中国思想通俗讲话》《人生十论》《阳明学述要》《黄帝》等著作。访日，在京都等地演讲。

1956 年元月，在九龙农圃道举行新亚书院新校舍奠基典礼，发表演讲。

1957 年《庄老通辨》由新亚研究所出版。

1958 年印行、出版《学籥》《两汉经学今古文平议》。

1960 年应邀出国讲学，先后在美国耶鲁大学、哈佛大学讲课和讲演。在耶鲁大学讲课结束时被授予该校名誉博士学位。后又去哥伦比亚大学为“丁龙讲座”作演讲。在美国停留七个月后，应邀去英国访问，参观了牛津、剑桥大学。从英国到法国、意大利游览，最后回到香港。出版《湖上闲思录》《民族与文化》。

1961 年出版《中国历史研究法》。

1962 年出版《史记地名考》。

1963 年出版《中国文学讲演集》《论语新解》。十月，港府集合崇基、联合、新亚三书院成立香港中文大学。钱先生早就打算从行政职务中摆脱出来，乃向董事会提出辞呈，未获通过。

1964 年再度请辞，董事会建议休假一年后再卸任。十多年来，为办新亚，先生付出诸多精力。在繁忙的教学与行政事务之余，先生还出版多种著作。自此先生再潜沉书斋，埋首研读，居乡村小楼，开始计划写《朱子新学案》。

1967 年四部概论连载于《人生杂志》。十月定居台北，住金山街。

1968 年 7 月迁至双溪。因钱先生幼居五世同堂大宅之素书堂侧，故以“素书楼”名新居。先生以最高票当选为台湾“中研院”院士。出版《中华文化十二讲》。

1969 年先生完成巨著《朱子新学案》。此书写作得到哈佛资助。此书乃先生晚年的重要代表作。应张其昀之约，任台湾中国文化学院历史系教授，每周两小时，学生到先生家听课。又应蒋复璁之约，任台北“故宫博物院”特聘研究员。

1970 年出版《史学导言》。

1971 年印行、出版《朱子新学案》《中国文化精神》。

1973 年出版《中国史学名著》。

1974 年出版《理学六家诗钞》《孔子与论语》。

1975 年出版《孔子传》《中国学术通义》。

1976 年出版《灵魂与心》。1972 年后将自己六十年来主要学术论文汇总，略作改订，自编《中国学术思想史论丛》，共八册，是年由台北东大图书公司出版第一册，至 1980 年陆续出齐。次年出版《世界局势与中国文化》。

1979 年《历史与文化论丛》《从中国历史来看中国民族性及中国文化》两书分别在台湾、香港出版。

1980 年出版《中国通史参考材料》。

1981 年出版《双溪独语》。

1982 年出版《古史地理论丛》。定稿《八十忆双亲 · 师友杂忆》。

1984 年出版《宋代理学三书随劄》。出版《现代中国学术论衡》。次年 7 月，自中国文化大学退休。

1986 年春，应台北《联合月刊》编辑之请，发表对国运与时局之评论，主张海峡两岸统一，首次被《人民日报》摘登。6 月 9 日下午在素书楼讲最后一课，告别杏坛。最后对学生赠言："你是中国人，不要忘记了中国！"

1987 年出版《晚学盲言》。

1989 年出版《中国史学发微》《新亚遗铎》。9 月，赴港出席新亚书院创立四十年院庆活动。

1990 年 5 月，由于台湾党派之争，先生不得不离开晚年居住了二十二年的素书楼，迁台北市杭州南路新居。8 月 30 日上午 9 时，在台北寓所平静地走完了生命的最后一刻，享年九十六岁。先生晚年的最后一篇文章，是临终前三月口授，由夫人记录整理而成的，表达了先生对中国文化的最终信念。先生对儒家"天人合一"这一最高命题"专一玩味"，并因自己最终"彻悟"而感到“快慰”。先生生前曾多次指出：“天人合一是中国文化的最高信仰，文化与自然合一则是中国文化的终极理想。”先生的晚年定论和临终遗言《中国文化对人类未来可有的贡献》发表于9月26日的台湾《联合报》。

1991年1月，钱夫人捧先生灵灰归葬于祖国大陆太湖西山之俞家渡石皮山。

（本年表原载《国史大纲》，“中华现代学术名著丛书”版）

清明在躬　志气如神

——怀念张岱年先生

我的老师萧萐父、唐明邦先生等都曾在北大读书或进修，听过张先生的课，是张先生的学生。我作为晚辈，通过老师们的真情回忆了解了太老师的人格与学问，又读了《中国哲学大纲》等著作，对太老师非常仰慕。1983—1984 年前后，我因研究熊十力哲学，开始与张先生通信，向他老人家请益。

我第一次拜访张先生是在 1984 年 4 月 5 日的上午，当时张先生 75 岁。我与李明华学兄一道向先生求教。张先生给我们的第一印象是正直、厚道与平易。这样一位饱学之士、一位长者，却没有一点架子。先生说话中气很足，字正腔圆。我们首先请教张先生与熊先生的交往过程，他谈到 1932 年，因他在《大公报》的《世界思潮》副刊上发表了几篇文章，熊先生读后颇为赞赏，对张先生的长兄申府先生说“我想和你弟弟谈谈”，于是张先生即到熊先生寓所拜访。张先生说，当时熊先生住在崇文门外缨子胡同，是借住梁漱溟先生家里的房子。熊先生后来住银闸胡同，住二道桥，张先生都去过。熊先生在京时，张先生大约每年拜访他两三次，主要交谈有关佛学和宋明理学的问题。

我注意到《十力语要》中熊先生有《答张季同》《答张君》《与张君》等多通函札。一般说来，对平辈稍晚一点的称“君”，故熊先生如是称呼。熊先生对张先生甚为器重，在信函中又称张先生为“贤者”“仁者”，说张先生有“笃厚气象”，与张先生交流“此士先哲遗文，返在当躬体验”的心得，而批评“剽窃西学”者。熊先生亦对张先生关于中国哲学的“一”“本根”“本原”即为“本体”之代语之说和有关魏晋时代的体无、独化论的看法提出了不同见解，致函加以讨论。

张先生将他与熊翁的交往，娓娓道来。他特别告诉我们，《新唯识论》(语体文本)“附录”中的《与张君》，也是答复他的。从这一函中，我们可以知道，张先生与熊先生讨论体用论，尤其是王船山的体用论，见解上有不少差异，但这并不影响二位先生的交谊。张先生给我们讲了熊先生与废名（冯文炳）先生扭打的掌故，又讲了林宰平先生与熊先生交往的故事。张先生笑着说，林宰平先生说熊先生“总是以师道自居”，熊先生则说，“我有此德，我为什么不自居？！”

张先生谈了熊先生哲学思想的渊源、转变，与西方哲学、唯识学的关系，与朱子、阳明、船山的关系，在现代哲学界的地位等。他肯定熊先生“造诣较深”，认为现代中国哲学史上，熊十力、冯友兰、金岳霖、梁漱溟四位大家都很重要。

在张岱年先生的介绍下，我曾于1985年3月再次赴京时到阜成门内王府仓胡同29号，拜访了他的长兄张申府先生。申府先生那年92岁。

我亲耳聆听了老师、宿儒在汤一介先生创办的中国文化书院举办的第一届中国文化讲习班上的演讲。那是我一生中最幸福的时光，全神贯注地品味着中国文化的大餐。1984—1985年，我因研究熊十力而拜访一些前辈，又听了前辈们的演讲，那段经历可以说影响了我的后半生。记得那一次集中听了梁漱溟、冯友兰、张岱年、周一良、侯仁之、金克木、季羡林、任继愈等先生的演讲，如坐春风。1984 年春天赴京时我曾拜访过梁、冯等先生，此后又数次拜访梁先生。我清楚地记得岱老于 1985 年 3 月 15 日上午在中国文化讲习班上的演讲。他在这次演讲中说，1947 年，金岳霖先生问他，熊十力哲学是怎么回事，而金先生自问自答："熊十力哲学背后有他这个人，而我的这个哲学背后没有人。"张先生接着说，金先生用英文思考，然后再翻成汉语，而熊十力哲学是他生活的一个表现。

其实，我们也可以套用金先生的话来评价张岱年先生。张先生的学问是他的人格的表现、生活的表现、修养境界的表现。他的学问、人品、生活是贯通的、一致的。1985 年 12 月，我们武汉大学与北京大学等单位在黄州举办"纪念熊十力先生诞生一百周年国际学术讨论会"，张先生专为此会写了《忆熊十力先生》一文，印 100 份提交大会。这篇文章已在《光明日报》公开发表，又收入我们编的、由北京三联书店出版的《玄圃论学集：熊十力生平与学术》。这篇文章的手稿，陈来教授于 2003 年 3 月寄我保存，以便将来在有关熊十力先生及其研究的文献档案中收存。我今天重读这一手稿，百感交集。张先生用简洁的语言，概括了熊先生思想的主旨，表达了他的敬意。此手稿共 6 页，是用北京市京昌印刷厂印的薄薄的 400 字文稿纸写的。

张先生写给我的好几封信，我集中贴在一个大本子上（还有梁漱溟先生、石峻先生、任继愈先生等的复信），可惜数次搬家后这个大本子不知放到什么地方了。我最近又找到张先生于 1985 年前后给我写的几封信，是关于熊十力与他自己的。我当时做熊十力师友的调查，收到一些老前辈的信札、材料。我还找到张先生 1993 年 12 月 23 日的信，信中张先生对我的《为熊十力先生辩诬——评〈长悬天壤论孤心〉》[①] 一文表示支持，认为写得很好，说：“您的文章根据事实讲明道理，态度是严谨的。”

20 年来，我去北京出差、开会，总是要到张先生府上拜访，而去得最多的是中关园 48 公寓 103 号。张先生住在那么狭小的房间，那堆满书、杂志的书房，常常接待像我这样的外地后生。每次交谈都有不少收获。开始，张先生总是坚持把包括我在内的客人送下楼，后来才改为送到门口。以前每年春节，我都给他寄贺卡，他每次必回贺片。后来我怕他回寄麻烦，不敢再寄了。我每次拜见他，他都要问武汉大学中国哲学教研室各位老师的近况。记得 1999 年 10 月我们赴京出席纪念孔子诞辰 2550 周年大会。7 日上午开幕式结束后，在人民大会堂东门，我赶出去送即将离开的张先生。他一见到我，开口就问：“老萧、老唐还好吧？”我说：“萧老师、唐老师也来了，他们刚才坐在台下听你讲话，现在在后面哩。”他又说：“我经常见到令兄。”家兄郭齐家在北京师范大学工作，亦常去拜访、探望张先生。2001 年 7 月，我们赴京出席第 12 届国际中国哲学大会。21 日在开幕式结束之后，我赶过去送离席的张先生。他一见到我，也是问萧老师、唐老师，也谈及家兄。那时他已经是 92 岁的人了。回到武汉，我对萧、唐二师说，张先生非常敏捷，记忆力、反应力都很强，活 100 岁应无问题。

张先生家搬到蓝旗营后，我只去过两次。一次是在 2000 年 8 月，我出席在北京大学达园宾馆举行的“新出简帛国际学术研讨会”期间，另一次是 2002 年 3 月底 4 月初，我出席在清华大学甲所举行的“新出楚简与儒学思想国际学术研讨会”期间。头一次是我与博士生张杰一道去的；第二次是我一个人去的，我与张

① 文章名略有改动，全书同。

先生交谈大半个小时后，刘鄂培先生也到张宅，我们继续交谈。这两次我都是循旧例，提了一点水果去的。一进门，张先生与夫人仍旧是站在门边迎接，告别的时候两位老人仍旧是走到门口相送。两位老人一前一后，身体挺得很直。只是张先生落座和起来时不那么灵便了，耳朵有点背了。头一次，我们送他《郭店楚简国际学术研讨会论文集》一册；第二次，我问他寄给他的一套《熊十力全集》收到没有，他说收到了，说书编得很好。

这两次，我与张先生交谈的主要内容是郭店楚简与上海博物馆藏楚简。张先生对这些新出土的儒道两家文献十分感兴趣，他始终了解中国哲学史学界的最新研究动态，他知道《性自命出》与《老子》的三种文本，他期待着上海博物馆楚简《周易》的公布。我跟他谈《孔子诗论》，又说，孔门七十子将有新的资料，如《仲弓》《颜渊》等。他问我，是一些什么内容。我说我也是听说有这些篇名，还要等待整理者发表。他对儒家资料和儒家传统给予了更多的关注。

2004 年 4 月 25 日，我惊悉张先生仙逝的噩耗，悲痛不已。惜因届时先父生病，我随侍在侧，未能亲赴北京出席张先生追悼大会和稍后在清华举行的张先生学术思想讨论会。我十分怀念这位忠厚长者对我的指导、提携、关心和爱护。1980 年代后期至 1990 年代初，他每出一种专著都赠送给我一册，如《真与善的探索》、《文化与哲学》、《中国伦理思想研究》、《中国古典哲学概念范畴要论》、《张岱年文集》（第一卷，清华大学出版社出版）等，都亲笔写了“齐勇同志惠存”并签名、具时，这使我十分感动。我曾参与了由他老人家领衔主编、方克立先生主持的《中国文化概论》一书的编写工作。我写的有关中国古代哲学的一章，曾经他老人家亲自审阅、修订。

“泰山其颓乎！梁木其坏乎！哲人其萎乎！”我深深地怀念张岱年先生！张先生的为人为学，是中国哲学史界的楷模！

兹附录我于 4 月 25 日给陈来先生发去的并请他转北京大学治丧办公室的唁电：

> 惊悉国学大师张岱年老先生仙逝，无限哀痛！谨向您，并通过您向张先生家属与北京大学、北京大学哲学系致以亲切的问候。张先生是我国著名哲学家，是学界泰斗，是中国哲学界的大师！张先生德业双馨，是哲学界的楷模！他的哲学创识，他对中国哲学智慧的发掘，他的中国哲学史的创造性研究和“文化综合创新论”，是 20 世纪我国哲学的宝贵遗产。他对我们武汉大学和湖北省哲学史界几代学人给予的关爱和教诲，永远铭记在我们心中。谨代表武汉大学哲学学院全体师生员工，代表萧萐父、李德永、唐明邦教授，代表中国哲学学科点所有同仁，代表湖北省哲学史学会全体同仁，向我们敬爱的张老致哀！张先生的精神永垂不朽！

（原载陈来主编《不息集——回忆张岱年先生》，北京大学出版社，2005 年）

学习张岱年先生的人品与学问

张岱年先生生于1909年5月23日，卒于2004年4月24日，终年95岁。张先生离开我们已经15年了，然而他仍然活在我的心中，我十分怀念他。张先生德高望重，一流的人品与学问，永远是我们晚辈的楷模。

一、从两张表格看张先生的为人

张先生关爱与提携后进，不遗余力。我曾于2004年写过一篇怀念张先生的文章，记录了我向张先生问学讨教的若干细节，收入陈来教授主编的《不息集——回忆张岱年先生》和我自己的随笔集《守先待后：文化与人生随笔》。那篇小文中所说的，不再赘述了。

近来无意中发现家中一个书柜保存的两包材料，一包是“熊十力师友弟子记调查表”，一包是“纪念熊十力先生学术讨论会登记表”。两表都是我于1985年制定，由打印社油印的。前一表我寄发给熊先生的门生故旧，张先生十分认真地填写了，寄回时，他专门写了一信：

齐勇同志：

2月10日来信收到。编辑纪念熊先生的书，我完全赞同，当尽力支持。

计划出一本熊先生纪念论文集，甚好，非常必要，我当著文一篇。

调查表寄上。

顺颂春祺

张岱年

1985 年 2 月 15 日

在调查表中，张先生填了自己的主要经历、学术著述等。在“是否保留有熊先生著作”一栏，他填写道：“保留有《新唯识论》《破破新唯识论》《体用论》《乾坤衍》等。”在“与熊先生的交往及思想与学术联系及分歧”一栏，张先生写了一段文字：

> 1931 年起曾访问熊先生。熊先生和我的关系是在师友之间，写信称他为“子真先生前辈”，自称“后学”。和他谈论，主要是讨论中国哲学的特点及朱子、阳明、船山的要义。曾钦佩他关于“体用不二”的思想，但是我主要推崇古代的唯物论哲学，熊先生则始终不赞同唯物论，故在思想上有一定分歧。

在“关于熊先生论著编辑及推荐熊先生师友名单”一栏，张先生写道：“完全赞同编辑论著集等。熊先生朋友在世者已不多，有梁漱溟、张申府、贺麟等。已故的有林志钧、张颐、汤用彤等。熊先生的学生有牟宗三（香港）、张德钧（已故）等。河北省肃宁县有王葆元（字大涵），曾问学于熊先生。民族所王森（字森田)、民族学院韩镜清都是熊先生的学生。”在张先生的提示与帮助下，我尽可能访问了一些健在的学者，并与王葆元先生有了通信联系。

后一张表，张先生于 1985 年 6 月 22 日认真填写。他当时说能参加年底在黄州举办的“纪念熊十力先生诞生一百周年学术讨论会”，拟提交论文《忆熊十力先生》，拟写“1932 年至 1963 年和熊十力先生晤谈的基本情况，略述对于熊先生哲学思想的感想”。张先生虽然因气候与身体原因未能出席黄冈会议，但请北大哲学系打印好 100 份论文，提交给会议。张先生的大文，我们编入了会议论文集《玄圃论学集：熊十力生平与学术》，1990 年由北京三联书店出版。张先生这一论文的手稿共六页，陈来先生于 2003 年寄我保存。

张岱年先生是学界泰斗、知名大学者，且 1985 年时已有 76 岁高龄，而我当时只是刚留校的青年助教，懵懵懂懂，做事鲁莽。他如此认真地对待外地一位青年的普通信件，仔细填写并寄来这两个表格，令我十分感动。于细微处见精神，由此可知张先生的为人。

1986 年初，我写信给张先生，汇报了上述讨论会的情况。2 月 16 日，张先生给我回信：

齐勇同志：

来信收到。熊先生讨论会开得成功，十分欣慰！俱赖各位同志的努力！

大作《熊十力及其哲学》写得很好，是难得的佳作，可喜可贺！

您想对中国现代思想史，特别是三四十年代的哲学界作出平（评）议，极好！我非常赞同！我常说，三四十年代是

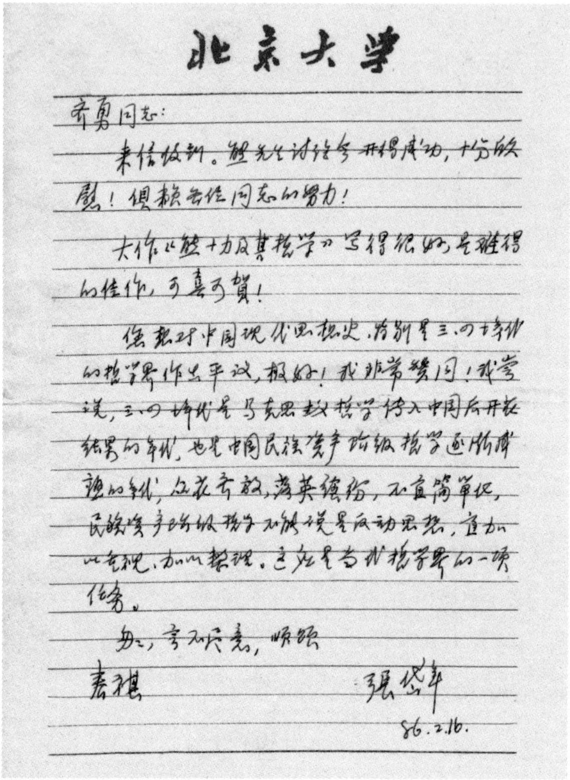

马克思主义哲学传入中国后开花结果的年代，也是中国民族资产阶级哲学逐渐成熟的年代，众花齐放，落英缤纷，不宜简单化。民族资产阶级哲学不能说是反动思想，宜加以重视，加以整理。这应是当代哲学界的一项任务。

匆匆，言不尽意，顺颂

春祺

张岱年

86.2.16.

从这封信中可见他对青年后学的鼎力支持、循循善诱，又可见他对我国现代思想史的宏观把握，高瞻远瞩，拨乱反正，具有理论与方法的指导意义。

二、张先生重视价值观与思维方式的创造转化

张先生对中国文化与哲学的全部有极深的研究。如果要从今天常说的“文化自觉”与“文化自信”来看，张先生是最早、最具有文化自觉与文化自信的大家。当年在“文化热”中，张先生关于国民性和民族精神的演讲与文章，对我触动很大。

20 世纪二三十年代和 80 年代，学界曾两度讨论国民性问题，受西方、日本影响，国内学界很多人竟认为中国人的国民性只是“劣根性”，没有“良根性”，这实际上是把人类所有的丑恶都集中在中国人身上。面对文化虚无主义与自戕主义的思潮，张岱年先生多次发表文章与演讲，指出：人们总是说国民性中有劣根性。诚然如此，是否也有良根性呢？“假如中华民族只有劣根性，那中华民族就没有在世界上存在的资格了，这就等于否定自己民族存在的价值……一个延续了五千余年的大民族，必定有一个在历史上起主导作用的基本精神，这个基本精神就是这个民族延续发展的思想基础和内在动力。”[①] 张先生认为，中国文化有“良根性”，即中华民族的优良传统、习惯。“中华民族在亚洲东方能延续几千年，一定有它的精神支柱，没有这些，中华民族早就灭亡了。”[②] 这个精神支柱，就是民族精神。张先生指出，中华民族屹立于世

---

① 张岱年：《文化与哲学》，教育科学出版社，1988，第 66 页。

② 同上书，第 48 页。

界东方已经五千多年，过去的中国文明曾经对西方近代启蒙运动起过一定的积极影响。“难道几千年的文化创造都是要不得的东西吗？是祖先低能，还是子孙不肖呢？”

张先生特重中国传统文化的价值观与思维方式的创造性解读，而这两方面都与我们的现代化建设息息相关，给予我们良多启发。

张先生认为：“中国哲学中，与文化发展关系最密切的是关于价值的思想学说。古代虽没有“价值观”这一说法，却有关于价值的学说。”[①] 他肯定儒家强调道德价值的重要性。孔子讲“君子义以为上”（《论语·阳货》），“好仁者，无以尚之”（《论语·里仁》），就是认为道德是至高无上的。“志士仁人，无求生以害仁，有杀身以成仁”（《论语·卫灵公》），即表明人们为了实现道德理想可以牺牲生命。孟子更明确肯定人人都具有自己的价值，“人人有贵于己者”（《孟子·告子上》），这固有的价值即“仁义忠信，乐善不倦”，是天赋的，别人不能剥夺的。荀子虽不承认道德是天赋的，但也肯定人的价值在于“有义”，“人有气、有生、有知，亦且有义，故最为天下贵也”（《荀子·王制》）。儒家确实是主张道德价值至上的。墨家肯定“天下之大利”“国家百姓人民之利”，认为公共利益是最高的价值。墨家认为道德最高的准则是天下之大利，可以说是公利至上论。道家强调价值的相对性，可称为相对价值论。法家则完全否认道德的价值，可称为道德无用论。这是张先生对诸家价值观的基本定位。

张先生进一步指出：“儒家‘义以为上’，把道德看作是最有价值的，同时又肯定人的价值，宣称‘天地之性人为贵’。墨家比较重视功用，把道德与功用结合起来。道家否认一切人为的价

---

① 同上书，第5页。

值，以自然而然为最高价值。法家专讲富国强兵，完全否定道德文化的价值。”[①] 张先生区别了哲学的价值观与世俗的价值观。他认为，价值观的争论集中在两个问题上，一为义与利的问题，二为力与德的问题。对义利问题，张先生指出其复杂的多层次含义，如公利与私利、道德理想与物质利益、精神生活与物质生活的关系问题。他主张仔细分析，如他分别了儒墨具体文本所言“利”之中公利与私利的区别，又指出儒家并不反对追求公共利益。张先生详细分析了儒墨诸家的理论分歧，肯定张载、颜元等兼重义利的义利统一观，以及墨家、王充的德力并重的看法。

张先生在《中国古典哲学的价值观》一文中，对价值观做了详细讨论。他首先把价值观的主要问题分析为二：一为价值的类型与层次的问题，二为价值的意义与标准的问题。就类型而言，真为认识的价值，善为行为的价值，美为艺术的价值。他又指出，人本身也有价值。人生的价值何在，如何生活才有价值，这是每一个自觉的人不能不回答的问题，而人生价值问题也包含关于真善美的价值。他系统研究了春秋时代的“三不朽”说，孔子“义以为上”“仁者安仁”的道德至上论，墨子崇尚公利的功用价值论，孟子宣扬“天爵”“良贵”的人生价值论，道家“物无贵贱”的相对价值论，《易传》与荀子关于价值标准的学说，法家的道德无用论，董仲舒“莫重于义”的价值观，王充提倡“德力具足”的价值观，宋明理学的价值观，王夫之“珍生务义”的价值论等的利弊得失，最后对古代价值观作出总的评价。他认为，两汉以后，儒家的价值观占据统治地位，成为中国文化的主导思想。儒家肯定人的价值，强调道德的重要，对于传统社会的精神文明发

---

① 张岱年：《文化与哲学》，教育科学出版社，1988，第17页。

展起过巨大的作用，但在义利关系、德力关系上，儒家尤其是宋明理学，出现了严重的偏向，不关注如何提高物质文明的问题。他说："儒家强调道德的尊贵，高度赞扬'不降其志，不辱其身'的志士仁人，这对于中华民族的成长和发展，确实起了巨大的积极作用。但是，道德理想与物质利益是密切相关的。如果忽视人民的物质利益，则道德将成为空虚的说教了。"[①] 他又说："义利问题争论了两千多年，到现在也还有其实际意义。现今的观念变革，应该对于义利关系有一个明确的认识。古代儒家'重义轻利'是片面的；但是，如果'重利轻义'，专门谋求个人私利，以权谋私，见利忘义，那就更是错误的了。""西方有所谓'力之崇拜'，对于西方近代文化有一定的积极作用。中国儒家思想可以说是'德之崇拜'。无论片面强调力或片面强调德，都属于一偏，正确的方向是德力的统一。"[②]

在20世纪80年代早中期，张岱年先生重视传统价值观的研究，一方面肯定儒家优长，强调道德人格、仁义价值的创造转化；另一方面又批评儒家的局限，借取诸家和儒家非主流派，倡导义与利、德与力的辩证统一。张先生自觉地为当时的经济改革和思想解放服务，因为在观念上与行为上统一义利、德力，在彼时也是一现实问题。他当时对传统价值观的分析，还强调了三点：人生价值问题，生命与理想的问题，和谐与斗争的问题。这就从根本上，从高层次上，回归道德价值，回归人类长久之道，同时再谈和同之辩，主张多样性的统一，摒弃斗争哲学，发出了和谐社会的"新声"。

张先生当时并未将学术史研究屈从于时势，但他关注时代问

---

① 张岱年：《文化与哲学》，教育科学出版社，1988，第197页。

② 同上书，第206页。

题的挑战，从理论与思想史的讨论中追溯历史包袱的由来与解决方案，表现了一位哲学史家可贵的理论自觉、高超的智慧与娴熟的能力。这也是中国知识分子经世致用传统的展现。

除价值观的转化外，张先生还关注另一个问题，即思维方式的问题。他有专文讨论中国哲学关于理性的学说、传统思维方式的变革等。

张先生指出，中国传统思维方式的特点，一是长于辩证思维，二是推崇超思辨的直觉。中国辩证思维强调整体观点，推崇直觉："由于重视整体思维，因而缺乏对于事物的分析研究。由于推崇直觉：因而特别忽视缜密论证的重要……在这方面，我们只有诚心诚意地学习西方。在今日建设社会主义文化的新时代，必须做到思维方式的现代化。既要发挥辩证思维的优良传统，更要学会缜密分析、进行实验的科学方法。中国新文化的灿烂未来，有待于思维方式的更新。"① 这就清楚明白地指出了他当时研究中国传统思维方式的现实性、目的性和针对性。

张先生在《中国传统哲学思维方式概说》一文中，全面地讨论了传统思维方式的优劣得失。他指出："中国传统哲学的辩证思维，主要包含两点，一是整体观点，或曰整体思维；二是对待观点，或曰对待思维。"② 他研究了传统哲学的直觉方式，指出直觉在一定程度上可以突破惯常思维的局限，启发崭新的理解。关于分析方法，他指出，传统哲学中，分析方法不甚发达，但亦非完全没有。中国哲学中有思与辨，墨家、名家对分析思维有贡献，

---

① 张岱年：《文化与哲学》，教育科学出版社，1988，第 208 页。

② 张岱年、成中英等：《中国思维偏向》，中国社会科学出版社，1991，第 8 页。

宋明理学家中，朱子兼重分析与综合。他指出："模糊思维是中国传统哲学思维方式的主要缺点。我们现在要改造传统的思维方式，首先要变革模糊思维。"①

张先生认为，比较具体的思维模式中，阴阳五行模式值得重视，用相生相克说明五个类型间的相互关系，有一定效果或意义，当然现在不应拘泥于这种解释模式了。"经学模式限制了思想自由的发展，束缚了创造性的思维，对文化学术的发展起了严重的阻碍作用。"②

张先生强调，不能全盘否定中国传统哲学思维方式，应进行分析。传统思维方式的优点在于辩证思维，缺点是分析方法薄弱。"中国古典哲学的辩证法与西方哲学的辩证法，亦有不同之处。中国比较强调对立的交参与和谐，西方比较强调对立的斗争与转化。"③他指出，我们应对传统辩证思维予以提高与改进，致力于辩证思维的条理化。同时，我们应大力学习西方的分析方法，致力于分析思维的精密化。思维方式的改进，应使辩证思维与分析思维这两者相辅相成，统一起来。

以上足见张先生有关思维方式的研究，意在变革、改进，是对改革开放时期的哲学问题与方法的回应，具有方法论的启示。

三、张先生推崇两湖学者王船山与熊十力

在介绍了张岱年先生特别关注的两论（价值观与思维方式）

---

① 同上书，第 14 页。

② 同上书，第 15 页。

③ 同上书，第 16 页。

之后，我们再看看张先生特别关注的两个人——两湖学者王船山与熊十力。

张先生对王船山情有独钟，恰好熊十力先生也十分推崇王船山。张先生对王船山的研究，首先见于他早年的成名作《中国哲学大纲》。在该书的序论中，他指出：

> 清初大儒中，在哲学上最有贡献者，当推王夫之（字而农，世称船山先生）。他极反对王学，对于朱学虽相当同情，但他所最推崇的乃是张载。张子之不传的唯气哲学，到王夫之才得到比较圆满的发挥。王氏建立一个博大精深的哲学系统。他以为道本于器，由唯气进而讲唯器，是一种显明的唯物论。更认为有与动是根本的，无与静只是虚幻。在人生论则否弃自然无为，而注重人，注重有为。[①]

这是张先生对王船山的总体评价。

在该书第一部分“宇宙论”之第一篇“本根论”的第七章“气论二”中，张先生用了较多篇幅评介船山的气论。他认为，船山是张载之后第二个伟大的唯气论者，肯定船山“气是宇宙中之根本，无气则无理”的观点。张先生说：“船山不止讲‘唯气’，更进而言‘唯器’，认为形而下之‘器’才是根本的，形而上之‘道’并非根本。”[②] 张先生又说：“气论到船山可谓得到一次大的发展。天下唯器的见解在中国哲学史中实鲜见仅有。船山讲宇宙的话很多，亦有许多处不尽莹澈，未以唯器说为中心观念而尽量发挥，

---

① 张岱年:《中国哲学大纲》，中国社会科学出版社，1982，第25页。

② 张岱年:《中国哲学大纲》，中国社会科学出版社，1982，第79页。

这是最可惜的。”[①] 这是对船山气论的评价。

在该书第二部分“人生论”之第三篇“人生理想论”的第八章“践形”中，张先生用了较多篇幅评介船山的人生论。他认为，船山是重事物与形体的新人生论的代表。船山、颜元、戴震的新人生论，可名之为践形论。张先生说：“船山的人生论，以‘存人道’与‘践形’为中心观念。他认为人生应当尽量发展人之所以为人者，即人之所以异于禽兽者。”[②]

张先生又说：“人之所以为人者，乃在于能思能勉。过去大多数哲学家，都赞美自然而卑视思勉，船山则赞美思勉而不看重自然，这是船山思想之一个特色。”[③] 张先生独具只眼，深刻揭示了“以人道率天道”的船山思想的这一特色。张先生挖掘了王船山珍重生命的思想，发挥了船山保持人的生性而顺遂其生机的内涵。同时，生命固然弥足珍贵，然而必合于道义。贵生而可为义而舍生，这是儒家人生思想的特色。

张先生认为，船山继承孟子思想，以“践形”为人生准则，一方面贵生重形，发展形体各方面之机能，使各至其极，另一方面使形体之各部分莫不合于道理。总之，船山认为形体各部分皆有其当然之则，而应充分发展各部分使合于其当然之则。最后是知人论世，张先生点明了船山的时代悲情与其思想的关联：

船山生当明末清初之际，身经亡国的惨痛，深知专事虚静养心之无益，

① 同上书，第 81 页。

② 同上书，第 367 页。

③ 同上书，第 368 页。

故贵人为，重形体，特阐德行非外于身物之义。进而更有容忍之说……忍人之所不能忍，容人之所不能容，以守其坚贞之节，而保持人之所以异于禽兽者。这是船山之坚定卓绝之志操之宣述。[①]

张先生晚年继续研究王船山哲学，1984—1985年间写作并发表了《王船山的理势论》，并在有关论文中谈及王船山的价值观、理性学说。

理势关系是历史哲学中的重要问题，王船山的理势论特别复杂。张先生注意到船山把“理”分析为二：“天地万物已然之条理”与“健顺五常、天以命人而人受为性之至理”。前者即自然界的客观规律，后者是人类的道德准则。关于理势关系，船山提出“理成势”“势成理”，可谓“理势相成论”。张先生指出：“理势关系问题是一个非常复杂的问题，包含多方面的涵义，其中包括历史的发展趋势与历史的客观规律二者相互关系的问题，现实与理想的问题以及强权与公理的问题。而理想与公理又都是具有时代性和阶级性的，更增加了问题的复杂性……王船山所谓‘理势合一’，其涵义有与黑格尔所谓‘凡是现实的都是合理的，凡是合理的都是现实的’相类似之处。”[②]

张先生阐发船山“理势合一”的内涵：理势是统一的，有些势符合“理之当然”，也有些势不符合“理之当然”，而也表现了“必然之理”。张先生认为，船山此论比较全面、精湛，是我国古

---

① 张岱年：《中国哲学大纲》，中国社会科学出版社，1982，第372—373页。

② 张岱年：《文化与哲学》，教育科学出版社，1988，第299页。

代历史观上非常精粹的思想。王船山肯定“势因理成”，即肯定理想是可以实现的，历史有光明的前途，又强调“在势之必然处见理”，就是肯定历史有客观规律。张先生认为这些思想非常深刻。张先生指出，船山肯定了“理”的时代性、历史性，“势”是随时代而不同的，“理”也就随之有所不同。船山承认“势相激而理随以易”，又肯定“势因理成”，承认理有改变势的作用，因此特重弘扬学术的重要意义。

张先生深入分析了王船山理势学说湛深的思想内容与理论价值，同时肯定这种学说能鼓励人们为理想而奋斗，有深远意义。

关于船山的价值观，张先生概括为“珍生务义”，即珍爱生命、身体，充分肯定生命的价值，而生活必须体现道义才有真正的价值。在生与义的关系上，船山发展了孟子“舍生取义”的思想，强调“务义以远害”，即专意遵义而行，努力免除祸害。

关于船山的人性论，张先生认为，船山在这一方面受程朱学派影响较深。船山认为，人是由气生成的，气中有理，气中之理表现在人身上就是性。性有两方面，一为仁义礼智之性，一为声色臭味之性。前者是道德的基础。在一定意义上，船山承认有德性之知，并提出了新解释。张先生指出，在人性论上王船山的独创观点是“性日生日成说”，这是对不变的人性观点的否定。

20 世纪 90 年代初，张先生还发表了《王船山的主动哲学》一文。张先生认为：“王船山在宇宙观方面，阐明了动的根本性，认为静只是动中之静；在人生观方面阐明了动的重要性，认为动是道德修养的基础。”[①] 船山批评了“守静论”，指出“动”不仅是自然界的基本情况，也是人类生活的主要内容，更是道德实践的枢

① 罗小凡等主编《船山学论》，船山学刊社，1993，第 1 页。

纽。张先生认为船山的主动论是比较全面深刻的，且体现了时代精神。

综上所述，张先生抓住了王船山哲学的主脉及其特殊贡献处，予以创造性解读，并与他自己的哲学主张和系统相互衬托、照应。

关于“主动”的提法，我们不难想到熊十力先生。熊先生对王船山哲学与自己的哲学特征的总结，都提到“主动”。在《十力语要》中，熊先生指出，王船山“尊生以箴寂灭，明有以反空无，主动以起颓废，率性以一情欲，论益恢宏。浸与西洋思想接近矣”①。在《读经示要》中，熊十力更进一步指出：“吾平生之学，穷探大乘，而通之于《易》。尊生而不可溺寂，彰有而不可耽空，健动而不可颓废，率性而无事绝欲，此《新唯识论》所以有作，而实根柢《大易》以出也。（作者自注：上来所述，尊生、彰有、健动、率性，此四义者，于中西哲学思想，无不包通，非独矫佛氏之偏失而已。王船山《周易外传》颇得此旨。）”② 熊氏在此总结的“尊生”“彰有”“健动”“率性”四大观念，构成了中国近代化哲学的基本格局。

张岱年先生曾与熊先生相过从，对熊先生哲学评价很高：“前辈熊十力先生是现代中国著名哲学家之一，他于三十年代提出自己的独特的哲学理论‘新唯识论’，到五十年代至六十年代，更重发新见，提出‘摄体归用’的实体学说。他著作丰富、内容宏博渊奥，确有甚深义蕴。以他的哲学著作和现代西方一些著名哲

① 萧萐父主编《熊十力全集》，湖北教育出版社，2001，第四卷，第140页。

② 萧萐父主编《熊十力全集》，湖北教育出版社，2001，第三卷，第916页。

学家的著作相比，实无逊色。”[①] 张先生认为熊先生对《周易》的辩证法确实有极深的体会。他指出熊先生阐发宇宙人生“生生不息变化不竭之真机”，健动、去故取新、自强不息，是其哲学的主要贡献，确有见于中国传统哲学的积极因素。张先生肯定熊先生勇于独立思考，说熊先生一生研精覃思，确有过人之处。

张先生回顾了与熊先生交往的过程，最后指出：“作为一个努力独立思考、不断追求真理，从而提出自己的学说体系、卓然成一家之言的哲学家，熊十力先生是值得纪念的，他的思想是值得我们细心研究的。”[②]

其实张岱年先生早年也有了自己的相当丰富的哲学体系，可惜由于时代的限制，他中晚年未能使这一体系更加展开、完善。张先生以其慧识，在中国传统哲学的研究中，予以全面深刻发掘，著述颇丰，贡献尤多。张先生对价值观与思维方式的两论，以及对王船山、熊十力两人之研究，可见他的精神。

张岱年先生的精神不朽！他的为人为学之道，值得我们反复咀嚼、认真学习。我感念先生的提携。能有机缘与张先生交往，向他学习，得到他赠送的大著、亲笔题笺，又得他多次亲赐书札，我真是三生有幸！

（此文写于 2019 年，原载《中国哲学史》2020 年第 1 期）

① 萧萐父主编《玄圃论学集：熊十力生平与学术》，生活·读书·新知三联书店，1990，第 33 页。

② 同上书，第 36 页。

学兼四部　贯通古今

——李锦全先生的学术特点与贡献

李先生是淹贯博通的大家，学兼四部，贯通古今。今天我们虽为教授，但因无童子功而又受到分科教育的影响，已不能与李先生和业师萧萐父先生那一代人相比。我因此想到国学教育要从娃娃抓起，也想到必须检讨50多年来的教育。每每捧读先生的《思空斋诗草》和萧公的《缀玉集》，他们之间的唱和，他们的书法作品等，都十分惭愧。相对于老先生们来说，我们今天文、史、哲的教授们已不够格称为“文人”，缺乏文人的修养。

李先生与萧先生、李德永先生、唐明邦先生为讲友，他们在1970年代末1980年代初编写影响深远的《中国哲学史》教材的过程中结下了深厚的友谊，开启了贵校中山大学与敝校武汉大学的中国哲学学科点两代师生交流互动的新传统。

1. 李先生的学术特点与风格

如前所述，李先生的学术特点是博通。他兼修文史哲，既善于哲学思辨，又饱含诗情画意。李老“沿着文史哲不分家的老例，用苏轼所写诗词作为研究的素材，提交大会的一篇论文的题目是《兼综儒道佛　契合理情神》”[①]。通过诗词来探讨思想，这是很有

---

① 李锦全:《李锦全自选三集》，中国文联出版社，2001，第422页。

难度的。此文本论苏轼以出世的精神干入世的事业，在我看来也是先生自己生活的写照。

李先生提倡“博而后约，杂中求专”，他真正是身体力行。李先生的历史研究论文中深具哲学思考与分析的功力，而他的哲学研究论文中又有深厚的历史文化的背景知识和很强的历史感。

只有李先生才有资格为陶潜、海瑞作评传，因为这需要文史哲兼通的底子。他还著文讨论张九龄、屈大均、龚自珍的思想。如前所述，以诗证史，以诗讨论思想，那是非常不容易的。李先生还善于从杂书中，从明清笔记小说中发掘思想史的材料，对于民间草根的东西十分重视，这正是我们近几十年哲学系出身的人所不具备的。

从孔夫子到孙中山，举凡中国哲学思想史上的大家，李先生都有专文讨论，特别是儒释道诸家，尤其是孔子、老子、孟子、庄子、柳宗元、宗密、朱子、陈白沙、湛甘泉、李卓吾、王夫之、戴震等人物。他对《老子想尔注》与六祖慧能都有涉猎，他的讨论也涉及法、名等诸子百家。李先生堂庑甚广，不拘守一先生言，开放豁达，优游于文化思想史之中，解读文献，创造诠释，游刃有余。

2. 李先生的学术贡献

第一，李先生深刻揭示中国哲学思想史及其代表人物的内在矛盾，发掘内在的思想逻辑，探索发展内在理路及社会历史效应的两重性。例如李先生有关儒家思想的大量论文，有宏观的、中观的、微观的，对儒家宗师与儒家社会历史的作用，有鞭辟入里的分析。“论学不作媚时语，独取真知启后人。”李先生有自己的独立判断。李先生肯定先秦、宋明儒学的精义，又分析其理论的内在张力，尤其是理欲观、义利观的张力，既看到儒学在特定时空条件下的不同作用，又昭示其在今天与今后的价值、意义及两难处境，具有方法论的启示。

第二，可贵的文化自觉。愈到晚年，李先生愈坚信中华人文精神与价值理性的当代意义。李先生强调“时代性与民族性从矛盾中得到统一”[①]的历史辩证法。在传统与现代、时代性与民族性、东方与西方、普世价值与地域文化的张力中，李先生自觉地剥离出中华文化可大可久的根据与精华，特别是作为族群认同、伦理共识与终极关怀之基础的中华人文精神、核心价值。李先生高度肯定了儒学在源远流长的传统文化中居于主干的地位。他说，在多元文化的冲突融合中，“儒学在中国历史上何以能通贯各家，我认为与儒家创始者孔子思想的包容性有一定关系”[②]。因而，他特别弘扬孔子的文化包容意识。

李先生又特别看重孟子的重民思想、救世精神与独立人格，肯定其“制民之产”“保民而王”的仁政学说在今天的正义诉求与民主政治诉求中仍具有政治资源的价值，其独立人格、浩然正气和大丈夫精神在今天的道德伦理重建中仍具有道德资源的价值。[③]

李先生有关传统思想与现代化、全球化关系的诸篇论文，特别有一组关于中华民族凝聚力的论文，坚持了文化自觉，反省了西化派的失误，以现代的眼光、批评的眼光省视传统文化，深刻地表明了中华民族走向现代的开放多元的文化心态、与时偕行的文化智慧，以及对精神文化的民族性根据的护持，把增强中华民

---

① 李锦全:《李锦全自选二集》，中国文联出版社，2000，第 15 页。

② 同上书，第 48—49 页。

③ 李锦全:《孟子的独立人格与救世精神》，载《李锦全自选二集》，中国文联出版社，2000，第 50—57 页。

族凝聚力看作是增强综合国力的基本保证。[①]

第三，在中国哲学思想史学科范式建构中的贡献。李先生与萧先生主编的《中国哲学史》[②]，李先生有关中国思想史、哲学史的大量论著，继承又超越了胡适、冯友兰、张岱年、杨荣国等前辈学者的探索。李先生特重大传统与小传统在中国思想史上的互动，生活世界与经典文本的互动，指出民间草莽中奋起的起义农民对平均平等的祈求理应纳入思想史的视野；中国历史上各类杰出人物的思想底蕴都应纳入思想史的视野。至于哲学史，则要突出哲学思想的发展线索，分析哲学基本问题及哲学范畴的历史演变。[③]李先生的论著中透显的哲学史观与方法论智慧尚不止此，有待进一步发掘与发挥。

第四，对岭南文化思想史的贡献。李先生有关地域文明的普世价值的洞见不仅见之于中华文化之于世界文化的考察中，而且见之于岭南文化之于中华文化的探索中。李先生的多样统一的文化观是一以贯之的。

李先生有关岭南思想家及岭南文化在传统文化中之地位的研究论著，揭示了岭南文化的两重性，突显了陈白沙、湛甘泉从贵疑到寻求自得对打破儒家教条所起的作用，以及自由探讨的岭南学对中原文化的补充，尤其是近代岭南人物在我国近代史上开风

---

① 李锦全：《全球化与中国传统文化的世界走向》，载《李锦全自选四集》，延边大学出版社，2001。

② 1983—1984 年由人民出版社出版，后来印刷了十余次，发行量逾十数万册。

③ 李锦全：《对中国思想史哲学史几个问题的思考》，载《李锦全自选四集》，延边大学出版社，2001，第 1—15 页。

气之先的作用。李先生对岭南文化有一系列的深入考察，[①] 可以作为地域文化、地域思想研究的范本。

3. 李先生的教书育人与人格境界

“满门桃李成多士，一代宗师启后昆。”[②] 这是李先生给张岱年先生九十诞辰的贺寿诗中的一联。其实这也可以移赠李先生自己。李先生教育、培养了两代杰出的学人，在广东甚至全国影响了两代学者。中国哲学史界有不少弟子受惠于李先生的言教与不言之教，敝人即是其中之一。

“观鱼闲适知心乐，化蝶沉思觉梦浓。”[③] 这是李先生和萧先生的感怀诗之一联。这两句颇能代表李先生的生命意境。李先生的平实、不争、低调，足见其人格的伟大，与李先生的入世、敬业、负责适成补充。

李先生对我个人的提携、关爱，实难以言语来表达。我内心充满着对先生的敬意，特别是对他的人格的向往。我的博士论文答辩是李先生主持的，他是我的座师、恩师。

适值李先生八十华诞，衷心祝愿李先生健康长寿，祝愿贵我两校的同仁在振兴哲学与中国传统文化的事业中以李先生为榜样，精进不止，祝我们的友谊地久天长！

（此文作于2006年，原载黎红雷等主编《春风讲席——李锦全教授八十寿辰纪念文集》，中山大学出版社，2008年）

---

① 这一组论文见于《李锦全自选四集》。

② 李锦本：《思空斋诗草（续编）》，载《李锦全自选四集》，延边大学出版社，2001，第365页。

③ 同上。

坐我光风霁月中

——追怀萧萐父先生二三事

今天是重阳节，也是萧萐父老师走后的三七祭日。按习俗，面对老师、师母的遗像，我噙着泪水，摆上供果，播放法音，敬上三炷香，鞠躬礼拜，诵读佛经。萧老师真的走了吗？三周以来，我总是以难以置信的态度反问自己。每有电话铃声，我迅速拿起听筒，总是企盼听到那熟悉的略带沙哑的声音："小郭……"萧老师啊，您的音容笑貌总是在我的眼前与耳边萦回，您的小郭时时念着您的恩德……

我们读本科的时候，1979 年至 1980 年间，萧老师给我们上过中国哲学史的一部分课。萧师人长得潇洒，个子高，黑发密且长，戴着眼镜，风度翩翩；他的课也讲得潇洒，略带一点四川口音的普通话，抑扬顿挫，富有激情，讲到动情处，妙语连珠，语速极快。偶然激动起来，他把讲坛一拍，作狮子之吼，同学们的心弦被震得直响。他的板书展现了书法的功底，不过同学们反映，有的字用草书，不易辨识，他便改写得正规一些。我们喜欢听他讲课，是因为他不时扯到课程之外，很能启发新思。例如他一下联系到思想解放运动，本来讲中国古代哲学，他因某一命题的触发，灵感一来，忽然跳跃到马克思，问我们："为什么每个人的自由发展是一切人自由发展的前提，而不是相反？"有时忽然迸出另一个问题："我们殷殷盼望大救星，而《国际歌》却说'不靠神仙皇帝'，到底孰是孰非？”我们毫无思想准备，说老实话，当时的思想还被禁锢着，十分教条，顿时无语，一百五十人的大课堂鸦雀无声。他停留片刻，微微一笑，然后讲开去……这正是他对我们的思想启蒙。

要是按今天所谓教学评估的方式去评萧先生，他的课绝对不合格。因为他每每完不成教学计划，一讲到某某史料，他兴致来了，一下子背出不少东西，板书也不少，都不在教案之内。如讲到杨泉，他讲到古代科学史的材料，汉代至魏晋的天论、浑天说、盖天说云云，同学们有时跟不上。他的课绝不是四平八稳的，我觉得，这才是真正的教授上课（虽然当时他还是讲师）。他颇有点散点透视的味道，让我们通过一个个点去领悟中国哲学智慧。至于教材上写的，那就用不着再细讲了，点到为止，相信大学生们完全可以读懂。不过有的同学并不喜欢他的讲法，说是不好把握，不方便应考。

我考上 1981 级硕士研究生，实际是 1982 年 2 月至 1984 年 12 月期间完成学业的，这三年的收获最大。我们的研究生课多是讨论式的，读书则在课下。当然也听老师们讲，老师们讲的多是他们的研究新成果或主持讨论的前言。“哲学史方法论”是一学年的课，由萧老师与陈修斋先生共同主持，中外哲学史教研室的老师、研究生一起来上课。除萧、陈先生外，杨祖陶、王荫庭、李德永、唐明邦先生等也分别主持过专题讨论。我们争起问题来，面红耳赤，昏天黑地，老师们为我们疏导、解惑。萧、唐、李师又给我们上了一学年的“中国古代哲学名著经典选读”课，他们带读导读，再让我们自己读，自己讲，又帮助教研室校核中国古代辩证法史资料，挑毛病。萧师单独给我们开了一学期的“中国哲学史史料源流举要”课，每上完一课，就让我们到图书馆特别是线装书库、善本室里去查书，了解这一讲的目录、版本情况，与所听讲不符的，或是另有发现的，下一堂课来交流。从我们这一届开始，有好几届研究生分别反复整理听课笔记，加以丰富完善。我在1990年代初还给萧老师当过研究生课的助教，帮查资料、答疑、组织讨论，也参与整理《古史研究与马克思主义理论的拓展》《古史祛疑》等。

从1979年开始，我就单独向萧师求教。记得我拿着我写的浅薄的习作给他看时，常常忐忑不安。为消除我的紧张，他很高兴地与我聊天。有一次，我到他住的一区山上的老房子去，他马上要出差到太原出席中国哲学史学界第一次会议，顺手给了一份他提交会议的论文让我学习。还有一次，他送我一份《光明日报》，几乎一整版刊登了他写的《石蕴玉而山辉，水怀珠而川媚——评〈中国哲学〉创刊号》，那是一篇有思想的美文。他认真审阅我粗浅的习作，审阅之后，找我谈修改意见，我再修改，他再审修后推荐发表。记得我写的一篇有关王夫之的习作，原只有两部分，他从我的原稿中剪裁，又提示再看哪些资料，帮我改成三部分的结构，让我再补充修改，并谆谆告诫我说："两元结构不稳，一座高塔，一般三层才稳，一篇文章，一般三部分才好，你要学会三段架构。"这篇习作，他推荐给包遵信先生，1983年在《中国哲学》第10辑上发表。他还指导我读王夫之的《尚书引义》，那本书很不好读，他告诉我如何下手，参读什么书，如何读才能有所得，然后如何爬梳、提炼，形成论文。这篇论文1982年提交全国王夫之学术思想讨论会，后于1984年正式发表。

无论是本科生的课还是研究生的课，萧老师都特别开放，常常请过往武汉的专家来讲，有时也专门请思想敏锐、有新见的学者来讲，例如汤一介、庞朴、陈俊民、刘蔚华、傅伟勋、陈鼓应等先生都给我们上过课。他主张“学无常师”，也提倡师生平等切磋学问，曾激赏黄卫平同学写的与他商榷的文章，还把这篇文章推荐发表。

他才思敏捷，对哲学界各种讨论及相关学术会议的新信息、新动态都非常关注，如人道主义与异化问题，马克思《1844年经济学哲学手稿》（即《巴黎手稿》）的讨论，朱光潜先生对《巴黎手稿》特别是对《费尔巴哈论纲》的重新翻译以及对维柯的《新科学》的翻译及其价值，哲学史上“两军对战式的对子结构”与“螺旋上升的圆圈结构”，中国哲学范畴与范畴史研究，关于唯心主义的评价，关于孔子、《中庸》和宋明理学的再评价，唐兰、张政烺、冯友兰、张岱年、岛田虔次、冯契、王元化、李泽厚、庞朴、汪澍白等先生的新观点，《未定稿》《读书》上有什么新文章，《中国社会科学》的创刊，《考古》《文物》上介绍的新发现与新研究动向（他长期订阅《考古》），马王堆与银雀山等的出土文献的研究成果等，如何使用工具书如《经籍纂诂》等，都提示给我们，启发我们去关注、把握、理解、参与。因萧师的关系，岛田虔次先生放心地把著作交给萧师的学生蒋国保、徐水生、甘万萍等去翻译。

老师有家学渊源，有童子功，多才多艺，善诗书雕刻，“文革”时期在襄阳分校劳动时曾刻过几枚闲章。我们与老师熟识之后，每逢开会聚餐，他让我们喝白酒。我与一些同学不胜酒力，又不善诗词歌赋，有一次他说：“你们又不会喝酒，又不会吟诗，又不会书法，搞什么中国哲学？”他对体制内的教育所造成的起码的人文质素与修养的缺失表示怀疑。

特别令人难以忘怀的是1980年代末1990年代初的那几年。萧师一家承受了一般人难以承受的压力与痛苦。那时，老师的家在九区东湖边上，那一带风特别大，秋冬寒气逼人，而老师患有老年慢性支气管炎、哮喘，渐渐转成肺气肿。那时，一般人都不敢与老师家来往，门庭冷落。老师的斋名“荒斋”，就是那时用的。为了避寒，老师和师母秋冬南行，春暖花开后才回武汉，他们戏称自己为“候鸟”。当时主要靠朋友、学生事先安排借房暂住，或在海南，或在广西北海，或在广州郊外。承蒙萧老师的朋友、时在海南大学的校友邓悦生院长，中央党校金春明、李振霞教授伉俪等悉心安排，老师与师母 1989 年、1990 年岁末是在海南度过的。他的朋友、原华中师大现海南大学周伟民、唐玲玲教授伉俪，萧老师的学生李汉武等人关心、探视他们，与他们聊天，使他们在艰难之中略得到一些心灵慰藉。老师 1991 年春节前写的拜年诗《谢周伟民唐玲玲教授》即记此：“泥涂曳尾说逍遥，独有诗魂不可招……辙鲋难忘秋水阔，绿洲情暖慰心涛。”跋语中特别说：“华盖多忧，师友之高情可感。”他们每次南行都要带不少行李，但到目的地后仍觉得东西带少了，不方便。尤其是一心挂两头，心里牵挂着师妹及身陷囹圄的亲人。师母曾几次对我说过，真不想这样做“候鸟”了。她老人家告诉我，有一年在广州郊外住时，特别冷清，无人说话，也不安全。有一次刮风，钥匙关在屋内，二老穿得少，天也黑了，在屋外等了几个小时，幸得一位学生从城里赶过来解困。1996 年，老师仍住幼儿园旁旧房，不想再南行了，靠电热汀过冬。1997 年老师搬到新居博导楼，1998 年新居有了暖气，再也不做“候鸟”了。

记得 1991 年夏天，当时在台湾清华大学任教的林安梧先生刚在台大获得哲学博士学位，兴高采烈地第一次到大陆访问，专程来向萧师请益。（林先生的硕士论文写王船山，博士论文写熊十力，1988 年冬在香港与萧先生及我等首次会见，交谈甚欢）安梧兄通过中青旅行社到武汉后，住进水院招待所，又通过湖北省台办与敝校联系，拟拜访萧师。老两口先接到上面同意他们接待的电话指示，正在做准备时，忽然又接到电话说：萧某人不能与台湾学者见面！这简直是晴天霹雳！老师真是老共产党员啊，到人家都不相信他的时候，他忍辱负重，考虑的却是全局，是两岸关系，是首次访问大陆的林先生的感受。老师赶快让师妹来找我（我当时住在广埠屯电校，家中没有电话），让我速去。我骑自行车赶到老师家，老师与师母都特别焦急。我明白二老的意思，说："我代表您去看林安梧先生，热情接待他，您放心吧。"离开萧府，我想我这次豁出去了。刚开始见安梧兄并陪他游玩时，真像地下工作者、秘密交通员一样，后几天才知并无什么事情，大大方方，大模大样地游逛三镇了。我代表老师与安梧兄交谈，为他们穿针引线，又陪安梧游览东湖、磨山公园、黄鹤楼、归元寺等。在琴台，安梧兄还诗兴大发，吟诵新作。萧师、我与安梧兄的友情经此事而愈加亲厚。这件事在今天看来不啻天方夜谭，说起来也许很多人都不会相信，然而这却是客观真实的事情，由是即知萧师当时的处境是何等艰难。

继清查之后，1991 年下半年博士点整顿，萧师与陈修斋师首当其冲。我们哲学史支部（含中外两个哲学史教研室）是整肃的重中之重。检讨、批判，再检讨、再批判……病中之陈先生、萧老师，二人咳喘得厉害，也不能幸免。最后，一纸停招令插于荒斋门口的信袋中，也插入北三区陈修斋老师家门口的信袋中。老师把我叫去，说："这早就在预料之中了，停招就停招，没有什么了不起，但总得有个人来跟我谈谈吧，怎么可以丢一纸通知就了事呢？"我只能说："这是违法的，凭什么任意剥夺老师的教育权呢？"我们师生在当时徒唤奈何？！彼时全国只停了几位博士生导师的招生，哲学界多一点，有萧师、陈师与吉大高清海先生。如今，三位德高望重、有学问与真精神的师长都已作古，人们也早已超越了那时的所谓整顿；相反，这三个博士点都能继承前贤，发扬光大。1992年早春，邓公南方谈话，春风吹遍全国，唯独珞珈山仍未解冻，还在传达、布置上峰的“敲山震虎，迂回包围”云云。直至1993年春夏之交，形势才开始好转。可怜陈先生因清查、整顿耽误了最佳治疗期，终而身心交瘁，于1993年8月撒手人寰。陈先生的追悼会，也是一种鸣冤与抗议吧，我们办得有理、有利、有节！

读萧老师的诗文，凡1980年代及以前的作品中所写的“劫”“华盖”均指“文革”。1966年，湖北“左王”抛出所谓李达“三家村”。此后，老师作为李达黑帮之一员遭受了磨难，前后约10年，其间有许多坎坷。余生也晚，了解不多。凡1990年代及以后的老师作品中所写的“劫”“华盖”，则是指的我上面所说的那几年的风波。我有幸经受住了考验，与老师守望相助，共渡劫难。我只记得，当时激励、支撑着我们的信念的，仍是“三军可夺帅也，匹夫不可夺志也”“临大节而不可夺也”“临难毋苟免”。记得萧公子等人开庭时，敝校只有我一人与师妹陪师母去北湖旁听，华中师范大学倒来了不少朋友。

1993年夏，萧老师手书他头一年游五台山的诗作，赠我条幅，以期劫尘尽扫：

隐几维摩原未病，文殊慰语忒多情。
对谈忽到无言处，花雨纷纷扫劫尘。

五台行吟诗之一书示

齐勇　目击一粲
癸酉夏萐于珞珈

萧先生晚年诗中“三年华盖终无悔”“庄狂屈狷总违时”“垂老狷狂未失真”等都是其心志的表达。他在为冯契先生八十寿诞所写文中引用《论语》中的“磨而不磷”“涅而不缁”和王船山的“出入于险阻而自靖”，来表达对冯契先生人格、节操的赞佩，这也是萧老师“求仁得仁”的夫子自道。他的《贺冯契八十华诞》诗中“劫后沉吟一笑通，探珠蓄艾此心同”，“慧境含弘真善美”，“霁月襟怀长者风”等句，更是对冯契的赞颂。萧师在这一阶段特别阐释道家风骨与王夫之的人格美，有深意焉。他让我懂得，知识分子之为知识分子，所为何事。

近日清理旧书刊，无意之中发现了一册香港学人编的《毅圃》（1996 年 9 月第 7 期），其中 19—25 页上刊载有萧老师《徐复观学思成就的时代意义》（1995 年 8 月在武汉徐复观思想与现代新儒学发展学术讨论会开幕式上的发言）一文，还夹有此文的原稿。如果没有看到这 19 页 400 字大稿纸上的蓝墨水钢笔原稿，我完全不记得老师的这一文的初稿是我按老师的思路整理的，在原稿上有老师三种笔迹的修改，有的地方修改得密密麻麻。而原稿纸上有老师的笔迹，正式刊出的文章中并没有见到，可见老师又有一次修订。在第 1 页老师的亲笔（红圆珠笔）所写中，有这些内容：“我刚从唐君毅先生故居来，从唐先生的哲学殿堂来到徐先生的人文世界，真如徐先生所论中国文化发展的性格从上往下落，从外往内收的味道。”这句话后来没有了。原稿第 1 页上圈掉我写的一段，框边有老师用蓝圆珠笔写的“屈：忽反顾以流涕，哀民生之多艰”“杜：穷年忧黎民，太息肝肠热”。这些后来也没有用。第 2 页，我的原稿中称赞徐“他是一个真人”。老师改为“他是一个有血有肉、敢爱敢恨的真人！”第 3 页，老师圈掉一段，改写为“反专制，反奴性，熊十力先生有痛切的陈述，显然影响到徐”。“熊宏观立论，徐以微观论史证实之”。最后一页末尾，老师圈掉一段，重写：“严复以自由为体，民主为用，体在何处？总之，从政治文化、德性学说、艺术精神的反思、剥离中，发掘出中国传统文化中的主体自由精神、不为物化的人道之尊，这是现代化价值的生长点……留给我们的重要思想遗产……这就是徐先生学术成就的时代意义。”这一段在正式发表时文字上又有改变，其中“是传统与现代化的接合处”（“接合”是他的特殊用法）是他在原稿末页特别加上的。

偶尔我等为萧老师整理一点讲义、文稿，正式发表后，他会把原稿、修改件、正式发表的刊物都给我们，让我们看前后的不同，对比并思考他最后为什么要这样想、写、改以及定稿，从中获得教益。这一原稿修改件使我回忆起 1995 年暑假的经历。7 月，萧师与我等一行经北京、洛杉矶于 8 月 3 日到达波士顿出席第九届国际中国哲学大会。这是老师继 1985 年、1992 年之后第三次赴美，我则是第一次。会后我们由朋友接待，一道旅行。中途他又回到波士顿，杜维明先生请他再次到哈佛讲学。受到礼遇，情深意切，老师尤为感激。我们师生会合后，原道返回。在飞机上，我们讨论徐复观学术讨论会开幕词，老师定下基调。我谈了我对徐氏《两汉思想史》中的政治批判与政治自由意识、《中国人性论史（先秦篇）》中对儒家道德自由的高扬、《中国艺术精神》中对道家艺术自由的高扬的理解，他说就抓住这几个“自由”来写，发掘传统与现代的接合点。回北京后，萧老师又风尘仆仆赶往四川，出席在宜宾举行的第二届唐君毅学术思想国际会议，然后才回武汉。

1995 年夏天的美国之行使我感到震惊的一件事是：在波士顿大学学生宿舍，萧师与我共住一间。一天深夜，我突然被一种声音惊醒。一听，是萧师激烈的斥责声，我连忙下床到萧师床边把他唤醒。他说："又发梦魇了，把你吵醒了。"我这才知道，萧师心灵深处所受到的伤害该有多深啊！

老师晚年与我发生过一次龃龉，至今我仍责备自己的鲁莽，深觉愧疚与不安。大约是2004年初，学校为提升文科的地位，促其发展，设置"资深教授"岗位，请有一定年资与学术实力的学者申报（包括离退休的老师），评上者享受院士待遇。那时我在院里兼俗务，看到这个文件与表格，便请办公室分送有关先生，鼓励大家申报。我当时确实想到萧老师肯定不会申报，但还是按所谓客观化程序，生怕有的前辈不知情而造成工作失误与诸多误会，故请办公室照送。此外，我还存有侥幸心理，只要萧师肯报，我们帮他填表，以他的水平与声望应无问题，起码可以大大改善他们家里的经济状况吧。没想到很快有了信息反馈，办公室的同志通报，萧老师发火了，打电话来说："叫郭齐勇来把表拿回去！"我立即赶到老师府上请罪。那天老师很不高兴，指着文件与表格说："我身体不好，不申报，你拿走吧。"我连忙解释，顾左右而言他。我知道老师在怪我。他早就说过，人之相知，贵在知心。我何尝不知萧师早已超然于名利之外了呢？后来，在与萧老师的沟通、交谈中，我知道老师很理解并支持学校的这个举措，对已评上"资深教授"的学者十分尊重，实在是他个人觉得既不能再继续工作，何苦再添心累，而且不想自取其辱。

老师有放达潇洒、超脱逍遥的一面，又有极其细腻的一面。他心细，尊重人；待人接物礼貌周全，来而有往；朋友后学（包括不认识的青年）有求必应。我手上还保留了不少他写给我的便条，有的写在大小信封的背后，有的写在顺手拈来的纸片上或信件的天头地脚，一般都是齐勇云云，晚年写上齐勇教授云云，弄得我很不好意思。便条称呼下面则是一、二、三条应注意的事项，或帮查师弟论文中的疑点，或代他回复某人的信，或寄什么书，或办什么事，或不要忘了什么细节，尤其是答辩会请专家来参会或讲学的长者之接待事宜等。亦常有电话，也是反复叮咛。在老师身边，我们都习惯了。在老师的耳提面命下，我们都学会办会、做事，力求像他一样敬业、认真、细致、周到、为人着想。

老师是很恋家爱家的人。他母亲一直与他们生活在一起，直到仙逝。萧奶奶能诗能画，颇有才情。老师与师母很忙，但对老人照顾得很好。老师与师母以梅花与诗歌为媒，含蓄表达恋情的《峨眉纪游诗》14 首，原稿因后来的政治运动而散逸，他们也不再记得。不想 50 多年前，这些诗作被两位外国教授译成英文出版，与李白、杜甫的咏峨眉诗选录在一起，直到 1995 年乐黛云教授在新西兰一座小城发现了这部中英文对照的诗集，告诉他们，才重温旧事，感触良多。师母卢文筠教授是病毒学专家，在高尚荫教授领衔的团队中从事研究与教学工作。现在的科学家很少人有师母这样的人文修养了，她笔下的梅花也是她与老师高洁人品的象征。这对夫妻共同渡过了不少劫难。退休之后，师母全副身心照料老师，屋里屋外忙碌，常见她骑着小轮自行车在校园匆匆而行。1999 年秋，师母陪老师去北京出席国际儒学联合会学术大会，那是老师最后一次去外地开会。在妇女大厦住下后，师母专门找我谈过一次话，说："你也不是外人，我要跟你讲一讲萧老师身体的真实情况。"她讲了老师衰弱的一些细节与征兆，很是着急。一直都是师母照顾老师，孰料师母于 2003 年突发肺炎，7 月住院，9 月出院，此后每况愈下，反由老师照顾师母，有时帮师母穿衣。师母于 2005 年 4 月嗜睡，5 月进食困难，6 月 9 日因肺纤维化引起的心力衰竭而仙逝。他们风雨同舟、相濡以沫近 60 年，师母走了，老师的悲痛可想而知。师母逝世百日后，老师对我说，他每晚只能睡三四个小时，时常是一觉醒来，发现身边少了一人……萧公子陪他到北京小住、散心，庞朴先生去看他，萧师见到庞公的第一句话是："庞公，我学不了庄子啊！"他做不到"鼓盆而歌"。其实，老师有真情实感，没有矫揉造作，不着相，这才是庄子的真精神啊！

老师走后，吊唁者二百余人，出席告别仪式者三百余人，唁电函三百多，花圈花篮三百多，媒体网络发表的怀念诗文无数，备极哀荣，充分显示了老师的人格魅力，真所谓"其仁如天""有德此有人"。悼惜之如此，用子贡赞颂孔子的话说："其生也荣，其死也哀。"我是深知老师的门人，我相信，萧师更喜欢庄子的话："其生若浮，其死若休。"为了我们这些学生的成长，萧老师太操心了，太累了，现在好好休息吧！假若真有所谓天堂，老师与师母会合，再奏琴瑟和鸣之音，重现筠画蓮诗之盛，那该多美啊！

萧师一生乐善不倦，德慧双修，师恩浩荡，泽被后学。晚生追随老师三十年，老师教晚生如何做人，如何做事，事无巨细，关怀备至，回首老师的言传身教，点点滴滴，俱在心头。老师走了，音容宛在，手泽犹温；今天人永隔，齐勇目眩神伤，怆然涕下。呜呼哀哉，伏惟尚飨！

戊子（2008年）重阳节，萧师忌日三七祭奠之后

弟子齐勇敬献于灵前

（原载《读书》2009年第3期）

怀念太老师任继愈先生

下午，《楚天都市报》记者朱玲打来电话，惊悉任继愈先生今晨4时30分在北京仙逝的噩耗，甚感悲痛！任先生是我国著名哲学家、宗教学家，是哲学界的前辈，是中国哲学学科的“祭酒”，长期担任国务院学位委员会哲学学科评议组的召集人、中国哲学史学会的会长。任先生曾任北京大学教授、中国科学院世界宗教研究所所长、国家图书馆馆长与名誉馆长等职。我们的老师萧萐父、李德永、唐明邦先生等都是任先生的学生，故任先生是我们的太老师。任先生提携后进，不遗余力。我个人曾不断得到他的关爱与提携，心中十分感念。

回想起2006年4月9日，应国家图书馆的邀请，上午我在“文津讲坛”给北京市民作儒学演讲，下午在国家图书馆蔡萍老师的陪同下，去三里河南沙沟寓所看望任先生。当月15日是任先生90大寿。但我知道任先生从不做寿，无论是中国社科院，还是国家图书馆，抑或是他的弟子，公家私人提议给他做寿，他从来都不答应。但我这次提前预约去看望他老人家，从我内心来说，是代表武汉大学师友祝贺他九秩华诞的。但我不能违背老先生的原则，只是带了一盒高丽参和拙著一册送给老人家。他回赠了一册他新主编的《佛教大词典》。他已备好，从书桌上拿起这本厚重的书，扉页上题有“齐勇同志备览　任继愈　2006.4.9”。

任先生回座后亲切地询问萧、李、唐先生等老师的身体情况，回忆 1999 年 10 月、2001 年 9 月两度应我的邀请来武汉大学出席“郭店楚简国际学术研讨会”与“熊十力与中国传统文化国际学术研讨会（暨《熊十力全集》首发式）”的旧事。老人家 1999 年还一定坚持去荆门、荆州博物馆与郭店楚墓实地考察，身体很硬朗。那一次来武汉大学，他与一些海内外大家如饶宗颐先生等，俯允成为武汉大学的兼职教授。

我们随意聊天。他先问我对“国学”的看法，我汇报了我对“国学”的界定及武汉大学自 2001 年开始创办国学试验班的情况。我向老人报告：“我与同仁想培养一点读书种子。我们这一代对经典、古籍的了解与把握已不如上一代了，我们迫切地想培养一些在古文字、古文献方面打好基础的年轻人。”任先生询问了国学试验班的课程设置，听后表示首肯与期待。任先生关心大学对文、法、理、工、农、医等各科学生，对全部大学生的人文教育与国学教育的问题，他非常希望青年人加强对传统人文精神的修习。他主张开好一门课：“大学国文”（或“大一国文”）。他说，过去清华大学是闻一多先生讲，林庚先生当助教、改作业。当年清华的学生极为欢迎，这门课效果很好。他让我回武汉大学后带给学校一句话：让所有大学生都学好“大学国文”，大学要开好这门课。

他对我说，现在只懂西文的人并不能当好翻译。过去，政府请人翻译联合国文件，译得最好的不是西文最好的人，而是朱光潜先生，因为朱先生的中国文化底子好。

他又问我对繁体字与简体字的看法，我说我支持他提出来的“用简识繁”的主张。因为繁简字不是一一对应的，一个简体字往往对应两三个繁体字，因此还原起来就容易闹笑话。他说：“有人给我写信，说我是‘泰山北鬥’，把北斗的‘斗’写成斗争的‘鬥’。”他老人家当然是极不喜欢奉承的，他很看重文化常识的训练。他说，有一次颐和园修缮，写个告示，用了繁体字，但把“西太后”写成“西太後”了，指称皇天后土的“后”，被写成“前後”的“後”了。还有，海淀区的“淀”，本字如此，却被人写成“澱粉”的“澱”字了。我也笑着补充了学生们常犯的错误，如子曰诗云的“云”，被写成天上“雲彩”的“雲”。还有，一个“复”字对应三四个繁体字，如不会识繁，意思可能会弄错。

他很关心新出土的楚地简帛，我介绍了上海博物馆楚竹书的出版与研究的情况。他对我说：“看来，过去只谈黄河流域是中华文明的发祥地是不够的，还是两河，包括长江流域，长江文化很重要。从上游三星堆到下游河姆渡、良渚文化等考古发现，表明中国文化的多源头。”他告诉我，他有一位博士生研究青铜器，对商代妇好墓中的青铜等的成分做了研究，铜、锡、铅中，铅的成分与三星堆的一样；妇好墓中的玉器的原料来自和田。他认为，我们对古代文化交流的能力往往估计不足。

关于颇遭诟病的当下的学术评价，我向他报告说，现在上面对学校有不少检查评估，要我们填很多表，找很多材料，要附历年的批文、证书及出版物的原件、复印件等，不胜其烦。他说：“过去我们几个人，在京西宾馆开会，讨论前几批博士点，我们没有看什么材料，一合计，非常准，哪些先生有学问，哪里可以设博士点或是重点学科，心里很清楚。”

我怕打扰任先生，只谈了四十分钟便告辞了。任先生很平实，很亲切。头一年老夫人冯先生去世，我们不知道，没有看望。任先生对我们武汉大学几代人都很关心、提携，对我等晚辈后生关怀备至。

1984 年春，为了解熊十力先生并搜集、整理熊先生的资料，在撰写有关熊先生的硕士论文前，我曾到北京拜访了任先生与夫人，他们热情接待，跟我谈了很多趣闻、掌故，谈到抗战时熊先生在北碚与后来在北大的行迹，指导我应如何研究熊十力哲学。熊先生是任先生的老师，是湖北黄冈人，任先生的另一位老师汤用彤先生是湖北黄梅人，我也是湖北人，故我们聊起湖北来，十分投缘。1990 年，我的博士论文《熊十力思想研究》写成后，萧师让寄任先生审查。任先生亲笔写了评阅书，全文如下：

熊先生是中国现代杰出的哲学家，他的书不易懂。社会上学术界都说熊先生学问深厚，读过熊先生全部著作的人很少，真正读懂了的更少。郭齐勇同志认真地阅读过熊先生的书，并读懂了，这是难能可贵的，也是论文得以成功的基础。

论文以《新唯识论》为主要思想脉络，然后按照这个脉络一路分析下去，条理井然。用其他著作为辅助资料，以论述熊先生的哲学体系，没有平均使用力量，方法对头，这是写作成功的关键。

熊先生生前逝后海内外有不少学者论著，作者有所汲取，丰富了内容，这也是优点。

论文用历史唯物主义观点方法剖析熊先生哲学体系优点、特点，指出其薄弱环节之处也公允、有据。没有时下论文习气——写哪一家对哪一家过度吹捧。文章的科学性、逻辑性都较强。

这是一篇较出色的博士论文。我看到的海外有些专家的关于熊先生的学术论文都不及这一篇。论文达到这样的水平很不容易。

文章也有不足之处：

①熊先生哲学思想来源于印度法相宗与中国宋明理学。

熊先生论《易》及经学，是从后来的法相及理学倒推上去，有所发挥的。如对熊先生的思想的两大来源再下较多功夫，将会有更多收获。

②引用一些学者们的话，也要有简择与评论，有的话不一定对。原封不动拿来，好像作者完全同意他们的论断，显得与论文的论断不一致。

③关于熊先生交游、历史事实，文中记述尚有不准确的地方，需要核实纠正。

总之，这是一篇较好的有科学水平的论文，达到了国家规定的博士生毕业水平。建议学术委员会授予博士学位。

1990 年 8 月 20 日

1990 年 9 月我通过了博士论文答辩，后遵照任先生等专家们的批评与指教，修改完善，于 1993 年正式出版了《熊十力思想研究》。1993 年 8 月，任先生特别馈赠他的著作《任继愈学术论著自选集》给我，并亲笔题签。任先生与石峻先生等还应萧老师邀请于 1994 年 11 月来湖北黄梅出席我校主办的首届禅宗与中国文化国际学术研讨会，当时萧老师让我接待、陪同任先生。1997 年 8 月的一个晚上，我曾到三里河寓所拜访过先生。此后到北京图书馆出席过他主持的有关中国哲学史学会与中华大藏经方面的工作会议。承蒙任先生、萧先生、方先生与其他先生的提携，推举我为中国哲学史学会的副会长。

任先生常常亲自交办一些事，征求我们的意见。我还保留着任先生给我写的一部分信，例如 2002 年 6 月、8 月关于《中华大藏经》下编（后称续编）编撰工作的信等。他请我当编委，可惜因俗务缠身，未能帮助老先生做什么事，至今想来，觉得很对不起任先生的知遇之恩。

任先生 2007 年为新华出版社引进的我国台湾地区的《国学基本教材·论语卷》《国学基本教材·孟子大学中庸卷》所写的序言中指出：“多年来我发现了一个普遍现象：奠定一个人的人生观、世界观，不是在大学学了哲学或政治课开始的，而是在中学时代，从十二三岁时随着身体的发育、知识的积累、意志的培养平行前进，同步开展的。再回想自己成长的过程，也是在中学时已经考虑过将来如何做人。”他又说：“教育最终目的在于育人。人是社会的成员，社会培养他成长，成长后反过来为社会奉献他们的聪明才智。古今中外社会都是这样走过来的。对社会有用的人，不光有丰富的知识，还要关心国家大事，除了专业分工以外，还要熟悉祖国的历史，对世界大势有所了解，对艺术欣赏，辨别美丑，对人间的善恶有判断的能力。”“要养成关心别人，帮助弱者，坚持真理的品格。这是一个现代公民必备的基本条件……这样的基本要求，起码要有十几年的系统培养……中学是为培养全面发展的幼苗打基础的阶段，只有语文课可以负担这个任务，其他课程无法替代。”任先生的意思很明显，四书进中学的课堂，作为国民教育的基本内容，是非常必要的。为了呼应任先生，我写了一篇题为《四书进中学课堂的必要性》的文章，《光明日报》2008 年 4 月 14 日国学版发表了此文，并配发了编者按，该报发表时改标题为《四书应该进中学课堂》。拙文发表后引起了社会的讨论。

任先生的学术贡献在于对中国哲学学科的建设，他与冯友兰、张岱年先生一样，是中国大陆中国哲学学科的奠基人之一。20 世纪 70 年代出版的由他主编的《中国哲学史》四卷本，虽然带有时代烙印，但是作为一套以马克思主义为指导、用简单清晰的线索和逻辑系统而完整构建的中国哲学通史，培养了几代学人，无疑有其重大意义和价值。改革开放以后，任继愈先生主编的《中国哲学发展史》先秦至魏晋四卷的初版时间为1983年至1994年，这是任先生领导的团队撰写的高水平的哲学史专著。任先生特重佛教、佛教史、道教、道教史的研究，撰写了大量论文，出版著作《汉—唐佛教思想论集》《中国哲学史论》《任继愈学术论著自选集》等，主编《中国佛教史》《中国道教史》《道藏提要》等，主持《中华大藏经（汉文部分）》及续编，以及《中华大典》等，费心操劳这些大的编纂工作，而且事无巨细，亲自过问。任先生对儒家有独特的看法，对《老子》情有独钟，多次修订《老子今译》（最后一稿为《老子绎读》）。他在担任中国哲学史学会会长时，避免、平息了一些纷争，拯救了学会及其刊物《中国哲学史》。他是务实、勤奋、有学术眼光与组织能力的学术领导人，毕生为学术事业操劳。直至晚年，他长期保持的生活习惯是，清晨四五时即起床读书写作，中午不睡午觉，坐着打个盹儿即可，晚上读书至10时就寝。

还有一点特别不能忘记的是他对待受到冤屈的老学生的关爱。改革开放初期，落实政策，很多被打成“右派”“反革命”的北京大学或其他大学的老弟子生活无着或转不到学术岗位上来，凡是找到他的，他都帮忙联系工作，并敦促落实。例如汪国训、程静宇教授伉俪，蔡兆华先生，都是由任先生帮忙，先后与我校当局联络，来到武汉大学哲学系工作的。

我在给国家图书馆负责同志所发的唁电中说：

惊悉德高望重的任继愈先生仙逝，我与同仁十分悲痛，谨致诚挚的吊唁，向您并通过您向任先生家属表达衷心慰问之情。任先生是我国中国哲学史学科的奠基人。他撰写的论著、主编的教科书与研究性著作，培养了几代学人。我们武汉大学中国哲学学科的几代师友都受教于任先生，任先生是我们的引路人，他不断提携、帮助我们，对我们恩重如山！任先生多次来武汉大学讲学，出席国际学术研讨会，发表主题演讲，俯允担任我校的兼职教授，评审我校的博士生论文，接待我校师友的访问，对我校我学科的建设十分关心。他的辞世，是中国哲学界的重大损失。谨此表达我学科几代师友对任先生的深切怀念之意。愿先生安息！我们立志做好人，做好学问，不负先生的教诲，以告慰先生之灵！

我很怀念这位长者。

2009 年 7 月 11 日于武昌珞珈山

（原载《哲人其萎 风范永存：任继愈先生追思录》，国家图书馆出版社，2009 年）

李德永先生的为人与治学

恩师李德永先生于2009年7月21日18时20分永远地离开了我们。我永远感念李老师的教育培养，春风化雨般润物细无声。老师的恩德，无以为报，唯一能做的就是像他那样教书育人。谨以此文哭别先生，愿先生安息！

德高望重的恩师李德永先生手不释卷，与古书及中西古典音乐相伴，志存高远，道守清虚，哲思广远。

李老师是湖北汉阳人，出身贫寒，少年时即钟情玄圃。抗战军兴，辗转陪都，入江津国立第九中学，一头钻进文史哲的书海之中，颇心仪郭沫若先生的《十批判书》。少年李德永曾得到郭沫若的接引。青年李德永于1947年9月考入武汉大学哲学系，得到时在武大任教的洪谦、黄子通、石峻、周辅成等教授的栽培，醉心于中西哲学。北大周辅成先生不久前仙逝，享年98岁。周先生是武汉大学哲学系诸师长们的大恩人，他对于艰难困苦、身处逆境中的弟子关爱有加，李德永、余敦康、夏甄陶、王荫庭、汪国训老师等人都曾得到周先生的关怀与帮助。

1952年院系调整后，李老师入北京大学继续完成本科学业，又入马列主义理论研究生班学习，那个时候的研究生真是凤毛麟角。1954年9月李老师从研究生班毕业。1955年2月至1957年5月间，李老师在天津市第十五中学（南开中学）任政治课教员。在此期间，在繁忙的教学之余，李老师勤于笔耕，在《新建设》

上发表了《韩非的社会政治思想》，在《文史哲》上发表了《荀子的思想》。正是这两篇学术论文，使得李老师回到武汉大学哲学系任教。他在南开中学期间写作《荀子》一书，于1959年在上海人民出版社出版。

李达校长重建武汉大学哲学系，亟需人才。经周辅成先生向李校长推荐，李校长亲自审阅李老师的论文，决定把李老师调入武汉大学，并主动把路费寄到天津，让李老师与刘师母、师妹桂芳等举家南返，又安排李老师到北京大学进修中国哲学史。时任北京大学哲学系主任的郑昕教授原也想调李老师进北大，因种种原因未果。郑昕先生赞叹李达校长的眼光与气魄。当时武汉大学哲学系在北京大学进修的，可谓人才济济。李达校长慧眼识珠，李老师感念李校长的知遇之恩。

李老师自1957年6月调入武汉大学哲学系任教，直至1989年退休，退休后又被返聘数年，30余年一直在武汉大学从事中国哲学教学与研究工作。李老师来武汉大学任教后，政治运动不断，他备受压制，长期未得到重用，受到不公正的待遇。李老师的长辈与夫人多病，一家人长期生活困难，入不敷出，居住条件也很差。老师与师母相濡以沫，共渡难关。在师母的支持下，李老师全身心地投入到教学与科研工作之中，任劳任怨，甘之如饴。“文革”十年，李老师与哲学系的老师们一道在襄阳分校接受劳动改造。

改革开放以后，李老师意气风发，以新的视域，重新审视中国哲学思想史，尤其在儒道两家哲学思想的研究上，在协助萧萐父先生编写《中国哲学史》教材的工作中，在教书育人的过程中，投入了大量的精力。

萧萐父、李锦全二先生主编的《中国哲学史》上下卷，自1982年、1983年出版问世以来，先后印行约十三万册，获原国家教委优秀教材一等奖。这套教材又被编成简编本，并被外文出版社译成英文出版。李德永先生是该教材先秦编、宋明编的统稿人，不仅亲自撰写了其中的不少内容，又下力修订甚至重写了其中的另一些内容。他为这套教材的编写立了汗马功劳。李老师在全国率先自觉探寻中国古代的辩证智慧。在完成了《中国哲学史》的编写任务之后，李先生承担了主编《中国辩证法史稿（第一卷）》的任务，该书于 1990 年 7 月由武汉大学出版社出版，获中南地区大学出版社优秀图书一等奖。该卷讨论先秦辩证法思想，着眼于探源，着意于专新，以考辨史实、综述源流、剖析范畴、纵论思潮等论题形式，对远古至秦统一时期的辩证法思想进行了多层面的探索和发掘。李老师颇费匠心地把本教研室教师及早期研究生等师友们长期研究的成果统整、编订了出来。

李老师多次参与国内外学术活动，特别是国际中国哲学会、中国哲学史学会、湖北省哲学史学会组织的学术会议，每会必提交论文，必即席赋诗。1987 年 7 月，他曾应邀到美国出席第五届国际中国哲学大会，用英语宣读了《论中庸之道》这篇学术论文，引起与会学者的热烈讨论。在此期间他还到美国斯坦福大学等高校访问、讲学。

李老师的学术贡献主要在以下三个方面：

第一，着力探讨中国哲学的源头。李老师深入探究中国哲学发端史，认为夏禹治水的活动孕育着哲学的初生。他在代表作《“五行”探源》中，论证了原始五行思想产生于伟大治水斗争，五行思想蕴含着有关矛盾、关系、能动性思想的萌芽。他在梳理文献的基础上，对照二里头发掘出的早商文化陶器如大口尊上的刻画符号等材料，对“五材”“六府”“三正”所反映的中华早期文明做出了哲学的阐释。在《奴隶制时代的辩证法思想研究》等论文中，李老师对春秋时期的阴阳、和同、一两、常变、因革、中庸等范畴、概念做了开拓性的、有创意的整理与发挥，丰富了我国哲学史界有关古代辩证法的研究。

第二，着力诠释先秦哲学的智慧。李老师对老子、孔子、子思、庄子、邹衍、韩非、荀子及“百家争鸣”诸思潮等有着精深而全面的研究。他在《老子道论试析》《孔子思想评议》《庄子超越思想赏析》等论文中，特重老子之“道”的哲学意蕴与特质之阐发，孔子之“仁”与“礼”、天命论与教育思想的梳理，庄子之从有情到无情、有限到无限、有我到无我的超越精神的解读，以重铸中国哲学精神。

如关于孔子的“三畏”思想，李老师的体会是：“对君子来说，‘畏’则具有‘敬’‘畏’二义。因为‘命’具有偶然性，‘道’之‘将行’‘将废’很难预料，故感到‘畏’；但‘天命’所在又具有必然性。既然‘天生德于予’，把‘旧邦新命’的历史任务交赋予我，我就要恭敬受命、不计成败、不畏风险、信心百倍而又警惕万分地去完成这一神圣任务。因此，天命就内化为自觉自律的责任感、使命感，有此感才会具有仁人志士杀身成仁、舍生取义的激烈壮怀，创造承先启后的光辉业绩！只有这样，才叫作‘知命’！孔子‘五十而知天命’就标志着他的生命历程中精神境界的高度和深度！”这是极有深度的体认与阐发。

李老师批判了把庄子精神当作阿Q精神的无知之言，肯定了积极开放、富有青春活力的逍遥之游。他说庄子“从天外飞回了，突破了‘以俗观之’的局限性，换上‘以道观之’的眼镜，从无限与有限统一的视角高度，多侧面、多层次地观察事物，重新评估其地位和价值”。李老师逐一讨论了心理治疗的“心斋”三部曲，从“止念”到“集虚”再到“一志”。如说到“集虚”，他指出：“这种

‘集虚’而出的潜能，其内涵如老子之‘虚极静笃’，其功能同样可以达到孟子浩然之气的‘至大至刚’。不过孟子的‘集义’，其‘扩而充之’的道德情操，刚烈之气外扬；而庄子的‘集虚’，其‘虚而待物’的淡泊情怀表现为柔弱中的坚定，潇洒中的激烈，有更大的韧性和耐力。”关于“至乐”与“鼓盆而歌”，李老师指出：“在思想境界中获得一种与宇宙乾坤同其悠久的‘无乐’之乐，名之曰‘至乐’。有了这种觉解，就会欣然面对死亡，‘鼓盆而歌’或‘临尸而歌’，以无限宽广的心怀，赞美‘变而有生’‘变而有死’的转化之理，反思‘大块载我以形，劳我以生，佚我以老，息我以死’的生死之义，从而在更高的层次上‘悬解’人生困惑，重估生存价值，开展理想生活：‘故善吾生者，乃所以善吾死也。’用伟大的生，迎接伟大的死，向伟大的宇宙大家庭报到，此之谓‘大归’。”这是对庄子智慧的开掘与弘扬，也体现了李老师与天地上下同流的博大胸襟。

李老师是荀学专家。收入《李德永诗文集》的有《百家争鸣与荀况解蔽》等三篇关于荀子的系列论文，从中可以了解荀子的社会政治思想与思维方法的理论特征，特别是荀子对天人、名实、性伪、人禽、群分、古今、道气、礼法问题的总结，以及荀子对道家思维的汲取。李老师把荀子作为先秦哲学的集大成者，通过荀子来总结先秦哲学的智慧。他在后来讨论刘禹锡的《天论》、王船山的“太极”思想时，又特重从荀子到刘柳到王船山的思想传统的哲学特质及意义。这是中国哲学“天人”之学的三个重要的里程碑！天人之际、古今之变、性命之源，一直是李老师关注的重心。

李老师有一次与我闲聊的时候曾经说过，他早年研读《韩非子》，已经把法家的法、术、势看得很透。法家反对仁义，藐视人的价值，把人作为工具，一切以“利害”来计算，以刑赏二柄驱动百姓，像对待牲畜犬马一样“畜”“牧”人民，其血淋淋之心在韩非著作中和盘托出，使我们能认识到专制统治者的灵魂深处。韩非的历史观自有贡献，但其绝对的功利主义当然是有大毛病的。其实，任何时代的国家主义、集权主义、功利主义、工具主义对民族精神的发展都是有极大伤害的。李老师自觉批判精神奴役，呼唤思想启蒙与自由个性。

第三，着力分析宋明理学的得失。收入《李德永诗文集》的，有李老师讨论周敦颐、朱熹、王阳明、李贽、王船山的六篇文章，从中可以看出他试图从理学思想的内部理解其发展轨迹。李老师十分欣赏周敦颐高洁的风范，肯定其贵真、志学、知几的“乾乾不息”的人生哲学。他指出：“他主张贵真去伪，在思想情操上多做净化工作，让‘纯粹至善’的心灵放射出‘光风霁月’的道德光辉。这种圣洁光明的人生哲学具有永久的魅力。”李老师推崇圣贤人格，一生都在体验孔颜乐处。

李老师对宋明时期的“太极”“理气”的哲学问题有细致的清理，对李贽从旧营垒内部冲出，呈现了“童心即真心”的个性自觉，以及李贽思想的内在矛盾有深度的分析。他通过对王船山“太极”思想的论疏，回过头去看荀子至王船山的思想传统及理论得失，对我们深有启发。当然，不必讳言，由于写作年代的时代限制，李老师的旧作中有一些当时的痕迹，他以“存真”的方式让读者了解当时的思想界的拘束。

李老师以乐观的心态，在退休之后持之以恒地“补课”。他曾告诉我，他补的就是四书五经的课。愈到晚年，他愈是回归孔孟老庄。他以孔子“朝闻夕死”的精神激励自己，充实自己，终身学习，达到“自得”“至乐”的崇高意境。晚年，他以从容的心态写了《漫谈构建社会主义和谐社会》《人文创造与生态和谐》等论文，反思人类中心主义，反思意志万能论与科技万能论，创导高悬“太和”的价值理想，狠抓“时中”功夫，坚持“公平正义”原则，强化“正位定职”制度，贯彻“至诚无息”精神，讴歌中华人文精神，尤其提倡把这些精神活化到当下的社会与人生之中，积极参与现代化的建设，凝结成中国人的主体性的价值系统，并贡献给全人类。李老师有深厚的历史感与强烈的现实感，他时时批判当下的阴暗面，反思现代性，对环境污染和诚信系统的崩坏等忧心忡忡。他身体力行，力求把根源意识与全球意识、传统文化精神与现代化建设相结合，为建设健康的合理的物质文明、制度文明、精神文明而贡献自己的智慧与力量。他强烈地反对无本无根之论、空头的官样文章与西化思潮。

李老师住院的时候，还带着一部《四书章句集注》，一部《庄子集释》，其实他都能背诵，之所以带在枕边，因为这是支撑他的精神支柱，是他的精神归乡与故园。

李老师是一位杰出的诗人。《李德永诗文集》收录了他的不少诗作，从中我们可以体会他的志向、理想追求、喜怒哀乐，他对亲人师友的眷顾，对国事民瘼的关切，以及他的自我批评精神。“埋头书案已忘年，初度八旬亦坦然。”“从吾所好勤学习，率性而行了音弦。”“莫道寒窗孤陋甚，游心赖有逍遥篇。”“学无止境道无终，贵在追求苦用功。”“回首奠基知有限，迎头补课兴无穷。”这都是他晚年读书生活的写照。李老师的晚年是幸福的，他有幸与师母熊培粹老师喜结连理，琴瑟和调。《李德永诗文集》中《眷眷情怀》诸篇记载了李老师的情感生活。在“寂寞空斋各有年”之后，两位老人有缘相随相伴，共谱心曲，传为佳话。这是我们作为晚辈后学特别感到欣慰的。

长期以来，在武汉大学哲学系，李老师为本科生上“中国哲学史”的课，为研究生上“哲学史方法论”“中国辩证法史”“中国古代哲学资料选读”课，还参与古籍所的工作，并曾应周大璞与宗福邦先生之邀，为中文系与古籍所1985级古典文献学研究生班上“《荀子》导读”课。

李老师是人师。李老师对提携过他的前辈师长永怀敬意，片刻难忘师恩师德。薪火相传，他也以师德润泽后学。李老师教书特别用心，讲课十分投入，声音洪亮，常常汗流浃背。他时常指导学生读书写作，悉心为本科生与研究生修改文章，颇费心力，尽心尽责。他提携后进，不遗余力。他以自己的德行与学养嘉惠学苑，启迪后生。他认为，教学之道，首在教人。他做到知行合一、表里如一，以身教与言教带领学生游学，同学们十分敬重他。他与萧萐父、唐明邦老师一道培养了很多学生，这些学生在中国哲学思想史、文化史的各领域拓展、创新。

李老师仁厚忠诚，朴实无华，恬淡无欲，与世无争。他是谦谦君子，真正做到了敬业乐群，以和为贵，大局为重，长期与萧、唐先生等合作共事，以团队精神共同建设武汉大学的中国哲学学科，是这个国家重点学科的重要奠基人之一。三位老师的人品与学品，以及他们之间的相互关爱、协调、互补，在学术界传为佳话，也深深教育、滋养着我们。在我们这些弟子的心目中，他们就是现代“三圣”！李老师甘当人梯、扶掖后进的风范，光风霁月、超越洒落的境界，严谨认真、理智分析的学风，潜沉经典、精诚专一的心态，激励着我们像他一样，发潜德之幽光，推陈出新，创造性地转化中国哲学思想的智慧，为国家、民族、人类的长远的价值理想竭己所能，尽心尽力。

（原载《武汉大学报》2009年9月11日第4版；《李德永诗文集》，武汉大学出版社，2009年）

唐明邦先生文集序

唐明邦教授以耄耋之年，活跃在我国哲学论坛上，鹤发童颜，声若洪钟，思维之敏捷，著述之勤勉，绝非晚辈如某等所能企及。唐师学而不厌，诲人不倦，是今日学习型社会的典范。

唐师的三十万字的《论道崇真集》（华中师范大学出版社，2006 年）集中了他老人家深入研究道教、道家的精彩绝伦之论，是不可多得的专家之书。晚生拜读之后，遂生一念，希冀把唐师有关易学研究的专论汇集起来，请母校出版社出版，这便是本书（《周易通雅——唐明邦易学论文选》，下同）的缘起。唐师乃易学名家，半个世纪以来，在这一领域论著颇丰，可惜此次因条件限制，未能完璧，目前只是把近十多年来未曾结集的专论汇编于此。

本书乃先生晚年论《周易》之书，字字珠玑，弥足珍贵。《周易》为群经之首，晦涩难读。先生是高人，深入浅出，娓娓道来，把《周易》讲得丝丝入扣。通过本书，读者可以领悟《周易》的人生智慧、理想境界、核心价值、文化精神、生态伦理、思维模式、管理方略、学术思想的恒久魅力。唐师在本书集中讨论了《周易》在 21 世纪的意义，易学思想与构建和谐社会的关系，易学大家名著——王夫之的《周易内传》《周易外传》《周易大象解》的义理，方以智、魏源、熊十力的易学思想，易学与我国传统文化若干流派、部类及地域之关系，象数易学蕴含的民族思维特征等。在下建议列位读者参读先生的《当代易学与时代精神》《周易评注》等著作，以便对先生的《周易》研究有全面的理解。本书书名为此，乃因为老人家对明末清初方以智之学情有独钟，而方以智曾著有《通雅》一书。唐师精研方氏其人其学，唐师的为人为学也具有博通、雅致的特点。

一个甲子以来，唐师的学术研究涉及整个中国哲学思想史，尤其是明中叶至近代哲学思想史的诸方面，涉及儒释道三教。他的科研成就与贡献主要在以下三大领域：一是《周易》经传与易学史，二是道家与道教，三是古代自然科学中的哲学。唐师在这三大领域中都有创造性的探索，发人之所未发，取得了丰硕的成果。

唐师在《周易》经传与易学史研究方面的贡献是：完整、全面而又有深度地阐发了《周易》经传的意蕴与价值及其在中华文化史上的地位与作用；对汉代易学即象数易学下了很大的功夫，剖析其思维模式的特征与实质，又对宋代邵雍的象数之学（亦称"先天学"）做了深入探讨，阐释其宇宙本体论及运化准则、数学图式；研讨了长江文化与《周易》之关系，特别对王夫之的易学做了全面精湛的研究，对现代易学也做了完整的考察。可以说，唐师于20世纪80年代初中期在全国率先举办全国《周易》学术讨论的盛会，倡导、引导了国内第一波"《周易》热"，此后积极参与国际易学研讨活动，诠释、论证《周易》经传的现代意义，功业甚伟；他开拓了易学史上的一些难度甚大的领域（象数易、先天易）与个案（邵雍、王夫之）之研究，筚路蓝缕，探赜索隐，特有功力与创识，有突破性的贡献，极大地丰富了我国易学研究的宝库。

唐师在道家与道教研究方面的贡献是：全面阐扬道家、道教在中国传统文化与现代化建设中的作用与价值；于20世纪90年代初在国内主持道家道教研讨会，对"道文化热"起了重大促进作用，其后一直积极参与、推动海峡两岸的道文化研究；深刻地研究了老子、庄子哲学思想的内涵及其历史影响，对《老子》、《庄子》、《老子想尔注》、《悟真篇》、郭店楚简《老子》等文献及道教史上的著名人物陈抟、丘处机、张三丰之学术思想极深研几，论证陈抟传授《先天图》开先天易学之先河，以及传授《无极图》发展内丹术的贡献；对道教外丹与内丹学作现代疏释与创造转化，尤重外丹与古代自然科学技术的关系、内丹与身心性命修养学说的关系，并涉及《道藏》价值、道教与易学、道教直觉思维方法、道教之养生与手印、符箓、青词、戒律，以及现代道教学术研究等。他对道教教义、道家思想精髓及著名道教典籍、人物之深透细密的分析研究，有创新性的建树，极大地丰富了我国道文化研究的园地。

唐师在古代自然科学中的哲学研究方面的贡献是：特别关注、深入研讨古代自然哲学，考察金丹术与古代矿物学、化学、医药学、冶炼技术、天文、地理的关系；探索《黄帝内经》《本草纲目》等，深入地研究了中医药理论与实践及其与《周易》、道教、阴阳五行学说的关系，从多学科、多视角理解李时珍及其本草学新体系、新方法的内涵与《本草纲目》所内蕴的多学科的价值。他的这一方面的研究极大地丰富了我国古代自然科学中的哲学成果。

唐师受教于北京大学哲学系，得到冯友兰、张岱年、任继愈、黄子通、周辅成、朱伯崑等前辈的亲炙。他非常勤奋，焚膏继晷，笔耕不辍，多次出席海内外举办之国际学术讨论会，与成中英、峰屋邦夫、中嶋隆藏教授等过从。有数百万字的著述，发表论文两百余篇。他的学术代表作有个人自著的《当代易学与时代精神》、《邵雍评传》（附《陈抟评传》）、《李时珍评传》、《本草纲目导读》、《论道崇真集》，以及与汪学群合著的《易学与长江文化》，等等。他主编的著作有《周易评注》《周易纵横录》《中国古代哲学名著选读》《中国近代启蒙思潮》等。他参加撰写的著作有《易学基础教程》《易学与管理》《中国哲学史》《中国辩证法史稿》《中国哲学史纲要》《楚国历史文化辞典》等。

唐师自1958年来到武汉大学哲学系任教以来，一直没有离开过武汉大学。他得到前辈李达校长的关爱与指导，与萧萐父、李德永先生一道从事中国哲学的教学与研究，教书育人，乐善不倦，循循善诱，敬业乐群。这个群体以萧萐父老师为学科带头人，唐师与李师是萧师的左膀右臂。三位老师长期合作共事，以团队精神共同建设武汉大学的中国哲学学科。唐师是这个国家重点学科的重要奠基人之一。三位老师的人品与学品，以及他们之间的相互关爱、协调、互补，在学术界传为佳话，也深深教育、滋养着我们。在我们这些弟子的心目中，他们就是现代“三圣”！现在，唐师是“三圣”的仅存硕果。

唐师以道家与《周易》的智慧修养身心，一生坚持不争、谦下、低调，淡泊名利，甘当配角，以高风亮节维护我们这个学科点的团结。唐师长期坚持在第一线从事本科生与研究生的教学工作，全身心地投入其中，无私奉献。他是有名的金嗓子，中气很足，声音洪亮，气震寰宇。他以师德润泽后学，培养了很多学生，学生们都很尊重他。他悉心扶掖本科生、研究生、青年教师、国内外进修生、访问学者等，桃李满天下。

除从事大学教育外，唐师常在社会民间讲学，大力弘扬传统文化，在民间有很大的影响力。

唐师是人师，是谦谦君子。他提携后进不遗余力，是晚生的恩师！不才鲁钝，自读本科开始，一直到今天，不断得到恩师的接引、点拨与栽培，点点滴滴，俱在心头。不才的第一篇在大学学报上发表的文章是一篇学术动态，那是以哲学系1978级报道组署名的《孔子“中庸”思想的再评议》，发表在《武汉大学学报（哲学社会科学版）》1980年第5期。该文综述1980年上学期，配合中国哲学史课程教学，同学们展开的有关中庸思想的讨论的情况。此文是我起草的，经唐老师修改、加工并推荐发表。不才的学士学位论文《王夫之〈尚书引义〉中的辩证法思想》是在唐老师悉心指导下完成的。不才的硕士论文、博士论文是先师萧老师指导的，唐明邦、李德永二师都是指导小组成员，热情参与指导及答辩，关爱有加。为了不才做好熊十力研究与著作整理和筹备有关会议的工作，唐师利用到四川、上海出差之机，主动拜访熊十力先生故旧与亲属，搜集资料，给不才极大的帮助。师情难忘，师恩浩荡。唐老师以身教与言教指导不才的学习、修养，激励不才献身教育事业，做好本职工作，潜心国学与中国哲学的研究。

唐师少私寡欲，潜心学问，胸怀磊落，光风霁月。师之《七十抒怀》有云：“细雨润物占造化，大浪淘沙见精诚。斗室烹茶伴书香，清虚自守慕真人。”《八十抒怀》有云：“寿臻耄耋何足道，乐天无忧最宜人。放舟东湖捐尘虑，漫步珞珈长精神。”唐师善养生，时常在珞珈山上散步，练太极拳。八十五高龄，步履矫健，精神矍铄，思路清晰，谈吐从容。唐师与师母白头偕老，相依相守，家庭和睦，四世同堂，其乐也融融。借此机缘，衷心祝福唐师、师母洪福齐天，寿比南山！

晚生郭齐勇序于己丑（2009年）初冬

（原载《周易通雅——唐明邦易学论文选》，武汉大学出版社，2010年）

悼念唐明邦老师

唐老师走了！2018年5月4日上午，我与几位同事去看望他时，他未能睁开眼睛，已经没有意识。医生说，癌细胞已转移到全身各脏器。他很瘦，已是皮包骨了。下午4时接到噩耗，唐老师于下午3点30分驾鹤西去，享年94岁。哲人其萎，呜呼哀哉！

唐老师是我最亲近、最尊重的三位导师之一。三导师中的萧萐父老师、李德永老师走了快十年了。在他们自己戏称的“三驾马车”中，萧师是灵魂，唐老师当教研室主任多年，承担了一些具体的组织、落实任务。

4月24日上午，我到中南医院去看唐老师，他见我来了，很高兴，断断续续说了很多话。这次我待了近两小时，与他聊了一个多小时。他跟我讲，应重视中国哲学的四大观念：阴阳观、五行观、天人观、经络观。唐老师对每一条都有论述，强调了应注意的方面，如五行是关系而不是实体等。他边讲理论，边说材料，背了几段话，我知道是《易传》与王夫之《周易外传》中的话，也与他一起背了起来。据他身边的人讲，从这一天开始，他的口齿不太清楚了。但他当天的思维理路是清晰的，记忆力也还不错。他告诉我，他平日能背一些古今诗词名篇，当即背了李清照的《声声慢·寻寻觅觅》和毛泽东的《沁园春·雪》。

元月25日，武汉难得的雪天，校园飘着雪花，我与徐少华、孙劲松二教授一道，代表国学院师生看望唐老。他热情接待了我们，与我们聊得很好。每年春节前，我们都要提前给老先生们拜年。这次感到唐老师瘦多了，脸部尤其明显。

唐老师是著名的金嗓子，上课时声若洪钟，声震教学楼。他重视本科生与研究生的教学工作，深受同学们爱戴。他投身教书育人，对学生关怀备至。

唐老师对我关爱、提携，不遗余力，师恩浩荡，恩重于山！我的本科毕业论文是他指导的，我的硕士学位论文是三位导师合作指导的。唐老师还是我读博士生时的指导小组的师长之一。我研究熊十力，唐老师很是关心，到四川、上海出差，拜访熊先生门生故旧与亲属，帮我联系，提供信息。我当青年教师时，唐老师“传帮带”，亲力亲为，对我帮助很大。

唐老师退休很早，1991 年就退了，但他退而不休，著述研究，参会讲学，很是忙碌。他常给我打电话，我也常到他的府上去拜访，他说的都是近期的读书、写作、外出的情况和一些学术信息。他很勤奋，著作多为退休后撰写。

唐老师淡泊明志，低调平实。有一次他与我聊天，他说他的人生格言是“不争”。他实践《老子》的“上善若水，水善利万物而不争”的精神，超越名利。由于退休早，他的住房又旧又小，收入较低，待遇很差，比起我们这些学生，甚至再传弟子都差多了，但他毫不计较，心胸宽广，豁达大度。唐老师坚持练气功，动功与静功都练，常常指导我们养生健身。唐老师把他领悟的中国哲学的智慧与自己的身心修养，密切地融成一体，知行合一，学以致用！

唐老师是哲学家与中国哲学史家，尤精于《周易》经传与易学史、道家与道教和古代自然科学中的哲学。他的堂庑甚广，成就颇大。承唐老师看得起，命小子为他的两部大作写序。小子斗胆应命。在这两序中，我探讨了他的学术思想及贡献。兹附在下面，聊表我对恩师的沉痛悼念与深切缅怀。（下略）

2018 年 5 月 5 日立夏

怀念汤一介先生

获悉汤一介先生9月9日晚9时仙逝的噩耗时，我正在黄梅县城出席汤用彤纪念馆开馆仪式暨汤用彤逝世五十周年纪念活动。尽管我深知汤一介先生的身体恐难撑多久了，但听闻噩耗，仍然感到惊心！我和与会师友十分难过、悲哀。他的音容笑貌，历历如在目前。

我与汤先生最后一次见面是在今年6月19日上午，在“新世纪中国哲学转型——《汤一介集》新书发布会暨学术座谈会”上。汤先生与乐先生来了，大家纷纷上前问候。我是在两位先生坐定后才顺着自然形成的队伍趋候的。汤先生见到我，轻轻地说了声“齐勇，你来了”。我紧握他的双手，转达了我校唐明邦、杨祖陶、萧静宁、朱传棨等老师们的问候，祝福他福寿康宁。他轻轻地说：“谢谢！”在会上，我们聆听了他的二十多分钟的讲话，他讲得很有条理与深度。没想到这次见面，竟会成为永诀。他的讲话，也成了他的学术遗言。

这一天，汤先生自己讲自己的思想历程：20世纪80年代上半叶思考真善美合一问题，针对牟宗三先生“内圣外王”分途开出新认识论与民主政治的路子，肯定两者的合一；下半叶思考中国哲学问题框架，受余英时先生“内在超越”影响，提出往上“普遍和谐”，往下落实到人的社会实践问题。20世纪90年代思考两个问题，上半叶针对亨廷顿的“文明冲突论”，肯定文明和谐共存；下半叶思考现代哲学转型，激进、自由、保守三大思潮共同推进文化现代转型，融古今中西，返本开新，创造新的哲学。进入 21 世纪，汤先生说，他思考的问题：1. 从 20 世纪 90 年代末开始的创建中国解释学的问题，升华传统诠释经典的经验、方法、理论。2. 儒家伦理与现代企业家精神，重读韦伯，建立中国人自己的精神家园与企业精神。3. 新轴心时代是否到来？再读雅斯培。4. 儒学与普遍价值问题，应挖掘不同文化中的普世价值，区分普世价值与普世主义。5. 儒学与建构性的后现代主义，三教归一的问题，儒学与马克思主义的关系问题。他今后还要思考人类社会理想、天人关系等问题。我一边听，一边记，一边想，非常佩服汤先生的思考能力。可以说，他的思考与表达，流畅而无任何障碍。

汤一介先生与我的导师萧萐父先生是很好的朋友，萧先生当年在北京大学哲学系进修时，与汤先生同属一个党支部，都是支部负责人。

因萧老师的关系，汤一介先生于 1969 年把汤用彤先生的所有西文藏书，全部捐赠给我们武汉大学哲学系资料室。我系几代学人从这批图书中获益匪浅。2011 年 4 月 11 日，汤一介先生郑重地给我写了一封信，托博士后赵建永带来。信是这样写的：

齐勇教授：

你好。

兹有一事拜托，请予以帮助。我有一博士后赵建永，他的博士论文就是研究用彤先生的。现在，他正在撰写汤用彤传。为了更全面地了解用彤先生，他将在近期去武汉大学查看收藏在贵校的那一批用彤先生的藏书。另，又请帮助他，

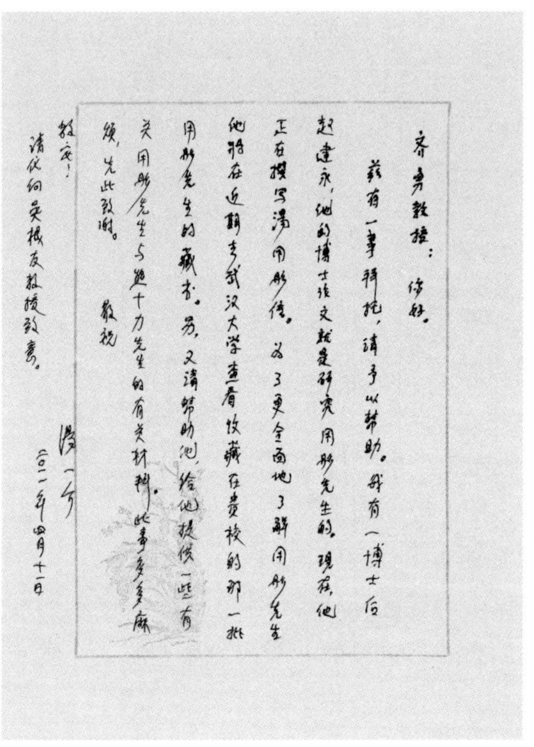

齐勇教授：你好。

兹有一事拜托，请予以帮助。我有一博士后赵建永，他的博士论文就是研究用彤先生的。现在他正在撰写汤用彤传。为了更全面地了解用彤先生，他将在近期去武汉大学查看收藏在贵校的那一批用彤先生的藏书。另，又请帮助他，给他提供一些有关用彤先生与熊十力先生的有关材料。此事多多麻烦，先此致谢。

敬祝

教安！

请代向吴根友教授致意。

汤一介

二〇一一年四月十一日

给他提供一些有关用彤先生与熊十力先生的有关材料。此事多多麻烦，先此致谢。

敬祝

教安！

请代向吴根友教授致意。

汤一介

二〇一一年四月十一日

这批图书原来到底有多少册，已无从查考，因迁延辗转，有一点损失，现我院资料室重新清理，还有 263 册。

2007 年 6 月下旬，汤先生与乐先生来武汉大学出席第十五届国际中国哲学大会并作主题报告。我专门关照会务组给两位老人及少数几位大家报销来往机票。后来会务组告诉我，汤老、乐老婉谢了。

2011 年 6 月，我与丁为祥教授及六位青年博士生与博士后在北京出差，我想让青年人亲承大师謦欬，特别通过王博教授联系，安排汤先生与我们见面、论学。当月 18 日上午，我们在北大儒藏中心见到了汤老师。他跟我们谈了一个多小时，使我们很受启发。他特别讲到他晚年的理论思考与待完成的几项大的工作任务，前者包括中国哲学自身的理论即“普遍和谐观念”“内在超越精神”“内圣外王之道”，以及“天人合一”的理解，后者包括中国儒学史、经学史、儒释道三教会通史、马克思主义与中国文化关系研究等。

汤先生致力于儒释道三教的研究，对中国哲学的现代诠释颇有慧心。他提议创建中国解释学，梳理中国解释经典的历史，指出中国历史上主要有三种解释经典的方式，即以《左传》对《春秋》的解释为代表的叙述事件型的解释，以《易传・系辞》对《易经》的解释为代表的整体性哲学的解释，以《韩非子・解老》《韩非子・喻老》对《老子》的解释为代表的社会政治运作型的解释。此外，还可以找到其他的解释方式，如《墨子・经说》对“经”之字义或辞义的解释等。“解释问题”对中国文化、哲学、宗教等有十分重要的意义。

据汤先生研究，中国传统哲学是不同于西方、印度、伊斯兰哲学的一种哲学思想体系。一种特殊的哲学必有其一套特殊的概念，并由若干基本概念构成若干基本命题，又能根据若干基本命题用某种（或某几种）方法进行理论推理而形成哲学理论体系。

汤先生讨论了中国哲学的概念范畴问题，为中国哲学建构了一个范畴体系。汤先生提出中国哲学常以三个基本命题来表达他们对真善美的观点，这就是“天人合一”“知行合一”“情景合一”。

汤先生认为，“天人合一”的意义在于解决“人”和整个宇宙的关系问题，也就是探求世界的统一性的问题。在中国传统哲学中，重要的哲学家都讨论了这个问题，而且许多古代哲学家都明确地说：哲学就是讨论天人关系的学问。“知行合一”是要求解决人在一定的社会关系中应如何认识自己、要求自己，以及应如何处理人与人、人与社会之间的关系的问题，这就是关乎人类社会的道德标准和认识原则的问题。“情景合一”是要求解决在文学艺术创作中“人”和其创作物之间的关系问题，它涉及文学艺术的创作和欣赏等各个方面。但是，“天人合一”是中国哲学的最根本的命题，它最能表现中国哲学的特点，它是以人为主体的宇宙总体统一的发展观。

由此可以引发出中国传统哲学的三套相互联系的基本理论，即“普遍和谐观念”“内在超越精神”“内圣外王之道”。这三套理论是从三个方面来表现中国传统哲学的理论：“普遍和谐观念”是中国哲学的宇宙人生论，“内在超越精神”是中国哲学的境界修养论，“内圣外王之道”是中国哲学的政治教化论。这三套理论就构成了中国传统哲学的理论体系。从这三套理论，我们不仅可以看出中国传统哲学的价值，同样也可以认识到中国传统哲学的问题所在。

2014 年 4 月上旬，一些同道写了一个建议书，希望把教师节改在孔子诞辰日（约定俗成的孔诞在 9 月 28 日）这个事，按程序早点定下来，征集联署。我不敢打电话，害怕打扰病中的汤老，只是把有关情况用电子邮件发给了他。他收后马上回复：“齐勇：

我坚决支持。”

汤家祖籍在黄梅。黄梅地处鄂东。这一带在近代孕育出了不少著名的文人，如蕲春黄侃、胡风，黄冈熊十力、李四光、殷海光，浠水徐复观、闻一多，黄梅汤用彤、废名等。一方面，鄂东临近九江、武汉等中西文化交会之地，易接受新思想影响。另一方面，这一带重视教育，有诗书传家的深厚传统。明清两代，鄂东出了一千八百名进士，几占鄂一半。汤用彤的曾祖父就培养了三位进士，其中包括汤用彤的父亲汤霖。汤家家教极严，家训中有“事不避难，义不逃责，素位而行，随适而安”等语。汤用彤先生学贯中外，能同时开中国、西方、印度哲学思想方面的课程，可谓古今无双！汤一介先生继承前两代人及北大前辈们而发扬光大。

《汤一介集》出版之后，与很多读者一样，我最先读又最喜欢读的是第九卷《深夜一盏灯——散文和随笔》。主书名取自黄梅人废名先生的诗。散文与随笔最能反映出作者的心灵，内容涉及他的家世、人生、爱情与友情。

汤先生与夫人乐黛云先生相知相爱相守一生。最令人感动的是，当年乐先生被打成“右派”之后，汤先生的辩护与关爱的细节。两位老人数十年相濡以沫，危难时彼此支撑，尽显一对患难夫妻的真情。他们两人学术互补，志趣相投，尤其是都有对精神自由的向往。他们自比为“未名湖畔的两只小鸟，是普普通通、飞不高也飞不远的一对。他们喜欢自由，却常常身陷牢笼；他们向往逍遥，但总有俗事缠身！现在，小鸟已变成老鸟，但他们依旧在绕湖同行。他们不过是两只小鸟，始终同行在未名湖畔”。

汤一介先生走了，他的人生画了一个完满的句号。他启发我们如何去面对生，如何去面对死。他读《陶渊明集》有感悟：“人生在天地之间，你不要天天为你自己的事忧心忡忡，怕这怕那。

海那么阔，天那么空。你应尽的责任，你就自自然然地尽伦尽职吧，不要老去计较你可以得到多少回报！如果这样活着，不是更好、更美、更真实吗？”他在与法国法兰西学院院士艾克沙维·李比雄（Xavier Le Pichon）合写的《生死》中说：“我们都应有‘先天下之忧而忧，后天下之乐而乐’的苦乐观，应有为爱人类而生、爱人类而死的生死观。宋代张载《西铭》的最后两句：‘存，吾顺世；没，吾宁也。’人活着的时候应努力尽自己的责任，那么当他离开人世的时候就是安宁的，问心无愧的。”

汤老师问心无愧地走了！

（此文2014年9月11日写于珞珈山麓，原题为《尽伦尽职 问心无愧——怀念汤一介先生》，原载《人民政协报》2014年9月15日第12版）

从陶德麟先生的少作谈国学教育

——读《学步履痕》[1]

熟悉陶德麟老师的人都知道，他不仅是著名哲学家，而且是能写古典诗词的诗人，是书法家，还是京剧票友。他不仅中文很好，英文也很好；不仅文科很好，理科也很好。他所接受的基础教育是全面的，加上他善于学习，使他成为一个全面发展的人！

我们国学院的几位同仁去年春节前曾去看望先生，与先生聊到时下青年学生的国学素养实在不敢恭维，一些常识错误往往令人忍俊不禁。先生则平易地说，还是要从娃娃抓起，家人、师长以润物细无声的方式，自然而然地让孩子受到传统文化的熏陶。先生是有童子功的。先生幼承庭训，又在家馆受教，打下了坚实的国学基础。初中以后，他才到正规的新式学堂读书，而那时是在最为艰苦的抗战年代，在战时的恩施。胜利复员后，实验中学才迁回武昌。

先生从房内抱出一包资料，是“文革”抄家后发还的他初中、高中时期的作业、作文与读书笔记等。那发黄的、粗糙的八行双排作文簿上，先生少年与青年时清新的思路，隽永的语言，工整的蝇头小楷，老师们浓墨的圈点与遒劲的批语，使我们大饱眼福，

---

① 此书书名为《学步履痕：陶德麟中学作文与读书笔记选》，此处为略写。

很是惊喜！我们建议先生影印出版，以为国学学子示范。先生婉谢了。

后经我省社科联领导的劝说，先生终于同意出版，并命名为《学步履痕：陶德麟中学作文与读书笔记选》。这一影印本收录了先生中学时代的笔记与作文数十篇，反映了那个时代的教育水准，也反映了先生个人的学思历程。

细读这些作品，稚嫩中蕴藏着思想的火花，感悟中折射出时代的精神，反哺经典中不乏理性的训练，规矩方圆里透露了个性与人格。

我读先生 1947 年秋天高二时的作文《游武汉名胜记》，惊异于先生当年的少年老成。我国历代游记中不乏美文，从魏晋到唐宋，大家们的游记是青少年必读的范文。先生的《东湖记》《黄鹤楼记》显然脱化于传统游记名篇，由景物的描绘到情志的抒发，绘声绘色，情景交融。先生以先扬后抑的手法，先对风景进行描绘、铺陈，淋漓尽致，然后笔锋一转，寥寥数语，感时伤神，画龙点睛，讽喻时代悲剧，令人热泪沾襟。老师判此文成绩为甲上，评语曰："文如斫轮老手，无懈可击，而情韵悠扬，令人神往。"这两篇游记的背景，当然是内战迫近，民生维艰。

读先生 1948 年高三时的作文《孟荀论性平议》《孟子距杨墨之意何居？》《评墨子兼爱》《儒家思想与民主政治》等，令人振奋！这些题目类似于今天我们国学或中国哲学专业硕士生的论文题目，而今天一些硕士生未必有当年读高中的陶先生那样的文史基础与问题意识。

孟子"性善论"与荀子"性恶论"究竟意旨何如？两者是否绝对对立？陶先生的少作对孟、荀、告子都有辨析，并以心理学的潜意识来评孟。全篇最后引导到作者自己主张的人性"善恶毕备，抑恶扬善斯为善人，扼善张恶斯为恶人”上来。他显然更重视后天的修为。他指出，孟、荀都有人性善恶毕备之意，只是没有明说，甚而孟子尝言性恶，荀子尝言性善。那为什么孟、荀各执己见呢？他从功用上指出：“盖孟子唯恐人自暴自弃，故以性善勉之。荀子唯恐人之故步自封，故以性恶警之。”不管我们今天对孟、荀人性论有何看法，如何有应然与实然、先验与经验的差别，然而回过头去看六十六年前一位翩翩少年的作文，如此的立论而又如此地层层论证，逐条辨析，不能不由衷赞佩！

“孟子辟杨墨”，也是众说纷纭、莫衷一是的理论难题。陶先生当年的习作抓住一个中心——是否“违仁背义”而展开。杨朱是极端的利己主义者，墨翟是极端的利他主义者。杨子为我而不知有爱，既违仁又背义，这容易理解，但如何分析摩顶放踵，一切以利天下而为之的墨家学派呢？他指出：“兼爱之说立论虽伟而难于实行，盖于人情有所不合也。故随声附和者众，身体力行者鲜。”“我故曰爱人则可，爱人而无内外亲疏之别则不可也。”作者分别了兼爱与仁爱的差别，尤尖锐指出，兼利则人皆以利合，这与儒家的义德有很大的不同，且在道德理论上有悖谬。“且夫墨子兼相爱之意在于交相利，然则我之爱人固由欲人之利己，若贸易然，若投资然。术耳！岂爱之本旨乎？”这就不仅从实践层面之难于推行上，而且从理论层面漏洞太大，尤难彻底、周延上予以深析，可谓鞭辟入里！然而作者十分尊重墨子，最后指出：“虽然，墨子其大圣也欤，小子焉敢执一以谓其非？薄衣食，卑宫室，行劳天下而无怨，其大禹之徒也。古今邈矣，佼佼乎谁能企及之哉？”真可谓情理兼备，文采粲然！

陶师当年对儒家与民主政治关系的探讨尤其值得珍视！面对五四运动以后对儒家孔孟的不相应的批判与数不清的似是而非之

论，先生指出应分疏精髓与小节，认清“学术思想产生之时代背景，不应徒凭现代概念判其是非，稍有不合即斥之为非而不屑顾。儒家思想在中国二千年来独当大道，亦足见其必有可取之处矣。夫然，吾人当探讨之，推究之，勿使其光华灿烂永垂不朽之优点，随少数不合潮流之小疵湮没无闻。孔子孟子既不以圣人名，亦不失为一代政治家与哲学家，吾人即不谈圣人，对于吾国一代政治家与哲学家之心血，我岂宜不加深究即言唾弃乎？”余读至此，不免击节赞叹！这段话即使到今天也极有意义与价值，因为至今很多人尚未有这种慧识。

他批评了流俗对儒家思想的断章取义与妄加解释，指出：“吾人为维护真理计，于研读经典之时，焉可不慎思明辨哉？断章取义、妄加解释者，不惟经典之罪人，亦真理之罪人矣。”他对于“民可使由之，不可使知之”“礼不下庶人，刑不上大夫”“天下有道，则庶人不议”等颇为人诟病的命题与思想予以详细说明，批评了很多人的歪曲，指出“断章取义攻击儒家思想者……于全篇全章之旨反不专注”，以偏概全，因小失大。他以孟子思想中尊重民意的思想、“民贵君轻论”与民主政治之大原则相呼应为例，肯定了其中孕育的东方民主思想的萌芽。

他当时已有了实质民主与形式民主的区分，政体与国体的区分，批评了国民党政治，强调了儒家政治哲学的内核。他指出：“常人认为无帝王之政治即为民主政治，余谓不然。政治之民主与否，在视人民是否果能自主，形式尚为次要也。儒家理想之世界，虽仍不免有君主，然君主生于选举，政教设施均准民意，斯为真民主也。孔孟于古圣王之中最称尧舜，以其能让任贤能，切合民主之旨也。故儒术实全世界民主思想之幼苗，理应踵事增华，发扬光大，不宜以私见自隘，妄加摧残也。”此论不仅持之有故，言之成理，且慧解迭出，充满了自己的独立的创见。这出自高三学生之手，实属难能可贵！今天，学术界在讨论儒学与政治自由主义的对话时，才开始认真研究这些问题。

陶先生在童年、少年与青年时期打下的国学的基础以及他在中学受到的人文教育，使他一生受益。吾人深信，这些基础与他日后志向与人格的彰显，成为一位著名哲学家，有必然的联系。

陶先生在中学时代就是佼佼者。本书除了反映出陶先生个人的学识与智慧之外，吾人从中也不难体悟到当时的中学教育的体制、程度与特色。老师们的批解与评点，无疑反映出教师的水平与敬业精神。一个中学生的笔记与作文涵盖经史子集，特别是四书五经与诸子百家，这也反映了当时的教材、教学的内容及同学们的国学素养。我曾翻阅过民国时的国文课本，很有感触。当时高三的国文教材，有很多中国哲学思想史的内容，有一些已相当于我们今天让哲学系高年级本科生与低年级硕士生用的《中国古典哲学名著选读》。而据说法国、德国的中学教材中，也有不少他们历史上重要哲学家的名篇。

陶先生曾对我说过，学写一点浅近文言文十分重要。他通过家教与学校教育，能写文言文与古典诗词，这才真正进入国学。我们一定把这一经验运用在国学班的教学中。

我们究竟应当让我们的后代在幼儿园、小学、初高级中学阶段学什么？应当如何教？如何学？陶先生这本书给我们的启示是多方面的。

国学是教养，是文明。今天的中学生分科太早，大学生分科太细，学校教育中的传统文化教育更应加强。

首先，有蒙童教育与国民教育。其中，国民教育（九年义务教育）中的国学或中国优秀传统文化的教育，对一代又一代国民的文化认同、伦理共识及文化价值观、人生观的形成，对国民的人格养成、文明修养、人文教化，最为重要，应系统研究，进入体制，抓紧抓好。近三代人都未系统地接受国学教育，一提起中国文化，大家想当然地就认为是保守的、落后的云云。他们接受的恰恰是对中国文化的自我矮化或妖魔化，这带来的问题不少。

通过陶先生的示范，在下以为，应把最需要中小学生掌握的中国文化基本的精神内核、做人做事之道，以循序渐进、春风化雨、潜移默化的方式，进入必修课，滋润中小学生的心田。这是文化自觉与文化自信的土壤。十多年来，在下一再提倡四书的主要内容应进入中学必修课程。余认为，这是所有国民都必须接受的公共基础教育。

其次，大学的国学教育也要重视。应对所有科系的大学生上好“大一国文”课，或在通识教育中让大学生读一点中国经典，这很有必要。我们十分痛心，一些智商很高的大学生留学欧美后立即“皈依”基督教，并大肆咒骂中国与中国文化。这是因为他们没有根，没有解决文化身份的认同与安身立命的问题。

最后，国民的国学教育还有成人、终身教育系统的层面，要进社区、乡村、企业、军营、机关及老龄大学等，覆盖全社会。山东的乡村儒学教育，不少城市的社区的国学教育，都有好的典型，值得推广。

而不同层次的国学教育，特别是中小学国学即中国优秀传统文化的教育需要大量的师资，这正是国学学科与国学院存在的理由。我们培育的是有理性的、正讲（而不是邪讲、俗讲）国学的师资与人才，他们接受过国学知识系统的基础训练，首先是从识字开始的古文字训诂的训练。

十八大以来，习近平总书记密集地、系统地、高度地评价了中国优秀传统文化，特别是儒家文化，使我们备受鼓舞。我们希望认真落实习近平总书记的系列讲话精神，尤其是中小学的优秀传统文化教育一定要进入体制内，并真正生动活泼地进入孩子与家长的生命之中，绝不能教条化、僵化。

（原载《中华读书报》2014 年 11 月 5 日第 15 版）

马一浮先生的学术思想及其特点

——在浙江大学的演讲

大家晚上好！今天很荣幸到贵校“马一浮国学讲座”来讲马先生。贵校最有名的一位校长是竺可桢先生。竺校长曾在抗战军兴期间聘马一浮先生做国学讲习，马先生那个时候才出山讲学，那是很有意义的事情。我今天到这里来，就是要跟老师们、同学们汇报一下个人学习《马一浮全集》的一点心得。

马一浮先生是1883年出生的，1967年“文革”期间去世。他是浙江绍兴人，他的字号大家都知道了——湛翁、蠲叟、蠲戏老人。应该说梁漱溟先生给马先生的挽词“千年国粹，一代儒宗”八个字，盖棺定论了，高度概括了马先生的学术和人格风范。

早在20世纪40年代，贺麟先生即推崇马先生“兼有中国正统儒者所应具备之诗教、礼教、理学三种学养，可谓为代表传统中国文化的仅存的硕果”。

学界对马先生的评价很多，我们只举了梁先生和贺先生的评价，约略可见学界对马先生的道德、学问、文章的推崇。

一、马先生的人品与诗品

马一浮、梁漱溟、熊十力先生，是20世纪中国的大儒，我们看《马一浮全集》《梁漱溟全集》《熊十力全集》会发现其中有些人，是相互出现的。基本上他们三位老师和他们的学生，构成了一个学术共同体。所以这个特殊的文化群落，支撑着吾华道统，赓续着往圣绝学，孕育了现代儒学思潮。

三位先生所当担的历史使命，所弘扬的道义精神，所表现的气节操守，所坚持的终极信念，所缠绕的思想情结，所遭逢的坎坷际遇和悲剧结局，使他们有共通的一面；当然同时他们又是个性十分突出的人物，他们个人的学术修养，都有他们一些独特的风格，所以他们的兴趣爱好、性格体验都不一样，他们的情调、致思趋向、思想表达、生存体验、待人接物、涵泳程度也都不一样。当年马先生的弟子就笑“熊十力，马一浮”，好像一副对子。到楼外楼去吃鱼，马先生的做派和熊先生的做派就完全不一样。

马先生是一个翛然独往、自甘枯淡、绝意仕进、远谢时缘的真正的“士”人，就像一个“今世的颜回”，“自匿陋巷，日与古人为伍，不屑于世务”。不是说马先生没有现实关怀，其实马先生有很多现实关怀，但是我们觉得最有趣的是他的诗歌所表现出来的时代的呼应。可以说他是一个远谢时缘，在山林里面讲学的人物，但是他有他现实的关怀。

我们看他最早的诗。他 11 岁的时候，奉他母亲的命令在庭前咏菊花的一首五言律诗中写道：“我爱陶元亮，东篱采菊花。枝枝傲霜雪，瓣瓣生云霞。本是仙人种，移来高士家。晨餐秋更洁，不必羡胡麻。”

我们再看他临终时，在“文革”那样一种背景之下，他写的诀别诗《拟告别亲友》：“乘化吾安适？虚空任所之。形神随聚散，视听总希夷。沤灭全归海，花开正满枝。临崖挥手罢，落日下崦嵫。”

我们看他 11 岁作的诗非常稚嫩，孤傲高洁之情溢于言表；临终前写的诗非常圆融，冷峻飘逸之机深藏不露。这两首诗我觉得是可以互作注脚的。由于马先生独立不苟、孤高超脱，因此他即使身受其害、斯文扫地，也能举重若轻地嘲讽、蔑视那威威赫赫的所谓“全面专政”的时代——当他被赶出家门，又听说李叔同的学生潘天寿遭到非人待遇时，他的回应是“斯文扫地”。

在庄生看来，生死不过就是气聚气散之事，在佛教看来就是“沤灭全归海”的海沤隐喻，而在他看来生死为平常事，此诗表明他回复到安身立命的精神故乡的心迹，神态自若地面对崦嵫山。这是何等的气概！

在我看来，马先生一生确实做到了陶诗所说的“心远地自偏”，与车马喧腾的俗情世界，与功名利禄，保持了相当的距离。我们知道，没有距离就没有审美，没有距离就没有求真的可能，没有距离也谈不上性善。趋善、审美、求真，要求我们对于流行的文化，对于政治结构，还是要保持距离。没有距离，也不可能保持独立的人格和尊严。这是士人的一种节操。

1940 年，他在给老友谢无量的一首长诗及其序言中表达了他一生的志趣。而且两个人是“四十年前两狂客，浮玉峰头读道书。雪埋酣卧焦处士，鹤冢篆铭陶隐居。今狂古狂日相遇……”。交往较密的马一浮先生和谢无量先生，他们实际上都是隐逸之士。隐逸之士不是不关心政治，不是不关心时局，隐逸之士是逃避一些东西，逃避本身也是批判，而且他们也有他们的精神关怀。所以他们把世俗执着的一些东西超越了。青年马一浮，在他的诗里面就有一种忧乐圆融、狂狷交至、儒道互补，当然还有佛禅的精神。

马一浮先生在近世居士佛学思潮之中的地位是有口皆碑的，苏曼殊先生对他的人品最为佩服，另外李叔同先生正是在他的影响下弃道学佛，终而皈依佛门的。马先生在 1940 年代的诗作中亦有不少痕迹："穷年栖隐迹，壁观近沙门……心生缘有取，佛在但无求。"总之他对佛的境界追求，对佛教的哲理是心心相印的。"默随大化运，已悟浮云空"，他对佛教的精神特别能理解。

马先生之为马先生，第一，他始终与热闹非凡的政界或学界保持着空间距离；第二，他始终与科技发达的现代工商潮流保持着时间距离。因此，他总是显得格外的冷静从容，潜光含章，远离荣利，保持己性，深心以传统批判现代。健康的现代化是非常需要这种批判的。

因马一浮的中西学养和声望，特别是他精通诸种外文，游学欧美日本有年，还翻译过不少西方的作品，所以蔡元培先生任民国教育总长时，曾请他出任教育部秘书长。马先生供职不到半月，就以不善官场酬酢为由辞归。他说："我不会做官，只会读书，不如让我回西湖。"而深层骨子里则是对"废止读经"的抗议，他根本不能容忍民国和蔡先生"绌儒术、废六经"的教育方针。

蔡先生在当北京大学校长时，首先诚邀马先生任文科学长，而再次遭到马的谢绝。马先生致蔡书曰："承欲以浮备讲太学，窃揽手书，申喻之笃，良不敢以虚词逊谢。其所以不至者，盖为平日所学，颇与时贤异撰。今学官所立，昭在令申，师儒之守，当务适时，不贵遗世之德，虚玄之辩。若浮者，固不宜取焉。"他是以"古闻来学，未闻往教"为由辞谢了蔡先生和陈百年先生的邀请。

实际上我们看到马先生对新学制、新潮流是有所抵制的。他的这种立异，并非时下有的无聊文人以立异邀宠，以立异博取浮名，而是从学问中，从心性中自然流出的。1930 年，陈百年先生欲聘马先生为北京大学研究院导师，马先生举熊十力先生代，熊先生也坚辞。

马先生数十年如一日，穷居陋巷，埋首儒释道典籍之中，自得其乐，除与极少数友朋弟子论学外，决不肯出山讲学，屡辞邀聘。只是到了抗战军兴，避寇江西泰和、广西宜山，在颠沛流离之际，才应浙江大学校长竺可桢邀，公开讲学。他出山讲学是因为抗战，是因为要唤醒中国精神，彰显民族气节。

竺校长命他担任国学讲习，所以他以复兴民族精神、民族文化为抗敌复国之本。他独标张载横渠四句教“为天地立心，为生民立命，为往圣继绝学，为万世开太平”，希望诸生“竖起脊梁，猛著精采，依此立志，方能堂堂地做一个人”。“中国今方遭夷狄侵陵，举国之人动心忍性，乃是多难兴邦之会。若曰图存之道，期跂及于现代国家而止，则亦是自己菲薄。今举横渠此言，欲为青年更进一解，养成刚大之资，乃可以济蹇难。须信实有是理，非是姑为鼓舞之言也。”“……如是则富贵贫贱不足以挠其志，推而至于夷狄患难，皆有以自处而不失其所守，由是而进于道术，以益臻乎美善之域不难矣。”

他批评“现实主义”这种说法。他说：“近来有一种流行语，名为现实主义，其实即是乡原之典型。乡原之人生哲学曰：‘生斯世也，为斯世也，善斯可矣。’他只是人云亦云，于现在事实盲目地予以承认，更不加以辨别。此种人是无思想的，其唯一心理就是崇拜势力。势力高于一切，遂使正义公理无复存在，于是言正义公理者便成为理想主义。若人类良知未泯，正义公理终不可亡。不为何等势力所屈服，则必自不承认现实主义，而努力于理想主义始。因现实主义即是势力主义，而理想主义乃理性主义也。所以要‘审其所由’，就是行为要从理性出发，判断是非，不稍假借，不依违两可，方有刚明气分，不堕柔暗。宁可被人目为理想主义，不可一味承认现实，为势力所屈。”

在理想与现实之间，知识分子的职分就是坚持理想，批评现实中一切负面，而决不与它们同流合污。正如马先生所说，乡原，人云亦云，屈从迷失于有尽的势力、权力、潮流和眼前利益，舍弃长远的正义公理，舍弃理想与理性主义，流荡失守，眩目移神，乃立己、立国的大敌。不能疏离、批判现实，即不能创造未来。对现代化，对汹涌澎湃之商潮，我们也持这种看法。

1939 年至 1941 年间，马先生在乐山（嘉定）的乌尤寺内创设复性书院，他担任主讲而不愿为院长。他重申的是："天下之道，常变而已矣。唯知常而后能应变，语变乃所以显常。……今中国遭夷狄侵陵，事之至变也；力战不屈，理之至常也。当此蹇难之时，而有书院之设置，非今学制所摄，此亦是变；书院所讲求者在经术义理，此乃是常。"

因此不要为眼前的利益而牺牲掉常道，常道正是民族复兴的根本，民族复兴的根本为造就刚大贞固之才，寻找并安立吾人与吾族的精神资源与终极根据。学者贵在持守自立之道，不为风会所诱、淫威所移。在变与常、物与己之间，马一浮找到了守常应变、坚持自主性、反对被物欲宰制的正道。

1941 年，国民政府教育部要书院填报讲学人员履历及所用教材，以备查核。这在一般人看来并不是一件了不得的事，然而马先生却十分愤慨，认为这是士人的奇耻大辱，乃致书教育部，责以侵凌师道尊严，违背当年以宾礼相待的诺言，当即辞去讲席，停止讲学，遣散书院诸生，遂以刻书为业。为筹集经费，马先生决定"鬻字刻书"，不接受官方一粟一币。在他亲自主持下，先后精刻精校木版"群经统类""儒林典要"计 28 种 38 样。

马先生是风骨嶙峋之人，早在 20 世纪 20 年代曾断然拒绝了盘踞江浙、窃取"东南五省统帅"之职的孙传芳的登门造访。抗战初期，先生入川创办复性书院前夕曾受到蒋介石接见，那是因为蒋当时是所谓“抗战领袖”。马先生见蒋一定要表明王者之师的姿态，他对蒋讲了“诚”和“虚”两个字，要“虚以接人，诚以开务，以国家复兴为怀，以万民忧乐为念”，强调“诚即为内圣外王之始基”。

据说蒋介石对这种劝诫甚为不快。事后，友人问及对蒋之印象，马的评价很有意趣，亦很确当：“英武过人，而器宇褊狭，乏博大气象。举止庄重，杂有矫揉。乃偏霸之才，偏安有余，中兴不足。方之古人，属刘裕、陈霸先之流人物。”我们知道，刘裕是刘宋开国皇帝，即宋武帝，而陈霸先是陈朝开国皇帝，即陈武帝。南朝宋齐梁陈那些帝王都没有能够统一中原，所以马先生还是看得非常准的。

1950 年春，马先生致云颂天。云是刚才我讲过的三位先生的弟子之一，也就是说云先生与三位老师都有来往。马先生说：“仆智浅业深，无心住世。所欠者，坐化尚未有日耳……”在 20 世纪 50 年代初期的背景下，他有这样一个念头。

1953 年 9 月，梁漱溟与毛泽东之间为农民生活等问题顿起冲突，周恩来着急了，打电话到上海找沈尹默，托他赶赴杭州邀马一浮去京婉劝梁漱溟自我检讨，以缓和气氛，避免僵局。马一浮坚决拒绝去京劝梁，说：“我深知梁先生的为人，强毅不屈。如他认为理之所在，虽劝无效。”

周恩来和陈毅对马一浮很是敬重、关怀。陈毅以后学的态度尊重马先生，马陈之间有过书信往还和诗词唱和。尽管如此，马平日与友人言谈中绝不提及这些事。马赠毛的诗联为“使有菽粟如水火，能以天下为一家”；赠周的诗联为“选贤与能讲信修睦，体国经野辅世长民”；赠陈的诗中有“能成天下务”和“要使斯民安衽席”等句。

不难看出，其中仍隐含有士人对政治家的规劝和期盼之意。

我们知道马先生晚年受到极大的精神创伤的一件事，是他的弥甥、供职于浙江省图书馆的丁慰长，因被错划为“右派”，不堪凌辱，1959 年偕妻、携幼儿投太湖自沉。马一浮先生自从遭丧妻之痛后，终身未续娶，没有子嗣，对丁慰长兄妹尤为钟爱，长期生活在一起。关于慰长的随屈原游，虽家人对一浮老人一再封锁，告诉他慰长是因为犯错误到西北劳动，但老人心中已明白一切，在临终前仍在呼唤慰长回杭。这个打击是致命的，震荡是惨烈的。

反观马先生的暮年，不能以偶然之热闹场面和表面应酬文章为据，其深心是孤独和寂寞的。熊先生、梁先生也未尝不是这样。马先生曾自比幽花：“三月心斋学坐忘，不知行路长春芳。绿荫几日深如许，尚有幽花冉冉香。”他早已达到不将不迎，不知“悦生”“恶死”的那种庄生所谓的“撄宁”状态，也就是“天地与我并生，万物与我齐一”的本体境界。这也是钱锺书先生讲的，终其身在荒江白屋之中与古人、与二三素心人为伍，遗世独立，自成一格，翛然独往。

最能表达马一浮心迹的，是他修改数次才定稿的用楚辞写的《自题墓辞》：“孰宴息此山陬兮？昔有人曰马浮。老而安其惸独兮，知分定以忘忧。学未足以名家兮，或儒墨之同流。道不可为苟悦兮，生不可以幸求。……”他期望平静地委形而去、乘化而游。这种洒脱，反映了掉背孤行、独立不苟的人格。

关于马先生的学术定位。他是佛吗？他是道吗？他是儒吗？他是程朱吗？他是陆王吗？学界众说纷纭，各执一端。

我看马先生非佛非道，亦佛亦道；非程朱非陆王，亦程朱亦陆王。他是大师级的人物，弘通百家，不会偏于一隅。所以马先生思想虽然宗主在儒，重视经学和理学，是经学和理学的大师，但是，他是一位博大的儒者。他决不排斥诸子百家，力图综会融通。他推崇儒家六艺，而通过他的诠译，六艺论已绝非原本。且看他的诗作里面，大量地有儒释道三教和程朱陆王的融通。

他说："未许全生学《马蹄》，每因《齐物》问王倪。"以下讲到他的儒家情结，然后转而抒发他的佛教情结："相逢莫话曹溪月，但乞新诗石上题。""少室山前雪正深，栖栖鲁叟尚援琴。纵教吸尽西江水，难觅当年断臂心。""百年信须臾，何事求神仙。……墨者急世用，老氏任自然。二途俱不涉，宴卧秋山巅。"

从他的诗歌里，我们可以看出，他的修养非常博大，儒释道、程朱陆王都是兼通。儒墨两家，他对墨家有相当的同情与了解，而且也指出墨家的不足，另外他对名家也是这样，在他的著作和演讲里都有种种的评价，因为时间关系，就不细讲了。

细品马先生的诗，足见他于儒墨道法名各家及佛教的天台、华严、禅宗等各宗派，均有所取也有所破。一方面批评夸大各家之异者，未能观其同；另一方面又超拔诸家，既不取于白象，又不取于青牛。他反对支离褊狭、局而不通，深悟各家精义，会通默识，在破除宗派门户的基础上，成一家之言。力主破门户与学有宗主不是相矛盾的。马先生有一种隐逸的心怀，他也有现实的关怀。前面我们介绍了马先生的生平与情怀，下面我们就来谈谈他的学术。

二、以性德为中心的心性论

第一点，他的学术思想的中心还是心性论。

心性论是现代新儒学比较主流的思想立场，马先生的学问也是以心性论为主。如果说熊十力先生的心性论是以“乾元”为中心的本体——宇宙论，那么马先生的心性论则是以“性德”为中心的本体——工夫论。所以无论是熊十力所强调的乾元、本体、本心，还是马一浮的性德、性理、性分，都显示出心性论是熊、马二先生思想的根源、基石。

不过，两先生的心性论各有侧重。熊先生关怀的是宇宙大化流行的证立，阐扬生生不已、创进不息的宇宙与人生哲学；马先生的心性论则侧重在穷理尽性、复归性德，揭示心性、性德自身的丰富义涵，由此展示出人之成德所必需的工夫论、修养论。

在工夫论和本体论上，马先生的工夫论（修养论）和他的心性本体的追求，还是源自宋明理学，特别是就刘蕺山到黄宗羲，浙东学派之学来讲的。所以，熊、马两先生的思想可谓同根同源、和而不同、互动互补、适成双璧。

马先生以本体言心。在他看来，此心就是性，就是天，就是命，就是理，就是性德或德性。这是一系列等值等价的范畴。马先生从朱子注《孟子》“尽心—知性—知天”之说入手，综合《大学》《中庸》《易传》思想，指出：“天也，命也，心也，性也，皆一理也。就其普遍性来言，我们讲它就是天；就其禀赋而言，它给我们的是命，天命；就其体用之全而言，它是心；就其纯乎理者而言，它是性；就其自然而有分理而言，它是理；就其发用而言，它是事；就其变化流形而言，它是物。所以格物就是穷理，穷理就是知性，知性就是尽心，尽心就是致知，知天就是知命。”

整个这一套相互贯通的看法，看似传统，其实很有新意。因为这不仅统摄了程朱陆王两派，而且尤其突出了超越性、宗教性、普遍性的存在本体，也就是内在性、道德性、能动性的活动主体的思想，也就是本体，即主体。就超越了宗教的本体而言，这就是天；就内在而言，它就是心性，就是即存有即活动的活动主体。它既静止、超时空、如如不动，同时又运动、在时空中具体纷陈；既是常，又是变；既是不易，又是变易；既是主宰，又是流行。马一浮把它总括为所谓“性德”，本性之德。

关于“性德”的义涵，马先生指出：“德是自性所具之实理，道即人伦日常所当行。德是人人本有的良知，道是人人共有的大路。人自不知不行耳。”所以我们知道，德当然是天赋给我们的，每个人都有道德的禀赋，但是我们没有把它开发出来。天赋予的善性就是我们的性德。

《中庸》里面说“率性之谓道”，就是循性而行，就是展开，这就是仁道。成德就是成性，行道就是由仁为仁。德就是性，这就是性德，也是德性。所以马一浮所讲的“性德”，是比较“道德”一语更能展示出心性的丰富深入的义涵。他认为性德就是仁体，就是本善。

性德是天道与人道之共同根源。性德的超越面就是“天”“帝”。“帝”“上帝”都是中国经学中原有的词，西方基督教传入以后，利玛窦等传教士借用了“帝”“上帝”等概念。性外无天，人外无帝，是内在具足的心体和性体。我们知道马先生继承宋明理学的精神，他强调的是性德，德就是性，德性是天赋予我们每一个人的道德的种子，道德的良知，我们要把它彰显、开发出来。

马一浮先生对于性德本身的结构有着丰富微妙的揭示。他说：“性具万德，统之以仁。”仁德可以包仁、义、礼、智、信诸德，是一个大的仁德。他说性德本身是洁净精微的，但它不是完全静止不动的，所以性德本身是仁、义、礼、智、中、和等无量无尽的德目相涵相摄而构成的，“万德”摄归于“仁德”。仁德是总的，用佛教里的话说，就是讲别不离总、总不离别、一即一切、一切即一。然后，再讲性德蕴含着的丰富性与生成性。

他融合了佛教华严宗的法界流行义，把儒家的心性论讲成可以展开的丰富的性德论。比如说："举一个全面的东西，它包含的东西，普遍的东西，就是一个仁德。把这样一个仁德开展为二，就是仁和知（智），或者仁和义。把它开而为三，则为智、仁、勇，把它开而为四是仁、义、礼、智，开而为五是加信而为五常，开而为六就是智、仁、圣、义、中、和，而为六德。""性德"首先是一个完备的，包括诸德的仁德，然后可以开出二、三、四、五、六德等各种各样的德目，以至六德，乃至于万德。那么我们在这样一个统摄的过程中，创造的、展开的过程中，也就是我们真善美的一个生发的过程，文化的创造过程。

当然这个性德的学说有点形而上，有点抽象，因为我们去古甚远嘛，因此对"性德"这个概念不一定能立马理解。但是马先生还是详细地讲了"性德"这个概念，而且他把《诗》《书》《礼》《乐》《易》《春秋》，与今天的自然科学、社会科学、人文学、社会组织与社会文化活动、政治、经济、法律、宗教等贯通起来。

"性德"就是心性的本体与主体，本体展开成各种表现形式。性德的主体也可以展开成现象的世界，性德是主宰性的东西，以下有六艺论的文化哲学思想，下面我们再讲。

总之，我们可以说马先生的性德是一个全体，这个全体它创造出来的是六艺的世界，文化的世界，生活的世界。如果我们以体用来分的话，熊先生讲体用论，性德是体，六艺是用。但是性德和六艺也是一体两面的，所以马先生用的是佛教的《大乘起信论》的"一心开二门"，一个是心真如门，一个是心生灭门，以此来诠释张载的"心统性情"之说。他把理气二元和心性情三分，以心、性、理的层次分疏，来展开一些宋明理学的讨论。

这里我们简单化地介绍了他的“性德”理论。我们说这是马先生的一大创举。他其实是想回应当代科技文明、商业文明。他强调了要把道德的主体和道德的本体的这个性德，把它把握住，可以展开来包括科技商业在内的文化各层面。他把“三易说”和“一心二门”之说展开，包容现代化和现代的工商社会。这是马先生的心性论的一个方面。

下面我们来讲一讲马先生心性论里面的另一方面，即工夫论。

他强调主敬。主敬是一种修养论，即工夫论。主敬就是要灭掉一些习气。从周敦颐开始，宋明理学都强调主敬，朱子也强调主敬的工夫论。如何涵养我们呢？我们每个人随时都要严肃认真地反省自己，检点自己，止灭妄心妄念，养育我们的德性。马先生强调以主敬复性的工夫论作为一个基础。

以主敬复性的工夫论为基础，马先生援引了佛教特别是天台宗的学说，进而提出了“性修不二”之说。前面他讲本体论，讲性德的学说，由本体论展开他的六艺论、文化论等，来应对现代的世界。下面他讲到了工夫论，工夫论是一种修养论。修养论是讲修养的方法步骤。我们的本性如何保有呢？那取决于我们如何地反省修养。

他指出：“全提云者，乃明性修不二，全性起修，全修在性，方是简易之教。”“性修不二”是佛教的讲法，和宋明理学“理气合一”的讲法可以相互发明。性就是理，修是以气来说的。我们每个人都有自己的情气，我们要调制自己的情气，要用礼，要用德，修养自己的情气，这样才符合社会的大义，符合社会的公共道德。

我们要怎样来修养自己？我们有性德，要修德。性德是我们本有的，我们还要有笃行进德的工夫。工夫就是修养自己的步骤。工夫和本体的追求是统一的，所以思修交养，这一点是“性修不二”。所以马先生在复性书院学规中楷定为学、修养有四条原则：(一)主敬为涵养之要，(二)穷理为致知之要，(三)博文为立事之要，(四)笃行为进德之要。

所以在工夫论上，马先生以“性修不二”为出发点，对整个宋明理学工夫论作了简略但十分深刻的批评。他批评一些主张顿修路线的陆王学派有“执性废修”的偏向，“单提直指”，但是这是根器比较高的人容易做得到的，对于普通人来说，他还是比较同情和主张小程、朱子的主敬涵养和格物致知，这是他对渐修的一路的支持。但他对渐修一路也有批评。

从“性修不二”的立场看，修养本身并不是目的，因此工夫论以本体论为依归，所以我们还是在实践中修养自己。马先生主张的修养工夫论，修养工夫是儒家的重要传统，每个儒者都要不断地检讨自己，这个修养和他追求的一个本体境界能够结合在一起。上面我们讲的是他学术的第一个方面，即心性论。

三、六艺论的文化哲学观

马先生学术的第二个方面是他的文化哲学观。前面我们说到，马一浮的本体 - 工夫论，是以性德为中心、根源而展开的。以性德为出发点，他融会了儒佛“全体大用”“一心二门”“心统性情”“不易”“变易”“简易”之论，所以他继承和超越了宋明理学，而且奠定了现代新儒学的整体方向；这个是我们讲他强调的全体大用，特别是落实到主敬的工夫，来达到“性修不二”、自我修养和提升，这是他最主要的方面，是他的本体 - 工夫论，是他的本体—心性论的一个重要的向度。

前面我们提到，性德流出真善美的意义世界、生活世界、文化世界、生命世界、价值世界。马一浮将这视为六艺的世界，他通过传统《诗》《书》《礼》《乐》《易》《春秋》诸经作出阐发，形成其“六艺论”。在现代新儒家里面，只有马先生是原汁原味地强调六艺的。

因此，马一浮先生不仅批评熊十力先生，而且不主张熊十力先生借助西洋哲学搞本体论、宇宙论之类的东西。梁先生、马先生都对熊先生有批评，尽管马先生生前并没有建立庞大的思想体系，但是他的学术思想在我看来还是有一个系统。这个系统我认为主要是本体宇宙论的系统，它开出了两支，一支是工夫论的系统，道德实践修养的工夫，还有一支是六艺论的文化哲学的系统。马先生还是以“一心开二门”的《大乘起信论》这个模式，这个思想系统展开的。

我们知道心性论，它的根源是天，这是形而上的基础，然后是工夫论，再是六艺论，就是本体的展开、表现、功用，是形而下方面的一种展开。这个形而下方面的展开有两面：一面是修养的工夫和道德的实践，另一面就是文化的活动、文化的现象、文化的系统的建构。上层是体，下层是用，当然是即体即用。然后我们看文化活动的开展，它的动力还在于性德。

所以六艺论的文化哲学是从“性德”生发出来的。以仁为总德的性德流出智、仁、圣、义、中、和诸德。前面我们讲到，马先生指出：“以一德言之，皆归于仁；以二德言之，《诗》《乐》为阳是仁，《书》《礼》为阴是智，亦是义；以三德言之，则《易》是圣人之大仁，《诗》《书》《礼》《乐》并是圣人之大智，而《春秋》则是圣人之大勇；以四德言之，《诗》《书》《礼》《乐》即是仁、义、礼、智。”他把性德所开发出来的二德、三德、四德以至六德，配以六经。

他据此指出，性德流出诸德。六艺之德开发出六艺之学，六艺之学展开出道德价值的一些具体内容。六经中的每一经其实都和每一德相近，然后再通过六艺、六德等的展开，有了一种“经典诠释”，而且还是“本体诠释”。就其作为“本体诠释”来说，马先生要通过六艺论融合儒佛，展示出本真丰富的本体世界、价值世界、生活世界。他的“经典诠释”是通过六艺楷定国学为六艺之学，为经典、经学、经术的研究提供指引。

我们看看他“本体诠释”的向度。我们知道，马先生特别强调六艺的兴发流行，他要实行性德的通透、酝酿、流行、彰显、发用。为落实这个道理，他在《复性书院讲录》中吸收了《礼记·孔子闲居》篇中的“五至”与“三无”。“五至”是讲意志到了、诗的修养到了、礼的修养到了、乐的修养到了以及丧礼的时候哀痛到了，这五种心理状况都到了。“三无”的境界呢？他讲有有声之乐、无声之乐，有有体之礼、无体之礼，有有服之丧、无服之丧。他肯定无声之乐、无体之礼和无服之丧。也就是，他在孔子思想里面有一些面向超越的体悟。这也是从王阳明到马一浮的体悟。

这些思想展现出性德流出六艺的一个动态过程，所以这个六艺的兴发过程，展开出来是非常全面的。我们讲诗歌，读《诗经》。《诗经》是“诗以道志”，把志向抒发出来，在心为志，发言为诗。凡达哀乐之感，类万物之情，乃至于至诚恻怛，不为肤泛伪饰之辞，都是《诗》的修养的事情。所以，《诗》以道志，发而为言。我们的喜怒哀乐的情感，描摹了世界万物的情感，但是内心的至诚恻怛之心、仁德之心不是浮泛的，不是伪饰的，这个就是诗教培养我们的一种修养的工夫。所以诗歌能道出我们的志向，诗言志，歌咏言。

他接着说"《书》以道事"，这个"事"是历史的大事件，经纶一国之政，推之天下。凡施于有政，本诸身、加诸庶民者，皆是《书》的事情。我们研究《书》，研究这些文告，然后讨论这些经国大事，本身也有治政者的修养在内。

《礼》也是这样的，"《礼》以道行"，"《诗》以道志，《书》以道事"，凡是日用之间，我们怎么吃饭，怎么穿衣，怎么开车，怎么生活，怎么符合公共安全秩序，这都是礼。不违其节，一些细微末节的具体化规定，这都是礼。

"《乐》以道和"，音乐是养育我们的，从声音的相感中养育我们的一种和谐性。《礼》有分别性，《乐》有和合性。从声音的感通中，从心灵的感通中，我们来会悟这种和合的心态，一种欢欣鼓舞或者悲哀的心态，我们用《乐》把它表达出来。"《易》以道阴阳，《春秋》以道名分。"这些都经过他的诠释，六艺就成为真善美的生活世界中内在相通的方方面面。

所以马一浮先生把六艺普遍化了，六艺不仅仅是儒家的经典、经学形态、学术研究，它更是中西人类性德中所本具的生命义涵、文化脉络。只是在他看来，西方思想因为缺乏"性德"的向度，所以对于普遍的六艺之道，尚不能识得庐山真面目，因此需要国人自尊自重，对自身传统所孕育出来的六艺之教有深切理解。

所以，他指出阐扬六艺并不仅仅是"保存国粹"，而是要"使六艺和六艺之教这种文化普遍地推动到全人类，革新全人类习气上的流失，而复其本然之善，全其性德之真"，这对于国民来说，对于全球来说，为全人类的意义危机贡献出我们中国人的一些学问、修养。

五四新文化运动以来，我们只知道向西走，不知道我们自己文化内在的宝藏。马一浮先生从六经里面发现了六艺之教，发现了很多丰富的、有内涵的东西，这些东西推广出去，可以贡献给世界，它也是具有普世价值的东西。

比如说我们讲礼教，《礼记》里面讲开门、关门都有礼。我们常常看见一个年轻人，他开门、关门的时候，不看一看里面有没有人，外面有没有人，如果有人，应帮人把门支一下。我们古代的礼仪怎么讲呢？当你到别人家里去的时候，门如果是开的，那你离开的时候门也要是开的；若门是关的，在离开的时候门也是关的；如果后面的人要进来，不要把门关死，你要考虑到后面的人还要进来。这就是一个普遍的道理。

这虽然是《礼记》里面讲到的我国古代开门、关门的礼节，但是萧公权先生认为，这是全世界普世的价值。为什么这样说呢？我们到西方去，西方的开门、关门也有礼节。我们有参观团到美国去，他们不懂得美国的风俗，一位黑人看见我们的人来了，他很有礼貌地把门扶一下，示意下一位。我们这一队人的第一个人应上前一步，有礼貌地谢谢别人，继续把门扶一下，就这样一个一个跟着走。但是我们这一队人却鱼贯而入，这位黑兄弟一直扶门到我们的人走完，他无可奈何地摇摇头。

我们总是认为我们古人的礼太啰唆，太烦琐，其实古人的礼很普通，你在《礼记》里可以读到吃饭怎么吃，抟饭怎么抟，咀嚼的时候不出声，喝汤怎么喝，坐应怎么坐……小孩子从三四岁的时候就要学这些基本的规范，这就是礼。马一浮先生讲，我们六经里面有大量的精华，只是国人不识宝，一味地去学习西方。西方也有礼俗，我们也要尊重。

所以马先生的“经典诠释”“本体诠释”，不只是他这样一个大知识分子，一个非常伟大的诗人、哲学家，在小范围内，所谓精英阶层里面讲的东西，也是与大众的对话。所以他对生命的安顿，经学的讨论，也有对普通人有意义的内容。

我们今天这个讲座叫国学讲座，那马先生觉得什么是国学呢？今天有算命的“国学”，有赚钱的“国学”，今天“国学”这个名称在国内的名声也不太好听，因为什么人都讲国学，那就是有问题的。那国学是什么呢？这是前修不得已，在近代从日本借用的一个名词，就是旅日的那些如梁启超、章太炎等文化人因为不得已，在面对西学的冲击之下，国人之学没有办法讲了，他们只有借助于日本人讲的“国学”这个名词，来讲我们中国的学问。

后来就有人讲，国学是“一国所有之学”，这种解释，在学科上没有办法把它定义清楚，所以这个“国学”，现在教育部还没给我们上“户口”。

但我们之所以要讲国学，是因为在学习西方的肢解性的学科体系中，在今天的大学结构中，没有国学的地位，没有中国本土学说的地位。你说文史哲，文史哲把我们的经学怎么放呢？你说《左传》《史记》只是历史系的吗？《诗经》只是文学系的吗？当然不是，《诗经》《左传》《史记》是文史哲都必须要学的东西。所以现在的学科，按照西方分化的学科分类，按照现在的学科制度，对我们本土的学说是十分有害的。

近现代学界对国学缺乏脉络清晰的、义理圆融的界说，导致国人对自身文化传统的隔阂。在抗战军兴的时候，马一浮先生出山讲学，讲国学。他说：“为诸生指示一个途径，使诸生知所趋向，不致错了路头。”针对“科学保存国故”的说法，他强调“活泼泼”“为天地立心”“为生民立命”的国学大方向。因此，他认为要楷定国学的范围。世人要么以国学为传统一切学术，这就难免笼统之嫌；要么依四部为名，又缺乏义理导向，因为四部只是图书分类法。因此他重新楷定国学，非常有意思。

他楷定国学为六艺之学，也就是经学。我们今天希望恢复国学，也就是恢复经学。因为经学在现在的学科分类中没有地位，而经学又是国学的源头。所以马先生解释我们两千多年来的一切学术都源于六艺之学。他楷定国学为六艺之学，还讲清楚了六艺与先秦诸子之学、后世四部之学的关系，等等。

四、哲理诗与诗性人生

最后我们简单地说一下马一浮先生的哲理诗和他的诗性人生。他海纳百川，气象博大。他的最高成就，我们认为还是诗歌，尤其是他的哲理诗。他是20世纪中国最大的诗人哲学家。他的诗被方东美先生、徐复观先生称赞为“醇而雅”“意味深纯”。程千帆先生说他的诗非常了不起，比之于谢灵运、杜甫，等等。

马先生一生读书刻书，嗜书如命。苏曼殊先生说他“无书不读”，丰子恺先生说他“把《四库全书》都看完了”，朱惠清先生说他是“近代中国的读书种子”。当然他有他独特的书观，他认为书的文字、语言其实都是可以随说随扫的：“吾生非我有，更何有于书。收之似留惑，此惑与生俱。书亡惑亦尽，今乃入无余。”书籍、文字、语言乃至思辨，很可能肢解、拘束生命。圣人语默，不在言语文字上纠缠。因此，他常说要走出哲学家的理论窠臼。

哲学家爱辩说，爱著书立说，但其实这些语言文字本身常常束缚了我们灵动的思想。所以虽然我们每个人都要找到语言来表达自己，但是思想、生活、本真不是能完全用语言和书籍表达出来的。所以无限的宇宙情调，人生的本真状态，无法用有限的知性和言辞加以表达。所以叶燮先生说:“可言之理,人人能言之,又安在诗人之言之;可征之事,人人能述之,又安在诗人之述之;必有不可言之理,不可述之事,遇之于默会意象之表,而理与事无不灿然于前者也。”所以诗能空、能舍,而后能深、能实,把宇宙生命中的一切理、一切事的最深意义、最高境界呈露出来。

马先生一生写了很多哲理诗,我们认为这些诗是他的最高成就。宇宙、社会、人生,沧海桑田,变幻无穷,这些都是无常。

马一浮曾对画师说过:“无常就是常,无常容易画,常不容易画。”六经所述的就是中国人的常道,世界人的常道,所以这样一些东西很难体悟。我们在安静的地方去观群动,我们在微细的地方去默察流动不息的外在境界,所以这样我们能够看到世界的真常。因此马先生认为张横渠的“民吾同胞,物吾与也”,这些东西还是要我们去体验的。中国的诗学,一讲空灵,二讲充实。儒家讲“充实之谓美”,儒家、道家、佛家也讲“空灵的意境”。马先生的诗并不限于就诗论诗,而是透豁出诗歌这种微言妙语,它植根于性德的感通、存在的觉悟、生命的畅发,因此他特别注重融会儒释道三教来说诗与作诗。

他继承孔子诗教的“温柔敦厚”之风,提出“诗以感为体”“诗教主仁”的观点,性德、心体之感通,自在无碍,丰富微妙,可谓“诗如风雨至,感是海潮生”。同时,他又融会了中土佛教思想,如通过华严宗“一真法界”之说,显出“一切法界皆入于诗”、诗与法界互出互入的道理;他还消化了天台宗的一些思想,也消化了禅宗的思想,特别是禅宗的“截断众流”“随波逐流”“涵盖乾坤”,也用禅宗的讲法来讲诗论。

综合言之,马先生已然参透、融通儒佛道之思理境界,所以他的诗歌博大深纯,精微畅朗,不是一般世俗诗人可以比的。他是真正的诗人，一代诗哲。

总之，人们向往一种诗意的境界。本真的生存乃是诗意的。马一浮的诗，不仅儒雅、豪迈、悲壮，而且他是以崇高的仁德为向度的，同时又有道禅的逍遥、机趣、空灵、澄明。他曾经为熊十力题了一副堂联："毗耶座客难酬对，函谷逢人强著书。"20 世纪 30 年代此联挂在北平沙滩银闸胡同熊氏寓所。《维摩诘经》和《道德经》之后，佛典道藏浩如烟海，哲学的不可言说的境界，仍然要借助于言说而达成。诗的哲学与思的哲学之间的挑战和应战，还将永远继续下去。

马一浮怀抱着以理想之美改正现实之恶的志向，希望众生转烦恼为菩提，飘逸之中又有入世关怀。所以在马先生的诗中我们读到了不可言说与言说之间、出世与入世之间、理想与现实之间、烦恼与菩提之间的矛盾。人生及其哲学总是处在无穷的矛盾之中。马先生的学问、马先生的一生、马先生的诗歌，大概可以帮助我们来解读并超越这些矛盾。

我们知道马先生高洁的人品、醇而雅的诗歌、博大的学问，不是我们一次讲座就能说完的。我们细读马先生的书，它是灵动的，我们从中可以体会到很多做人做事之道！

今天就讲到这里，谢谢各位！请各位批评指正。

（此文据作者 2015 年 6 月 12 日晚在浙江大学的演讲录音整理）

唐翼明《论语新诠》读后

唐翼明先生的《论语新诠》新近由岳麓书社出版。拜读之后，深为佩服。这是一部十分优秀的讲解《论语》的佳作，可供学术界、大学生与民众作为学习《论语》的入门书和进一步研究的基础书。

本书分类导读了《论语》，以孔子倡导的核心价值、重要理念为主线，予以梳理与讲解，纲举目张，深入浅出。全书抓住了二十余个主题：仁、义、礼、智、信、学、孝、命、天、道、德、忠、士、中庸、鬼神、为政、教育、交友、君子与小人、修养与观人、孔门弟子、孔子自述等。作者选取了《论语》六成的内容，按以上主题，以类相从，予以疏导。

作者对《论语》重要章节、段落的诠释，通常分为“释词”“大意”“导读”三部分。“释词”，即先从认字开始，紧抠字、词、句的训释，把相关的实词、虚词的知识或语法讲得十分清晰且简明扼要，这是准确理解每章、每句经典的基础，是很不容易的。我们讲读经典一定要从训诂开始。“大意”，即用流畅的白话文把古文的意思传达出来，不一定是一字对一字的直译。“导读”，则意在引导读者全面理解古文的意义，尤其是作者以创造性诠释，贯通经典的义理与现代社会人生，对读者很有启发。

作者在“自序”中指出：“一百年来的白话文运动和几十年来厚今薄古的应试教育，已经让我们的青年对古文、古事产生了意想不到的隔膜，从前不是问题的问题现在都成了问题，从前注者认为完全没有必要注的东西，对现在的青年却成了非注不可的东西。”（《论语新诠》“自序”第4页）本书对虚词、实词都依文做了简单又准确的解释，特重古汉语与白话文的区别，对难字都用汉语拼音与汉字注音，为读者提供了方便。

作者是教育家，比较熟悉今天青年人易犯的错误，随文指点。我特别有同感的是作者对“其”字的辨析：“其为人也”中的“其”是文言文中常见的虚词，大多数情况下是代词，有的时候是语气词，这里是代词。“其”作代词的时候一般是物主代词，而不是人称代词，可译作“他的”而不是“他”，用英语来比较，“其”相当于his，而不是he，现在很多人分不清楚这个区别，把许多白话文中该用“他”的地方也写成“其”，这种错误的用法现在出现的频率很高，充斥报刊书籍，念起来非常别扭，特别值得我们注意。（上书第7页）唐先生的这一纠正，切中时弊。

在解释“人而不仁，如礼何”句时，作者指出：“如……何”是文言文中常见的一个语式，现代白话文只剩下“如何”这个词，而没有“如……何”这种语式。“如何”在古文中有怎么样、怎么办、为什么等含义。仔细分析一下，“如”跟“何”是可以拆开讲的，“如”的意思是“如此”“如前面所说”，“何”才真正表达疑问，这有点像英文当中的“so what？”，“如”和“何”既然可以拆开，那么在中间加入别的成分也就没有什么不可理解的了。但因为白话文中没有这种语式，所以不大好翻译，大致的意思是“把（这个）怎么办”“对（这个）怎么样”。（上书第10页）

在解释“己欲立而立人，己欲达而达人”句时，作者指出：“立”是建立、树立的意思，是“建功立业”的立；“达”是发达、闻达的意思，是“富贵发达”的达。要注意两个“立”字用法不一样，前一个“立”是不及物动词，后面没有宾语，后面一个“立”

字是及物动词，后面有宾语“人”，意思也变了，变成“使人立”的意思。两个“达”字的情况跟“立”字一样。一个不及物动词拿来做及物动词用，表示“使……”的意思，这种用法在文言文中很常见，现代语法学家把这种情况叫作“不及物动词的使动用法”，我们读古文时要多加留意。（上书第 13 页）

在解释“己所不欲”句时，作者指出：“所不欲”是所字结构……“所”字指代后面动词“不欲”（动词“欲”的否定）的宾语，所以“所不欲”意为“不欲的（东西、事情）”或说“不想要的（东西、事情）”。（上书第 19 页）

在解释“请事斯语矣”句时，作者指出：这句话要注意，“请 + 动词”的结构，在文言文和白话文中意思有很大的不同，白话文表示请对方做什么事，但文言文中却表示请对方允许我做什么事。“请事斯语”如果是白话，就是“请你按照这个话去做”（“事”是从事、奉行的意思，“斯语”就是此语，指孔子的话），如果是文言文，意思就变成“请你允许我按照这个话去做”。文言文“请”的这种用法在白话文中还有残留，例如“请问”，我们只要把“请问”跟“请坐”“请吃”比较一下就知道了。（上书第 19—20 页）

在解释“远耻辱也”句时，作者指出：“远”旧读 yuàn（院），形容词作及物动词用，使动用法。（上书第 57 页）

在解释“侍于君子”句时，作者指出：“侍于君子”句，“侍”，陪侍，在古文中一般用作不及物动词，后面通常不带直接宾语，例如“颜渊、季路侍”，而不说“颜渊、季路侍孔子”。“侍于君子”中，“君子”是被服侍的对象，故不能说成“侍君子”。（上书第 203 页）

从以上字句的细究，可知本书的严谨可靠，绝非时下一些误人子弟的所谓“经典导读”，望文生义，信口雌黄，以其昏昏，使人昭昭。

本书的中心是义理的阐释，作者以“仁”为中心，分类解读，十分深刻，又取互见互释法，各章各段相互补充，便于读者触类旁通，把握孔子思想的全貌，并深度理解其原始意义与现代价值。作者在导读“己欲立而立人，己欲达而达人”的义理时指出：“‘仁’是一个道德概念，本质上是一种主观的精神境界，跟客观条件和行仁者的能力无关，因此也就是每一个人都可以做到的……孔子说‘仁’没有那么难，只要能做到‘己欲立而立人，己欲达而达人’就行了。每一个人都希望做一番事业，能在社会上好好立足，最好是事业发达，声名远播，也就是‘己欲立’‘己欲达’。一个人这样想是应该的，但如果这个人不仅自己这样想，还希望并且帮助别人也能立足，也能发达，这就叫‘立人’‘达人’。这样由近及远，推己及人，就是行仁的方法。可见行仁并不是那样困难，也不一定要建立丰功伟业，只要有爱人之心，平等待人之心，视人如己之心，就可以了。”（上书第 14 页）这种解释十分平实，娓娓道来，又抓住了重点，把经典与读者当下的生活世界联系了起来，真正是“极高明而道中庸”。

作者在导读“己所不欲，勿施于人”的义理时指出：“仁”是孔子思想的核心，是孔子学术中最大、最高的观念，孔子从来没有给“仁”下过任何定义，因为它没法定义。在孔子那里，“仁”几乎就是道德的全部，凡“道德的”也就是“仁的”，凡“仁的”也必是“道德的”。所以孔子从不说“仁”是什么，而是就每一个具体的问题告诉弟子怎样做才符合“仁”，也就是符合道德的要求……这里我们特别应该注意“己所不欲，勿施于人”这八个字可以说是“仁”的本质要义，也是适用于所有人的普世价值。这八个字说得多好啊，多么简要，多么深刻！如果人人都能做到这样，这个世界就太平了。但可悲的是，总会有人偏偏提倡“己所不欲，要施于人”，并且以各种歪理来为自己的恶行辩护，这个世界也就一直充满硝烟和战争，充满不公和不义，不知何时是了。（上书第 20 页）

本书每一章前有一段重要的话，我体会是本章的章旨，充分体现了作者的智慧。如第七章“论学”，作者特别点醒：“孔子最看重学习，对学习的重要性反复强调，《论语》中‘学’字几乎是除了虚词和个别常用名词以外出现最频繁的词之一（据杨伯峻《论语译注》，‘学’字一共出现了 64 次），《论语》第一个字（‘子曰’不算的话）就是‘学’。孔子说自己并非生而知之者，他的知识是靠不断学习累积起来的，他描述自己是‘学而不厌，诲人不倦’，他称赞别人是‘敏而好学，不耻下问’。由于孔子的影响，好学成为中华民族文化传统中最突出的特点，这一点在全世界可能只有犹太民族能够同我们相比。但令人感叹的是，这一传统在今日的中国似乎并没有得到很好的发扬，现代中国人的学习热忱在全世界显得并不突出，这不能不引起我们的忧虑与警惕。”（上书第 57 页）作者对当下中国人不好学的反省，令人深思。本人读到此，未尝不击节赞叹也！

第十七章“论为政”的章旨也特别精彩：“我们很难用现代的术语给孔子一个准确的定位，无论是学者、思想家、教育家，都只是描述了孔子的一个侧面。其实描述孔子也许不用这些术语更好。在那个时代，孔子就是一个人格高尚、品德完美而博学多才的人，他对人世间的事情都有自己的看法，而且相信这些看法是对的，希望把自己的看法传递给更多的人，以此来教化民众并改善社会。在孔子看来，要改善社会首先得改善人自身，所以孔子的学说很重视修身。对于每个人而言，修身就是终极目标，但对于整个社会而言，修身还不是终极目标，而推动社会进步（即古人说的‘淑世’）才是终极目标。所以一部《论语》教人怎样做人是主要的、根本的，但也有相当大的一部分讲的是怎样治理国家，怎样安定社会，用《论语》自己的话来讲就是‘为政’。”（上书第146页）我认为，这是抓住了孔子乃至儒家为人为学根本主旨的十分精到的判断。

在第二十章“论君子和小人”的章旨中，作者说：“《论语》中除虚词和个别常用词（如‘曰’‘人’）外，‘君子’一词出现的频率（107次）仅次于‘仁’（109次），《论语》的精义可以一言蔽之，就是教仁，教人做君子，不做小人。”（上书第172页）

尤其难能可贵的是，全书随处可见作者的深层的生命体验与生命智慧。在本书中，作者以生命对生命，以心灵对心灵，与孔子作心灵的交流与思想的对话。作者在本书中随处对数十年来似是而非、习以为常的流行看法予以批评，因此这也是一本拨乱反正、正本清源的好书。

例如“樊迟请学稼”章。“子曰：‘吾不如老农。’请学为圃。曰：‘吾不如老圃。’”作者解说：孔子这段话遭到很多误解，“文革”中大加批判，说孔子瞧不起农民，瞧不起体力劳动等。其实是因为完全不了解当时的背景……孔子教学生，就是要把他们教成社会的管理人才，而不是把他们教成普通百姓。当时的社会条件显然并不允许所有的人都受到教育，我们不能用今天的社会状况去套古代社会，用今天普及教育的理念去要求古人。樊迟要么就是不懂老师的理念，要么就是受到当时另一个思想流派“农家”的影响而跟老师的理念有分歧，向老师请教“稼”“圃”，多少有一点不敬，难怪老师生气。其实即使从现代人的眼光来看，孔子的反应也很自然，比方说，今天有人偏偏要向比尔·盖茨请教种田，向杨振宁请教种菜。比尔·盖茨和杨振宁会不会生气？（上书第247页）

作者唐翼明先生有传奇色彩，又是一位正直平凡的普通人。

他早年遭逢坎坷，历经磨难，在极左思潮的年代尝尽了人世间的酸甜苦辣。他是学富五车的大学者，“文革”前就在武昌实验中学教书，又是改革开放后我国第一位硕士学位获得者，此后于中年负笈北美，苦读十年，获哥伦比亚大学文学博士学位，学成后到台湾的几所著名大学任教，一教就是十七年。退休后，他返回江城，又被礼聘为华中师范大学国学院教授兼院长。他学养深厚，著作等身，一生对《论语》情有独钟，把自己曲折人生的生命体验融进本书的解读之中，尤其能与孔子精神相往来。

作者说：“我觉得孔子是我生命中最好的导师。”“哪怕在美国留学十年，我的书架上也总有一本《论语》。那些年我读了许多西方哲人的名著，也从他们那里学到很多东西，但我从来没有认为他们比孔子更高明。孔子的教导仍然是我赖以安身立命的支柱和进德修业的指南。”（上书“自序”第 2 页）

“如果说信仰基督教的人用《圣经》来教育自己、团结自己，信仰伊斯兰教的人用《古兰经》来教育自己、团结自己，那么我们中国人为什么不用《论语》来教育自己、团结自己呢？”（上书“自序”第 2 页）

“《论语》就是一本教人如何修身的书。《论语》只告诉你如何做人，如何让人成为人。”“《论语》是中国人一生中必读的书，而且是排在第一位的必读书……《论语》就是中国人的圣经……其实中国人自有圣经，就是四书与五经，这是中国文化在轴心时代（Axial Age）所形成的原创经典、核心经典。”（上书“自序”第 3 页）

唐翼明先生学贯中西，他的独见与诸多讲解，深得我心，启我良多，我将把此书作为今后读、讲《论语》的重要参考书。我极力推荐唐教授的《论语新诠》，建议读者诸君找来认真地读一读，慢慢地品味、消化，相信能从中获得养分与教益。

怀念庞朴先生

庞朴先生（1928—2015）是我的良师、恩师。元月 9 日是庞先生的祭日。时间真快，令人难以置信，先生已走了两年了！

庞先生的仙逝，令我十分悲痛！两年前，当王学典院长把噩耗告诉我时，我顿时潸然泪下。我在给学典先生发的唁电中指出："庞朴先生是国际知名学者，我国著名哲学家与哲学史家。他一生致力于中国传统文化的研究与教育工作，教书育人，著作等身。他在中国哲学史、先秦诸子、儒家哲学研究中创见迭出，尤其在'中庸'与儒家辩证法、一分为三、楚地简帛及思孟'五行'、名家逻辑与名辩思潮、方以智的《东西均》，以及火历等的研究中都有石破天惊的发现与发明。"

庞朴先生在 1980 年代至 1990 年代曾参与"中国文化史丛书"编委会，主持中国文化书院学术委员会，担任中华文化通志学术委员会委员，在某些方面与一定程度上曾经引领并参与组织了我国文化与文化史的研究，他有关中国文化的民族性与时代性的思考及忧乐圆融等特征的探讨，影响深远，至今仍有启发新思的作用。

庞朴先生曾在联合国教科文组织《人类科学文化发展史》国际编委会任中国代表，也曾任国际儒学联合会学术委员会主任，为中国文化向世界传播做出了重要贡献。

庞朴先生与先师萧萐父先生是很好的朋友，萧先生多次请庞先生来敝校讲学。我们很早就随学界前辈称呼他为“庞公”了。庞、萧二先生都有很强的哲学问题意识与人文学术根底，他们在改革开放之后密切配合，相互支持。

1985 年初，萧萐父先生让我去京参加中国文化书院主办的第一届中国文化讲习班，这使我有机缘聆听了第一流的海内外学者的演讲，其中包括庞朴先生的演讲。

1987 年春夏间，庞先生来武汉出席了章开沅、萧萐父等先生在华中师范大学主持召开的“中国走向近代的文化历程”学术会。我参与了这一盛会并做了一些会务工作，在会中曾向庞先生请益。

是年重阳节，我随萧萐父先生到北京香山出席庆祝梁漱溟先生“九五”初度和从教七十周年的“梁漱溟思想国际讨论会”。1989 年 5 月初，我们又一道到香山出席纪念五四运动的国际学术研讨会。这两次会都由中国文化书院主办，汤一介先生主持会议，庞朴先生作为书院学术委员会主任，协助汤先生为提升会议质量做了很多工作，对我们很是关照。

1990 年 5 月，时在美国俄亥俄州立大学讲学的敝校前辈江天骥先生来信说，他拟与学生陈真博士等，英译国内中国文化大家当时的代表性论文并在美出版，让我物色一些专家，并与专家一一协商、选择其代表作。我立即同关注“文化热”的大家们联系，这当然少不了庞朴先生。庞先生于 6 月 6 日回信：

齐勇同志：

信悉。能选中我的《结构》（郭按：指先生《文化结构与近代中国》）一文，十分荣幸。如果要选第二篇，不如用《继承五四　超越五四》。此文载在去年山东出《论传统与反传统》论文集中，萧公有此一书；又见于香港三联去年出的

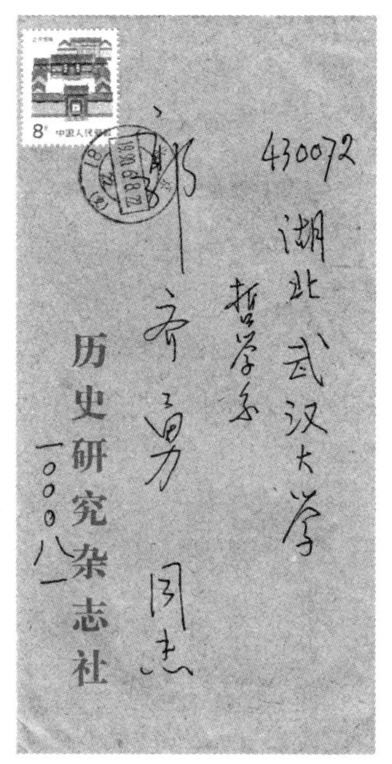

430072
湖北武汉大学
哲学系
郭齐勇 同志
历史研究杂志社
一〇〇〇八一

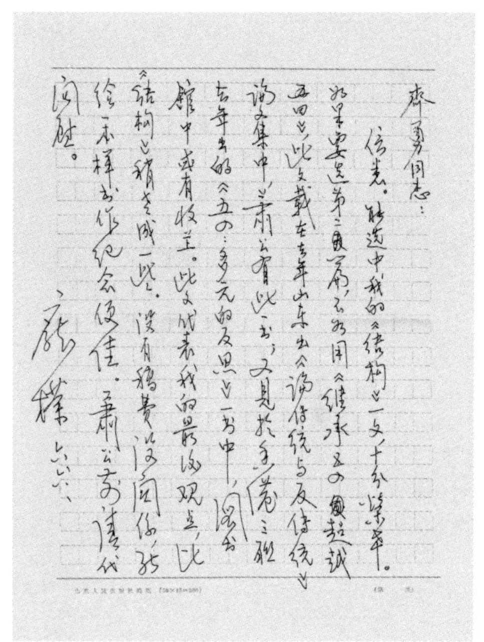

齐勇同志：

信悉。能选中我的《结构》一文，十分荣幸。如果要选第二篇，不如用《继承五四 超越五四》，此文载在去年山东出《论传统与反传统》论文集中，萧公有此书；又见于香港三联去年出的《五四：多元的反思》一书中，图书馆中或有收藏。此文代表我的最后观点，比《结构》稍老成一些。没有稿费没关系，能给一本样书作纪念便佳。萧公前，请代问慰。

庞朴
六六

《五四：多元的反思》一书中，图书馆中或有收藏。此文代表我的最后观点，比《结构》稍老成一些。没有稿费没关系，能给一本样书作纪念便佳。萧公前，请代问慰。

庞朴

六六

我比较了一下，后一篇的立意确实更深一些。我当时打扰了不少专家，把文章都搜集、影印并寄到俄亥俄州。可惜因客观原因，江先生与陈真兄的这一构想并未实现。

1990 年，萧克将军谋划编辑《中华文化通志》，含一百部志书。1991 年广泛征求意见并作论证，1992 年组成编委会，并向社会公开招聘作者。同年底，编委会从千余名应聘者中，择优选定九十余志的作者百余人，其不足部分，特聘海内外专家承担。我报的《诸子学志》被选中。庞朴先生是《中华文化通志》编委兼学术典主编，他于 1992 年 12 月 1 日写信告诉我：

齐勇兄：

阁下投标《中华文化通志》，已被选中，请函告你的想法和做法，特别是那些未及细列的“子目”。

全书宜在 25 万—30 万字，1995 年 6 月为最后期限。明年 2 月初，或将召开作者会，办理一些手续，并面商书稿内容。

庞朴

12 月 1 日

我十分感谢庞先生的提携，拟完成手头诸事之后即转入写作《诸子学志》一书。1994 年 4 月 15 日，庞先生又给我写信：

齐勇先生：

编委会办公室函催《诸子学志》提纲。此事原系花都会上决定，即印发各志提纲给全体作者参阅，以启发思路，避免重叠。上次信中，大概忘了对你提起，十分抱歉。

请即径寄提纲一份给文津街北图分馆编委会办公室，以凭印发。

祝好！

庞朴

4 月 15 日

后来我与吴根友兄合作完成了《诸子学志》的书稿，经庞公审查后于1998年作为《中华文化通志》之一种正式出版，是书现更名《诸子学通论》于2015年由商务印书馆再版。

1995年8月，汤一介、庞朴、萧萐父、成中英、杜维明、刘述先、张立文、蒙培元、陈来、冯达文、洪修平与我等到波士顿出席第九届国际中国哲学大会。我们于8月3日凌晨到波士顿，会议于8月4日至8日召开。在会上会下，我们切磋交流。8月8日下午，杜维明先生接我们二十余人到哈佛大学出席“人文学方法的哲学反思”座谈会。会上，庞先生讲哲学、社会学的本土化及哪些中国哲学范畴具有普适性的问题。我提出了质疑，并展开了讨论。

1998年元月23日我与内人到达波士顿，应哈佛大学燕京学社社长杜维明先生邀请做半年高访学者，住在哈佛警察局楼上的寓所。庞朴先生当时也住在此处。次日他即来我们的房间，亲切地告诉我们如何等车、上超市买菜等生活琐事，他已结束访学，即将离开此地。我们也到他住的房间小坐，他当时买了新的手提电脑，很兴奋地讲使用电脑的技巧。庞先生是我国学术界最早使用电脑的学者之一。

1999年10月15日至18日在敝校武汉大学召开了“郭店楚简国际学术研讨会”。此次会议的主办单位为武汉大学、哈佛燕京学社与国际儒学联合会等单位。会议发起者为杜维明先生、庞朴先生与我，我们在会前经常协调会议的筹办工作。庞公代表国际儒学联合会，杜先生代表哈佛燕京学社，亲来珞珈山，与我一道共同主持了此次有极大影响的国际学术会议。陈伟、徐少华等教授协助我操办会务。有前辈饶宗颐、任继愈、李学勤、裘锡圭、石泉、萧萐父、张正明等百余位学者出席。其中包括艾兰、瓦格纳、史景迁、叶山、何莫邪、池田知久等数十位海外汉学家，以及周凤五等十位中国台湾学者。出席会议的还有这个领域的专家李零、彭浩等多人。杜维明先生致开幕词，庞朴先生致闭幕词。会后，庞先生还陪同任继愈、艾兰、瓦格纳等与会者到荆州、荆门市实地考察。这是有关郭店楚简最重要的会议，《郭店楚简国际学术研讨会论文集》后来成为国际汉学界最为抢手的书。

2000 年 11 月 22 日至 26 日，应韩国成均馆大学的邀请，庞先生与我等一行赴汉城（现称首尔）出席了“东亚细亚学国际学术会议”。我现在还保留着几张彩色照片，应该是庞先生洗印后寄给我的，背面有庞先生的亲笔字。其中一张庞先生与我及韩国学者金白铉的合影，背面写着“金白铉　郭齐勇　摄于江华岛传灯寺”。这里记录了会后金先生陪我们去江华岛一日游的经历。还有一张是会场上拍的，与会中国学者与韩国金时邺先生合影，庞先生在背面写着“中国学人与金时邺”等字。还有一张是庞朴、许抗生、龚鹏程、王中江与我等在成均馆与身着民族服装的韩国女青年的合影，背后无字。

庞先生与萧先生有很深的友情。我近来发现了 2003 年庞公致萧公的一封信：

萐父兄：

兔年承我兄转赐鉴泉先生《推十书》，并嘱作文推介。蹉跎至今，始得勉强完成任务，惭愧惭愧！奉上复本一份，尚祈斧正。

暑安！

弟　庞朴叩

8 月 1 日暑中

此信用中山大学哲学系信笺，黑色钢笔竖写。天头用蓝色圆珠笔增写一句“成都伯谷先生处，已同时奉寄一份，勿念。又及”。刘鉴泉即四川现代最有智慧的大哲刘咸炘。刘氏是王弼式的天才，是思想彗星。伯谷即刘鉴泉的长公子。右下又有蓝色增写字两行：“月底或有汉皋之行，届时当造府拜望。”信中，兔年为1999年，萧公送成都古籍版《推十书》(影印）三大册给庞公。信中说“勉强完成任务”，是指2003年他写成的论文《一分为二　二合为三——浅介刘咸炘的哲学方法论》。此文编入我与吴根友编的《萧萐父教授八十寿辰纪念文集》，是书2004年7月由湖北教育出版社出版。

2003年，萧萐父先生虚岁八十初度，我们筹编上述论文集，向庞公等征诗文。庞先生给萧公贺寿，写了条幅“仁者寿”三字，题款：“萐父老兄八秩之喜　癸未年庞朴。”庞公又为萧公书写了宋代诗人苏轼的《定风波·莫听穿林打叶声》：

莫听穿林打叶声，何妨吟啸且徐行。竹杖芒鞋轻胜马，谁怕？一蓑烟雨任平生。

料峭春风吹酒醒，微冷，山头斜照却相迎。回首向来萧瑟处，归去，也无风雨也无晴。

萐父兄八秩之庆　庞朴

萧公十分感动，为此给庞先生写了一首诗：

马齿徒增，庞公书“仁者寿”三字相贶。不胜愧惧，谨复一律，敬乞哂正。

庞公三字重如山，刚毅木讷岂等闲。

己物感通浑一体，孔颜乐处勉跻攀。
无端佞口三成虎，有意昌言七不堪。
海上讨翁诗慰我，竹林煅灶尚堪眠。

癸未秋蓮吟稿

癸未是2003年。此诗于是年9月上旬写成。“七不堪”，用嵇康《与山巨源绝交书》中的典故，讲自己不能出仕的原因，“有必不堪者七，甚不可者二”。庞先生手书苏轼的词及萧公所作七律，都是在回顾萧公及萧家20世纪80年代末至90年代初约四年的那段磨难。在萧师的心灵备受屈辱、折磨与摧残的艰难困苦之际，他得到庞公等老友的精神慰藉、关心与支持，这说明他们是患难之交。他们的品格与境界从这首诗中可以体悟。

2003年9月10日庞先生来到敝校武汉大学，当日我陪冯天瑜先生去珞珈山庄看望。当晚我主持他在敝校的演讲《说“无”谈“玄”》。次日我又去山庄看望庞公。此行庞公为他创办的简帛网站交接事而来。他把他创办的很有影响的这一网站交给我校中国传统文化研究中心。他的助手刘贻群同学同来。小刘曾在庞先生指导下办简帛网站，此次她来武汉大学读博士生，我为导师。2003年12月，庞先生出席荆门会议过汉回家，在武汉逗留几天，22日我与内人在锦华园宴请他。24日中午，我与陈伟兄等与庞先生吃饭，谈简帛研究事。

后来因我们武大当时没有更好的条件办简帛网站，小刘陷入事务又不利于她的学习，遂决定放弃此事。2004年6月，我与庞先生通电话表示歉意，建议完璧归赵，由庞先生收回此网，在北京就地解决。庞先生毫无怨言，而我则深感歉疚与遗憾。

2005年1月，刘贻群所编《庞朴文集》由山东大学出版社出版。是年 3 月，庞先生赠我这一套大著，并在第一卷扉页上亲笔题署“齐勇教授哂存”。

2005 年 6 月 9 日萧师母因病辞世，萧公的悲痛可想而知。百日后萧公子陪萧公到北京小住、散心，庞公专程到萧公住地探望，萧公见到庞公时的第一句话是“庞公，我学不了庄子啊！”萧公的意思是说他做不到“鼓盆而歌”。其实，庞公与我们都能理解萧公有真情实感，没有矫揉造作，不着相，这才是庄子的真精神啊!

2008 年 9 月 17 日萧公仙逝，庞朴先生发来唁电：

> 惊闻萐父学长溘然归山，涕泪满襟。谨以致哀，恭随天下学界，同声一哭!
>
> 庞朴叩

庞先生的唁电反映出他所具有的魏晋风度，他与萧公都是有风骨的“魏晋人物”。他们同声相应，同气相求。

30 年来，庞公对晚学提携有加。在国内外一些学术活动中，我一直得到庞公的关爱与扶掖。承蒙庞公不弃，他还邀请我参加了他与日本沟口雄三先生主持的研讨东亚文化与儒学的活动，在北京等地出席过会议。我主编《儒家文化研究》时，敦聘庞公为顾问，他欣然同意，支持我们。这一学术辑刊于 2007 年正式出版第一辑。庞公到山东大学后，亲力亲为，在济南、邹城举办过一些会议，如孟子思想讨论会等，都曾邀晚学参加。凡庞公的召唤，晚学一定积极响应，全力投入。

不仅我深受他的影响，一直得到他的呵护与提携，而且我的学生也得到他的关照。庞先生评审过我的学生的博士论文，如

1999 年为丁四新，2004 年为荆雨的博士论文写过评语。丁四新博士等一直得到庞公的提携。我的硕士生周锋利 2004 年毕业后即到北京大学读庞先生的博士生，庞先生十分关怀周锋利。我一直让我的学生认真读庞公的书。

庞公与晚学间有一些书信往还。晚学过去多次去北京皂君东里 12 栋 1 门 7 号寓所拜访庞公；庞公由京迁居济南后，晚学多次到济南趋候先生，或是寓所，或是医院，多承教诲，获益良多。

庞公的逝世，是我国学术界的重大损失！我的心情十分沉痛。庞公的人品与学问堪称一流，为世人称道！他是顶天立地的有人格操守的大写的人！他不仅有一流的哲学头脑，慎思明辨，而且还有一双灵巧的手，会修手表、相机与电脑。

庞公一生实践了横渠的“四句教”，为弘扬国学奉献了毕生精力！他对中国传统文化有着真情实感，并把这种温情与敬意渗透进他的研究中。庞公与吾人对中国文化、儒家文化的情感是公情而不是私情。中国人对中国文化的研究肯定会带有情感，这并不会影响所谓研究的客观性。一些貌似价值中立者，其实也有情感偏向，正如西化派或貌似公允的人对中国文化、儒家文化加诸的种种非难一样。我愿继承庞公的遗志，潜心向学，为传统文化的创造性转化与创新性发展而奋斗终生！庞公永远活在我的心中！

谨以此文纪念敬爱的庞先生。

［丙申年腊月初六（2017 年 1 月 3 日），于武昌珞珈山写就此文。原载《儒林：2018（第七辑）》，上海古籍出版社，2018 年］

序朱高正《〈传习录〉通解》

朱高正先生曾负笈德国，精研康德哲学。他是著名的中国哲学专家，尤其精通朱子学，功力深厚。请他来评注王阳明的代表作《传习录》，真是选对了人。朱先生的《〈传习录〉通解》是一部佳构，见解深刻、独到，我边读边击节赞叹。《传习录》是阳明的代表作，共三卷，始于徐爱引言，终于钱德洪跋语，其中辑有342条语录。朱著对每一条都提炼了一个小标题，这些小标题概括准确，十分精当，很是提神。作者对每一条语录都做了详尽平实的释译与鞭辟入里的评论，随文交代哲学史上的知识、掌故，随处做出中西哲学、心学理学的比较，便于读者深化对文本的理解。

本书的内容与特点有三：第一，澄清误会，分疏了朱王之异同，论证了朱子学是阳明学的基础与前提。第二，透彻解释了《传习录》，凸显了阳明学的要旨与贡献。第三，指出了阳明及其后学的若干缺失。

首先，本书强调朱子学与阳明学的联系与区别。阳明21岁以后“遍读考亭之书”长达16年，有深厚的朱子学的基本功底。完整的阳明学，八九成以上是与朱子学相重叠的，与朱子学有歧义的只是一小部分，用阳明的话说，就是“为学的大头脑处”。至于其他朱子讲得好的，阳明说一个字也动不得。作者说，可惜的是，历来学者大多关注阳明与朱子的歧义处，忽略了只有从他们皆为新儒学的同根一气上，才更可看出阳明的创新处。如，阳明一生于《大学》用力最多，犹朱子于易箦之际仍在修改《大学》诚意章，前贤、后贤容或所见有所出入，然不妨其能相互辉映。

作者认为，程朱理学，尤其是朱子学，是阳明学的基础。对朱子学没有一定程度的理解，就不可能进入阳明学的堂奥。朱子学体大而思精，想要一窥朱子学的堂奥，非下一番大功夫不可。大多数崇奉阳明学的人对朱子学未曾深入研究，人们对朱子的批评可以说是以讹传讹、积非成是的偏见，而非实事求是、用心钻研的结论。作者的这些提示应是常识，却非常重要。现在阳明学太热，朱子学反而暗而不彰，令人惊诧不已。

第 98 条，阳明批评朋友对朱子的诸多指摘是不当的，“是有心求异”。阳明说，他与朱子的不同，只在“修养工夫”的下手处。作者指出，这个“入门下手处”，对朱子而言是格物穷理，对阳明而言则是反求本心、知行合一、致良知。阳明强调“吾之心与晦庵之心未尝异也”，亦即他俩都是要求取圣人的大道，在人生目的、理想境界的追求上是一致的。阳明特地指出：“若其余文义解得明当处，如何动得一字？”

第 132 条，阳明批评朱子的先知后行说，作者评论道：朱子在讨论知行问题时，并非单纯主张先知后行，而是由若干要素所组成，那就是知行常相须，如目无足不行，足无目不见；论先后，则知在先；论轻重，则行为重。这与阳明所主张的知行合一相比，都有充分合理的理由，两者甚至大部分重叠。当然这是指德性之知而言，如若涉及闻见之知，则朱子的说法更有适用与发挥的空间。作者以康德哲学与朱王相比较，指出：在强调实践优先于理论这个问题上，康德与朱子一样，强调理论理性与实践理性同为一个理性，只是运用侧重的层面不同而已，康德又与阳明的知行合一相一致。总之，东西方拔尖的大儒与哲学家对知行关系的见解多有互通之处，应全面而有机地予以理解，切忌以偏概全，流入党同伐异的窠臼。这些评论非常深刻！

作者指出，第 136 条阳明对朱子的批评是不公允的，朱子的知行观十分全面，阳明的知行合一说与朱子的知行论基本上是互通的。此外，阳明所讲的“知”是“良知”，是“德性之知”，不是礼乐名物之知，也不是天地万物的“闻见之知”；而朱子所讲的“知”则不限于“德性之知”，而是包括花草树木、虫鱼鸟兽等动植万物及制度文化的“闻见之知”。这是在比较阳明与朱子时，断断不可忽略的。

作者还在多处指出阳明与小程子、朱子理论上的联系与区别，特别说明阳明与伊川在很多根本问题的看法上是一致的，绝非阳明所自以为的那般，阳明有的说法仍离不开朱子的“本末兼该，内外交养”。

其次，本书充分肯定阳明，点出阳明思想的深刻洞见。

作者评论第 4 条“至善亦须有从事物上求者”，指出在道德实践上想寻求至善，不能将重心放在具体事物的细节上，而应放在让此心纯乎天理之极而无一毫人欲之私上，这是为学、修身的大头脑。作者评论徐爱引言，指出，格物看起来是向外，诚意则是向内，两者的关系是手段与目的或功夫实践与主意头脑的关系，其他五种关系莫不皆然。阳明从格物 / 诚意、明善 / 诚身、穷理 / 尽性、道问学 / 尊德性、博文 / 约礼、惟精 / 惟一这六个看似相对立的名词中找出它们内在的联系，从而指出原来都是一体的两面，就像行与知一样，“知是行的主意，行是知的功夫。知是行之始，行是知之成”。

作者认为，“知行合一”的学说显示出阳明学的特色。这种在两件看似不相干的事（如孝悌与“洒扫应对”这么平常的事与“尽性至命”这么高深的事）中找出其内在联系，统整地来看，就是中国传统文化的特色。辩证思维与整体思维的运用，在阳明这里可以说达到一个新的高峰，本末、表里、精粗、内外、体用等无不结合在一起，知行合一只是起头而已。这对我们把握阳明的致思取向及整个中国哲学特质，极富启发性。

作者评论第 64 条，高度肯定了作为人师的阳明。他指出，阳明由于见到学生很少发问，因此劝诫学者，不要轻易“自以为已知，为学只循而行之是矣”。他提醒学者，私欲就“如地上尘，一日不扫，便又有一层”，学者只有“着实用功”，才能知道“道无终穷，愈探愈深”。由此可见阳明是位关心学生的好师长。一般的老师不会去关心学生怎么疑问少了，不会去担心学生自以为是。阳明一方面要学者知道不进则退，又鼓励他们学无止境，“愈探愈深”。

关于第 65 条阳明与陆澄的对话，作者指出，阳明显然在勉励学者当下就用克己功夫，不然：“已知之天理不肯存，已知之人欲不肯去，且只管愁不能尽知，只管闲讲，何益之有？”从这段阳明师生的对话，可见阳明对学生的指导点拨是从大处着手，可圈可点！

作者高度评价阳明取喻允当，说理清晰，真不愧是一代大儒！在第 143 条最后，阳明总结说：“所幸天理之在人心，终有所不可泯，而良知之明，万古一日，则其闻吾拔本塞源之论，必有恻然而悲，戚然而痛，愤然而起，沛然若决江河，而有所不可御者矣。非夫豪杰之士，无所待而兴起者，吾谁与望乎？”作者指出，这是阳明的自我表白，他以圣人之学的承继者自任，以唤醒千千万万读书人的良知、天理为自己无可推卸的职责，这种精神、气魄，也只有圣人才足以当之！

再次，本书随处批评阳明及其后学的错失。

作者评第5条指出，阳明在此引《大学》“如好好色，如恶恶臭”，也暴露出阳明学的一大弱点。因为《大学》原文明明是“如恶恶臭，如好好色”，阳明将两者的顺序弄颠倒了。从现代心理学的角度来看，人“恶恶臭”的情绪显然比“好好色”要强得多，所以《大学》本文先“如恶恶臭”，后“如好好色”。通观《传习录》，这段引文出现好几次，从上卷到下卷都有。换言之，终阳明之世，他本人没发现误引了《大学》本文。而《传习录》的编辑前后历时四十五年，王门子弟竟然没有一人发现这个错误而予以更正，这不能不说是王学的一大失误。这种情形在历代大儒身上不可能发生，不用说郑玄、程颐、朱熹，就算同属心学的陆九渊引述经文也十分严谨。同样的情形也发生在“穷理尽性以至于命”。这段经文明明出自《周易·说卦传》，阳明在《传习录》则一再声称引自《周易·系辞传》。由此可见王门对经典的引述不够严肃，由此来看，阳明针对《大学》版本争议的执着，未免显得有点唐突，不知轻重。

在第137条的评论中，作者又就“穷理尽性”的出处批评道：举凡《传习录》从卷上、卷中，以至卷下，无不如此。这不得不令人讶异非常，《传习录》成书期长达四十五年，非但阳明本人未曾察觉，且阳明去世二十八年后才编定《传习录》，竟然王门弟子没人发觉，以为先贤讳，宁不怪哉！可见王门对经典之散漫与不尊重到何等严重的程度！

关于第56条阳明对元代大儒许衡的评论，作者的标题即为《误谤许鲁斋》，率直指出阳明在此断章取义，毁谤前贤，太过草率，殊不可取。第74条，作者定标题为《阳明误读伊川语》，认为这只能归咎于阳明阅读经典太过草率，太过随性。由此可知作者的风格。

作者认为，现今通行的《传习录》三卷，以卷中最为重要，因为这七封信是阳明亲自写的，其可信度比起学生所记的更高。此外，卷上较卷下重要，毕竟卷上在阳明四十七岁时已经刊行，初来从学阳明的学者都要先读这本语录，阳明本人不可能没看过，因此其价值在卷下之上，当无疑义。至于卷下是阳明去世后，弟子们将上、中两卷所未记载的，提供其所记的材料，然后由钱德洪汇总整理，但毕竟阳明未曾看过，其可信度不能与上、中两卷相比，只能列为参考之用，

把王阳明其人与《传习录》其书放在先秦儒学至宋明理学的背景与脉络上加以理解，细解阳明的思想与话语和前辈思想家的关系，才能真正读懂阳明，真正明白阳明的贡献。这正是本书作者的优长。

我认为，本书是继陈荣捷前辈著《王阳明〈传习录〉详注集评》之后，有关《传习录》的最有学术水平又最通俗易懂的专著，把《传习录》的研究与注释译工作提到一个新的高度。

国学大师钱穆先生指出，国人起码要读七种经典，其中就有《传习录》。建议初学《传习录》者，选择本书来读，必将事半功倍，获益匪浅。

是为序。

郭齐勇

丁酉（2017年）中秋之夜于武昌珞珈山

武汉大学谢远笋修改

生命的学问与学问的生命

——杨祖陶先生周年祭

敬爱的师长杨祖陶先生离开我们快一年了！对于我来说，杨师的音容宛在，笑貌依然！我时时回忆起恩师的道德文章及对我这位后学的言传身教，他那不沾染任何世间俗情的纯粹学者的威仪、定力、品格、风貌，以及一丝不苟、孜孜不倦读书、教书、著书、译书的书生生涯，包含一些细微的平凡小事，经常在我脑海里涌现，激荡着我的生命，启动着智慧的灵感。的确，杨师一生是心无旁骛的，念兹在兹的唯有学问学术，他坚持原则、认真敬业、严肃谨慎、不苟言笑，可是，当我与晚年的他越来越熟悉、亲近时，却发现了他生命的另一面，他其实也是随缘率性的，有时会讲一些冷笑话。他是一位包容性很大、非常幽默的智者！有一次我去杨府看望他，他的一个笑话让我忍俊不禁、前仰后合，他却只是微笑着，师母萧静宁老师拍下了照片，留下了这一宝贵的瞬间。看着这张照片，我回想着杨师的人格风范以及与他交往的历程……

一、师恩

2017 年元月 22 日，我与家人在三亚，中午突然接到赵林兄的电话，惊悉噩耗，杨老师溘然仙逝。赵兄说，杨先生于上午 9

时20分驾鹤西去。接着我又收到何卫平兄的短信。我即委托赵、何二兄代我致哀，代购花圈。他们说，萧老师说了，遵照杨老师遗愿，一切从简，不收花圈。我当即用短信给萧老师发了唁电，又在两个微信群，一个是大学本科老同学群即“武汉大学哲学系1978级校友圈”群，另一个是“珞珈山—空中杏坛”群，发了讣闻与唁电。顿时，这两个微信群里一片哀婉叹息之声。我们1978级同学纷纷怀念起当年杨老师给我们讲授“欧洲哲学史”课程时的情景。一位老师，约三十七年前教的课，至今老学生们还对他的讲授细节记忆犹新、津津乐道、反复琢磨、认真体味，这位老师真是值了！当天下午我瞻拜南山寺和海上观音，给杨老师敬了香，遥祝老师一路走好！

多年来，我每年春节都要给杨老师拜年，照例是捧一束鲜花。去年因我要到海南过冬，拟于元月6日离开武汉，遂提前去拜望老师。我于元月2日下午到杨老师家看望杨老师与师母。杨老师躺在床上，有一点发烧，萧老师把我带到杨师卧房，对我说，下午他的体温已经降下来了。我站在床前与老师聊了一会儿，他神志清醒，与往常一样微笑着，声音不大，对我说：“萧老师发现我发烧了，量体温是38.9℃，后来再量是38.3℃，现在是37.5℃了，很快就会好起来的。”我请老人家好好休息，祝他早日康复。我只是觉得老人更清瘦了一些，但绝未曾想会有什么问题，因为他对体温的三个数字说得很清晰。我知道那一段时间杨老师在赶写《黑格尔〈精神哲学〉指要》一书，已基本完稿，比较劳累。前一段萧老师也大病了一场。两位老人身体都出现了一些状况。但我完全没有料到，这一次看望老师，竟成永诀，从此与杨师阴阳两隔！

杨老师是我的老师，我是杨老师的学生。1978年10月我进武汉大学读哲学系本科，杨老师与陈修斋老师给我们与1977级学生合开了一学年的必修课“欧洲哲学史”。杨老师讲后半段，一学期课，每周两次，每次三学时。后来我提前半年毕业，考上1981级硕士研究生，修杨老师与萧萐父、陈修斋老师等给中外哲学史的硕士生合开的“哲学史方法论”课，也是一学年的必修课。中国哲学史专业和西方哲学史专业研究生在一起上课，讨论很热烈。我还选修了杨老师为西方哲学史同学开的德国古典哲学的专题课。1984年底我留校后在哲学系教书，当助教与讲师及后来读博士时，又曾旁听过杨老师给研究生开的讲康德《纯粹理性批判》的专题课。

听杨老师讲课是一种精神享受，也是一种学术训练。杨老师讲课的艺术，令人叹为观止！约150人的大课堂，他从不拿讲稿，每堂课一气讲下来，资料娴熟，逻辑整严，环环相扣，评论深刻，问题意识很强，多方面启迪学生思考。哲学系1977级与1978级同学中很多人都是杨老师的粉丝，我也是。他讲课时，大家屏住气，仔细听，埋头记笔记，边听边记边想，有时真是安静得连一根针掉下来的声音都听得清楚。他讲到高兴处，也会突然引起整堂学生爽朗的笑声！当时用的教材是陈老师与他合写的土纸印的上下册《欧洲哲学史稿》，这是两位师长在山沟里写的教材。《回眸——从西南联大走来的六十年》中记录了杨老师校书稿的事，细节非常感人。杨老师在保康县印刷厂一住就是三个月，帮师傅认字，还做校对。

我当上老师后，才知道像杨老师这样讲课真是不容易，需要花很多时间与精力备课，把要讲的哲学家的理论资料弄得十分清楚，梳成辫子，烂熟于心，还要有自己的研究心得与见解。杨老师给研究生讲课与给本科生讲课又有不同，他上研究生的课让我们读的书多，讲的深度、难度也加大了，重在启发我们较深入地阅读、思考并用说和写表达出来。杨老师在教学中重视对我们进行理性思维的训练，尤其是逻辑与历史一致的方法学。他还做到了教学与科研的统一，时常把他新的科研成果渗透到教学中来，而教学中触发了他的新的灵感，又有助于科研的深化。

我从 1984 年底留校任教开始，一直在哲学史这一学科中与杨老师共事。哲学系的中国哲学史与西方哲学史原是一个教研室，后虽然分开了，但仍是一个共同体，常常在一起开会，参加政治学习与从事教研活动，习惯上叫“哲学史支部”，非中共党员的教师也与党员教师一道参加一些学习及某些活动。这样，与杨老师的联系就比较密切了。

1986 年 10 月，我随陈修斋老师、杨祖陶老师赴京出席“贺麟学术思想讨论会”等活动，在火车上和北京会议期间与两位老师多有交流，耳濡目染，深知他们对贺麟先生的爱戴与尊重。我与贺麟先生的密切交往，得益于陈老师与杨老师。杨老师晚年身体欠安，但一定要把黑格尔《耶拿逻辑》翻译出来，啃这个硬骨头，因为这是他的恩师贺麟先生交办的任务，他觉得再苦再累也不能辜负恩师的栽培！

杨老师是我国著名哲学家、哲学史家、翻译家、哲学教育家。除他 1950 年代在北京大学教的学生外，粗略地说，他在武汉大学培养了四代学生：第一代是 1959 年他从北大调来以后，到 1966 年“文革”爆发前教的学生。第二代是“文革”10 年间教的学生。第三代是 1970 年代末至 1980 年代，改革开放、恢复高考之后教的学生，包括本科生与研究生。第四代是 1990 年代及以后，他晚年带的博士、硕士生。

我是杨师在武汉大学的第三代学生。近40年来，我作为晚辈，一直得到杨师的接引、鼓励与提携，杨师的教诲、指点与鞭策以及他的著译大作一直伴随着我的成长。我遇到人生的坎坷时，得到他与萧老师的悉心关爱、呵护与心灵的慰藉。作为后学，我从本科生到硕士生、博士生，从助教到讲师、副教授、教授、博导，每一步都得到杨师的热心帮助、扶植、奖掖。后来我兼做院务，还算成功，也有赖杨师这样的大师、台柱子的大力支持。他也曾严肃批评过我的缺失。杨师于我，是严师，是良师，那体贴入微，润物细无声的爱，点点滴滴都在我的心头。读他的书，想到他的为人，不觉潸然泪下。

杨先生是深研西方文化与哲学的大家，他对中国传统文化与哲学饱含着温情与敬意。他是一位严谨的学者，持论非常谨慎，主张持之有故，言之成理，从来就反对不懂装懂。

二、重任

杨老师不辞辛苦以七个寒暑主导康德“三大批判”（《纯粹理性批判》《实践理性批判》和《判断力批判》）的翻译工作。他与他的学生邓晓芒教授甘坐冷板凳，合作新译，直接从德文译出，而且是完整全面地翻译，工作量大，十分艰苦，在学界传为美谈。“三大批判”出版，当然是我国哲学界的一件盛事、大事。我当时在哲学学院院长的任上，我们学院配合人民出版社在北京举办了隆重的首发式。2004 年 2 月，我与段德智（当时兼任哲学学院书记）、朱志方、彭富春等教授陪杨师去回（邓教授当时在北方讲学，未与我们同行）。我们一行 2 月 24 日晚乘火车赴京，次日晨到京，住礼士宾馆。25 日下午到全国政协华宝斋出席康德哲学座谈会，国家领导人李铁映、许嘉璐与著名学者张世英、汝信等出席。在座谈会上，首先由邓晓芒、杨祖陶先生讲康德及其哲学，然后是张世英、汝信、黄见德、李秋零、彭富春、我、段德智、曹方久等发言，最后是许嘉璐、李铁映讲话。晚上，人民出版社请我们吃饭。26 日上午在人民大会堂河南厅举行康德“三大批判”新版出版座谈会暨纪念康德逝世 200 周年大会。此会由我校与人民出版社合办。我校刘经南校长、全国人大常委会许嘉璐副委员长、德国驻华使馆寇文刚参赞致辞，邓晓芒代表两位译者讲话，梁志学、张世英、钟宇人、万俊人、赵敦华等学者及中国出版集团与人民出版社的负责人也先后讲了话。出席会议的还有汪子嵩、王树人、薛华、靳希平、张祥龙等专家。下午，中国社会科学院哲学所请我们一行座谈，杨先生、我、朱志方、彭富春及李景源所长与该所霍桂桓、谢地坤、李河、江怡等出席。晚上，李景源所长请我们吃饭，李鹏程兄也赶来了。饭后我们一行直接赶到车站，乘火车离京。27 日上午 10 时 20 分到武昌站，院里派车来接，我们护送杨师到他家，交给萧老师。因为我事先与萧老师有约定，一定照顾好老师。此行与杨师朝夕相处，照顾他上厕所时，才发现老人家患前列腺的毛病，排尿有一定的困难。此次出差，深深感受到哲学界的前辈（杨老师同辈）与中生代（杨老师的下一辈）对杨老师人品与学问的尊重与敬佩，他的严谨学风与深厚学养为学界所推崇与信任。我也深深感受到杨老师为人的谦和低调、毫不张扬、虚怀若谷与无私地全身心地扶植、提拔后学。

那一年他 77 岁。没有想到，在“三大批判”合作译完之后，杨师又独立翻译了黑格尔大部头的重要经典著作《精神哲学》（2006 年问世）及前面提到的黑格尔早期著作《耶拿体系 1804—1805：逻辑学和形而上学》（2010 年 83 岁时译出），这些都是很难翻译的书。在我国，杨师首次翻译了以上两部书。杨师于米寿

（88 岁）时完成了张世英先生的嘱托，按理论著作版的要求重译《精神哲学》。他的身体每况愈下，因长期伏案，习惯上的坐姿有问题，但要没日没夜地工作，他的脊椎都变成“S”形，有时走路都走不稳。这位“退而不休”的八旬老人，他的工作量比我们在职的后学要大得多！翻译与研究已经成为他的生活、他的生命。他的生命和生活，是以翻译与研究德国古典哲学，特别是康德、黑格尔哲学为中心的。他自觉这是他的责任，他要让中国学术界与青年后生准确理解、深入学习德国古典哲学，这有助于中、西、马的融合。

他的代表作《德国古典哲学的逻辑进程》与《康德黑格尔哲学研究》在他的晚年得以修订，由人民出版社出了新版。这两本研究性的学术专著非常重要，我们就是通过这两本书深度地了解这一断代哲学史的。我向人民出版社哲学编辑室主任方国根编审推荐了这两本书，纳入到“哲学史家文库”之中。其中《康德黑格尔研究》入选人民出版社 2015 年度十大优秀学术著作（位列第三），这是该社请专家从近两千种书中评出的，据说竞争激烈，非常不易。

萧静宁老师曾把杨老师的《回眸——从西南联大走来的六十年》的电子稿一部分一部分发给我看，让我先睹为快！我曾通过电子邮件回复杨、萧二师，其中一信如下：

杨老师、萧老师：

您好！

拜读大作回忆录之三，心情十分复杂。

首先，感佩不已，在那个极左政治高压与物质极度匮乏的时代（现在的年轻人不知那个年代的艰辛，我也只略知一二），杨老师代表的那些师长前辈们坚持学问理想。这种坚持靠信念在支撑，这完全与名利无涉。杨师在那种环境下一心做学问，念兹在兹，不问其他，这是何等的理想与毅力！知识人人格之彰显如此，令人肃然起敬！读到萧静宁老师红果浆、半夜冷水洗长发等情节，不觉鼻酸。

其次，杨老师对德国古典哲学逻辑体系的抽绎与解读，独自下了苦功夫，是自得之，且得之不易。这个过程，正是孟子所说的掘井及泉的功夫与深造自得的过程。尤其是杨师从青年到老年，六十年来的哲学史方法论的自觉，孤明先发且一以贯之。学生不才，但从1979—1980年听杨师讲欧哲史课开始，从杨师那里得到的最大的启示就是严密的理论逻辑性与方法论的自觉，这使我获益一辈子。

最后，从亲切平易的回忆录之字里行间，随处可体会到杨师多么怀念他的老师贺麟先生的指引与同道同事陈修斋、萧萐父老师的理解、支持啊！常怀感恩之心，常念同声相应之情，于师于友，于事业，杨师是一位真诚而谦虚的君子！

谢谢您！学生将再学习，再体味。

敬祝

秋安！

晚生　郭齐勇敬上

2009年10月8日

杨老师与萧老师合著的《哲学与人生漫记——从未名湖到珞珈山》一书于2016年初出版。这本书可读性很强，我们从第一部分“燕园结缘”、第二部分“珞珈情怀”中，可以了解两位老师相识相知、相爱相守、相濡以沫、风雨同舟的经历及其中的趣闻逸事，包括当年生活的困难艰辛与他们同甘共苦的幸福。第三部分“巴黎散记”中的十篇散文情文并茂，引人入胜，特别有思想性，从人情风俗到日常小事，真正理解与学习西方文化，我认为是今天我国散文、游记中的精品。我曾去过巴黎，没有老师这样的感受。读了这一部分，我想以此为向导，找机会陪内人一道去巴黎一游，深度认识塞纳河、先贤祠、诺曼底、罗丹与莫奈。这本书的第四部分“社会透视”、第五部分“译事续篇”、第六部分“论题新议”启我良多，配合读《回眸——从西南联大走来的六十年》，使我们可以深入理解杨师的学术研究与现实关怀。

这两本书透露出思想启蒙，彰显杨师自由之精神，独立之人格。杨师为学术而学术、为真理而真理的精神追求给我们以极大影响。他从不趋炎附势和随波逐流，不巴结任何人。在几十年的学术生涯中，他自觉坚持和大力弘扬“为真理而真理的理论精神”和“为自由而自由的实践精神”，始终追求真理、坚持真理，以真理为旨归。2017 年 3 月 1978 级校友微信群里热传、热议杨先生《哲学与人生漫记——从未明湖到珞珈山》中的两文，一是《读伯里的〈思想自由史〉》，二是《小竹林中的巨石》，大家都高度评价，感谢杨老师留下这么有意味的文字。萧静宁老师告诉我，伯里的书评没有放开写，已经有了反应；《小竹林中的巨石》很多人都看过，还有复印传开的。

三、生命

杨老师一直说收官，但总也收不下来。2016 年，他 89 岁，按说这个年龄不宜再接活了，但耐不住人民出版社张伟珍编审的说服，老人家又披挂上阵。暑假，我收到萧老师的电子邮件：

郭院好！朱老师好！

应张伟珍编审之约，杨老师又重拾旧业，正在写一本《黑格尔〈精神哲学〉导读》（郭按："导读"后改为"指要"），约10万字。张编审认为这是很顺手的不用费劲的事，也没有时间限制。杨老师已经在做了，不把一本《精神哲学》译本翻烂，导读是出不来的，我深知。

是这样的，黑格尔《哲学全书》共三部，其他二部，梁志学先生要出导读，有一本是现成的再版，另一本要新写。由此张编审想到杨老师。我没有表态，杨老师同意后，张编审说不是用"兴奋"二字能表达的。

杨老师现在精神很好，一天做一点不累，我也就只有支持了。去劝业场（珞狮北路）买了40支圆珠笔（一件），40本稿纸。

受孙思启发，我去电脑城新买了USB插头的键盘，安装了Dell电脑的外置键盘，这样以后打字感觉就与习惯了的台式电脑（已坏，不需再用）一样了。位置比较低。

我是背上Dell电脑去的，很快解决了。我为自己心想事成高兴……我非常欣赏杨绛的《走在人生边上》，内心多么高洁。

夜已深。看到你的信就拉杂开了。打扰了。

夏日多珍重！

杨祖陶致意！

萧静宁

2016年7月19日

次日我看到萧老师这一电子信，心里在打鼓，在担忧。因为我已体会到，年龄大了，做一点事都不容易，加上杨老师是极其认真的人，他绝不会敷衍了事，这约十万字恐怕不那么简单。但杨师于 5 月答应了，且已启动，我复信只能这样说：

> 萧老师您好！杨老师好！
>
> 谢谢您的来信！杨老师与您又有了新的写作工作，真是令人敬佩！请二老节劳，做做歇歇，放慢节奏。天热，老人不宜长时间伏案。
>
> 颂祝
>
> 大安！
>
> 晚生齐勇敬上

毕竟年龄不饶人，我担心老人心理上会有压力。杨老师晚年没有过什么休闲生活，一个任务接着一个任务。果不其然，他因为对黑格尔的主观精神、绝对精神都下过大的功夫，写来顺手一些，而自觉对黑格尔的客观精神下功夫不够，在撰写这一本书时，还努力去补课。近 90 岁高龄的杨老师绝不马虎，在他的学术生涯中，在他的字典中，就没有“马虎”二字。他仍然是用“笨办法”和“慢功夫”，再次吃透《精神哲学》经典，且又重新研究《法哲学原理》，反复阅读，做了大量的摘记、心得、批注，在此基础上写了《黑格尔〈精神哲学〉指要》。用萧老师在后记中的话来说：“他用最后一点生命之火完成了初稿。”我们被这位学者的“最后奉献”深深地打动！

生命不息，研究不止！杨老师走后，在萧老师含泪打印杨师手稿，初步做了文字整理的基础上，杨老师的学生舒远招教授又做了学术上的整理，《黑格尔〈精神哲学〉指要》终于在 2017 年岁末与读者见面了（版权页上注明的是 2018 年 1 月出版）。这本看起来不厚，230 多页的书，我拿在手上却觉得沉甸甸的。这本书充分诠释了什么是生命的学问，什么是学问的生命！拿到这本书，我最先读萧老师写的后记，接着读舒博士的整理附记，虽然几个月前我已读过这两文的电子版，但现在重读，泪水仍然夺眶而出。这本书不仅是杨师生命学问的总结，也饱含着萧老师的心血和泪水。

杨老师远离荣利，近谢时缘，一生甘于淡泊，心境平宁安静。他的学生多人多次曾向他与萧老师提出过做寿庆活动、出纪念文集之类的建议，都被坚决拒绝。有一次萧老师转来他们给弟子的一封信，其中有：

> 现坦诚相告，杨老师 90 岁一如既往，不会搞任何形式的活动，淡定和心安是最大的追求。杨老师对学生辈的心情非常理解，也非常感谢。他的确不愿意，还是尊重杨老师的心愿吧！
>
> 杨祖陶 / 萧静宁
>
> 2015 年 9 月 18 日

过了一年之后，杨老师在信中又说：

> 人们对我最深的印象是与世无争，淡泊名利。我是能够与同辈、晚辈合作共事的，因为我真正地不惜一切埋头干实事，超负荷承担艰辛，笨鸟先飞，笨鸟晚归，从不计较个人得失。在目前学术界普遍存在的浮夸浮躁、追名逐利的情况下我还是能够保持自己的学术阵地和学术节操，我求的是自

己的心安。

各位学者、友人：

中秋一过迎国庆，预祝国庆节快乐！

杨祖陶

2016年9月19日

四、深情

说到杨老师的教学与科研成就，不能不说师母萧静宁老师，尤其是杨老师晚年的著译工作，专心专意做学问，绝对离不开贤内助萧老师的协助。萧老师的贡献，岂止是照顾杨师的饮食起居？岂止是帮杨师打打字而已？可以说，事无巨细，内外杂务都是萧老师亲力亲为，完全包干。他们家简直就是一个小型研究所，是夫妻店，二老配合得十分默契，真是天作之合。杨老师有些重要的学术工作是在80岁至90岁之间完成的，这本身就是奇迹！假如说杨师晚年的所有成果是一枚大的“功勋章”的话，这里有萧老师的一半！

萧老师的辛劳，从以下偶然保留的记录中可见一斑。萧老师2015年10月25日电子信中有：

杨老师体检时发现右眼白内障严重，需要手术。19日入住解放军陆军总医院，20日手术，21日出院。手术很成功。由于他行动不便，听力很差，出行很困难，出租车不易碰到，多亏我想起校车队，请求派车送往医院（每次45元自费）。23日复查，视力竟达1.0，2012年做的左眼视力0.8，实为幸事。独自全程联系陪伴，我终于松了一口气。

张编审来电话……非电子版的纸质照片，我在欣欣打印社扫描的，不清晰，无法用，我将把照片按书稿内容分成组快递过去，由社里高清扫描。我又得重整照片，是很麻烦的事，但关系到出书的进度，得尽快完成。

类似这些细枝末节的事几乎天天都有，而萧老师也是老人了，她没有三头六臂呀！有一次杨老师在人民医院住院近十天，萧老师每天送三餐饭，在张之洞路与珞珈山之间跑六趟，还要照料杨师，还要做饭。有一次杨老师在解放军陆军总医院住院，找学校要的车（自费），只送不接，回来时，萧老师先照顾杨老师到大门路边，坐在自带的行走车上，再去找出租车来，照顾杨老师上车……萧老师对杨老师的情感，感天动地！

2017 年 2 月 1 日，萧老师以“未亡人萧静宁”的署名写了电子信发给关心她的朋友与后学，简要讲了杨老师临终前的病变、住院治疗的过程和最后关头的状况，以及亲属对后事的料理。其中有：

根据（他）生前遗愿（我们多次谈及），不开追悼会和（不搞）遗体告别，不设灵堂，不留骨灰。后来子女坚持留骨灰。后来得知有树葬。1 月 24 日由亲人和最亲近的学生（有的由上海、北京、南宁、长沙赶来，不知谁主导的）告别送行火化；接着入土为安在武汉市龙泉山陵园树葬区。桂花树下，风景秀丽，依山傍水，回归自然。这是一场美丽的告别，生命得以延续，灵魂得以升华。树葬日益成为高校教师的选择，树葬完全符合杨公淡泊的人生。弟子们对此都非常（有）感触。

（与子女）平静告别。我将开始独处的生活……我要让子女安心回去，好好生活工作。古典音乐是我灵魂之友，抚慰着我。杨公希望我过得好，他才安息，我必须过好。杨公入院前几天还在伏案的未竟的书稿我要继续打完，再考虑如何办。

我与内人给萧老师回了电子信：

尊敬的萧老师：

谢谢您的长信。很抱歉，我们在海南，没有赶回去与杨先生作最后的告别，也没有在您最困难的时刻陪伴您。

树葬的方式很好，很符合杨先生的性情。杨老师好像并没有走，仍然在思考、教书、写作。我与我们 1978 级同学还在群里津津回味杨老师的讲课，有人还晒出了杨先生为研究生讲康德第一批判的笔记。杨老师永远活在我们心中，他的精神不朽！

您很坚强，很了不起！您还在继续杨先生的未竟事，令人感动。实际上，杨先生晚年的作品中都有您的贡献。衷心问候您，祝您健康长寿！我们下旬回汉，回后去看望您。

敬祝

安康！

郭齐勇　朱德康

2 月 2 日

当天，萧老师回复：

郭院好!

缘分啊，你元月 2 日送来鲜花，非常美丽，杨老师还讲了他的体温下降的数字。你是最后一个献花人。你对我们的一贯敬重与关怀，杨老师总是铭记在心。花还在，人已走，油尽灯灭，杨老师该歇息了。

我现在还好，一种奇怪的感觉，感到杨老师总是在我左右。令我痛苦的是，我没有发现大难临头，5 号差点儿就在 120 急救车上出事了……

萧老师不断自责未曾料到杨师最后时刻疾病的严重性。我安慰道:

萧老师:

您好!

谢谢您! 杨老师寿过九旬，著译等身，学术佳构为学苑所推重，这一切都有您的功劳!

能在乱世相互扶植，平安健康到钻石婚的学者夫妻，能有几对? 很不容易了! 请您多多保重! 杨师在天堂注视着您，祝福您!

敬祝

春安!

后学齐勇拜上

2 月 2 日

萧老师一直走不出来，内心非常悲痛。我 2 月 16 日再次安慰:

萧老师：

您好！

杨老师的确做到了“生命不息，奋斗不止”。请您节哀！

您还在努力做杨老师未竟的事，真是令人唏嘘不已！杨老师晚年能潜心学术研究，完全是因为有您做后盾。杨老师晚年的著译大作都有您的汗水。

敬颂

春安！

郭齐勇敬上

当日萧老师回复：

杨老师的确是一个纯粹的学者，他在上 120 急救车的前不久还在伏案，他生前最后一次我帮他打字是元月 3 日（5 日就上 120 了），他退烧在休息。这晴天霹雳带给我的悲痛将直到我生命的终结……

我忍住悲痛先将他未竟的作品——《黑格尔〈精神哲学〉指要》打出来再说，好在已经有一个完整的初稿，人民出版社约的。

萧静宁泣上

从海南回武汉后，2 月 24 日我与内人去看望萧老师。萧老师深深怀念杨老师，还走不出来，非常悲痛。她跟我们详细讲了杨师的一些事，主要是临终前送医院及在医院抢救的事及后事。她还回忆了他们早年结婚，两个孩子出生后的一些温馨又艰辛的故事，哀婉动人。她把杨师最后的著作《黑格尔〈精神哲学〉指要》

的手稿拿给我们看。先生已全部写完且夹放好了，整整齐齐一大摞。我与内人不禁热泪盈眶。

杨师走后第一个清明节前，“爱思想”网发表了老师与师母合写的《情系新泽西——对大洋彼岸孙儿女的思念》。按语说：“杨祖陶 2017–01–22 于武汉市中南医院 ICU 谢世后的第一个清明节来到了。谨以此文表示我深深的缅怀，并感谢爱思想网对杨祖陶这位最年长的专栏作者逝世的真诚惋惜与悼念。”

萧老师把链接发给我，我拜读之后写道：

萧老师：

您好！

拜读了大文，文情并茂，真是难得的好文，表达了杨老师与您对子女、孙子女的牵挂，从细节中我们了解了您家中的家风家教，重亲情又重晚辈个体性与独立人格的培养，可谓集中西文化两边之所长。杨老师走后第一个清明节就要到了，深切悼念、缅怀杨老师！杨老师不朽！

祝

春安！

郭齐勇敬上

萧老师的深情深深打动了我！杨师的一生是学问的一生，执着追求真理，严谨扎实研究。两位老师的真情，在字里行间流淌出来，令人动容！杨师的音容笑貌，他的人格精神，在我心里埋藏着。他是我敬重的师长！萧老师的文字很好，有助于读者理解杨老师是用生命完成佳作的。杨老师晚年的著译工作，既是学问的生命，又是生命的学问，如没有萧老师的关爱与协助，很难有这样的辉煌与圆满！

2017 年 9 月底，很高兴地获悉萧老师在爱思想网上建了自己的学术专栏，整理她的有关脑科学的大作，嘉惠学苑！闻之甚喜。（萧老师是生理学专家，1982 年转武汉大学哲学系科技哲学教研室，主攻脑科学、认识论、科学方法论的研究。）10 月，萧老师右腕骨折，当时复位固定不佳，又重接，很难受。她真坚强，了不起，骨折了以后用左手打字。她关于多莉羊安乐死的评论极有意义！衷心希望萧老师健康快乐，福寿双全！

我将永远铭记杨老师的学术精神，他的音容笑貌仿佛就在眼前与耳畔！

谨以此文纪念杨师祖陶先生逝世一周年

2017 年 12 月至 2018 年元月于珞珈山

缅怀王元化先生

王元化先生是前辈思想家，作为晚辈的我，十分敬仰先生，但从未有过与先生交往的奢望。因为恩师萧萐父先生的关系，因为我研究熊十力先生的关系，也因为他是乡贤而我是乡邦后学的关系，我与元化先生有了一些交往，且从中感受到他对后辈的亲切关怀与提携。今略述几件小事，谨以此纪念先生。

1993 年 8 月，我到北京大学出席国际中国哲学会的双年会议，在会上提交并发表了长篇论文《为熊十力先生辩诬——评〈长悬天壤论孤心〉》，据实批评了中国台湾一位学者于 1992 年 8 月至 10 月在台北《当代》杂志刊发的连载长文《长悬天壤论孤心——熊十力在广州（1948—1950）》对熊先生的诬蔑，未曾想这件事最后变成了一桩公案。那位学者于 1992 年 10 月下旬致信设在美国的国际中国哲学会，说我在文中对他“极尽谩骂、诬陷、诽谤及人身攻击之能事，严重地损害了本人之名誉及专业地位”，因而威胁说要通过法律途径追究学会应负之法律责任，至少要学会承认大会安排我发表此论文为失当的行为，要该学会向他郑重道歉，且道歉信必须由学会负责人亲自签署，并保证不将我的论文收入会议论文集云云。那位先生以下最后通牒的方式说，如在当年 12 月 15 日前未收到道歉信，他将依法起诉云云。这件事一下子变得严重起来。当时的国际中国哲学会的执行会长、长期在美国执教的唐力权先生十分紧张，立即向学会的十位执行委员（各国的）

与海峡两岸的九位学者致函通报此事（也抄送给了我），协商解决之办法。我获悉此事后即向国际中国哲学会致函，同时也相应寄发以上各位人士，说明事实真相：第一，我的论文并无诽谤与人身攻击；第二，学会绝无必要向那位先生道歉。记得我把拙文及相关资料也寄给了元化先生。此事发生后，我得到不少国内外学者的声援与支持，其中包括张岱年、方克立等先生，也包括元化先生。

1994 年 8 月 7 日，元化先生亲笔题写“郭齐勇先生指正”并签名，寄我一份 1994 年 7 月 23 日刊载他的《思辨随笔·序言》的上海一家报纸的剪报。元化先生 7 月 15 日写于炎夏的这篇序言中，有不少篇幅是阐扬熊十力先生的，也有对我直接声援的。元化先生在批评胡适以降，特别是现时代自然科学方法的滥用及其对社会科学、人文学的破坏时，引用了十力先生的话：“知识之败，慕浮名而不务潜修也；品节之败，慕虚荣而不甘枯淡也。”元化先生接着说：“这是指一些趋新猎奇的人，对于未经深探的新学新说，徒惊于其声誉，震于其权威，炫于社会上千百无知者的辗转传说，遂沉迷其中，袭取外人的皮毛，其后果则是毁弃了自己的本性，从而渐渐失去了‘独立研究与自由发展之精神’。”

元化先生接着说：“十力先生并不是一个食古不化的人，他早就说过东方文化其毒质至今已暴露殆尽。他所关怀的是发扬其中固有的优质。我觉得他对东方文化的认识，甚至比今天一些自命有思想的学者要清醒得多。近年来海峡彼岸一位论者曾对他痛加指摘，措辞严厉，甚至夹杂着詈骂。斥他‘既贪且吝，好名好胜而又目空四海，时时贪、嗔、痴三毒习气横发而又不知自检’。这使我想到本书所收《忒耳西忒斯式的酷评》一文中所举那种伎俩。我不知论者是否把具有特色的大批判带到彼岸。十力先生不断修订自己的观点是出于追求真理的热忱，而不是趋承上意，取媚权势。凡熟悉他的人都对此有所理解。但这位论者却别出心裁，判定他 1950 年代初删削《新论》(按：指《新唯识论》，下同)，乃是迎合当局反宗教宣传。这真是惊听回视之论。其实，在此以前他早已由佛入儒。我以为他后来在《明心篇》中所说：'吾惟以真理为归，本不拘家派。但《新论》实从佛家演变出来。'这几句话道出了他在反思佛学时删削旧作的真正原因。可是论者的政治情结对十力先生于 1949 年在去留问题上的选择深表反感，以致耐不住呵责他在大陆的十八年是'虽生犹死'，而'所著每一本新书都可以说是一种负积累，标志着他学术水平的倒退'。这还不够，论者同时还对他的为人也做了寻瑕索瘢的挑剔。我不想对这些武断駭语进行辩解。据我所知，刘述先先生和郭齐勇先生已对论者的考释做了辨正。好在十力先生所撰各书俱在，读者自可参考。倘有人对这些著作的得失成败不虚美不掩恶，做实事求是的探索，倒是大有裨益的。但这就需要矜平躁释，更不能狃于政治上的党派偏见妄生穿凿，厚诬古人。"

大概没有第二个人比我更理解、更感谢元化先生了！读者也许会觉得奇怪，为什么元化先生在为他新增补的二百余篇的论文集作序时，对本论文集说得不多，竟用了这么多篇幅来写熊先生，又特别涉及我与台湾那位学者的论战。其实，在此前，元化先生详细了解了论战，阅读了双方的文章，他是借此机会来对这场争论表态，在一定意义上是公开策应了作为这场论战的一方的我。当时我国大陆的很多学者考虑到海峡两岸的关系问题，主张采取息事宁人的态度，我则认为，是非一定要分明，双方一定要彼此尊重，既然对方浓墨重彩地渲染，又以居高临下的态度对待吾人，论熊先生充满了偏见，论文与整理的资料中又充满了硬伤，却对中国大陆学人的学术研究十分不屑，为什么我不能据实反驳呢？

故张岱年先生在 1993 年 12 月 23 日回复我的信中说："我完全同意您所说的'维护大陆学者的尊严'。"而元化先生完全采信了拙文，他以著名思想史家及熊先生的友人（忘年交）的身份说了话，掷地有声，为这桩公案做了结论。

由于方克立等先生的坚持，刘述先等先生的斡旋，国际中国哲学会未向那人道歉，那人也未到美国的法庭起诉。但是，两拙文《为熊十力先生辩诬——评〈长悬天壤论孤心〉》《某人"审定"之〈熊十力佚书九十六封〉纠谬》[①] 却一直没有机会在台湾发表。标榜言论自由的《当代》拒绝了，我改投《鹅湖》，经过争取，方才于 1994 年 2、3 月发表。近年来，我又遇到一位强词夺理，极度自以为是，唯我独尊，好名好胜的人，对付这种人，我有了经验，那就是不惧怕，摆事实，讲道理，实事求是，据理力争。

萧萐父先生与我在编《熊十力全集》的过程中，曾请元化先生过问一下，看上海档案馆等单位有没有熊先生未刊书信文稿等。1994 年，他曾对萧老师说，上海档案馆已将该馆发现的熊先生书札全部复印一套给他了。萧老师及时告诉了我，我们都很高兴，我当时正在编《熊十力全集》第八卷，该卷拟收入未刊文章书札。我请萧老师去函催请元化先生给我们寄来这些资料。是年 12 月 2 日元化先生致萧老师函（刊载于《清园书简》，湖北教育出版社，2003 年，第 613 页）即是此背景。刊印的这封信有点毛病，如将"寄奉"误排为"寄上"，"因未得暇"前又多一"但"字。上海档案馆原请元化先生就这些材料为馆刊写一篇文章，元化先生一直没有时间，但对这些材料做了初步清理，清理后他还编了一个目录，有的复印件上还留有批注（为写文做准备）。鉴

① 为避免引起争议，此处文章名略有改动。

于我们编《熊十力全集》急需文稿，他把全部材料寄给我们了，萧老师收到后交我整理。我首先遵嘱复印了一套寄还元化先生，又按元化先生的初步整理做了进一步分辨、更改与加工。元化先生很谨慎，在致萧老师的函中说："所附目录是我草草清点后编成的，由于时间匆匆（我于深夜做此事），可能不准确。其中有数函似有缺页。倘有问题，可来电话问我。"于此，我们可以看到作为学者的元化先生严谨的治学态度。这批材料大多是熊先生晚年定居沪上，因住房与其他事，如为弟子等生计或受迫害事与上海市委统战部及政府有关部门打交道的一些信件，也有上述机关对熊信的批复，为存真，我们全部编入了《熊十力全集》。我为这部分材料的整理，也曾打扰过元化先生。他又托我从中整理出熊先生两函，拟发表在《学术集林》卷三，后未果，延至卷五。1995 年 3 月 27 日，元化先生请协助他编《学术集林》的徐文堪同志专门给我回了一函，解释此事，极为客气，并附两抄件复印件。徐信说："元化先生最近去北京开了一个会，回沪后身体欠佳，未能握管，堪协助他编辑《学术集林》，他嘱代向先生致候，多感盛意，并对先生的辛勤劳动表示十分钦佩。"附言说："惠赠元化先生的大作亦收到，至感。"

2001 年，我主持筹办"熊十力与中国传统文化国际学术研讨会"，拟于开幕式首发《熊十力全集》，非常盼望元化先生前来敝校指导并演讲。为此我致函元化先生。因身体原因，先生未能赴会。他亲笔给我回信，两页信写在淡雅简朴的"王元化用笺"上，现敬录如下：

齐勇教授台鉴：

八一手教敬悉。前些时听说蓬父先生身体违和，不知近况如何，殊为念念。请向他致敬并问安。

武汉是我的家乡，我也很希望九月之间参加武大举办的盛会，何况熊先生全集是件大事，更应前来庆祝并向为此做出贡献的诸位先生致敬致贺。十分遗憾的是，两月多以前，我突觉头晕，经医院以CT及核磁共振检查，发现颈椎狭窄，虽经治疗及服药，至今未愈，仍在休养，甚至读书写字也都大大减少了。加之从去岁下半年起，突发皮肤病，前数月好了一个时期，今又发作，整日瘙痒，令人难耐，这些虽都是无大碍之病，但患者为其所苦，而医生又无特效良药，只得忍耐而已。处此情况下，只得向萧先生和您请假了，这实在是不得已之事，原谅我吧。你们的盛情厚意，我衷心感谢。至于嘱我写的贺信，我当照办，当勉力另写一条幅寄来。倘您觉得可将此信所述不能亲来赴会的情况在会上简单讲一两句，则更为感谢。（贺词写好即邮奉。）

车桂事经您和萧先生一再提携帮助，感激无量。不一一。

敬请

教安

王元化手书

八月七日

先生又寄来专为我们大会题写的字幅，我们在开幕式上转达了先生的祝贺并展示了题词：

熊十力先生语录：

吾国人今日所急需者，思想独立，学术独立，精神独立，依自不依他，将为世界文化开发新生命。（语要）

凡有志于根本学术者，当有孤往精神。人谓我孤冷，吾以为不孤冷到极度，不堪与世和谐。（尊闻录）

一意袭外人肤表，以乱吾之真，将使民性毁弃，渐无独立研究与自由发展之真精神。（语要）

知识之败，慕浮名而不务潜修也；品节之败，慕虚荣而不甘枯淡也。（复徐复观书）

东方文化其毒质至今已暴露殆尽，然其固有待发扬者，吾不忍不留意也。（语要）

恭贺

熊十力先生全集出版暨学术研究会召开

辛巳秋月

清园王元化

元化先生为大会的题词是一幅很精美的书法作品，他辑录的十力先生的几段话非常经典，包含了启蒙与反思启蒙，也包含了知识人为人治学的基本品德及对人格的重建问题的思考。鸦片战争以来，由于种种原因，包括一些自以为是的中国知识人的无知与起哄，固有文化的内在精魂已被剥蚀殆尽。熊先生等欲振起沉疴，元化先生晚年也做着类似的工作。

会后，他收到我报告会议的信与一套熊先生的全集，又有回信：

齐勇先生：

九月十九日手教，收到已久，近因颈椎病，头昏目眩，未及时作覆（复），请原宥。十力先生会议前寄去贺词，书写时匆忙，有两处脱漏，请勿装裱，容另行书写，裱好后寄奉。

先生现主持系务，谅必忙碌。前得车桂来信，告知多蒙

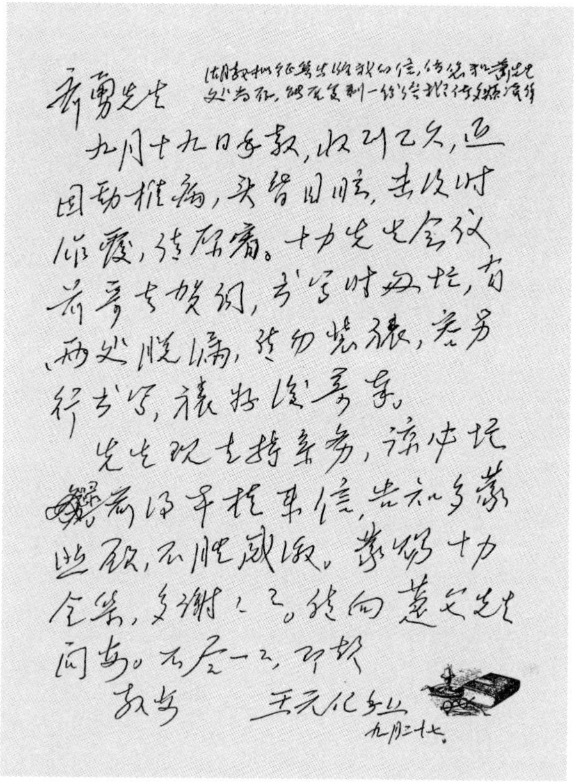

照顾，不胜感激。蒙赐十力全集，多谢多谢。请向蓬父先生问安。不尽一一。即颂

教安

王元化手书

九月二十七

先生的认真、平实、谦和，令我这个晚辈感念不已。以上两函都提到车桂。车桂何许人也？元化先生为什么这样关切？我也有必要说说这件事。从平凡小事中可以看出先生的真情。先生很

念旧，对家乡，对他的母亲，以及桂家一系的亲戚都十分挂念。在增补版《思辨随笔·序言》末，元化先生有一段文字写他的母亲，非常动情。元化先生的舅父桂质廷先生、舅母许海兰教授是敝校德高望重的前辈。桂先生祖籍武昌，1895年出生于江陵（今沙市），是著名的物理学家、教育家，我国地磁与电离层研究领域的奠基人之一。元化先生的母亲桂月华是桂质廷的大姐。当年正是得到在上海做家庭教师的大姐的接济，桂先生才得免于辍学，以后考取清华，继而留洋。许海兰教授祖籍广东新宁（今台山），生于美国纽约。许教授的父亲与孙中山相过从，母亲是美籍荷兰人，故许先生有一半荷兰血统。许先生1920年毕业于美国康奈尔大学文学院，1925年回国，长期从事英语语音研究与教学。许、桂两家都有教会背景，都是名门望族，有不少喝洋墨水的学者，例如推行乡建的教育家晏阳初就是许教授的姐夫。

自徐懋庸挎着盒子枪接管武汉大学以来，“左”祸在校园横行数十年。我的岳父是武大的老职员，他生前曾对我讲过徐懋庸整肃武汉大学知识分子的许多劣迹。他曾说到20世纪50年代初“三反”“五反”运动中，徐逼着桂先生等大教授们在宋卿体育馆下跪，开批斗会。桂先生不堪凌辱，含愤自杀未遂，徐更是加大批斗的声势，在大庭广众中再次用刻薄的语言并用体罚来羞辱老先生。近些年在艾滋病防治上很有名气的桂希恩教授便是桂、许的公子。元化先生对这一大家族的人格外关心。车桂是桂、许的外孙女。元化先生是车桂的表舅。车桂爱好哲学、宗教学，20世纪70年代中期，元化先生闲散无事时，与她交谈过哲学，作过启蒙。车桂毕业于北大物理系，后来转学宗教哲学，现为我的同事。元化先生曾拜托萧先生照顾车桂，萧先生则让我多加关心，我也只是谨遵师命做了力所能及的工作。然而对此，元化先生却以口头、书面方式对萧老师与我再三致谢。

我与元化先生最后一次交谈是在 2005 年 2 月 5 日，春节前夕，立春次日。我给元化先生打了一通很长的电话，首先问候他的身体，然后谈萧老师的身体。元化先生当时八十五高龄，思路清晰，听觉正常，声调平缓，说到他得癌症后的治理、调养与眼疾等。我向他祝福春节，他说他常想起老武昌、老武大与武汉的故人。鉴于元月末沪上一家报纸发表了严厉批评我校一位老师学术成果的文章，并配发按语，指责这位先生“抢滩”，搞学术腐败，然与事实不合，为协调、平息事态，我请老人便中过问，做做工作。他说：“我相信这位先生是认真做学问的人，我愿说说，但不知现在说话人家还听不听了。”次日，我还用特快专递给元化先生寄去被批评的成果。

从上述一些“人情世故”里，可以看出活生生的有血有肉的元化先生的为人。元化先生是很有人情味的。他的晚年数种著作都送给了我，我特别钦佩他的为学精神。他在 20 世纪 80 年代末主编《新启蒙》。90 年代他的思想又有了丰富与发展，论杜亚泉，论文化启蒙的复杂性，此后主编《学术集林》，更加圆熟，对中国传统学术有了更多平情的体认，对“启蒙”“理性”的单维、片面有了更多的反思与批评。元化先生晚年思想的深刻性，尚需学术界慢慢消化。我个人特别看重他在 1990 年代以后思想的发展及其对中国传统与现代化关系的新解读。他是一位开放的、与时偕行的思想者。我永远敬仰他的宽和儒雅的风度。

2008 年 5 月 9 日元化先生辞世，享年 88 岁。几天后萧萐父老师与我才获悉噩耗。萧先生打电话给我，谈到元化先生的过世，心情特别悲凉。那天，他说话的声音很低，还伴有哮喘。他很想为哀悼这位老友做点什么，然已没有力气……我感觉到他心灵的孤寂。四个多月后，9 月 17 日，萧老师遽归道山。这两位经历相若、同声相应、同气相求的友人到天堂聚谈哲理去了。1992 年秋冬，萧老师与师母有沪上之行，曾拜晤元化先生，有合影，又与冯契、元化、苏渊雷先生合影。而今这些前辈都已作古。萐父先生、冯契先生、元化先生都有大恩于我。哲人其萎，泰山其颓，悲夫！

己丑（2009 年）早春

附识：

以上是旧作，曾收于陆晓光先生主编的《清园先生王元化》，华东师范大学出版社，2009 年。2017 年 10 月，在贵阳孔学堂出席孔学堂学术委员会的年会，吾友胡晓明兄面邀某为元化先生逝世十周年纪念文集撰稿，后又通过微信指示可以修改旧作。今略修改上文之后，补写两件事。

近日清理旧物，新发现王元化先生给萧萐父先生的信一封，给我的信两封，略说如下：

元化先生 1985 年 4 月 17 日致萧萐父先生的信：

萐父同志：

日前寄奉拙著请指正，不知已否达览？

随函奉上十力先生寄我明信片摄影一张（似写于 1962 年），请检收。匆匆不一。

即颂

大安

王元化手书

4 月 17 日夜

当时我硕士毕业留校，在萧老师门下当助教，协助老师搜集、编辑熊先生文集及筹办“纪念熊十力先生诞生一百周年国际学术讨论会”，曾以萧先生名义给一些学者发函。元化先生这封信用上海市委宣传部的信笺与信封。此信是用铅笔竖行写的。

信封背后有萧公的字“您代我回一封信，恳望他撰文纪念熊先生　萧”。因为萧公让我代为回信，这信就放在我筹备熊十力会议的一包资料中了。

元化先生随信把熊翁 1965 年（不是 1962 年）9 月 7 日寄他的一张明信片的拍摄胶片寄给萧公。此信后来我们编在《熊十力全集》第八卷中，见第 860 页。

熊翁的明信片寄元化先生家：“本市皋兰路十二弄一号。”此明信片熊翁告元化先生，前转去一信，他并不看好，又请元化方便时来看他：

> 前邮转一纸，批三才之说（三家说），都未由思维之途，未涉理论之域。不知贤者以为然否。有一点小事相烦，便中希枉过。
>
> 9 月 7 日正午

我再说一下元化先生给我的另两封信的背景。1990 年 5 月，当时在美国俄亥俄州立大学做访问研究的敝校前辈学者江天骥先生给我来信，说国外对中国文化学术颇感兴趣，他和他的学生陈真等人准备筹办一个以翻译中文学术论著为目的的机构，先拟选译一本近年国内学者关于文化问题，包括文化哲学讨论的论文集。所收论文应代表各家观点，选择标准是论文的质量、代表性与影响等。江先生委托我做这本论文集的中文编委。他说，选择论文后，要征求作者同意译成英文，而且作者是没有报酬的。我选择了二十多位学者的论文（一般一人一篇），给作者一一去函，征求意见。当时拟收张岱年、任继愈、谭其骧、李泽厚、王元化、汤一介、庞朴、萧萐父、冯契、丁守和、龚书铎、牟钟鉴、姜义华、朱维铮、耿云志、李锦全、汪澍白、章开沅、冯天瑜、陈俊民、刘泽华、方克立、甘阳、黄克剑等学者的论文，得到了大多数人的响应。我最早给元化先生去信，很快收到他的回信。

齐勇先生：

五月二十九日来信奉悉。

您说的那篇文章，原载《新启蒙》，经《人民日报》（及该报海外版转载），后曾收入汤一介先生编集的“五四”七十周年纪念文选，此书由台湾联经出版，书即以拙文题目《论传统与反传统》取名。去岁此文已经人译成英文（由我校阅过）拟在国内出版。（但不知近况如何，我未询问）

与此信发出同时，另邮近出拙著二种，可否请您转江天骥先生。一本为《思辨短简》，另一本为《传统与反传统》。您要的那篇文章即在后一本内。我个人意见认为此文介绍已多，且已译成英文，不如改选此书内另一篇《五四启蒙与当代中国》。此文首次发表，虽经一再删削，但可视为《传统》之姊妹篇。请酌。匆匆不一。

即颂

近安

王元化

6月6日晚

江先生拟编的集子，倘能将篇目惠赐，则感甚！

以上是元化先生1990年6月6日回复我的信，以蓝色圆珠笔写在双行稿纸上，信封是较小一号的上海市委宣传部的信封，是用航空寄的。我本拟选他的《论传统与反传统——为五四精神一辨》一文，他则希望用另一篇《五四启蒙与当代中国——关于文化问题的主客对话》，理由见上。现在看来，后一文意味更为深长。

元化先生1990年6月22日给我寄中英文论文并附一信。信纸与上同，用蓝圆珠笔。此信内容如下：

齐勇先生：

奉上《传统与反传统》英译稿。此稿临时要来，我未校阅，因为急于转上。倘发表，希望请认真校对一下。

匆匆

祝好

王元化

6月22日

如只发一篇，请仍发第二篇《五四启蒙与当代中国》。

寄上的一篇仍可能要印出来，但时间不知在何时。

这一信可与前一信联系起来看。非常遗憾的是，虽然我把书稿都编好并寄给江天骥先生了，但因经费及人力的原因，江先生在美国拟做的这件事未能实现。我近清出了这一包材料，有二十多位学者给我的回信，十分珍贵，有暇我将整理出来。江先生临终前还跟我谈起过此事，总是觉得很对不起包括元化先生在内的这些学者。

郭齐勇补记
丁酉冬月（2017 年 12 月）于武昌

（原载胡晓明主编《后五四时代中国思想学术之路：王元化教授逝世十周年纪念文集》，华东师范大学出版社，2018 年）

怀念霍韬晦先生

2018 年 6 月 6 日，惊悉霍韬晦先生遽归道山，震悼莫名！噩耗传来，令人悲痛不已！我的心情十分沉重。霍先生的逝世，是中国文化创造转化事业的重大损失。

霍先生是香港法住学会创会会长、法住文化书院创院院长、喜耀生命教育基金会创会会长、佛学家、儒学家、教育家、思想家，也是我非常敬重且交游 30 年的志同道合的老朋友。

霍先生于 1987 年成立法住文化书院。他说，“法住”是“文化的永不死亡义”。

我们初识于 1988 年 12 月。当时他邀请我的老师萧萐父先生与我共同出席了法住学会在香港九龙窝打老道冠华园三楼举行的“唐君毅思想国际会议”。此次会议意义重大，开始了国内各地及海外哲学界的互动，给我们大陆学人打开了窗口。国内各地几乎都是两代人赴会。大陆方面有周辅成、萧萐父、李锦全、方克立、牟钟鉴、张立文、郭齐勇、李宗桂、景海峰、罗义俊、蒋庆等 20 多人，台湾方面有牟宗三、蔡仁厚、黄振华、王邦雄、曾昭旭、龚鹏程、袁保新、高柏园、杨祖汉、林安梧、林镇国等 20 多人，香港方面有劳思光、刘述先、李杜、陈特、信广来、李瑞全等出席此次盛会。出席会议的还有唐端正、陈荣灼等，好像端正先生已离开中国香港到加拿大了，此次是特地回港协力霍先生办会。唐君毅先生的胞妹至中女士也出席了会议。这里我只是凭记忆罗列了一些与会者，或许有不准确处。近年，我与海峰兄、宗桂兄、安梧兄等曾分别议论过，为纪念这次会议30周年我们是否考虑再聚首。不想当年的主事者霍先生离开了我们，顿失依凭处。

自1988年之后，霍先生与我相互邀请，共同出席过一些旨在弘扬中国文化的学术活动。

1993年5月，我邀请霍韬晦先生来武汉大学讲学，我陪他拜访了萧萐父、李德永、唐明邦老师，还陪他到归元寺拜访了昌明大和尚。

1994年12月，霍韬晦先生邀请唐明邦老师与我到香港。我和唐师一同出席了霍先生与傅伟勋先生共同主持的“佛教的现代挑战”国际会议。唐亦男教授等也参加了会议。这是我与傅伟勋先生最后一次见面。

2004年6月，我与我校哲学学院同仁一行数人访问香港中文大学哲学系等哲学机构。应霍先生邀请，我们也访问了法住文化书院，在那观摩、学习。

2005年9月，我筹办、主持的“第七届当代新儒学国际学术研讨会”在敝校武汉大学举行，出席会议的有来自6个国家及我国各地的130余位学者。我邀请霍先生谈谈他所开创的儒学事业，他在大会上做了题为《我的儒学道路》的主题报告。他与他的学生多人参会，李锦招发表了《从霍韬晦先生的书生事业看中国文化再生之转机》。这两文都收入了2006年的《人文论丛》。

2007年6月，由国际中国哲学会（ISCP）、中国哲学史学会、中华孔子学会与武汉大学等单位主办的第十五届国际中国哲学大会在敝校举行。出席会议的有来自14个国家的共200余位学人。这是该学会历史上最大规模的双年年会。当时我作为国际中国哲学会（ISCP）会长和大会主席及筹备委员会召集人，与同仁一道筹备、主持了此次会议。我邀请霍先生及其团队法住文化书院的同仁袁尚华等出席了这次盛会，他们组织了专场。

2009 年 11 月，霍先生邀请我等赴广东肇庆出席由香港东方人文学院及香港法住文化书院主办，武汉大学孔子与儒学研究中心（我为主任）等单位协办的“‘百年儒学’学术研讨会”，我在会上做了题为《百年儒学感言》的主题演讲。

2014 年 9 月，新加坡南洋孔教会与新加坡国立大学同仁在新加坡富丽华河畔酒店举办“‘儒学与国际华人社会’国际儒学研讨会”，霍先生率团队出席并发表高论，我在大会上发表了论文《论儒学的现代转化——兼谈大众儒学的复兴》。

霍先生与我的学术交往尚不止以上数端，我们之间同声相应，同气相求。

霍先生的学术贡献很大，特别是在佛学和儒学的现代化方面。

佛教作为世界诸精神资源中之一种宝贵资源，面对现代挑战，必有应对之法。现代需要佛教。不仅佛教面临现代的挑战，而且现代也面对着包括佛教在内的人类久远以来的各种道德、宗教及一切文化资源的挑战。无论就人的精神安立、终极关怀的层面来说，还是从社会世俗文明的层面来说，人类必将更加需要借助与光大佛教的精神解脱之道，借助与光大禅之“平常心”，以及对贪、嗔、痴、慢、疑、恶见等的治疗。人总需要一种终极的信念、信仰之支撑，这是任何金钱或权力拜物教都无法取代的。

正如霍韬晦教授一再指出的，西方化与现代化的负面影响日益显露，其单面性与平面化的弊端将愈来愈被人类所了解。因此，重新体验儒释道的精神价值，创造性地加以转化，使之作为当代社会生活参与者的重要精神资源，对于中国乃至世界的现代化都有极其重大的意义。佛教可以开悟我们的心灵，解脱种种功利的系缚，自识真我，重建人的意义世界，再建崇高和理想人格。

佛教需要现代。要更好地“化现代”，佛教自身也必须“现代化”，一方面必须保持佛法及佛教徒的超凡性，提高其素质；另一方面又必须改革自身，更多地注重其入世性。圣俗关系问题在各国佛教的发展中是一个不断解决又不断产生的问题，因为时代在变。但“变而不失其常”，如无所守，无所常，就不会有佛教的继续存在；如无所革，无所变，也不会有佛教的继续存在。儒家、道家、道教也概莫能外。佛教向社会政治、经济、教育、文化各方面的渗入，其参与社会经济生活（包括企业管理）的各种方式，都值得借镜。我们今天讨论“人间佛教”的问题，实际上已超越太虚法师甚远。

傅伟勋教授曾指出，香港法住学会是居士佛教在当代的典范。就佛教之“化现代”与“现代化”之契合而言，法住确实做出了可贵的尝试。法住所担当的文化使命，即是在现代重释儒释道之精华，使之回到民间、回到现代。一方面佛教需要改革，另一方面改革需要佛教，这就是法住的实践给我们的启示。

霍先生提出“如实观研究法”，以“如实观”观念为主线，建立新的佛教诠释系统。他建立“现代佛学”，提出“生命佛学”，突破当代西方、日本佛教学者的知识佛学，使佛教智慧回归生命。在实践方面，霍先生则倡导“自在禅”及“初心禅”。

在霍韬晦先生带领下，法住文化事业走过了 30 多年的历程。

法住事业辉煌，有目共睹。霍先生与同仁以大愿力创办书院、学校、山庄、书屋、出版社、杂志，以及中医专业学院等，提倡生命教育，创设“喜耀生命”课程及“喜耀教育文化基金”支持国内教育事业，创建喜耀粤西学校，创办新加坡喜耀文化学会，建设抱绿山庄，召开了九届国际会议，又设立法住文化中心与东方人文学院。他的事业发展到新加坡等地。霍先生是一位事业家，法住辉煌的事业是霍先生坚持儒家文化理想、团结同仁的结晶，其中尤其展示了霍先生领袖群伦的魅力、管理智慧与做事的能力！

霍先生在佛禅研究、儒学研究以及生命佛学、生命儒学的创造性开拓方面，在重新诠释包括《周易》《论语》《老子》等中国儒释道经典方面，尤其在对西方及现代文化评论方面有甚多创慧，提出并论证了新理想主义、新人文主义及优质民主的观念，这对克服当下西化的困境，有极其重大的意义！霍先生是一位当代思想家，他的哲思有助于当代人的心灵健康，有功于当代文化建设与文明对话！他的讲学内容广泛，除响应时代、人生与社会问题之外，他努力批评工具理性、消费主义、功利导向、权利文化、平面思维等。他著作等身，其著作活化了古今中外经典与著名思想家的智慧，运用于当世，打动老百姓的心灵，为百姓找到传统与当代、东方与西方、个人与社群的结合点，找到自家的内在宝藏！

霍先生提出“生命儒学”，与思辨进路、建构体系的知识儒学不同，其使儒学回归生命，直承孔子之教。他提出“生命成长”的体会方法论，打破西方的主客观二元对立，倡导自知、自证。他是在民间推广生命教育、文化教育、性情教育的教育家，在教育理论、现代企业管理与领袖学方面也有重大成就！他的喜耀生命的教育，摒弃学院式教法，通过小班与个体方式的活动、反思、启发来进行，让学员了解自己，发现自己的障碍，或是帮助他们打开心理上、思想上的心结。他综合孔子的因材施教和佛教禅师的棒喝对应，回归生命，解决学员生活、感情、思想上的困惑。

霍先生 1999 年即与广东省罗定市合作，开办喜耀粤西学校，由小学发展到中学，办得很成功。我们现在最缺乏的是生动活泼的、适合不同学龄孩子的人性的教育，人之所以为人的基本价值观、做人做事底线与终极信仰的教育，而这对于国家民族的长久利益，对现代法治社会、公民社会的公民底线伦理与伦理共识的建构，意义十分重大。做什么人，培养什么人，是根本。我们愿洁身自好，坚持做人的底线，并用心去做好人性、心性、性情的教育。以仁、义、礼、智、信、温、良、恭、俭、让等价值来美政美俗、养心养性是历史上儒家教育的传统，值得我们借鉴，应将其用于今天公民社会之公民道德的建设。

我们要进一步在民间推动和重整儒学，积极推动传统的人文教育，尽心尽力把儒学基本价值的温习与陶冶，终极信念与理想境界的追求，逐步推进到小、中、大学的教育中，以影响更多的后人。我们要动心忍性，以扎实的功夫，来担当起这一重大责任，承继熊十力、梁漱溟、马一浮、钱穆、唐君毅、牟宗三、徐复观等前辈和霍韬晦先生的志业而奋力前进！

霍韬晦先生知其不可而为之，他的底色是儒家的，同时他贯通儒佛，是谓通人。他是一位很有创新精神的现代学者与社会活动家，他很有活力，做事很投入，他超迈前贤，把梁漱溟、唐君毅的精神发扬光大，创造了生命儒学与生命佛学。他与他开创的文化事业不朽！

永远怀念我尊敬的良师益友霍韬晦先生！

（此文作于 2018 年，原载香港《法灯》）

怀念沈清松先生

沈先生于当地时间 2018 年 11 月 13 日在加拿大多伦多辞世，我于北京时间 11 月 14 日上午从互联网上惊悉噩耗，根本不敢相信，得到友人确证后，甚为悲痛，感叹天丧斯文，哲人其萎！

今年 8 月在北京出席国际哲学团体联合会（FISP）、北京大学等单位联合主办的第二十四届世界哲学大会，我又见到儒雅的沈先生，与他聊得很开心。8 月 13 日，我与吴根友教授从住地锡华宾馆赶到北大博雅酒店门口候乘交通车时，见到住在博雅的沈先生。老友相见，我与沈先生都很高兴，照例是我称他沈先生（有时我在邮件上也称他清松兄），他称我齐勇兄。我们俩坐在一起聊天。我们坐了一段时间，交通车才开动，且当天有点堵车，去人民大会堂出席开幕式几乎用了一个钟头，在人民大会堂门口排队等候安检又用了几十分钟。这样，我俩这次待在一起有两个多小时，交谈的内容是彼此的家庭，老伴与儿孙，特别是马上要过的退休生活。我痴长沈先生两岁，我们都要退休了。沈先生说，退休后他与夫人将回台北居住，原在政治大学附近的寓所没有电梯，爬楼不方便，每次从加拿大回家，拿着行李上楼感觉很吃力。他说，他们在新北市永和区福和路买了新的住宅，那里的自然与人文环境都很好，有学校与书店，楼房有电梯，且住在二层，上下很方便。我们还聊到各人的藏书。沈先生有很多中西文书籍，他计划有的书留在加拿大，有的书运回台北，保留一部分手头要用的书，多数书将分别捐给几个单位的图书馆。我说我们的子女都不搞哲学，几十年攒的专业书扔了真可惜，可是捐出去人家还不一定接受。我举了韩国学者金炳采先生作例证。金先生生前打算把书捐给我们，我们不敢要，一是各图书馆都满满当当，空间有限，二是进出海关很麻烦。我们还聊了身体。他说他患心脏病与糖尿病，近年觉得双腿乏力。我邀请他再次来敝校讲学，他说跑不动了，但计划中，2019 年 7 月要来我校出席宗教对话的会议，我很期待他的来访。

这次世界哲学大会以“学以成人”为主题。8 月 14 日，在国家会议中心，我在“当代中国哲学发展”的分场上报告论文《论中国哲学智慧》，沈先生专门来到这一分场，跟我就中西哲学智慧之比较提了问题，我做了响应。分场议程基本完成后，还有点时间，我提议请沈先生对几位报告人作总的点评并发挥他自己的思想，主持人兼报告人根友兄支持这一动议，请沈先生讲话。他讲了十多分钟，主要是关于“他者”的思考。结束后，我们边交谈边离开会场，彼此珍重道别。不想从此天人相隔，竟成永诀！

因家中有事，次日我离京返汉，沈先生则要在北京坚持到 20 日大会结束，21 日他还要到山东大学去讲学。日后据友人姚新中教授及我的几位学生相告，沈先生在世界哲学大会期间很忙碌，因有的学者未到，会议安排临时有些调整，沈先生主持多场，又参与好几场的点评，还增加了他的一个专场报告。

我与沈先生结缘，主要缘于国际中国哲学会（ISCP）。这个学会是成中英先生 1975 年在美国创办的。我与沈先生常在 ISCP 主办、于各地召开的会议上见面。沈先生曾任会长、副会长，又于 2001—2011 年间担任学会的执行长，与李晨阳、姜新艳教授主持学会事务。李、姜二位后来兼任副执行长。沈先生等三人主持学会事务期间的最大功绩，是使学会工作制度化、规范化、程序化、专业化。我在国际中国哲学会（ISCP）也兼过一点事务，于2004—2005年任副会长，2006年2月1日—2008年1月31日任会长，2008—2016年任副执行长兼中国大陆地区负责人。这个学会的会长是负责组织、主持两年一度的大会的，是大会的东道主，副会长是过渡性的，一般是先当副会长，再当会长，而执行长与副执行长则是常设机构的负责人。

我曾数度邀请沈先生来敝校讲学或出席学术会议，沈先生欣然俯允，这一切仿佛就在眼前。

沈先生第一次来武汉大学是2002年5月6日至11日，当时我任人文学院院长兼哲学系主任。5月6日立夏，当天中午我与荆雨博士到机场迎接沈先生。他穿一身灰色西装，风度翩翩。天气有点热，沈先生微微出汗。次日晚与哲学系同仁朱志方教授等宴请沈先生，交谈学术。敝系办的《哲学评论》创刊号出版，赠送给沈先生。8日下午，我主持沈先生的演讲会，他的讲题是《朱子思想与他者的关系》。演讲结束后举行了一个小小的仪式，敝校礼聘沈先生为客座教授，吴俊培副校长向沈先生颁发了证书，我介绍沈先生，沈先生致答词。当晚，吴副校长宴请沈先生。9日下午，我主持沈先生与敝系教师的座谈会，当晚举行沈先生的第二场演讲，讲题是《关于现代性与后现代的省思》。10日晚举行沈先生的第三次报告会，他的讲题是《中西哲学中的慷慨之德》。晚上，我与吴根友教授一道陪沈先生消夜。11日晨，我到珞珈山庄向沈先生道别。此次沈先生来访，我与他交谈了敝校哲学系与多伦多大学哲学系建立学术交流关系事宜及希望在敝校召开国际中国哲学大会事宜。

沈先生学养深厚，且很善于学习。他向我了解郭店楚简与上海博物馆藏楚简的研究动态，对新出土简帛材料及其研究很是关注。他返回后，我给他邮寄了马承源主编、上海古籍出版社 2001 年出版的《上海博物馆藏战国楚竹书（一）》，此书很大、很厚、很重。

2003—2007 年，我任哲学学院院长。2003 年 2 月 7 日上午，我接到沈先生的越洋电话，谈得较久。沈先生主要谈两个问题，一是两系交流合同，教授、博士后、研究生互访、互承认学分事宜，二是若干年后在武汉大学召开国际中国哲学大会事宜。沈先生说，2003 年、2005 年的大会，已商定好在瑞典、澳大利亚举行，武汉要举办，最早要等到 2007 年。

我也曾与成中英、汤一介、方克立先生磋商过此事。2003 年 8 月召开的第十三届中国哲学大会正式确定 2007 年在武汉大学召开该学会年会。此后，我与沈先生即围绕这一大会的筹备工作有密切的联系。除通电子邮件外，2006 年 5 月在台北中国文化大学，2006 年 12 月在香港中文大学开会时，我们二人相见，也在磋商大会事宜。

沈先生第二次来武汉大学，是出席第十五届国际中国哲学大会。此会于 2007 年 6 月 25 日至 27 日在敝校召开，会议的主题是“21 世纪中国哲学与全球文明对话”。我作为 ISCP 会长和大会主席及筹备委员会召集人，与 ISCP 执行长沈先生等一道筹备、主持了大会。出席会议的有来自 14 个国家的学者共 200 余人，可谓盛况空前。参会学者有：汤一介、乐黛云、成中英、沈清松、信广来、黎建球、王树人、陈来，以及德国慕尼黑大学的 Dennis Schilling、美国纽约州立大学的 Kenneth Inada、英国伦敦大学的 Marnix Wells，美国堪萨斯卫斯理大学的 Stephen Angle，西班牙纳瓦拉大学的 Keith Wilson，韩国江陵大学金白铉等。我的老师萧萐父、刘纲纪先生也参加了会议。这次会议安排了 3 个大会场，48 个分场，200 多人发表论文。

沈先生很重视细节，事前他曾主动修改了会议预邀函的英文版。6 月 24 日下午我到珞珈山庄看望沈先生，并与他最后商量了会议的细节。25 日的开幕式上，他与我等分别致辞，他又主持了这天上午第一场大会报告。26 日晚他主持了国际中国哲学大会的会员大会，这是工作会议。在会上，他给我颁发了证书，感谢我为学会作的贡献。这个木制的小牌，是他亲自从北美带来的。他讲了话，我致了答词。沈先生与李晨阳、姜新艳教授等分别谈了学会的工作，还谈到此后两次大会的设想。

27 日上午，他在“文明对话与宗教哲学研究”专场发表了论文《“过程哲学”与“中国哲学”：怀特海的“过程本体论”与华严佛教的“事法界”比较》，下午他在大会上发表了另一篇论文《关于心灵健康与精神通达的思考——作为科学与艺术之心理治疗的哲学基础》，都是用英文发表，又用中文讲了要点。当晚我主持了沈先生与成中英、林安梧、高瑞泉等的人文讲座。这是面向同学们的讲座，对话很热烈，一直到晚上 10 点半过了才散场。

三年后，2010 年 6 月 25 日至 27 日，沈先生再次来武汉大学，这是第三次来访。此次他来出席 ISCP 的小型会议“近三十年来中国哲学的发展：回顾与展望”国际学术研讨会。过去学会只有两年一度的大会，沈先生希望每届双年大会之间再开一小会，跟我商量，小会就从我们武汉大学开始了。

2010 年在敝校举行的会议，来宾住丰颐酒店，会议在哲学院开。沈清松、刘千美教授伉俪同来，成中英、陈来、杨国荣、刘笑敢、倪培民、余纪元、李晨阳、姜新艳、陈荣灼、林安梧、Sandra Wawrytko（华珊嘉）、Youlaine Escande（幽兰）、John

Makeham（梅约翰）、Abramova Natalya（娜塔莉娅）、陈卫平、洪修平、许苏民、詹石窗、吴震、王博、李翔海、董平、朱汉民、张连良、龚隽与东道主武汉大学的学者们出席了此次会议，论题涉及“海内外近30年中国哲学的发展与中国哲学智慧面临的挑战”“比较方法论的后设思考”“思想史与中国哲学的内在逻辑”“孟子的德性论”“牟宗三哲学反思”“儒家与民主的关系”“以‘天人合一’问题为中心反思近30年的中国哲学研究”“中国哲学学科建设的60年与30年”“当代美国的中国哲学研究”“世界哲学：当代中国哲学的视域”等道教、佛教、东亚儒学的各方面。此外，会议期间还面向学生举办了“中西哲学比较暨国学系列”演讲。

6月25日上午的大会开幕式上，还举行了武汉大学国学院揭牌仪式。沈先生与谢红星副校长为国学院揭牌。上午的大会上，沈先生与成中英、杨国荣等三人作主题报告。沈先生选取离散海外之中国人作为考察的对象，认为在当今这样一个全球化和文化多元主义的时代，海外华人在“灵根自植”即在一个新的文化脉络底下重植其精神根基的同时，还应做到“和谐外推”，这是由文明冲突走向和谐的重要途径，而“外推”必然以“原初的慷慨”为前提。沈教授同时指出，众多华人学者在海外教授中国哲学所体现的“外推”精神乃是一种新的儒学精神的展现。

会间穿插安排了部分学者的讲座。26日下午，沈先生、李晨阳、陈荣灼三教授合场演讲，由我主持。学生们很高兴听到三位大家的新论，也向他们提了不少问题。

会议继续举行，27日下午，沈先生主持了陈来先生与我的主题报告会。在最后的闭幕式上，沈先生与我分别致闭幕词。这次会议的论文收入我主编的《儒家文化研究》第五辑、第六辑，由北京三联书店于2012年、2013年出版。

2015年7月12日，“利玛窦规矩与中西文明对话”国际学术研讨会在我院举行，胡业平、沈先生及智利、印度、韩国的学者等六位专家及武汉大学诸学者出席。又见到沈先生，我十分高兴，我们互赠礼品，聊得甚欢。沈教授主动提出要为熊十力先生扫墓。他说，他青年时代在台湾受牟宗三、唐君毅先生影响，参与早期鹅湖社的活动，很早就读了熊先生的书，现在海外教书，每年都要讲讲熊先生的《新唯识论》(部分)。会后，文碧方教授等陪同沈先生与胡业平教授去黄州，崇谛法师刚到安国寺做住持，文教授与崇谛法师陪同沈、胡教授下乡，到上巴河张家湾熊家坳熊先生墓前敬献水果、鲜花等供品，鞠躬拱手祭拜，按当地习俗烧了纸钱，点了香烛，放了鞭炮。沈先生在熊先生墓前拜了十多分钟，口中念念有词。当天很热，气温高达40℃，沈先生的衬衣都汗湿了。熊十力先生是现代新儒家第一代的代表人物，沈先生祭拜熊先生，表明他心胸开阔，尊重前贤。此行沈先生访问了安国寺，又游览了东坡赤壁。文教授告诉我，游览东坡赤壁之时，烈日当空，沈先生汗流浃背有些疲倦，但一见东坡前后《赤壁赋》牌匾，沈先生眼睛一亮似倦意全无，对众人说此前后《赤壁赋》是他儿时熟诵之篇，于是高声朗诵起来，众人立即附和，“清风徐来，水波不兴……”之声再次响彻于千年古赤壁之上。

谈到沈先生与武汉大学，还不能不说他的大著《科技、人文与文化发展》。我促成该书的简体字版在敝校出版社出版，沈先生嘱我写序，我于2013年元月写了序言，指出沈先生是蜚声中外的当代世界知名哲学家，睿智深沉，著作等身，活跃在国际学术界，积极促进文明对话与科际整合。本书讨论的中心是当代科技、自然生态与人文传统及其相互关系问题。其现实关怀，显然是科技给人类带来的福祉，其超速发展之负面性对自然系统与人文传统的破坏，以及其超速发展所遭遇的抗衡。沈先生是学贯中西的大家，他以深厚的学养与理论逻辑的分析方法，娴熟地运用中西方各家各派古典及现当代哲学，系统翔实地为读者论述了科技与人文，信息科技、文化与人文精神，当代科技思潮与人文的科技批判，以及科技时代的伦理道德，科技对艺术的影响与展望，科技时代的宗教与终极信仰，中西科技与文化的互动，科技发展与环境伦理，生物科技的伦理思考，中华文化与中国哲学的展望等内容。全书分三个部分，对科技与文化的定义、内涵与影响等各方面做了系统分析，并对中西互动、科技伦理与文化展望做了精细的讨论，是不可多得的一部优秀的理论著作，现实感强，而且很有可读性。该书于 2014 年 4 月在武汉大学出版社出版。该书集中了沈先生对当代科技文明的反思，极有意义。

之后，我们为在香港召开的国际中国哲学会、他的两部书在孔学堂书局出版等事，通过电子邮件交往密切。2015 年 7 月在香港中文大学举办的第十九届国际中国哲学大会上，沈先生受命组织、主持了纪念汤一介先生的专场，他让我做了主旨报告。晚年，他把《返本开新论儒学》和《为生民立命：从身体到密契》两部书稿交给贵阳孔学堂书局出版。这两部书很有价值与意义，从中可以窥见他的儒学观和宗教比较与对话的洞见。在“多元他者”的脉络下，沈先生提出“外推”“内省”“原初慷慨”“相互外推”“相互丰富”等概念与命题。

沈先生是豪气万丈的哲学家，热诚慷慨，有开放的胸襟与广阔的视野。他的基本立场是天主教士林哲学的，我的基本立场是儒学的，但这并不妨碍我们相交莫逆，彼此尊重、沟通、切磋、信任。以上我介绍的他晚年的两部书稿中，他的儒学观及宗教比较与宗教对话的思想，颇为深刻，值得我们深入学习、探讨。

在学问上，沈先生非常勤奋，做到了孟子所说的“掘井及泉”“深造自得”，朱子所说的“研精覃思”“平心易气”和曾国藩所说的“有志、有识、有恒”“有志则不甘为下流，有识则知学问无尽，不能以一得自足，有恒则断无不成之事”。他学思并进，对全人类诸种大的文化与宗教传统，都有深度的研究，并有切身的体验。

他以诚恳的态度做人做事做学问，立身之道内刚外柔，谦逊和蔼，温文尔雅。他的儒学修养很厚实，对先秦、宋明儒学的典范熟读精思，做了创造性的诠释，对仁爱忠恕之道的解读十分到位，特别能“虚心涵泳，切己体察”。他是“己欲立而立人，己欲达而达人”“己所不欲，勿施于人”的仁爱忠恕之道的实践者，以仁爱之心尽己、推己。从细微处见精神，他应事接物、待人处世的方式，都是儒家式的。我认为，他生命的底色是儒家，如套用杜维明先生的话，他就是儒家式的基督徒。

沈先生的道德文章，令人钦慕不已。他学贯中西古今，学问一流！二十多年来，在国际中国哲学大会及相关学术活动中，他是极有感召力的巨擘！他的逝世，是国际哲学界，特别是国际中国哲学界的重大损失。

他的逝世，使我万分悲痛，我永远失去了一位特别敬重的好友。我十分怀念沈先生，他的音容笑貌永远在我心中！

（此文 2018 年 11 月至 12 月作于武昌珞珈山，原载李晨阳、肖红主编《灵根自植：中国哲学与世界华人》，新加坡南洋理工大学孔子学院，2019 年）

怀念李泽厚先生

——一位同时开启两道闸门的思想巨匠

2021 年 11 月 3 日，李泽厚先生在美国科罗拉多州驾鹤西游。惊悉噩耗，不胜哀悼！李先生享年 91 岁，已属高寿，然而对于我们这些后学来说，还是希望前辈活得更长些。李先生是开风气之先的人物，具有很大的影响力。他是我们十分敬重的哲学家。毫不夸张地说，20 世纪 80 年代，李先生是中国思想界执牛耳的精神领袖。他的著作是 20 世纪八九十年代的青年学生和学者的案头必备书。

我喜欢读他的《批判哲学的批判——康德述评》《美的历程》，最喜欢的是他关于中国思想史论的三书。他的这三本书，特别是古代、现代思想史论中的若干篇章的初次发表，独到的见解，新颖的提法，都曾引起思想界的关注、震动，激起辩论。其实，老一辈人也很关注，我的老师萧萐父、李德永、唐明邦先生等也常提醒我们关注、学习、讨论李先生的新论如《孔子再评价》《主体性提纲》等。

李泽厚先生聪明、敏锐，以新的眼光和睿智，提出了很多新的问题、命题、话语等，振聋发聩，极富启发性，如“儒道互补”“文化—心理结构”“思想积淀”“双重变奏”“救亡压倒启蒙”“乐感文化”“实用理性”“思想淡出，学术凸显”等。这些一下子就成为学界共识，被普遍使用。在我们这代人的成长中，似还没有其他学者有他这样大的影响。

我与李先生交往不多，有几件小事记忆犹新。

1985 年末，我的第一本小书《熊十力及其哲学》出版，1986 年初寄李先生赐正，他收到后立即给我回信：

郭齐勇同志：

正谋购君大著，不意书从天降，快何如之。容后细读，先致谢意。此问近好。

李泽厚　二、二

不久就看到他的论著中引用了拙著并加了注释。

20 世纪 80 年代我有幸参加汤一介先生发起的中国文化书院主办的第一届中国文化讲习班，以及纪念五四的国际学术研讨会等活动，聆听过李泽厚先生的演讲和即兴发言。

1990 年，时在美国的江天骥先生来信说，他很关心国内中国文化的讨论，嘱咐我选择一些名家名篇，拟与陈真博士英译，结集在美出版。我立即与参与文化热的大家们联系，当然包括李泽厚先生。关于他的大著选文，我提出了意见，并征求他本人的意见，他的回信见下。

齐勇兄：

来信收到，谢谢。我也不知选哪篇为好。也许，《试论中国的智慧》[①] 和《孙老韩合说》（均见《中国古代思想史论》）如何。

此复，顺颂

时绥

李泽厚　六月廿日

① 此文应为《试谈中国的智慧》，此为笔误。

又：英译稿望能复印一份，寄下一读。

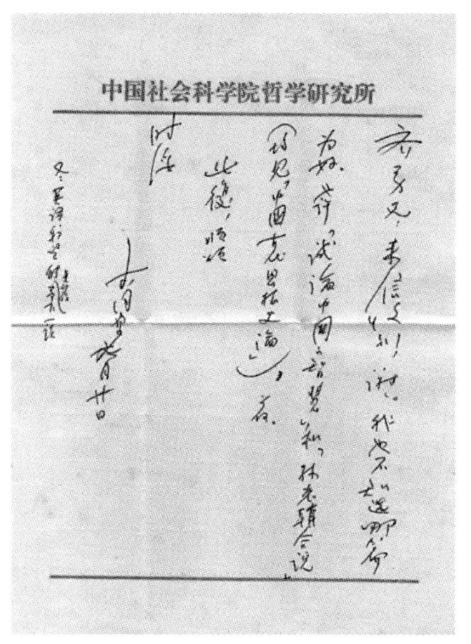

中国社会科学院哲学研究所

我当时打扰了不少专家，把文章都收集、影印并寄到俄亥俄州。可惜因客观原因，江先生的这一构想并未实现。

我曾去北京皂君东里12栋拜访过李泽厚先生与庞朴先生。李先生家里挂着冯友兰先生题写的堂联：“阐旧邦以辅新命，极高明而道中庸。”他在家里穿着睡衣。他家的客厅里有一躺椅。李先生尚简脱，颇有魏晋风度。

我以为，李泽厚先生是同时开启两道闸门的思想巨匠。两道闸门：一是思想启蒙，一是文化守成。中国现代文化，20世纪80年代的主轴是启蒙理性；90年代的主轴是反思启蒙，回到本根，返本开新，创造转化。一方面，李先生是启蒙的精神领袖，他“走自己的路”，崇尚个体和理性，批判传统。另一方面，他要研究传统文化和哲学，又不能不摆脱过去大批判的遗风，对包括先秦、宋明儒学等在内的中国哲学有一定、深层的理解，这一方面他虽未自觉，其实也算是开风气之先。所以，冯友兰先生在李泽厚对孔夫子“再评价”后，希望他继续对宋明理学“再评价”。当然，李先生绝不是浅层次的否定者，他善于提出问题，善于反思。我特别看重他在中国哲学史研究范式更新中的贡献。

总之，他的批判性对我们这些保护文化传统、从事创造转化的学者来说具有积极意义，即今天讲传统，不是抱残守缺地讲，而是要回应现代社会、现代生活。继承李先生的思想遗产，我们在李先生那一辈人的基础上，理应更加重视经典，杜绝浮泛，扎实下功夫，力争在对古代哲学思想的创造转化方面，更上层楼，以此告慰李泽厚先生的在天之灵！李先生一路走好！

（此文 2021 年 11 月 6 日作于武昌）

附录一　我这四十年

——感恩老师和同学

1978 年改革开放至今，已整整 40 年。这 40 年，不仅仅是解放思想、实事求是的 40 年，也是锐意进取、成长蜕变的 40 年。武汉大学哲学学院郭齐勇教授回顾自己在武汉大学的 40 年，从师从哲学大家萧萐父先生的哲学系学生到当今的世界儒学研究的杰出人物，这位直到 70 岁还坚持在教学一线的教授至今仍笔耕不辍。近日，正值教师节到来之际，我们采访了郭齐勇教授，请他分享了他这 40 年在武汉大学学习和教书的经历。

问：首先祝贺您近两年又有《中国文化精神的特质》与《中国人的智慧》两本书刊行。您是 1978 年 10 月进武汉大学哲学系念书的，到今年 9 月满 40 年。40 年是不短的时间，差不多您 30 岁以后的年华都留在了珞珈山，奉献给了武汉大学。回顾起来，您最想说的话是什么？最大的感慨是什么？

郭齐勇：谢谢！这两本书是我近年来对中国文化思考的心得，是姊妹篇。今年是改革开放 40 年，我个人恰逢其时，随着国家的发展，自己也成长起来。40 年前，我的生命发生了重大转折。1978 年 10 月，我以 31 岁的“高龄”进入武汉大学哲学系读书。在此之前，我在湖北省化工厂当了 8 年的工人，在当工人之前，我在天门县（今天门市）杨场公社当了一年半的知青。再往前推呢，我是武汉十四中（高中）1966届的毕业生。我这40年，简单来说，就是在武大读书教书的40年，我和武大、哲学、国学结下了不解之缘。可以说，这40年，我只做了一件事情，就是学习、研究和弘扬国学。

先谈我的读书和教书。我们这批1978年进校的学生，年龄相差十几岁，差不多是两代人。我们如饥似渴地读书、听讲座、泡图书馆。这一届同学特别多样化，不少同学都以自由思想、独立人格为学习的宗旨。读本科的时候，我和李明华、周民锋等同学编过一个油印的习作集，叫《求索》，只出了三集后来就不让出了。我自己也在校学生会的学习部当过副部长和部长，做一些组织讲座之类的工作。改革开放是什么意思呢？按照邓小平的话说，就是解放思想、实事求是，和过去的教条主义束缚相脱离。当时有思想解放运动，武汉大学的老师们聘请了一些有改革精神的学者来，他们的观点可以说是振聋发聩。当时我们因为长期受到“文革”的束缚，在各方面是比较“左”的，如认为中国传统文化大多数是糟粕，没有什么能在现代创造转化的东西。我们当时最喜欢的课程是陈修斋与杨祖陶老师合上的“西方哲学史”，使用的教材是他们编写的用低质黑纸印的《欧洲哲学史稿》。再就是萧萐父、李德永、唐明邦老师合开的“中国哲学史”。这两门课都是一学年的课程，一周三次，每次两节，课程量很大。当时学校的学制很灵活，我们和1977级的同学只相差半年，1977级的同学是1978年2月份进校的，1978级的同学是1978年10月份入校的。因为很多课程是跟1977级合上的，所以我学分修满后，和1977级的同学一起考上了1981级的中国哲学史专业的研究生，提前半年毕业了。虽说是1981级研究生，但有招生和考试的过程，所以我们的读书时间是从1982年的2月份到1984

年的 12 月份。实际上，我在武汉大学本科硕士一起读了 6 年，从 1984 年 12 月开始留校任教，在中国哲学史教研室工作到今天，差不多是 34 年，算下来在武汉大学已经待了 40 年。

1985 年到 1987 年我当助教，1987 年升任讲师。1986 年教育部批准了武汉大学哲学系中国哲学专业的博士点，这是国务院学位委员会授予的第三批博士点，萧老师成为博士生导师。我很荣幸地考上了 1987 届的博士生，那时候我已经是讲师了。1987 年以后，我是边读书，边教书，1990 年顺利地通过博士生论文答辩，但由于种种原因延迟了两年，1992 年才获得博士学位。我是 1989 年 1 月份升任副教授的，1993 年 3 月升任教授，同年被增列为博士生导师。我在学校当教书匠 34 年，我的生活无非就是读书、教书。读书是基础，也是我的基本生活，我读的主要是中西方哲学的经典，其中以中国的为主。萧、李、唐三位老师待我们非常平易亲切，在他们的提携之下，我从助教、讲师一步一步做到副教授、教授。萧老师不仅学术根底扎实，而且思想活跃，他深深影响了我的一生。萧老师已过世 10 年，但每当我遇到问题，都会想想若老师还在，他会怎样处理这样的事情。

40 年了！我最想说的话和最大的感慨是：感恩武汉大学、感恩老师、感恩我的学生。因为如果没有武汉大学，没有武汉大学的老师和同学，也就没有我。我出身小商家庭，当过知青和工人，是社会底层的劳动者，那时我不知道世界上还有这么多的哲学智慧。要是说有什么遗憾，就是我自觉来日无多，有些书还没有读，所以要赶着去读书。

问：您当初为什么会选择哲学系？选择哲学系的契机是什么？

郭齐勇：严格来说，并不是我选择了哲学系。1978 年高考的时候，我的第一志愿是中文系，第二志愿是历史系，第三志愿才是哲学系。虽然以前我在当知青、工人的时候接触过哲学，看过汪子嵩等人编著的《欧洲哲学史简编》、杨荣国主编的《简明中国哲学史》，但我胆子很小，觉得哲学太深奥。直到后来分到哲学系后，我才发现，我最适合学哲学，因为文学很灵动。在哲学系里，我的年龄已经偏大，我的同学以 20 多岁的为主，还有十六七岁的，我已经 31 岁了。反过来说，我累积的生活经验比他们丰富一些，对于哲学问题，我的理解也更加契合。当时恰逢改革开放推动了真理标准问题的大讨论，冲破“两个凡是”，一下子使我们觉得学习哲学不仅是一个追求智慧、追求真理的过程，也是丰富自己、认识自己的过程。真理问题的大讨论，启发我们思考什么是真理，真理的标准是什么，什么是真善美，为什么我们要改革开放，为什么《东方红》里要祈求一个大救星而《国际歌》里不靠神仙皇帝，怎么样从个人崇拜的盲目性中摆脱出来。很多问题都值得我们从古希腊到近代的西方哲学、先秦到现代的中国哲学中反哺和提升，去学得一种看待问题的方法。所以哲学系虽不是我的第一志愿，但分配到哲学系，我感到很幸运、很契合。与我过去那些盲目的、知识性的积累不同，哲学开发的是一种智慧的追求。

问：您在很多地方都提到萧萐父、李德永、唐明邦三位先生的道德文章对您的影响，您也说过在萧先生晚年，关于申报“资深教授”岗位一事，萧先生曾与您发生过一次龃龉。中国传统教育，用孔子的话来说是“为己之学”，用孟子的话来说是“从游”。您的老师是如何教育您的？是如何批评您的？您自己也培养了不少学生，大多学有所成，那您是如何培养学生的？

郭齐勇：关于我的三位老师萧先生、李先生、唐先生，当时叫“三驾马车”，萧先生挂帅，李先生和唐先生去落实。他们三个人年龄相仿，但是李老师、唐老师都非常尊重萧老师。三位老师对我们的培养，是身教重于言教，如果没有三位老先生对我的教育、批评和指导，就没有我的成长。

所谓“从游”，就像小鱼跟着大鱼，我深有体会。我是萧先生等三位老师带的第三届硕士生，我跟老师们一起生活，一起应对生活中的风波、人生的坎坷，也一起承担时代的考验。老师带我们这些学生，到我们协助老师带学生，再到后来我们自己单独带学生，一个重要的体会就是老师和学生一起成长。萧老师带我们的成功经验中有一点特别有意思，他不仅把知识、为人为学通过身教言教倾其所有地传授给我们，而且把他尊重的学界朋友也介绍给我们。那时候即使很穷，老师们还是会积极筹措资金，鼓励我们去请教外地的老师，让我们去游学。我就曾去北京大学拜访了冯友兰先生、张岱年先生、周辅成先生、朱伯崑先生、汤一介先生，去人民大学拜访了石峻先生，到中国社科院拜访了任继愈先生，到上海华东师大拜访了冯契先生，等等。只要是有关的学术会议，老师都会争取名额带我们去参加，即使他不能去，也尽力介绍我们去参加。这些我们都继承了下来，特别是访问前贤。为了研究熊十力先生，在萧老师的介绍下，我访问了几十位哲学界的前辈，包括张申府先生、梁漱溟先生，我都找到他们家里，他们都很平易近人。我们访问他们的时候，他们比我现在的年岁还要高，他们都是在民国初年就很活跃的人物，都是时代老人了。20 世纪 20 年代到 40 年代，有很多西方哲学家访华，都是他们邀请的，比如张申府先生，他是第一个研究罗素的中国人。所以我们能够亲近这样一些前辈大家，都是老师提供的机会。那时候没有电话，都是靠写推荐信、介绍信。萧老师也接待天南地北的老师们和他们的弟子到武汉访学。这是老师培养我们的经验，也是后来我们培养学生的经验，就是要访问前贤，直接地去面对这些前辈，去提问，去对话，并思考。

第二个经验是干中学。老师们强调我们要多读书下功夫，特别是原著经典，要一个字一个字地读，一点都不能浮皮潦草。他们还鼓励学生批评老师，像黄卫平同学写文章批评萧老师的观点，萧老师就在我们学生中表扬他，还把他的文章推荐出去发表。文科的老师就是要指导学生读原著经典，启发他们思考问题，鼓励他们动手写东西。此外，萧老师还组织了很多学术活动，让我们在这些学术活动的组织工作中学习待人接物。很多大型的会议，就是萧老师指导我们操办的。萧老师会事无巨细地写纸条给我，前几天我还看到他写给我的短札，写了小郭怎样怎样，到了晚年，他就写郭教授怎样怎样，弄得我都不好意思。他写了很多条子，怎么接待外宾与外地的老师，怎么办学术活动，他都有很细的考虑，然后由我们去具体落实。比如说 1985 年 12 月，我们在黄州举办了“纪念熊十力先生诞生一百周年国际学术讨论会”，同时办中国文化讲习班，那时候黄州还不是一个开放地区，很不方便。怎么去邀请国内外学者，邀请了以后怎么接待，怎么组织学生去接，都是问题。杜维明与成中英教授到现在还记得他们第一次过长江，汽车开到江边，还要坐船，这样才能到黄州去。这些活动虽是我们操办的，但都是老师们联系好，写很多信札邀请学者。老师们以此锻炼我们的才干，锻炼我们的组织能力、办事能力。做人做事不是闭门造车，而是在具体的办事中，学会怎么与人相处共事，怎么组织协调。

我与萧老师之间也有一些龃龉，就是一些不愉快的事情。有一年我年轻气盛，因为和老师有不同意见，对老师有所埋怨，老师很宽厚地说了一句让我至今印象深刻的话，他说："人之相知，贵在知心。我们师生这么多年了，你还不知道我们彼此的心吗？"我感动得流泪了。还有就是在老师晚年的时候，他身体已经不好了。当时我是院长，想给他申报"资深教授"岗位，就请学院的办公室主任把学校申报的文件给他。结果他很生气地打电话给我，很不客气地叫我到他那里去，然后声色俱厉地把我批评了一顿，以前从没有这样。他对我说："我现在身体这个样子，还申请什么资深教授？那不是徒有虚名吗？又不能做事，让国家多花一些钱财干吗呢？"他不愿意要这个虚名，但是他又不否定已经是资深教授的老同事，他尊重他的这些老同事。我们当时很为他抱屈，认为从萧先生的学识、资历等各方面来看，只要申报，学校就能批，但他没有这么做。

另外萧老师和我也是在患难中结成的友谊。不管怎样的高压之下，我们就是坚持真理，坦诚相待。我们是患难与共，一起成长的，甚至超出了一般师生、一般父子的情感，他对他家公子的培养都没有对我们的培养花的力气大。但我们的师生情感是建立在改革开放精神、做人做事原则之上的，并不是邪门歪道的攻守同盟，而是出于道义。老师有两年被停招，不能招硕士生、博士生。我也是被停两年课。当时台湾青年学者林安梧要拜访萧老师，他的硕士论文写的是王船山，因为萧老师是王船山研究方面的大家，他喜冲冲地把论文带过来，但学校明令不许二人相见。我到萧老师家，看到老师和师母两个老人孤独地站在门口，焦急地等我，说："只有你代我们去看望林安梧了。台湾的朋友来了，我们不能接待，不是不愿，而是不能。"后来就是我代表萧老师去见林安梧的，陪他游览了武汉三镇。我跟萧老师之间有超越一般师生，甚至超越父子的感情。我们之间是传统社会圣贤门下的师友弟子般的交往，所以我很感恩我的老师。

我这一辈子的处事也是秉持改革开放精神的，坚持思想解放。如果要违背原则，我会拍案而起，绝对不干。我们从老师身上学到了风骨，做人做事要有底线、有原则。老师曾不被重视，章开沅先生曾说，湖北有愧于萧先生，但是没有关系，老师依旧保持风骨，坚持为人为学的原则。这是改革开放给我们的精神支撑，要解放思想、实事求是。违背这个原则，我们就不做。这也是我们从萧先生的身教言教中，最能学到，最感人，也最身体力行的东西。

问：从 1978 年至今，武汉大学哲学系（现在叫哲学学院，下文都用哲学系指代）40 年的发展历程，您是亲身经历者，在您看来，武汉大学哲学系有哪些特点？比如它的学术传统、社会关怀等等。

郭齐勇：从 1978 年开始，我在武汉大学哲学系读书、教书已有 40 年，我亲眼看到了哲学系的发展。从 2000 年底到 2003 年我是人文学院的院长，2003 年到 2007 年是哲学学院院长，2007 年秋我主动请辞，请朱志方教授继任。武汉大学哲学系是最早设立，也是学科设置比较全面的哲学系之一。我们的学科比较齐全，在我任上，同时开设了八个二级学科博士点。马克思主义哲学、中国哲学、西方哲学的课程设置，都是要研读原著经典的，这是由我们的前辈开创的、武汉大学哲学系很重要的学术传统，它基本来源于北京大学哲学系。

我们的西方哲学有陈修斋老师的唯理论研究，陈先生继承了贺麟先生的传统，对此有精到的研究。杨祖陶老师也是贺麟的学生，他继承的是德国古典哲学的传统，从康德到黑格尔。陈修斋、杨祖陶老师在西方哲学的两块——法国的唯理论和德国的古典哲学，身体力行，下功夫翻译、研究原典。杨祖陶老师在晚年，还独立翻译了黑格尔的《精神哲学》等。我们中国哲学也是这样，萧老师主编的《中国哲学史》具有前瞻性，是当时全国最好的中国哲学史教材。萧、李、唐三位老师原著经典的基础都非常好，萧老师是周秦之际哲学和明清之际哲学的专家，萧老师常说“抓两头带中间”，所谓“两头”是先秦哲学和现代哲学，“中间”就是明清之际哲学，萧老师对明清之际启蒙思潮的研究，在全国和国际上都有地位。唐明邦老师的《周易》研究，李德永老师的宋明理学研究，都非常了不起。我们的马克思主义哲学原理与马哲史教育，也很注重名著经典。过去有几本书，学生都要一本一本、一字一字地读。我虽然不是马哲出身，但马哲的十几种原著经典我都读过，包括马克思早期的《1844 年经济学哲学手稿》《〈黑格尔法哲学批判〉导言》，我们都是下过功夫的。江天骥先生的科技哲学与分析哲学，最能够及时地反映西方当代哲学现状。江先生英语特别好，他总能快速地把英美最新的学术动态带到讲台上。

每个老师都各有特点。萧先生特别会讲课，他讲课非常潇洒。江先生不会讲课，有次我们上他的课，他发给我们讲稿，念了几句就说：“这有什么讲头？你们自己去看吧。”他是广东廉江人，他的话我们听不懂，还需要人翻译。江天骥先生在 1978—1979 年前后，办了《美国哲学动态》，油印的，这是要寄到北京去，当时的政治局委员要看的。总体来看，江天骥老师的分析哲学、科学哲学研究，陈修斋老师的欧陆唯理论哲学研究，杨祖陶老师的德国古典哲学研究，陶德麟老师的马克思主义哲学研究，萧萐父老师的中国哲学研究，刘纲纪老师的美学研究，张巨青老师的逻辑学研究，这些老师辈的奠基使得我们武汉大学哲学系学科门类相对齐全，对经典的研究比较扎实，学风也比较好。

我们武汉大学哲学系不仅思想比较解放，坚守哲学本位和哲学传统，它还有非常强烈的现实关怀。在真理标准讨论上，陶德麟老师就敢于批评教条主义，在全国的思想界有一定的影响。同时，我们向社会的辐射也比较大，社会教育做得很好。我们这一辈和我们的学生，在坚持学科研究的同时，也向社会传达哲学智慧、国学智慧。“国学热”“传统文化热”，说明社会需要这些东西。在社会关怀上，我们武汉大学哲学系有强调社会参与的哲学传统。我们的中国哲学老师们，几乎毫无例外都到民间讲学，跟社会大众讲中国文化的传统。唐明邦老师在社会上就有很大的影响力，我们这一辈也是这样，现在年轻一辈的学者也承接了起来。

问：在您与武汉大学哲学系一起成长的40年里，您印象最深的人或事是什么？

郭齐勇：我们老师和学生的交流十分密切。我们的学生毕业以后回来探望我们，他们还能记得我们当年给他们上课的样子，这令我们非常感动。而我们呢，也记得三四十年前我们的老师给我们上的课。当年教学条件很不好，我们在数学系一楼上课，大教室里仅有一些简易的课桌。杨祖陶老师讲课，是不带讲义的，有时候仅拿几张卡片。他给我们讲西方哲学史，一讲就是两节课或三节课，中间就稍微休息一下，一口气讲下来不看讲稿。1977级、1978级两届同学一起听他的课，听到安静的时候，一根针掉在地上的声音都听得见，后来我们两届同学都不约而同地回忆起这个场景。

那时候武汉大学哲学系的老师们很艰苦，为了节省一些钱，他们的讲义，要到县里面的小印刷厂去印。印刷工人们也不明白什么欧洲哲学史，杨祖陶老师在保康县住了几个月，现场校对。老师们为了给我们上课，花了多少时间和精力啊！2017 年杨先生去世，大家回想起这些感人至深、印象深刻的情景，不禁都悲从中来。

问：很多学者会通过变换不同的学术机构寻求发展空间，您选择扎根武汉大学 40 年，是什么原因让您一直坚守？其中是否可以说有得有失？

郭齐勇：其实我有很多次机会去北上广的名校，我都没有去。我觉得我们武汉大学哲学系是非常了不起的哲学系，有很好的学术传统。我坚守的原因，实事求是地说，因为我是武汉人，家在这里。也曾经想过换个单位，尤其是在我处于生命低谷的时候。有一次我都准备走了，学界有前辈劝我，说："小郭，离开武汉不一定就适合你，你就在武汉大学哲学系，坚持一阵就好了。"况且让我不教书去做别的事情，也不适合我，所以我就留在武汉大学，一直坚持再坚持。另外，我还是感念这个氛围，感念这个集体。虽然有恩恩怨怨，我依旧觉得这里是适合我成长和发挥的地方。武汉大学的老师同学都待我不错，我很感恩。

问：您曾经担任武汉大学人文学院院长、哲学学院院长，在您任上开设了中西比较哲学试验班、国学试验班，后来又创办国学院，您又担任国学院院长，开设弘毅学堂国学班。为什么要办这些班？

郭齐勇：我当过武汉大学人文学院的院长，那时候文史哲艺都在一起。在我的任上，我大概就做了这么几件事情。我提倡并开设了中西比较哲学试验班和国学试验班。我们当时办中西比较哲学试验班为的是多学中西方的经典。这个试验班辉煌了一阵。我在院长的任上办的国学试验班是成功的。虽然是2002年开办的，但我们最开始的学生是从2001级的文科各系，甚至理科，全校二次招生而来的。以后的几届也是，大家愿意读的来读，大概是进校半年或一年以后，他们愿意可调剂过来。对国学试验班的培养，我们注重文字学的功夫，坚持中国古文字、音韵、训诂的训练，坚持经史子集四部的经典都要扎扎实实地研读几种。像经部里的《尚书》《诗经》《周易》《礼记》，都有相关的专题课程。为什么要办国学试验班呢？主要还是想培养一点“读书种子”，一方面是做人要正派，有君子人格，有士操；另一方面是学术上，要有中国文化的基础知识，要扎扎实实地研读经典。我们也开了通论的课程，但是通论的课程少，经典的课程多。我们办这个班有两点原因。第一点要克服文史哲分家、分科的弊端，我们希望深度地打通文史哲，当然精专和博通是互为基础的。第二点是文科学生的培养长期以来是概念加通史，缺乏经典的研读。通论、通史和原典相结合才行，经典要多一点，比例要占大一点。所以文科学生的培养，不能没有经典的基础。读经典可启发学生的原创性思维。针对我们几十年以来文科培养的缺失，我们创办了国学试验班，给当时全国所有想办国学院和国学班的同仁提供了参考，主要是培养方案和课程设置方面的参考。现在我们的国学院，文史哲三家优秀的老师，都在这里上课。

问：您担任哲学学院院长期间，院里组织了非常多的学术活动，学术会议、学科建设、学生培养等方面都取得了突破，武汉大学哲学学院的排名也一度位列哲学专业全国前三名，甚至在有些机构的学校排名中，武汉大学位列第一。作为一位学术的组织者，您有什么经验可以分享吗？

郭齐勇：我们的确组织了很多学术活动。比方说第七届当代新儒学国际学术研讨会、第十五届国际中国哲学大会，我把它们都拉到武汉大学来开，还有郭店楚简国际学术研讨会、新出简帛国际学术研讨会。我记得当时分管文科的副校长张清明老师很惊异，他问我们怎么能请那么多国际一流的专家来。这些是规模很大的学术会议，我们也开了深入的小型国际学术研讨会。这些形式多样的大小会议产生了广泛的学术影响，对我们的学术研究、学科建设和学生培养也有很大的推动作用。在学术排名上，2000年到2007年间，以及稍后一两年，我们大多都是排在前几名，也曾当过第一名。我觉得在中国哲学界，武汉大学哲学系以及后来的哲学学院，学风都是比较好的，比较正、朴实，经典导读做得好，学生发展比较全面，人才济济，这一点是有目共睹的。我们老师投入教学的时间精力较多，教学这块抓得比较好。我们的学生，后来到其他的知名大学，包括北大、清华、复旦、人大、中大，或是出国，无论走到哪里，别人都说我们的学生不错，底蕴比较深。

问：您也长期担任校学术委员会委员，人文科学学部委员会主任等。您如何看武汉大学文史哲的学术传统，以及这40年的发展？

郭齐勇：我们觉得武汉大学文史哲的人文传统，在于它的学风比较正，基础比较好，富有改革精神。每个时代都有它前沿的研究。文学院的黄侃先生、闻一多先生，还有当年的“五老八中”，历史学院的唐长孺先生、吴于廑先生，哲学学院也有它的辉煌。我们从 1920 年代初开始就有哲学系，有几代的哲学专家。2003 年我到日本去做研究的时候，日本学者都非常重视武汉大学，一听说我是武汉大学来的，都提唐长孺先生，还提了李格非先生。武汉大学中文系的李格非先生，是编字典的，研究音韵学，他是黄焯先生的学生，在 1960 年代“文革”前，他和唐先生被教育部派到日本去，给日本的学者们讲过学。李格非在日本很有名。我们武汉大学文史哲的传统是多方面的，像唐长孺先生的传统就是魏晋南北朝、隋唐史，他是这方面的大专家。唐先生的文章很短小，不空发议论，有精专扎实的史料基础。而吴于廑先生的传统是视野特别开阔，他的世界史观独树一帜。

这 40 年来，我们武汉大学文史哲的专家们，也继承了这一传统。比如说历史系的冯天瑜先生的中国文化史，还有陈伟老师、徐少华老师，他们就对地方独有的出土文献，如湖北挖掘出来的战国时期的楚简加以研究，这个研究就很有前沿性质。陈伟老师主持专门的机构来做简帛研究。文学院在古代与现当代文学史上的研究颇有成就和贡献。哲学院中生代很了不起，如马克思主义哲学的汪信砚与何萍教授，西方哲学的邓晓芒、赵林、朱志方教授，中国哲学的萧汉明、李维武、我与吴根友教授，宗教的段德智与麻天祥教授，美学的陈望衡、彭富春、邹元江教授，逻辑的徐明、程炼教授，心理学的钟年教授等，都有较大影响。我们也提拔和培养了很多人才，像丁四新教授，他是出身农村的农家子弟，我们倾心地去培养农家子弟，他现在做得很好，是长江学者。所以我觉得我们武汉大学的人文传统不仅在继续，且有创新。

问：您在哲学学院 40 年，回想起来，有没有什么遗憾？

郭齐勇：遗憾总是有的。人的一生和各色人等打交道、一起生活，委屈、遗憾总难免。但是和我们的学术事业比较而言，和我们武汉大学人文学科的发展比较而言，这些都算不了什么，我作为其中的一分子，感到十分荣幸。如果说还有什么遗憾的话，那就是自己的学养不够，毕竟我是31岁才开始读大学，读书还不够，还没有做到中西兼通。我们的老师希望我们中西兼通，我们还没有做到。

问：您对未来哲学学院的发展有什么期许？

郭齐勇：我们哲学学院未来的发展一定会很好，现在他们都做得很好。新生代人才多，新学科（如政治哲学、比较哲学）也起来了。我认为学术基础还是要扎实。我们的教学、科研、学科建设、人才培养还有很大的空间，特别在人才培养上，希望加把力。

问：40年过去了，您有什么想给哲学学院新生们分享的吗？如果请您向他们推荐书，您会推荐哪几本？

郭齐勇：我对新生要说的是，到哲学学院来读书，是你们的幸运。无论是自愿来还是被调剂来，都没有关系，你会学得很好，终身受益。推荐三本书给大家，一是冯友兰先生的《中国哲学简史》，原为英文版，中文版有涂又光先生的译本；二是罗素的《西方哲学史》，中文版有何兆武先生的译本；三是我将我的小书《中国文化精神的特质》推荐给大家，希望能对大家有所帮助。

问：您曾被评为国家级教学名师。您可否从教学、学生培养、学术科研等方面，对您的学术生涯做一个回顾总结？

郭齐勇：一直到2017年，我70岁的时候，我还坚持在本科教学的第一线，为全校的本科生讲通识课“四书导读”。我先后在武汉大学开了十几门课程，其中最主要的课程，除了中国哲学史之外，就是经典导读类的课程，比如四书、老庄、礼记、先秦儒家哲学等的导读课程。研究生方面，除了经典课，我开了哲学史方法论、国学前沿与方法、儒学研究专题等。我们为硕士生、博士生开的课，比较重视方法论的训练，比较重视他们怎么写论文。这一点我们也跟他们切磋交流得比较多一点，希望大家学会与古人神交，善于会心一笑。教材呢，比如我编写的《中国哲学史》教材，是在全国用得比较好的教材，高教社印了20多次。

人才培养上，到目前为止，获得学位的博士有49个，硕士28个，还有博士后20个，国内外进修教师和访问学者16个，这些是以我为导师、为责任人，和我的同事一起培养的。除了数量，质量也非常不错，比如像丁为祥教授，他的博士论文毕业以后就出版了，一出版就被教育部评为人文社会科学方面的二等奖，这个二等奖是很难得的。丁四新教授的博士论文获得全国优博奖。

我培养学生，重视他们为人为学的基础。像我的老师待我们一样，我也这样培养我的学生，尽量推荐论文发表，提供机会让他们到海内外去游学，增强他们的才干。现在，我有很多的学生都是博士生导师。我要说的是，虽然我是他们的导师，但他们的成长也离不开教研室其他老师们的培养。

在学术上，比如说，2015年11月我应邀到香港中文大学，出任新亚书院第二届新亚儒学讲座教授。他们请的第一位是杜维明，第二位是我。另外，我先后到哈佛大学、特里尔大学、莱比锡大学、俄罗斯科学院、首尔大学、关西大学、东京大学、东北大学、早稻田大学、台湾大学、台湾清华大学、台湾师范大学、台湾辅仁大学、香港中文大学讲学。去年我被评为“世界儒学研究杰出人物”，我没想到能够得到这个大奖。

我个人的科研主要是关于中国哲学史的探究，包括其架构、特色、方法论，在这个方面应该说是有一点微薄的努力。我重视先秦哲学，先秦哲学须结合运用出土简帛材料和传世材料，综合地下文献和地上文献，我对此有一点研究。我的重心在儒学，因此对儒学的基本知识、礼乐文化、社会建构、管理智慧、人文精神以及现代价值有较全面的研究。特别是关于公德与私德，是和现代性联系在一起的，我比较重视儒家的私德，私德里面有很多可转化为社会公德的基础。再者我在20世纪中国哲学、当代新儒学思潮的总体与个案研究上有一点贡献。还有就是国学，特别是中国人文精神的传统，在这方面，我有一点研究。另外我有现实关怀，有一些提议，比如提倡国民教育中增加汉语、国学的分量，建议四书全面进入中学课堂，建议将孔诞日设为教师节，在全国都有一定的影响。另外关于提议修改现行的刑法民法的有关条文，结合容隐制的传统和现代人权的观念，保障公民的亲情权和容隐权等方面，我一直关注。在我与同仁的努力之下，国家刑诉法也做了初步的修改，这对完善我们的法治建设有一定的贡献。

基本上我觉得我这40年，在改革开放精神的指引下，坚持实事求是、解放思想的原则，随着时代的发展、社会的进步，我也在进步。虽然其中有曲曲折折、坎坎坷坷，但是我在做人做事上，在教学、科研、学科建设、人才培养上，在社会公益各方面，我还是做了些事情的。比如说在学术与学科建设上，我曾长期担任国务院学位委员会哲学学科评议组的成员和教育部高等学校哲学类专业教学指导委员会副主任，为全国哲学学科的建设、发展起了一定的作用。在社会活动上，我长期担任中国哲学史学会的副会长、中华孔子学会的副会长，担任过国际中国哲学会的会长和副执行长。我支持民间儒学的发展、民间书院的建设，这也算是对社会进步的促进。我也常到民间去讲学。总而言之，这40年我没有虚度年华，一直到现在还是忙忙碌碌，文债不断。现在老了，做不动了，该年轻一代做了。我会继续为社会进步，为国家、民族的发展，尽一点微薄之力。

（原载澎湃专访，2018年9月10日发布，实习生郭伦、党颖楠采访、记录、整理）

附录二　人格与学术共美

——学行一致的学者冯契先生

郭齐勇老师是国内中国哲学史的专家，在本科的时候，我因写一篇“亲亲相隐”的论文，当时就参考了郭齐勇老师主编的《儒家伦理争鸣集——以“亲亲互隐”为中心》，对他很佩服和崇敬。系里的陈乔见老师曾在武汉大学读博士，是郭齐勇老师的学生，他每次谈到郭老师都流露出崇敬之情，听他提得多了，也觉得郭老师很是亲切。系里委托我采访郭老师，我深感荣幸。对郭齐勇老师的采访可谓一波三折，本来打算从上海到武汉去采访郭老师的。恰巧，在8月末的时候，思勉人文高等研究院请郭老师前来华东师范大学给暑期班的同学做讲座，趁此机会我见到了郭老师，说明来意，他很爽快地答应了，并且在百忙中抽出了一天早上接受我的采访。短短的半个多小时，郭老师却带领我和同行的郑随心同学回忆了近半个世纪的学术经历和真情往事。下面就让我们跟随郭老师，去探寻，去感受。

一、初见冯先生

郭老师和冯契先生认识，是源于他的老师，如他所说：“冯契先生和我的老师萧萐父先生是很好的朋友，萧老师在我们读书的时候，经常提到冯契先生，冯契先生有什么新的文章发表，新的大著出来，老师都会在第一时间把冯契先生的文章、大著拿给我们看，甚至冯契先生的打印稿本，我们也会在第一时间研读。那时候我们都很仰慕他。”这是郭老师在“亲见”冯契先生之前的“闻见”。我们慢慢地聊着，郭老师回忆了他初见冯契先生时的情景。

1982 年深秋，在湖南衡阳召开王船山思想学术讨论会，这是纪念王船山先生去世 290 年的全国性的活动。当时很多名家都去了，冯契先生也去了。此时的郭老师是武汉大学的研究生，他跟随萧萐父老师一起去开会，在会上第一次见到了冯契先生。郭老师回忆起冯契先生给他的第一印象说：“冯契先生很谦和，学问很大。我们到他住的房间去拜访他，他很亲切。他给我们讲王船山的辩证逻辑，讲“名、辞、推”与“言、象、意、道”的统一，以及他正在构思与写作的中国古代哲学的逻辑发展，我们都听得很兴奋。冯先生是浙江诸暨人，他的家乡口音还很重。我们当时知道他的学术背景，他是金岳霖先生和冯友兰先生的学生，是在西南联大接受哲学训练的。我们都知道他的学养深厚。他很全面，他是马克思主义哲学的专家，也是中国哲学与逻辑学的专家，对美学也有很深的造诣。”在这些回忆里，包含了当年的诸多细节，冯契先生那带着口音的话语仿佛又再次回荡在郭老师的耳旁。回忆里包含了郭老师以及同时代人对前辈的仰慕和对学问的尊重。

郭老师说，1984 年他还在读硕士，萧先生让研究生们认真研读刚刚出版的冯先生的大著《中国古代哲学的逻辑发展》上册，并交给郭老师一个任务，起草一篇书评《通观全过程　揭示规律性——读冯契新著〈中国古代哲学的逻辑发展〉》。这篇书评几易其稿，经萧先生认真修改后，由萧先生与郭老师联署发表在 1984 年《哲学研究》第 4 期上。“通过书评写作，我对冯先生的博大的哲学史观有了一定的理解。这也是我的姓名第一次出现在《哲学研究》上，由是我十分感谢萧先生与冯先生。”郭老师如是说。

二、先生的提携与关爱

在王船山思想学术讨论会之后，因为武汉大学和华东师范大学的特殊关系，以及冯先生和萧老师的学术友谊，萧老师还经常让郭老师和他的同学们去拜访冯契先生，请教他哲学方面的问题，听他的课，以及听他的演讲。郭老师特别回忆起了在冯契先生生前，他去冯契先生家里拜访的经过。1985 年，郭老师到上海访学，主要了解一些关于熊十力先生的材料，在萧老师的推荐下，他到华东师范大学中山北路校区冯契先生的家里去拜访，特意向冯契先生请教他对熊十力先生的研究和看法。郭先生回忆说：“冯老先生很热情地接待了我。我向他请教熊十力的研究，他特别强调熊先生学问中，思想和修养的互动，思想的训练和人性的修养的统一（思修交尽、性修不二的学说）。他对熊先生这方面思想的强调给了我很大启发。他还谈到王元化先生与熊先生的交往。”当年的情景，郭老师都记得非常清楚。郭老师还提到，在这之后，1985 年底，在湖北黄州举行的“纪念熊十力先生诞生一百周年学术讨论会”，当时冯契先生因为很忙没能参加，但是他提交了论文《〈新唯识论〉的‘翕辟成变’义与‘性修不二’说》，给了与会人员很大的帮助和支持。在编辑这次会议论文集的过程中，他们经常跟冯契先生有书信的往还，征求他对论文集的意见。

郭老师动情地说：“冯契先生不仅是杨国荣、高瑞泉、陈卫平、童世骏等先生的恩师，也是我的恩师。特别是在我人生最困难的时候。”郭老师回忆起了 20 世纪 80 年代末至 90 年代初那段困难的日子里与冯契先生的交往。那时，萧先生和郭老师都处于人生的低谷。郭老师回忆说：“当时我还在读博士，我博士读得晚，因为武汉大学 1986 年才有中哲博士点，1987 年我是萧老师的第一批博士生的一员。1990 年 7 月我的博士论文做完了，做的熊十力先生的研究，萧先生说一定要请冯先生写评语，冯先生写了很鼓励的评语。他对我的论文的批评，主要是引用有的境外学者的材料没有很好地分析与评论的意见。这没有写在评语中，而是写在信中请萧先生转告给我。事后，他很关心我，问我学位拿到没有，当时学位很可能拿不到。冯先生在上海，那时他也受到影响，处境不好，但他知道我们师徒的艰难处境，很是关心我们。”郭老师强调了一些细节：郭老师曾被清查，剥夺了上课的权力。1990 年 4 月，冯先生特嘱咐他的弟子李志林先生赠送冯先生代表作之一的《中国近代哲学的革命进程》一书给郭老师。“同年 8 月给我写博士论文评语，提醒我要注意什么问题，批评的意见不写在正式评语上而是写在给萧老师的信中”，这个小小细节一直温暖和感动着郭老师。郭老师动情地说：“这是我在人生遇到大难的时候，得到了长者给予的关怀。”因此郭老师评价：“冯先生对人的关心不是说在嘴上，而是发自内心。平素，他和萧先生的性格不太一样，萧先生是情感外露的，气势磅礴的，而冯先生是内向的，语言不多的长者。”

患难见真情，冯契先生和郭老师这对忘年交，他们的友谊一直持续着。1994 年 12 月，冯先生赠送他的重要论文集《智慧的探索》给郭老师，亲笔题字“郭齐勇同志指正”并签名。在冯契先生去世后，郭老师还到上海来两次看望冯契先生的夫人，郭老师称她为“冯师母”。郭老师再次说道：“冯先生不善言辞，但是对青年学者的关心和提携，我们都能感受得到。特别是在年轻时候、困难时期给予我们的帮助和提携，深深铭记在心上。”

三、前辈的友谊

在与郭老师的交谈中，他对他的老师萧萐父先生和冯契先生之间的友谊一直津津乐道。他回忆说，冯先生的很多书稿都先寄给萧先生，让萧先生提意见。萧先生都给郭老师和他的同学们看，并让他们据此写评论文章。萧先生 1994 年春到上海，萧先生想见王元化先生，冯先生给萧先生创造了一个条件，在复旦大学的一次佛学研究的会议上，冯先生、萧先生、王元化与苏渊雷先生聚在了一起。冯先生走后，1996 年 11 月中国现代哲学研究会、华东师范大学哲学系与《学术月刊》社等联合召开“时代思潮的回顾与前瞻——冯契哲学思想讨论会”，萧老师率领武汉大学最庞大的学者团队来参会，他还发表了情理并茂的论文：《神思慧境两嵚崎——读〈智慧的探索〉，缅怀冯契同志》。

萧先生和冯契先生不是同学，他们相识于 1981 年在杭州举行的宋明理学讨论会上，但是他们很投合。郭老师回忆说：“我们刚上研究生的时候，萧先生在给我们讲课时……萧先生也讲逻辑发展，他完全不避讳说他受冯契先生的影响。他们都对马克思主义和中国哲学有很深的研究。他们对王夫之和熊十力都有很深的研究，都有关于王夫之研究的专论与专著。他们在学术界最为契合。”萧先生和冯契先生的学术交往有很多。比如 1985 年他们都去了庐山，萧先生还带了几个学生一起去讨论冯契先生的哲学史。冯契先生也曾请萧先生到华东师范大学来做讲座。他们之间的友谊来源于他们各自对于学术的热爱。这种友谊从学术延续到了生活中。

郭先生回忆说："1989 年后，萧先生家里有难，两位孩子出事，萧先生个人也受到打击，后来被上面勒令停止招收研究生达两年之久。冯先生知道后，在众人躲之唯恐不远、避之唯恐不及之时，派学生去看望萧先生，表达深切的关爱之情。李志林先生是冯先生早年的学生，并留校任教，颇有成就，后来去经商了，当时受冯先生的委托去看望了萧先生。形势好转以后，冯先生邀请萧先生偕夫人到沪上休息、讲学，其实是散心。"在患难中，他们相互关心、相互扶持、相互温暖，建立了更加深厚的友谊。萧先生有祝贺冯契先生八十华诞的诗：

劫后沉吟一笑通，探珠蓄艾此心同。
圆圈逻辑灵台史，霁月襟怀长者风。
慧境含弘真善美，神思涵化印西中。
芳林争羡楩楠秀，愿鼓幽兰祝寿翁。

冯契同志八十华诞颂　甲戌冬萐拜祝于汉皋

甲戌即 1994 年。次年冯先生走了，萧先生特别悲痛，十分寂寞。1996 年，萧公再赴沪，出席冯先生哲学思想讨论会，而斯人已去。他又填了一首词凭吊这位老友：

霁月襟怀，幽兰意蕴，
翩跹火凤从容甚。
鲛珠重缀忒殷勤，任他磨涅思弥永。
海上琴音，山阳笛韵，

拈花何处觅心印？
浩茫广宇漫招魂，玉楼或坐船山近。

丙子冬沪上行　怀念冯契同志　寄调踏莎行

郭老师说："他们两家的关系很好，有私谊，冯公与师母当年念及身陷囹圄的萧公的公子与女婿，萧公与师母则常谈到冯先生与师母及冯长公子、逻辑学专家冯棉教授。他们之间更多的是公谊，是学术。"真正的大学者之间的交往，往往不只是私交，更是为了共同的理想而奋斗的情谊，是惺惺相惜。

延续两位老先生的友谊，冯契老生和萧老师的后学都很亲密，都是朋友，相互配合。武汉大学和华东师范大学，有会议相互邀请，两边的学术活动双方都互相支持，相互来往。还有学生相互"交换"，比如武汉大学推荐学生考华东师范大学的硕士生和博士生等等。看到这一切，两位老先生一定都深感欣慰。

四、学术

郭老师始终铭记冯先生的话："不论处境如何，始终保持心灵自由思考，是爱智者的本色。"郭老师对冯契先生的评价是："他一生研究真善美，本身也是真善美合一的人。""冯先生最重要的是他的学术，他的'智慧说三篇'，我经常读，也让我的学生去读。"

冯契先生对金岳霖本体论思想的转进，郭老师有着高度评价，他在一篇题为《冯契对金岳霖本体论思想的转进》的文章中这样总结道："在本体论问题的思考上，冯契是以金岳霖的形上元学系统为前提的。金岳霖区分了元学与知识论，当然，区分并不是截然二分。但这种区分引发了冯契的探求，试图将二者辩证综合地加以考察。冯契把元学与知识论的关系问题转化为智慧与知识的问题，以广义的认识论即智慧学说来统摄本体论与知识论、理想与现实、彼岸与此岸。”“金氏以形式逻辑的排中律作为本体论思考的起点，通过逻辑的形式化的‘能’‘式’和‘可能’范畴的推演，从可能界导向本然界并进至个体界，最终导向终极价值和超越的‘至真、至善、至美、至如’的‘太极’境界。冯氏扬弃了金氏‘无极而太极’的逻辑推演，修正了外在于现实世界，特别是人的认识与实践活动的思辨系统。”“他（冯契）融摄并推进了金岳霖知识论的许多思考，例如，概念的双重作用、‘具体’、‘得自现实之道还治现实’等等，认为在自在之物化为为我之物的过程中，即得自所与还治所与的认识辩证法的过程中，客观本然界进入经验事实界。后者是已被认识的前者。冯契重新改进了金氏元学理论，包括扬弃了金氏‘四界’学说和‘理有固然，势无必至’的命题，考察了事实界中理与事、理与势、必然与偶然、主体与客体、殊相与共相、个体与群体的诸多矛盾及其运动变化。”“冯先生认为，真善美等价值的创造和自由的获得是一个相对的过程，依辩证法，它仍然趋向于不断完善，促使绝对的价值和自由在实践创造活动中渐次展开、实现。在社会历史活动中，作为创造者的自我获得了自由人格和自由德性。冯契强调，这都是在自然与文化、个体意识与社会意识矛盾统一的过程中，在改造自然、创造价值的过程中获得的。”

五、寄语

郭老师希望学习中国哲学的后辈，要学行一致，像冯先生一样。他说：“做人，冯先生有他的坚守，他身体力行，他追求真理，他追求真善美，他处事的原则坚定，不为世风左右。”最后，郭老师说，华东师范大学哲学系发展得很好，特别是年轻的后辈，中青年的学者中西兼通，很能干，不仅是学问，而且他们也能做事，发展前景不可限量。接着郭老师的祝福，希望两校都有光辉的前途，并且友谊地久天长！

（华东师范大学何攀采访并记录整理）

后 记

本书以我的随笔中的感怀类小文为主要内容，主要表达了我对一些亲人、师长、朋友的怀念。书中所收录部分文章，较首次发表时略有改动。

“咳唾成珠玉，挥袂出风云”，我有幸得到大家、前辈的亲炙、扶植、栽培与提携，恩同再造，没齿难忘。我永远铭记师长、友朋的恩惠与教诲，难以忘怀，努力把他们的精神化为自己的行为。

王阳明先生提出“知行合一”是为纠正当时的士风。他批评道：“天下之患，莫大于风俗之颓靡而不觉……盖今风俗之患，在于务流通而薄忠信，贵进取而贱廉洁，重儇狡而轻朴直，议文法而略道义，论形迹而遗心术，尚和同而鄙狷介。若是者，其浸淫习染既非一日，则天下之人固已相忘于其间而不觉，骤而语之，若不足以为患，而天下之患终必自此而起。”（《王阳明集》，上海古籍出版社，1992年，第866页。）

阳明讲的是朴直狷介之士与重忠信道义的士风的难得。我有机缘与特立独行的国士及刚正不阿的师长交游，向他们学习如何做人做事，实乃三生有幸。这点点滴滴，记在心里，录在书中。

承老友景海峰兄不弃，为本书赐序，这是要特别感谢的。这里所记的一些长辈，我俩曾一同或分别拜访过，与老者交往事，记忆犹新。惜有的长者已经作古，天不假年，呜呼！景序对《国士与国风》的理解，尤为精湛，启我良多。

郭齐勇

2020 年 5 月草于武昌，两年后略为修订